Читайте романы
примадонны иронического детектива
Дарьи Донцовой

Сериал «Евлампия Романова. Следствие ведет дилетант»:

Сериал «Виола Тараканова. В мире преступных страстей»:

Сериал «Джентльмен сыска Иван Подушкин»:

Сериал «Любительница частного сыска Даша Васильева»:

Дарья Донцова

Личное дело Женщины-кошки

роман

Нежный супруг олигарха

главы из нового романа

Советы
от безумной оптимистки
Дарьи Донцовой

советы

Москва

ЭКСМО

2007

ИРОНИЧЕСКИЙ ДЕТЕКТИВ

МОЙ ДОРОГОЙ ЧИТАТЕЛЬ!

Знаете ли Вы, чем отличается детектив от криминального романа?

В детективе всегда есть загадка, которую можно разгадать самому.

А чем отличается хороший детектив от детектива?

В хорошем детективе есть загадка, которую сложно разгадать самому.

Теперь в каждом моем детективе в течение всего 2007 года Вас ждет загадка, которую нужно разгадать самому.

Разумеется, самые активные и смекалистые участники получат призы. Их (призов) у меня припасено в количестве 1001 шт. Нет, я не сказочница Шахерезада — призы самые настоящие: тысяча плюшевых собак породы МОПС (кстати, сделанных по моим эскизам) и **принадлежащий лично мне золотой кулон**. Кулон дарю в единственном экземпляре — как говорится, от сердца отрываю!

Что нужно сделать для победы, спросите Вы?
Отвечаю по порядку.

1. Внимательно читайте мой роман. Одна из его тайн так и останется нераскрытой. А на последней странице Вас ждет вопрос, касающийся этой самой тайны.

2. До появления в продаже моей следующей книги «Нежный супруг олигарха» (т.е. до 27 августа 2007 г.) позвоните по телефону горячей линии **(495) 975-01-37**. Сообщите свое имя, фамилию, город и контактный телефон (проще говоря, зарегистрируйтесь). Назовите Вашу версию ответа на загадку.

3. Дождитесь выхода книги в твердом переплете — «Нежный супруг олигарха». В ней Вас будут ждать: правильный ответ, новая загадка, а также дата выхода моего следующего романа (ответ на новую загадку нужно дать именно до этой даты).

4. И так далее, и так далее, и так далее — вплоть до романа, который появится в продаже в декабре 2007 года.

В зависимости от точности ответа Вам будут начисляться баллы, суммирующиеся раз за разом. Сыщики, набравшие к концу года наибольшее количество баллов, получат обещанные призы. Самому-самому — мой золотой кулон в награду!

Я желаю Вам удачи и с нетерпением жду того момента, когда смогу поздравить победителей! Итак, загадка ждет! Ее нужно разгадать самому!

Всегда Ваша — Дарья Донцова

* * *

Советы, напутствия и ответы на вопросы, которые у Вас могут возникнуть:

- Загадки находятся только в новых романах Д. Донцовой в твердом переплете, вышедших в 2007 году.
- Для Вашего удобства на обложках книг с загадками размещен ярко-красный «флажок» с надписью: «Загадки года от Дарьи Донцовой».
- Принять участие в борьбе за призы может каждый желающий. Предлагайте Ваши варианты ответов на загадки, даже если Вы проживаете в ЮАР.
- При звонках на горячую линию всегда называйте один и тот же контактный номер телефона, иначе оператор может ошибиться и не просуммировать Вам баллы.
- Операторы горячей линии не смогут ответить ни на один из Ваших вопросов — они лишь регистрируют Ваши звонки и ответы и не обладают интересующей вас информацией.
- Операторы горячей линии подсказок и правильных ответов Вам не дадут — и не просите. Пусть все будет по-честному!
- Ваш ответ на каждую из загадок принимается только один раз.
- Если данный Вами ответ оказался неправильным, то это не значит, что Вы сошли с дистанции претендентов на призы. Продолжайте разгадывать другие загадки, звоните — у Вас все получится!
- Плюшевые мопсы действительно уникальны — таких больше ни у кого нет и не будет.
- Список призеров мы разместим в твердой новинке Д. Донцовой, которая выйдет в начале 2008 года, а также на сайте www.dontsova.ru. Кроме того, в случае Вашего выигрыша с Вами свяжутся по указанному Вами контактному телефону и доставят приз туда, куда Вы пожелаете.

С уважением,
сотрудники издательства «Эксмо»

Личное дело Женщины-кошки

роман

Глава 1

Глава 1

Природа наградила нас двумя ушами, двумя глазами и только одним языком, наверное, в надежде на то, что мы будем охотней слушать и смотреть, чем болтать, но кое-кто больше всего на свете обожает трепаться. Моя подруга Вера Рыбалко принадлежит именно к этой категории.

Я на секунду отняла от уха раскалившуюся телефонную трубку. Веру не смущает счет, который выставит оператор за роуминг. Супруг ее очень обеспеченный человек. В целях безопасности он поселил жену и дочь в Лондоне, а Верушка не владеет английским, поэтому начисто лишена возможности общения с окружающими. В магазине она изъясняется жестами, в кино и театр пойти не может, с многочисленной русской прислугой дружить ей не позволяет спесь, а дочь учится в закрытом колледже. Англичане строги, они считают, что горячая материнская любовь портит ребенка, поэтому Катя видится с Верой два раза в год. Впрочем, девочка теперь говорит в основном по-английски, встречаясь с мамой, она мучительно подбирает русские слова. И что остается несчастной жене всесильного олигарха? Муж готов купить Вере абсолютно все — пожелай жена египетскую пирамиду, она получит ее максимум через неделю, но вот вложить в глупую голову супруги знание языка Коля не способен. Я, как бывший преподаватель, попробовала объяснить Вере простую истину:

— Найми педагога, занимайся несколько часов в день, почаще общайся с англичанами — и через год совершенно спокойно залопочешь на их языке.

Но Рыбалко не привыкла напрягаться, замуж за Колю она выскочила, будучи школьницей, и с тех пор любые ее проблемы решал муж. А тут надо делать упражнения, шевелить мозгами... Ну уж нет! Намного проще почти каждый день звонить мне и ныть в трубку:

— Боже! В Лондоне ужасно! Отвратительно! Мерзко!

В Англии Веру раздражает все: погода, кухня, привычка коренных жителей вести себя очень корректно и толерантно по отношению к окружающим, их любовь к животным. Не подумайте о ней плохо, Рыбалко обожает собак и при встрече всегда обнимается с Хучиком, Банди, Снапом и Черри, но английских четвероногих она терпеть не может.

Вчера Вера позвонила в районе восьми вечера.

— Идиоты! — заорала она, едва я сказала «алло». — Кретины!

— Что случилось? — безнадежно поинтересовалась я.

— Чаю у них не попить! — зарыдала подруга. — Пришла я в кафе, сказала: «Ти, плиз!»

— Ой, молодец, — обрадовалась я, — начинаешь осваивать английский.

— Ага, — занудила Вера, — а идиот, в смысле официант, припер какое-то дерьмо с молоком. Тут так им нравится! Фу! Попыталась я ему объяснить, машу руками: «Ноу, ноу, не надо молока», но разве дураку что-то втемяшишь? Стоит, зенками хлопает, затем залопотал что-то непонятное и еще один молочник принес! Нет, я с ума здесь сойду.

Вчера Вера полтора часа переживала ситуацию с чаем, а сегодня у нее новая беда: у Катюхи начались рождественские каникулы, и она прибыла домой.

— Это не моя девочка, — лила слезы Вера, — не Катька!

— Присмотрись к ней внимательно, — посоветовала я, — маловероятно, что в колледже ее подменили!

— Тебе смешно, — захныкала Вера, — а мне каково? Вошла девка в комнату и улыбается: «Гуд мооонинг, мама!» Я смотрю! О боже! Стоит тощая селедка, коротко стриженная, в немыслимых джинсах! Жутких! Рваных! Свитер будто с помойки! Ботинки-говнодавы! В ушах пластмассовые колечки! Я ей говорю: «Солнышко, это ты?»

— Йес, — ответила Катюха, — ай, то есть я... э... ну... диету держу!

— Где коса? — подпрыгнула мать.

— Э... ну... я отрезала волосы, — сообщила Катя.

— Доченька, — зарыдала Вера, — что за пакость ты воткнула в уши? Папа же дарит тебе брильянты! И где шубка? Отчего ты в брезентовой косухе ходишь?

— Э... мама... богатство демонстрировать стыдно, — хладнокровно объяснила Катька — а мех убитых животных носить нельзя, я против насилия. Импосибел такое!

— Вот лежу и мучаюсь, — шмыгала носом Верка, — может, она все-таки не Катька? Или моего ребенка навсегда местные гоблины испортили? Она не носит мех! А я ей под елку шубку из леопарда купила! Раритетная вещь!

Абсурдная беседа текла и текла, я съежилась в кресле. Большинство российских женщин позавидуют Вере, у которой нет никаких материальных проблем. Кстати, Коля отнюдь не типичный представитель нуворишей, он любит жену и не собирается менять ее на молодую блондинку. Почти все приятели Николая уже совершили подобную рокировку, но он верен Вере и ни в каких походах в сауну или вылазках на природу в чисто мужской компании не замечен.

Я бы на месте Веры занялась благотворительностью, основала фонд помощи бедным, устраивала бы всякие акции, выставки, концерты.

— Беда, — зудела Вера, — тоска зеленая. Знаешь, я, правда, недавно увлеклась одной штукой, вроде хобби.

— Молодец, — похвалила я ее.

— Но и тут жизнь выкопала мне яму, понимаешь...

Мое терпение лопнуло.

— Если жизнь выкопала тебе яму, — перебила я Верку, — налей туда воды и плавай, как в бассейне!

— Думаешь, это поможет? — воскликнула она.

И тут мой мобильный умер: разрядилась батарейка. Но в тот же момент на столике ожил городской аппарат, я взяла трубку и услышала нервный голос:

— Она вернулась! Господи, Дашута! Она пришла домой!

Меня охватило раздражение, Вера становится невыносимой. Понимаю, что ей одиноко и скучно, но ведь у меня тоже есть дела. Может, звякнуть Коле и посоветовать ему нанять для супруги психотерапевта? Я не способна выступать в этой роли, и, если честно, Верка мне просто надоела.

— Она вернулась, — стенала Рыбалко, — невероятно, но это она!

Я собрала в кулак все свое самообладание и, презирая себя за неумение решительно оборвать беседу, фальшиво ласковым голоском просюсюкала:

— Ну и хорошо. Ты поняла, что Катя дома, теперь спокойно попейте чаю, поболтайте, а мне пора бежать. Аркадий уже завел машину, мы собрались за подарками, Новый год на носу.

Чем дольше я врала, тем больше злилась на себя.

Ну с какой стати я оправдываюсь за то, что не могу продолжать беседу? Следовало просто отрезать: «Извини, у меня нет времени на болтовню».

Ан нет, я веду себя, словно описавшийся щенок, прижимаюсь к полу и ползу на животе в угол.

— Какая Катя? — вдруг почти спокойно спросила Вера, и только тут мне стало понятно, что звонит не Рыбалко. — Ты меня не узнала?

— Прости, нет, — осторожно ответила я, — добрый вечер.

— И опять здравствуй, — вздохнула незнакомка, — у меня небось от стресса голос изменился. Это Таня Медведева. Надеюсь, ты не задашь вопрос: кто я такая?

— Танюша, — обрадовалась я, — как дела?

В отличие от Веры Таня вызывает у меня искреннее уважение. Она тоже вполне успешно вышла замуж, и ее супруг очень обеспеченный человек. Конечно, состояние Миши Медведева намного меньше состояния Николая Рыбалко, но мне почему-то кажется, что между десятками миллионов долларов и сотнями тех же миллионов особого различия нет. Хотя бизнесмены со мной не согласятся, но я делюсь своим мнением, кстати, тоже небедного человека.

Таня полная противоположность Вере, она финансовый директор в корпорации мужа, не мается дурью и не имеет возможности сутками висеть на телефоне.

— Она вернулась, — повторила Таня, — или... не знаю! Дашутка, мне страшно! Мишка сначала был в шоке, а теперь ни на секунду не отпускает ее!

— Кто к вам приехал? — зевнула я.

Большинство обеспеченных людей знакомо с бедой под названием «дальние родственники». Пока вы прозябаете на копеечную зарплату, мечтая о новых зимних сапогах или теплой шубке, никто из родни не спешит вам на помощь, не предлагает: «Дашуль, хочешь, супчик сварю, а ты возьми дополнительные уроки, чтобы подзаработать».

Лично мне всегда подставляли плечо подруги — Маша Когтева и Оксанка. Никаких тетушек, дядюшек, братьев, сестер, бабушек, дедушек у меня не было, а бывшие свекрови охотно раздавали только замечания.

Но стоило нам получить наследство барона Макмайера[1], как со всех концов необъятной России и ближнего зарубежья в Ложкино косяком потянулись гости, все как один «близкая родня» со стороны моих бывших мужей. Оказалось, что у отставных супругов целый полк родственников, которые обожают Дашутку, готовы жить с ней месяцами, чтобы скрасить ее одиночество. Меня хотят окружить вниманием и ждут ответной любви, выражать я ее должна в основном материально: покупать квартиры, дачи, машины, украшения, оплачивать поступление и обучение в вузе, давать приданое и т.д. и т.п. День, когда «любящие родственники» узнают суровую правду: у Даши нет денег, всеми средствами владеет ее сын Аркадий, весьма жадный молодой человек, не желающий бросать сладкий корм в широко раскрытые клювы, ознаменуется феерическим скандалом, демонстративным разрывом отношений и гневными заявлениями вроде:

«Мы в тебя душу вложили, целый месяц жили в Ложкине, пили-ели за одним столом — и где благодарность? Всего-то попросили трехэтажный особняк и пару иномарок. Но ведь за город на трамвае не поедешь, машины в данном случае не роскошь, а средство передвижения».

— Так кто посетил тебя на этот раз? — неожидан-

---

[1] Подробно история семьи Даши Васильевой описана в книгах Дарьи Донцовой «Крутые наследнички» и «За всеми зайцами», издательство «Эксмо».

но развеселилась я. — Пятая жена восьмого дедушки третьей внучки семиюродного дяди? Чего она хочет? Пожить у вас пару лет, пока учится в МГИМО, куда тебе надо ее пристроить?

Но Танюшка не засмеялась.

— Настя вернулась, — обморочно прошептала она, — понимаешь?

— Нет, — абсолютно честно ответила я.

— Мишина дочь, — пояснила Таня, — Настя, помнишь ее?

— Ты с ума сошла! — закричала я. — Она ведь давно умерла!

— Она пропала, — уточнила Танюша и заплакала.

— Спокойно, — завопила я, — сейчас выезжаю к тебе!

— Поторопись, пожалуйста, — всхлипывала подруга, — Миша повез ее по магазинам, они вернутся поздно, но все равно не задерживайся. Я здесь тихо разума лишаюсь!

Швырнув трубку мимо стола и наступив на длинный хвост Банди, развалившегося около горящего камина, я ринулась в прихожую. Питбуль коротко взвизгнул, но мне было не до обиженного пса. Похоже, у Медведевой и впрямь поехала крыша, если она несет такую чушь!

Миша с Таней поженились пятнадцать лет назад, у него тогда уже имелась шестилетняя дочь Настя от первого брака. Именно из-за Насти Михаил поторопился опять жениться. С Таней они были знакомы очень давно, я не в курсе их семейной истории, но вроде Миша жил с Танюшкой в одном дворе. Она патологически любила Медведева чуть ли не с детства, он для нее был бог, царь и герой, триедин в одном лице. Но Михаил не обращал внимания на чувства соседки, его с ней связывала только дружба. Медведев женился на другой, Ларисе Кругликовой. Она родила мужу дочь, семейное счастье Медведевых казалось незыблемым, но через пять лет Лариса скончалась. Миша стал вдовцом с ребенком на руках. И тут наступил черед Тани, которая по-прежнему обожала Медведева. К чести Танюши, следует сказать: она никогда не пыталась отбить Мишу. Она порядочный человек, охота на чужой территории — не ее любимый вид спорта. Но после неожиданной кончины Ларисы Таня прибежала к Медведеву и взяла на себя ведение домашнего хозяйства. Через полгода Настя начала звать ее «мамой», и Михаил предложил Танюшке руку. Вот насчет сердца я не знаю. Но думаю, что Миша сообразил: лучше Тани ему супруги не найти, она заменила Насте мать, а дочь была для него светом в окошке, смыслом жизни.

Михаил не ошибся, Таня оказалась уникальной спутницей жизни, более неконфликтной женщины я не встречала. Она никогда не спорила с мужем и почитала его, как божество, в доме царил культ хозяина.

Миша очень хорошо относился к Тане, но, похоже, он никак не мог забыть Ларису — в его кабинете было несколько фотографий покойной супруги, а на письменном столе в красивой серебряной рамке стоял свадебный снимок: Медведев в черном костюме и Лариса в белом платье. Заходя иногда в рабочую комнату Миши, я натыкалась взглядом на лицо Ларисы и невольно вздрагивала. Будь я на месте Тани, испытывала бы дискомфорт и приступы ревности. Легко победить первую жену мужа, если произошел развод. Муж невольно будет сравнивать двух хозяек и, если постараться, можно очутиться на высшей ступеньке пьедестала. Но как конкурировать с той, что умерла? Людям свойственно идеализировать покойных: плохие поступки и проявления дурного характера забываются, а достоинства гиперболизируются. Порой мне казалось, что Лариса, образно говоря, съела персик, а Тане досталась косточка. Но Танечка все равно обожает Мишу, она служит ему домработницей, психотерапевтом, коллегой, медсестрой, любовницей, другом...

Что же касается Насти, то не всякая мать способна так заботиться о дочери, как это делала Таня в отношении падчерицы. Причем Танюша любила Настю разумно, она не засыпала девочку подарками, не пыталась «купить» ее, порой наказывала за шалости и находила время, чтобы водить крошку на занятия: бассейн, художественная гимнастика, английский язык. А какие детские праздники закатывала Таня! В квартире Медведевых накрывался стол с роскошным угощением, а после обильного ужина гостей ждала программа развлечений. Естественно, в роли повара, официанта и аниматора выступала Таня, Миша сидел в рядах публики.

Несчастье случилось на следующий день после десятилетия Насти. Миша отправился проведать бывшую тещу, Елену Сергеевну, Таня осталась дома.

Гости Насти ушли очень поздно, утром в квартире царил полнейший разгром, и Таня хотела в спокойной обстановке произвести уборку. Миша никогда не утруждал себя домашними проблемами, вернее, жена ни за что не допустила бы его к уборке, от него не было никакого толку.

Таня сложила в коробку несколько кусков домашнего пирога, затарила баночки всякими салатами, которые она всегда готовила в немыслимых количествах, и сказала:

— Раз уж Елена Сергеевна простудилась и не смогла прийти на праздник, то пусть хоть угощенье попробует, отвези ей гостинцы.

И Миша благополучно укатил. Настя просилась вместе с ним, но Таня сказала:

— Ты должна убрать за приятелями.

Девочка накуксилась.

— У меня день рождения, — плаксиво сказала она.

— Праздник был вчера, — напомнила мать, — ты

играла, веселилась и не помогала накрывать на стол, а сегодня нужно навести порядок.

Школьница надулась и пошла к отцу, тот попытался вступиться за дочь, но жена сказала ему:

— Мне совсем нетрудно самой убрать квартиру, но ребенок обязан знать слово «надо», иначе столько проблем появится лет в тринадцать.

Миша признал ее правоту и велел Насте:

— Погуляла, и хватит, бери тряпку, айда грязь собирать.

Короче говоря, Миша ушел, а Таня с Настей засучили рукава. Через час Таня отправила девочку вынести помойное ведро, и вновь между ними возникло недопонимание. Нет, Настя не спорила, она подхватила емкость, но пошла к двери прямо так, как была: в спортивном костюме и шлепках.

— На дворе холод! — напомнила Таня. Они жили в историческом центре Москвы, в старинном доме, где не было мусоропровода.

— Я помню, — фыркнула Настя.

— Это хорошо, — кивнула Таня, — снег лежит, оденься нормально.

— И так сойдет, — уперлась Настя.

— Простудишься!

— Не-а, — топнула ногой девочка, — там тепло!

— Накинь пальто и непременно обуй сапоги, — велела Таня.

— Ладно, — буркнула дочь.

Танюша посчитала конфликт исчерпанным и пошла в комнату за очередной порцией грязной посуды. Когда она направилась из гостиной в кухню, то увидела, что шубка Насти висит на вешалке, а сапожки на меху мирно лежат у входной двери. Непослушная девочка убежала на мороз в легкой домашней одежде.

Таня покачала головой и решила непременно наказать ослушницу, но сделать ей этого не удалось.

Она никогда более не увидела девочку. Ее вообще никто никогда не видел, Настенька пропала, не оставив ни следа.

Глава 2

Мне об исчезновении ребенка сообщили, когда прошло три дня с момента трагического происшествия. Я сразу понеслась к Медведевым и спросила:

— Куда она ушла?

— Выносить помойку, — мрачно объяснил Миша, — исчезла вместе с ведром.

— Здоровое такое, — подала голос Таня, — оно вовсе не помойное, это я его под мусор приспособила, никелированное, на боках гравировка «Уважаемому Михаилу Семеновичу в день юбилея».

— Мише кто-то подарил бачок для отходов? — изумилась я.

— Боже, о какой ерунде вы говорите! — вспылил Медведев и ушел, хлопнув дверью.

Таня схватила носовой платок.

— Это не совсем ведро, вернее, ведро, но не совсем, понимаешь?

— Нет, — пробормотала я.

Она шумно высморкалась.

— Мише на день рождения коллеги по работе преподнесли дерево, оно было посажено в красивую никелированную емкость с ручкой. Я, как только это увидела, сразу поняла: умрет растение, разве сможет оно выжить в железном цилиндре. Отверстий внизу нет, сгниют корни, ну и пересадила его в обычный керамический горшок, а ведро приспособила под мусор. Оно, кстати, оказалось великолепного качества, не тускнело, шикарная вещь.

— С помойкой мы разобрались, — сказала я, — значит, Настя ушла и...

— Пропала, — застонала Таня, — без шубки, теплых сапог, шапки! Господи, она простудится! Или заболеет ангиной!

Я мрачно посмотрела на Таню, даже двустороннее крупозное воспаление легких чистая ерунда по сравнению с неприятностями, которые могут произойти с десятилетней девочкой, не вернувшейся домой.

Настю так и не нашли, Миша с Таней бросили все силы на ее поиски: задействовали милицию, частного детектива, дали объявления в газету и на телевидение, но девочка словно в воду канула. Не дождавшись дочери домой в роковой день, Татьяна побежала к мусорным бакам и увидела на выпавшем снегу отпечатки тапочек девочки. Цепочка следов вела к пустому контейнеру, обрывалась около него, и все. Настя и красивое никелированное ведро исчезли.

Создавалось впечатление, что ребенка унесли инопланетяне. Как на грех, во дворе никого не было, милиция не нашла свидетелей, которые бы пролили свет на загадочную историю. Не обнаружили и никаких улик, началась метель, которая замела все следы.

Сначала Медведевы надеялись, что девочку вернут назад.

— Похитители скоро потребуют выкуп, — убежденно говорил Миша, — ничего, заплатим!

Но денежных требований никто так и не выдвинул. Потом в голову Тане пришло совсем уж глупое предположение:

— Она уехала! С подругами, — ажитированно восклицала она, — обиделась на меня, не хотела убирать квартиру, ну и подалась в бега.

Версия не выдерживала ни малейшей критики, но Миша тоже уцепился за нее, и целый год супруги вздрагивали от каждого звонка. Но Настя не объявилась.

Через несколько лет ее официально признали умершей, и Таня обустроила могилу на кладбище.

— Лучше бы уж тело увидеть, — в особо тоскливую минуту признался Миша, — а то ведь я знаю, что под памятником ее нет. Вдруг она все же вернется?

Я сделала вид, что не слышу последней фразы, и ловко перевела разговор в область цветоводства. Миша, у которого было хобби разводить розы, отвлекся от мрачных мыслей. А мне стало совсем грустно, я надеялась, что друзья поняли: Насти нет в живых. У меня была своя версия событий. Ну подумайте сами: цепочка следов несчастного ребенка обрывалась у мусорного контейнера. В налетевших инопланетян я абсолютно не верила. Значит, Настю ударили в тот момент, когда она опустошала ведро. Девочка лишилась чувств, ее схватили, сунули в машину и увезли. Это заняло пару секунд. Я попыталась донести свои рассуждения до следователя, но он моментально пресек мою активность:

— Дарья Ивановна, у нас работают профессионалы, которым нужны не версии, а показания родных и знакомых. Хотите помочь, ответьте четко на мой вопрос: какие отношения были в семье Медведевых?

Я вздохнула и сообщила, что знала. Но, увы, ни мой рассказ, ни сведения, почерпнутые у других приятелей Медведевых, не помогли, судьба Насти осталась неизвестной. И вот Татьяна несет невероятную чушь о возвращении ребенка. Хотя девочке-то сейчас двадцать лет, и называть ее «ребенком» просто дико.

Не успела я поднести руку к звонку, как дверь распахнулась и на пороге появилась Татьяна с абсолютно безумным выражением лица.

— Дашута, Настя вернулась! — обморочным голосом произнесла она.

Невооруженным глазом было видно, что Таня находится на грани истерики.

— Давай лучше сядем и спокойно поговорим, — предложила я, — почему ты решила, что неизвестно откуда появившаяся девушка и есть Настя?

Таня схватила меня за руку и потащила в просторную гостиную, на ходу вываливая кучу сведений.

Два дня назад рано утром, около семи часов, в дверь Медведевых позвонили. Муж с женой как раз собирались на работу, и Таня, не посмотрев на экран домофона, распахнула дверь. Она предполагала увидеть водителя Сережу, который обычно в это время поднимался к хозяевам, чтобы взять ключи от «Мерседеса».

Но вместо Сергея на лестничной клетке оказалась симпатичная молодая блондинка.

— Вы к кому? — удивилась Таня.

Незнакомка заметно смутилась.

— Здравствуйте, — тихо сказала она, — я Настя.

— Доброе утро, — кивнула все еще ничего не понимающая Таня, — что вам угодно?

— Я Настя, — повторила блондинка.

— Девушка, — начала злиться Медведева, — у меня нет свободного времени, пожалуйста, побыстрее изложите цель вашего визита.

Настя захлопала глазами, она явно пребывала в замешательстве.

— Мне бы Михаила Семеновича, — пролепетала она, — очень надо с ним поговорить!

И тут Таню осенило. Этажом выше, как раз над квартирой Медведевых, расположены апартаменты известного режиссера, снимающего километры сериалов. Теледеятеля тоже зовут Михаил Семенович, и к нему частенько заглядывают актрисы.

— Вы ошиблись квартирой, — улыбнулась Таня, — поднимитесь на один пролет.

Но Настя не пошевелилась.

— Мне нужен Михаил Семенович Медведев, — уточнила она, — или... он... он... жив?

— Девушка, — пришла в негодование Таня, — вы кто такая? Немедленно представьтесь!

— Я Настя, — тупо повторила блондинка.

— Это я уже слышала, — отмахнулась Татьяна, — назовите свою фамилию! Ну? Зачем вам мой муж?

— Таня... — прошептала девушка, — это я... Танечка... это я... ну я же!..

— Мы с вами встречались? — прищурилась Медведева, пытаясь вспомнить, где видела симпатичное голубоглазое личико.

Но вот так сразу сообразить, откуда она знает девушку, Таня не могла, уж слишком стандартно выглядела гостья: длинные белокурые волосы, голубые глаза, стройная фигура.

— Да... конечно... — продолжала тем временем Настя, — столько лет прошло... а вы ремонт сделали... обои другие, и люстра, и вместо вешалки теперь встроенные шкафы... А где Бублик?

— Бублик? — изумилась Таня. — На кухне, наверное, спит.

— На батарее? — засмеялась девушка.

Тут в прихожую вышел Михаил и сердито спросил:

— Ты собираешься или как?

Настя, бесцеремонно отодвинув Таню, вошла в холл и громко сказала:

— Папа, может, ты меня узнаешь?

Михаил вздрогнул и уставился на девушку, у Тани закружилась голова, и тут из коридора вырулил здоровенный британский кот Бублик. Он появился в доме за два года до исчезновения Насти, девочка очень любила его, постоянно возилась с ним, вычесывала щеткой, играла. Бублик платил ей такой же горячей любовью. Невозмутимый британец признавал одну Настю. Нет, он был очень интеллигентен, никогда не выпускал когти, не шипел и не убегал прочь, если вы изъявили желание его погладить, но сам на контакт не шел, на колени не вспрыгивал и ни малейшей радости при виде людей не испытывал. Бублик был самодостаточен, индифферентен и разгуливал по квартире с видом императора, оживлялся он лишь при виде еды.

Но сейчас кот осел на задние лапы, потянул носом воздух, издал воющий звук и кинулся к Насте на грудь. Он попытался, уцепившись когтями за джинсы девушки, влезть поближе к ее лицу, но не удержался и упал. Девушка присела и обняла кота, а тот начал тереться о ее лицо и мурлыкать с громкостью орга́на.

— Вот, — с упреком сказала Настя, прижимая к себе британца, — он меня узнал!

Бублик, урча, начал вылизывать ей шею, подбородок, щеки... Миша попятился, Таня в изнеможении прижалась к стене, а Настя повторила:

— Кот меня узнал, а родные нет! Я вернулась!

При этой фразе Татьяна упала в обморок. Когда она пришла в себя, дом полнился людьми, по коридорам ходили врачи, вызванные Мишей для жены и вновь обретенной дочери. Когда Таня сумела воспринимать действительность, Настя повторила для нее свою историю.

В тот роковой день она вышла из подъезда без верхней одежды и через пару секунд пожалела о своем дурацком непослушании. Было очень холодно, колючий снег падал за шиворот, а голые ноги в домашних тапках мигом превратились в ледышки. У Насти возникло желание вернуться домой и одеться как следует, но тут она представила себе лицо Тани и будто услышала ее: «Просто безобразие! Ты совершенно меня не слушаешься! Ведь вышло по-моему, ты замерзла», — и решила ни в коем случае не возвращаться. Упрямая девочка предпочла получить воспаление легких, лишь бы только не подтвердить правоту мачехи.

Помойка располагалась в самом дальнем углу двора, Настя подошла к бакам, увидела, что они переполнены, и решила вывалить отходы на землю. Конечно, Таня строго-настрого запрещала это, сколько раз она говорила Насте: «Если мусор не помещается в баки, его надо принести назад, я позвоню в домоуправление и устрою разнос служащим, ни в коем случае не вытряхивай ничего на землю».

Но в тот момент основным жизненным принципом Насти, как вы уже поняли, было открытое непослушание, поэтому она перевернула никелированное ведро, и... все. Окружающий мир неожиданно померк...

Когда девочка открыла глаза, она увидела больничную палату, около ее кровати сидела незнакомая женщина, полная, с добродушным лицом.

— Где я? — прошептала ничего не понимавшая Настя.

— Доченька, — причитала толстуха, — очнулась! Услышал господь мои молитвы! Как ты себя чувствуешь? Животик не болит?

Настя вжалась в подушку.

— Вы кто?

Женщина заметно испугалась.

— Твоя мама!

— Мама? — растерянно протянула девочка. — Ну да... точно... наверное.

— Сейчас, сейчас, — засуетилась толстуха и, несмотря на схожесть с бегемотом, резво вскочила с табуретки и выбежала в коридор.

Настя осталась одна, через пару минут у нее началась истерика, она попыталась вспомнить, как ее зовут, сколько ей лет, где она живет, кто ее родители. Но ничего путного она не помнила, единственное, в чем Настя была уверена, так это в своей половой принадлежности, четко знала, что она девочка. А еще ее не удивляли бытовые предметы. Стул как стул, на нем сидят, кровать — это кровать, на ней спят, из чашки пьют кофе, какао, молоко, кефир. Короче говоря, Настя не испытала никаких бытовых трудностей, но все остальное девочке пришлось заново узнавать о себе.

Ее зовут Настя Килькина, не самая благозвучная фамилия, но это фамилия ее мамы Зои Андреевны и папы Ивана Петровича. Отец служил в армии, семью мотало по гарнизонам. У Ивана Петровича был вздорный, слишком принципиальный характер, но он не пил, не курил, по бабам не шлялся и выглядел на фоне прочих военных белой вороной.

Зоя Андреевна пыталась повлиять на супруга. Переехав в очередной городок, она слезно умоляла своего борца за справедливость:

— Ванечка, уймись! Мы как перекати-поле по стране мечемся, нигде больше года усидеть не можем. Ну оформил генерал свою жену заведующей клубом, ну пристроил дочь в Москву учиться на украденные деньги, ну пьют офицеры горькую, везде так! Не начинай воевать, порядка не наведешь, а нас опять переведут!

Но Иван Петрович упорно стоял на своем, и в конце концов Килькины очутились в крохотном городке Бруске. Когда Зоя Андреевна вошла в отведенную семье сараюшку, где из удобств имелось лишь одно электричество, она мрачно констатировала:

— Ну все! Можно обустраиваться на всю жизнь, дальше не сошлют, хуже не будет.

Как же она ошибалась! Почти год Килькины жили тихо, потом пришла беда, Настя, единственный их ребенок, потеряла сознание. Слава богу, один из соседей имел машину и согласился довезти обезумевшую мать до райцентра.

В клинику Настя попала на грани жизни и смерти, у нее случился приступ аппендицита, развился перитонит.

— Шансов очень мало, — честно предупредил хирург Зою Андреевну, — я не всесилен.

Но, наверное, у Насти был авторитетный ангел-хранитель, потому что операция прошла успешно. Для выздоровления девочке требовались сильнодействующие, очень дорогие лекарства. Даже если бы необходимые медикаменты были в аптеке в забытом богом городке, то у Килькиных никогда не нашлось бы средств на их покупку. Из ценностей у Зои Андреевны были лишь обручальное кольцо и тоненькая золотая цепочка. Гордившийся своей принципиальностью Иван Петрович держал семью впроголодь, «подкожные» запасы у Килькиных отсутствовали.

Все тот же хирург сказал Зое Андреевне:

— Оперируем мы классно, лучше, чем европейцы и американцы, вместе взятые, но вот выхаживать больных не умеем. Ни лекарств, ни хорошо обученных медсестер нет.

— Настя умрет? — испугалась мать.

Врач вздохнул и с некоторым сомнением протянул:

— Мы делаем все возможное.

И тут случилось чудо. В клинике скончался зять главы местной администрации. Для него мэр выписал из столицы сильнодействующие лекарства, те самые, что могли помочь и Насте. Но упаковки с ампулами прибыли слишком поздно, зять мэра умер. Хирург, оперировавший Килькину, решился попросить лекарства для умирающей девочки, и мэр, очевидно, сердобольный человек, сказал:

— Пусть хоть ребенка спасут, берите бесплатно.

Пока жизнь Насти висела на волоске, Зоя Андреевна, как преданная собака, спала на коврике у кровати дочери. Помня слова врача о неумехах медсестрах, мать тщательно следила за персоналом. И тут ей сообщили, что у Ивана Петровича инфаркт. Муж в очередной раз поскандалил с начальством, нашел некие нарушения и стал привычно бичевать пороки.

Сначала Зоя Андреевна растерялась и начала метаться между двумя отделениями: хирургией и кардиологией, но потом сообразила, что хорошо ухаживать за обоими больными не получится, и выбрала Настю. На мужа Зоя Андреевна была давно зла, его болезнь не смягчила ее. Она считала, что Килькин сам во всем виноват, ему не следовало приниматься за старое.

Через два месяца Ивана Петровича похоронили, а Зоя Андреевна с Настей вернулись в плохо обустроенную избенку.

Девочка так ничего и не вспомнила о себе, но мать рассказала ей о детстве, и Настенька успокоилась. Иногда, впрочем, ей снились странные сны: большой шумный город, бесконечная лестница, по которой она спускается в подземелье, странные поезда, толпы людей, незнакомые дети, школьная доска и розовые лаковые туфли, круглоносые, с перепонкой и одним цветком на правой лодочке, на левой украшение отсутствовало, и это почему-то страшно огорчало Настю.

Первого сентября Настя пошла в первый класс, из-за болезни девочка отправилась в школу позже и оказалась старше всех. Наука давалась ей легко, Настенька схватывала материал на лету и получала сплошные пятерки, несмотря на то что практически не тратила время на домашние уроки.

Глава 3

Потом Зое Андреевне повезло. После смерти мужа ее взяли прислугой к местному царю. Честная, аккуратная, старательная, всегда с улыбкой на лице, да еще великолепная повариха, Зоя очень скоро стала в семье мэра родным человеком. И сам Григорий Николаевич, и его жена Ольга дорожили домработницей, а Зоя не могла забыть отданные ими для Насти лекарства и служила им как верная собака. Когда Григорию Николаевичу предложили пойти на повышение и переехать в областной центр, он взял с собой и домработницу. Зое снова пришлось перебираться из города в город, но в отличие от покойного Ивана Петровича, скатывавшегося все ниже и ниже, Григорий Николаевич поднимался по служебной лестнице и в конце концов оказался в Москве. Став депутатом, оборотистый мужчина сумел выбить для верной помощницы квартиру, и жизнь Зои Андреевны превратилась в сплошное счастье. О таком она даже не мечтала: переезд в столицу, собственная жилплощадь, дочь — студентка столичного вуза и небольшой запас денег в банке. Настенька тоже была рада, она влилась в студенческую семью, в которой было много провинциалов. Никто не смеялся над Настей, в группе училась всего одна москвичка, Света Лазарева, приятная, хорошо воспитанная, но глуповатая девушка.

— Меня папа сюда с трудом пристроил, — честно призналась она Насте, — сказал: «Институт непрестижный, конкурс плевый, учись, доча! Получишь диплом, найду тебе работу. Главное, не сойди с дистанции». Но боюсь, не сдать мне сессию.

— Не волнуйся, — успокоила ее Настя, — я тебе помогу.

Вскоре девушки подружились, Настю принимали дома у Светы, как родную. Ясное дело, когда Лазаревы приобрели более просторную квартиру, Настя оказалась в числе тех, кого позвали на новоселье.

Держа в руках листочек с адресом, Настя вышла на нужной станции метро, свернула направо, налево, вошла в просторный двор и вдруг ощутила беспокойство. Что-то было не так! Она же никогда ранее не бывала тут и тем не менее великолепно знала, что из холла крайнего подъезда вверх ведут три ступеньки, одна со щербинкой, а перила покрывает диковинный орнамент из виноградных листьев. Настя будто ощутила под пальцами резьбу и вздрогнула, из одной «лозы» торчал гвоздик. Хорошо знакомым казался и широкий квадратный двор, вот только раньше здесь не было кованых лавочек, садик украшали простые деревянные скамейки. Подавленная накатившими воспоминаниями, девушка в растерянности стояла у входа в дом, а потом, несмотря на то что ей следовало пересечь двор и идти дальше, вошла в подъезд.

В холле не было консьержки, очевидно, она отлучилась. Настя решила подняться по лестнице, пошла наверх и столкнулась с девочкой, которая несла на прогулку собачку.

— Осторожней, девушка, — предупредила та, — не держись за перила, из них гвоздь торчит! Мама руку поранила, папа хотел его забить, но консьержка не позволила. Такой вопль подняла! «Только въехали, а уже свои порядки устанавливаете. Да этот гвоздь здесь с основания дома! Не смейте по резным перилам молотком дубасить! Ща старшего по подъезду кликну». Во дура! Говорила же мама папке: «Давай купим собственный дом, еще неизвестно, какие соседи попадутся». Но отец уперся, хотел в историческом центре жить! И чего? Мать-то права! Вокруг одни психи! Гвоздь убрать не разрешают, он им, видите ли, дорог как память!

Девочка продолжала возмущаться, у Насти начала кружиться голова. Она побежала вниз, вышла на воздух, сделала пару вдохов, и тут из подъезда вышла девочка лет восьми-девяти с мусорным ведром в руке. Несмотря на холодный, вьюжный день, она была в легком спортивном костюме, ноги ее были обуты в пластиковые сланцы.

— Катя! — донесся сверху крик. — Немедленно вернись и надень пальто! Катерина!!!

Девочка фыркнула и понеслась в дальний угол двора, где стояли железные баки. Внезапно Настя как будто ощутила лед под ногами, за шиворот посыпался снег, в правой ладони была зажата холодная никелированная ручка, а по бедру било ведро. Все, больше Настя ничего не помнила.

Очнулась она у себя дома, снова, как десять лет назад, у ее постели сидела Зоя Андреевна.

— Доченька, — всхлипнула она, — ты как?

— Что со мной? — тихо спросила Настя.

— Ерунда, — вытирая слезы, ответила мать, — просто ты переутомилась, вот и упала в обморок. Светочка тебя в гости ждала, ждала, потом сообразила: что-то случилось, побежала к метро, а ты в проходном дворе лежишь. Слава богу, ничего не сломала!

— Мама, — резко спросила Настя, — кто я?

— О боже! — ужаснулась Зоя Андреевна. — Только не это! Неужели у тебя опять началась амнезия?

— Нет, — быстро ответила Настя, — наоборот, я все вспомнила.

— Что? — посерела Килькина.

— Свое детство, — задумчиво протянула Настя, — отца, мачеху, бабушку, кота Бублика. Я в тот день не послушалась Таню, вышла во двор почти голышом, подняла ведро и... конец. Очнулась в палате, ты рядом, на табуретке. Скажи, ведь моя фамилия Медведева? И я не твоя родная дочь? Так?

Зою Андреевну заколотило в ознобе.

— Ну и чушь ты несешь, — прошептала она.

— Врешь! — резко сказала Настя. — И мне больше лет! Я потеряла сознание у помойки на следующее утро после празднования моего десятилетия, мне не восемнадцать, а все двадцать. Вот почему я так отлично успевала в школе, просто уже один раз учила материал! Прошла программу первых классов во второй раз! Ну, мне пора!

— Куда ты? — одними губами спросила Зоя Андреевна.

— К отцу! — лихорадочно засуетилась Настя, вскакивая с кровати. — Представляю, как он волнуется. Да и бабушка Елена Сергеевна с ума сходит! Интересно, Бублик еще жив?

— Кто? — прошептала Килькина.

— Мой любимый кот, — ответила Настя, — ты вот не разрешала мне заводить животных, говорила про свою аллергию, а Таня, хоть и мачеха, купила Бублика. Я ее не любила из-за мамы.

— Кого? — лепетала Зоя Андреевна.

Настя бросилась к гардеробу, натягивая на ходу джинсы, она сказала:

— Моя мама умерла, Таня вышла замуж за папу, но я категорически не желала дружить с мачехой, все ее действия в штыки принимала, считала ее притворщицей. А вот сейчас сообразила: она меня любила, воспитывала! И в тот день я не надела шубку и сапоги из чистой вредности.

Зоя Андреевна заплакала, но Настя не стала ее утешать.

— Зачем ты мне врала? — сурово спросила она.

— Я никогда не лгу, — слабо засопротивлялась Зоя Андреевна.

Настя расхохоталась и убежала.

Таня замолчала и уставилась на меня.

— Дальше что? — спросила я.

Медведева сжалась в комок.

— Ничего. Настя в подробностях описала свою комнату в нашей квартире: где, что и как стояло. Рассказала массу деталей, известных лишь членам семьи. Представляешь, она, оказывается, будучи второклассницей, полезла в мой шкаф, хотела надушиться. Я не разрешала ей брать ни косметику, ни парфюмерию. Вовсе не из вредности или жадности, а из соображений здоровья, у ребенка могла возникнуть аллергия и...

— Не оправдывайся, — остановила я Таню, — тысячи родных матерей не подпускают детей к своим шкафам.

— Верно, — кивнула она, — мало ли что там обнаружить можно, и Настя в тот день нашла нашу секс-игрушку, фаллоимитатор. Ну, понимаешь?

— Да, — усмехнулась я.

— Я в самый дальний угол прибамбас прятала, — покраснела Таня, — за старое белье, укладывала в мешочек из розовой замши.

— Очень подходящая тара для искусственного члена, — не выдержала я.

— Ну тебя, — отмахнулась Таня. — Настя, обнаружив мешочек, ничего мне не сказала, она даже не поняла, что нашла. Но через пару дней к ней пришла «продвинутая» подруга Лина, Настя показала ей странную штуку и спросила: «Зачем это? Если мачеха прячет, значит, что-то очень нужное!» Лина захихикала и просветила одноклассницу.

«Жуть! — закричала Настя, засовывая «игрушку» на место. — Какая гадость! Ты, Линка, врешь! Ну не могут люди ТАКИМ заниматься!»

Ни отцу, ни бабушке, ни мачехе Настя о фаллоимитаторе не рассказала, но сейчас подробно описала давнюю находку.

— Она его точно видела, — сказала Таня, — мы же, как ты догадываешься, о своих интимных привычках не трепались, откуда посторонней девушке знать и про розовый мешочек, и про «резинового друга»? А еще Настю признал Бублик, ни на шаг от нее не отходит, лижет, лижет, лижет... Кот у нас с чувством собственного достоинства, он около чужого даже не сядет. А уж чтобы ласкаться! Да после пропажи Насти он никому так не навязывался!

— Ну и дела! — покачала я головой. — Бред какой-то! Получается, что кто-то по непонятной причине лишил ребенка чувств, потом Настя очнулась в городе на противоположном конце России, а около ее кровати сидела Зоя, назвавшая девочку своей дочерью?

— Выходит, так, — согласилась Таня.

— Но в чем мотив преступления? — продолжала недоумевать я. — Зачем было красть девочку, а потом переправлять ее невесть куда?

— Не знаю, — мрачно ответила Таня.

— И мне непонятно! Ладно бы, выкуп попросили! Но ведь десять лет от Насти не было сведений! В голову приходит лишь одна версия!

— Какая? — оживилась Таня.

— Зоя Андреевна хотела ребенка и организовала похищение Насти! Но только ничего глупее нельзя придумать. У Килькиной, если верить все той же Насте, не было денег. Предположим, что Зоя Андреевна наскребла средств на похищение, но за каким чертом ей десятилетняя девочка? Лучше украсть пеленочного младенца, тот стопроцентно никому слова не скажет. Вся эта история нелепа, нелогична и фантастична. А как восприняли ее Миша и Елена Сергеевна?

Таня открыла шкаф и схватила сигареты.

— Ты куришь? — изумилась я.

— Да, — подтвердила Медведева, — уже два дня. Мишка пришел в телячий восторг! Как же! Доченька вернулась! Не ожидала я от него такой наивности! Сначала он, правда, насторожился, а потом повел Настю в свой кабинет для разговора.

— Тебя не пригласили?

— Нет, — зло ответила Таня, — Миша решил поговорить с девкой о покойной жене, о Ларисе. Меня он якобы хотел уберечь от беседы, знает, как я к его распрекрасной Ларочке отношусь! Не смотри на меня так. Я же никому слова не сказала, ни одной подруге не пожаловалась, но ведь мы живем втроем! Портрет Ларисы в гостиной на стене! Да и ее мамочка, Елена Сергеевна, постоянно рядом. Как в гости придет, а, поверь, она сюда часто заруливает, мигом ныть начинает, сладкий сироп льет: «Танечка, детонька! Ларисочка на небесах счастлива, смотрит на тебя и думает: «Ах, какая замечательная женщина около МОЕГО мужа». Воображаешь, как приятно знать: за семьей бдит привидение! Сколько раз я просила Мишу: «Окороти старуху! Дай ей по губам!» Но нет! Мне замечание сделать, наорать на меня — это с дорогой душой, а вот бывшую тещу прижать — он не может. Опустит глаза и зудит: «Не ревнуй, Танюша! Лариса умерла, она тебе не соперница. У Елены Сергеевны в целом свете никого, кроме Насти и меня, нет. Ну не гнать же ее вон! Она на пенсии с голоду сдохнет!»

Выпалив последнюю фразу, Таня задохнулась, схватила стакан, налила в него воды прямо из-под крана, залпом выпила и продолжила:

— Я разве жадная? Охота ему эту жабу черной икрой кормить, нехай жрет. Не в этом дело. Ну дай бывшей теще деньги на жизнь, купи ей хавки — и хватит. Но ведь Елена Сергеевна у нас мать родная, мы ей поперек не вздыхаем! Через день она тут бывает, со стонами про Ларису, в поликлинику ее наш шофер катает, в театр и консерваторию Миша сопровождает. И кому он звонить кинулся, когда эта самозванка приперлась? Угадай с трех раз?

— Елене Сергеевне, — пожала я плечами.

Татьяна постояла молча пару секунд, потом швырнула на пол чашку, фонтан фарфоровых брызг взлетел в воздух.

— Моя любимая кружка, — зарыдала Медведева, садясь на корточки, — разбилась!

Я бросилась к бару, моя покойная бабушка Фася всегда говорила: «Лучшего средства от стресса, чем сладкий крепкий чай с коньяком, нет. Успокаивает почище любых лекарств».

Напоив Таню волшебным средством, я усадила ее на диван и прижала к себе.

— Прости, Дашута, — еле слышно выговорила она, — чего это меня по кочкам понесло?

— Ты сильно перенервничала, — попыталась я ее утешить.

— У нас хорошая семья.

— Никто не сомневается в этом.

— Конечно, Елена Сергеевна порой меня раздражает!

— Пожилые люди частенько бывают докучливы, своих-то родителей трудно вынести, а у тебя бывшая теща мужа! Не всякая жена согласится постоянно иметь перед глазами напоминание о прошлой жизни супруга.

— Нет, мы с ней вполне ладим!

Я промолчала. До сих пор я совершенно искренне считала Медведевых образцовой парой. Но, как видите, ошибалась, между тремя взрослыми членами семьи сложились непростые отношения. Хотя разве бывают в природе безмятежно счастливые браки? Похоже, нет. Кое-кто из любящих родственников выясняет отношения при помощи кулаков, сковородок и кухонных ножей. А Медведевы цивилизованные, интеллигентные люди, ну ругаются изредка, так это в порядке вещей. И потом, с какой стати Танюше любить Елену Сергеевну? Правда, старуха очень помогала ей с Настей, практически служила у Медведевых нянькой.

— Елена Сергеевна узнала внучку, — прошептала Таня.

— По каким признакам?

— По шраму от аппендицита, девочке в восемь лет делали операцию.

— Это не такая уж редкая примета, — уточнила я, — у многих есть рубец.

— Верно. Но еще родинки.

— Где? — заинтересовалась я.

— На ноге, у щиколотки, — пояснила Таня, — из-за них девочку и назвали Настей.

— Почему?

Таня криво ухмыльнулась.

— Лариса на всю голову долбанутая была! Не забудь, я с ними в одном дворе жила. Такая противная, медлительная, ходила, словно боясь расплескать свое достоинство, ее все терпеть не могли.

— Противная?

— Не передать словами! Вечно замечания людям делала и очень собой кичилась. Считала только свое мнение правильным, а себя — венцом совершенства. Елена Сергеевна такая же. Представляешь, она простыню во дворе вывесила.

— Сушить после стирки?

Таня засмеялась.

— Нет. Наутро после свадьбы! Вот был цирк! Вообрази картину. Полдень, воскресенье, наши сплетницы на лавочках сидят, день солнечный, теплый. В общем, греют жабы пупырышки, и тут из подъезда выпархивает Елена Сергеевна и заявляет:

«Люди добрые! Смотрите сюда! Ларочка вчера замуж вышла непорочной девушкой! Вот простыня!»

И на веревку полотнище вешает с кровавым пятном. Народ прямо офигел. Знойный спектакль. Все и раньше в курсе были, что старшая Кругликова со съехавшей крышей, но размера бедствия не представляли. Во! Шоу одинокой девственницы! До сих пор люди ржут.

Когда Настя появилась на свет, внимательная бабушка усмотрела у нее на лодыжке несколько родинок, выстроившихся в виде буквы Н.

— Господь имя указал! — воскликнула Елена Сергеевна. — Девочку Настей крестить надо.

— Настя — это Анастасия, — напомнил зять, — если отталкиваться от буквы Н, то есть масса других имен: Нина, Наталья, Наина, Нелли.

— Настя, — стояла на своем бабушка.

Молодые решили не ссориться со старухой, ни мать, ни отец не имели ничего против имени Анастасия.

Так вот, узнав о воскресшей внучке, бабуля прилетела к Мише с Таней и велела девушке показать ногу.

— Это она! — зарыдала престарелая дама. — Н на месте.

И Миша бросился обнимать вновь обретенную дочь.

— Где сейчас девушка? — спросила я.

— Они с Мишей поехали к Зое Андреевне, хотят задать ей пару вопросов, — ответила Таня.

— Всего пару? Лично у меня к ней имеется по крайней мере с десяток, — заявила я, — и лучше бы пригласить милицию! Ясно же, Зоя в курсе произошедшего! Она знает организатора похищения.

— Миша сказал, что не стоит впутывать ментов в семейное дело, — прошептала Таня, — сами разберемся. Сейчас везде народ продажный, стукнут в «Желтуху», и понесется вой. А нам скандал не с руки, Миша собрался баллотироваться в депутаты.

— Ясно, — протянула я, — подходящий момент выбрала судьба, вернула Настю именно тогда, когда требуется тишь да гладь. А зачем я тебе понадобилась?

Таня набрала полную грудь воздуха.

— Это не Настя! — выпалила она.

Глава 4

Я вынула из сумки сигареты.

— А кто?

— Не знаю! Самозванка!

— А родинки на ноге?

— Это совпадение.

— Маловероятно.

— Настя мертва, давно! — затопала ногами Таня.

— Но девушка описала вашу квартиру!

— Ерунда! Ее же готовили, рассказали о старом интерьере.

— А фаллоимитатор в розовом замшевом мешке? Сама только что утверждала, будто о нем знала лишь Настя.

— Она еще кому-то проболталась! Настя умерла! Стопудово! Я знаю!

— Откуда?

Медведева замерла, потом тихо сказала:

— Гитану помнишь?

— Кого?

— Алмазову, жену Василия Никоненко.

— Да, да, конечно!

— Она цыганка, мать Гитаны сбежала из табора, — продолжала Таня, — но гадать не разучилась. Когда Настя пропала, я к Гитанке побежала. Ее мать карты раскинула и сказала: «Не люблю плохие вести сообщать, но девочка умерла страшной смертью, над ней поиздевались и задушили».

— Самой тебе не смешно? — поморщилась я. — На основании дурацкого гадания ты делаешь выводы? Зачем девушке обманывать вас? Какой смысл прикидываться пропавшей дочерью Михаила?

Татьяна расхохоталась.

— Ты наивная маргаритка! Знаешь, сколько наша фирма дохода приносит? Это лакомый кусочек для жадных ртов. А еще Миша в депутаты метит! Посмотри кругом! Живем, правда, в прежней квартире, но сделали в ней шикарный ремонт. На стенах коллекция картин, в шкафах уникальный фарфор. Соображаешь, на какую сумму тянут хоромы в историческом центре Москвы? Не один миллион зеленью выручить можно. Значит, мотив — бизнес и жилплощадь. Теперь дальше. Дом в поселке, дача то бишь! Участок в гектар, коттедж двухэтажный, типа вашего ложкинского. Цену назвать?

— Не надо! — покачала я головой.

Таня подняла указательный палец.

— Во! Смотри, как удобно! Сначала девица поживет в обеспеченной семье, а после нашей смерти загребет жирный кусмандель.

— Вы пока умирать не собираетесь.

— Все под богом ходим! — мрачно заявила Медведева. — Еще неизвестно, что у красотки на уме! Кстати, у Елены Сергеевны тоже полно добра! Опять же квартира, правда, похуже нашей, но на миллион долларов потянет, всякие там брюлики-шмулики... Неплохой куш для самозванки? Только ты можешь мне помочь!

— Но как? — поразилась я.

— Надо доказать, что она не Настя!

— А кто?

— Килькина! Дочь военного, дворняжка!

Я вытаращила глаза.

— В милицию я обратиться не могу, — твердила Таня, — к частному детективу тоже. Деньги возьмет, ни хрена не сделает, или, еще хуже, раскопает правду и сольет информацию в прессу! А ты своя, ты же поможешь? Да? Мне очень, очень плохо!

— И что прикажешь делать? — окончательно растерялась я.

— Необходимо найти тело Насти! — заявила Таня. — Ее убили! Гитана никогда не ошибается!

— Даже если предположить невероятное — что я сумею обнаружить могилу ребенка, — то, думаю, за десять лет от трупа ничего не осталось!

— Ты просто не хочешь мне помочь, — горько заплакала Таня. — Я уверена: Настю убили, эта дрянь водит Мишку за нос! И неизвестно, что она предпримет! Вдруг задумала отравить нас? А? Скажи?

— Ладно, ладно, — закивала я, — для начала нужно побеседовать с Зоей Андреевной. У тебя есть ее адрес?

— Миша в книжку записал, — сказала Таня. — Зачем тебе она?

— Ну как же! Смотри, у нее была дочь Настя, которая, попав в больницу, вышла оттуда с амнезией. Если представить, что Килькина всех обманывает, тогда возникает естественный вопрос: а была ли девочка?

— Чего? — растерялась Таня.

— Получается, что было две Насти, — попыталась я растолковать Тане свою версию, — одна Килькина, вторая Медведева. Если Зоя забрала из больницы последнюю, то где первая? Неужели она оставила собственного ребенка в клинике?

— Может, никакой Килькиной не существовало, — фыркнула Таня.

— Вот, — сказала я, — отсюда и начнем. Я использую свои связи, попрошу навести справки, но мне необходимо иметь точные данные о Зое, ее муже и самой Насте. Сумеешь их достать?

— Легко, Настя скоро вернется, я расспрошу ее! А хочешь, сама оставайся! Кстати, почему они так задержались?

Не успела Таня удивиться, как из прихожей послышался стук двери и шаги.

— Вернулись, — лихорадочно зашептала Танюша. — Дашка, умоляю, не подавай виду, она не должна догадаться, что мы ее раскусили, изображай радость, обнимай эту сволочь, плачь... ну не знаю, как тебе себя вести. Необходимо усыпить ее бдительность, и...

Конец фразы Таня проглотила — в просторную кухню-гостиную вошел Миша и, не заметив меня, велел жене:

— Сделай кофе, да покрепче, не вари, как всегда, бурду!

— Если тебе не нравится моя готовка, можешь пойти в ресторан, — мгновенно подбросила поленья в костер ссоры Таня, — или сам берись за джезву.

Миша нахмурился, но тут в кухню вошла симпатичная блондинка и сказала:

— Добрый день или уже вечер, наверное! Хотите, я всем кофе сварю? У меня здорово получается! Если Тане трудно, мне не в лом!

Я уставилась на Настю. Замечали ли вы, что все блондинки похожи друг на друга? Может, это из-за сегодняшней моды на длинные волосы с неровно постриженными прядями? Или светлая кожа, голубые глаза и розовая помада делают нас клонами? Во внешности самозванки не было ничего особенного, в толпе подобное лицо не выделяется, скользнешь по нему взглядом и через секунду забудешь, нет ни особых примет, ни яркой индивидуальности — широко растиражированный образ. Вот так, посмотрев на девушку, невозможно сказать, является ли она дочерью Миши. В последний раз я видела Настю более десяти лет тому назад, когда приезжала поздравлять Таню с днем рождения. За прошедшие годы она выросла, сильно изменилась, из милой малышки превратилась во взрослую девушку. За это время внешность девочки могла радикально измениться. Исчезни Настя в двадцать лет и «воскресни» в тридцать, она была бы узнаваема, в сорок и пятьдесят тоже, но десять и двадцать сильно разнятся друг от друга, неизменным останется лишь цвет глаз. А теперь вспомним, сколько в России голубоглазых девушек?

— А я вас помню! — заулыбалась Настя. — Вы Маша!

— Попробуй еще раз, — старательно изображая добродушие, ответила я, — похоже, да не то!

— Даша! — хлопнула себя по лбу девица. — Маша ваша дочь! О! Теперь я и про туфли вспомнила!

— Туфли? — невольно повторила я.

Настя кивнула и пошла к плите. Походя она открыла шкафчик, вытащила банку с арабикой и, насыпая в джезву ароматный порошок, сказала:

— Мне постоянно сон снился, про розовые лодочки с цветочком! Вот я вас сейчас увидела, и как ракета в голове взорвалась. Вспомнила! Вы же их мне подарили! Купили Маше, а ей они не подошли!

Я порылась в памяти и извлекла из нее один эпизод. В приснопамятные советские годы я, постоянно озабоченная добыванием денег, пристроилась подрабатывать в объединение «Интурист». Взяли меня туда внештатно, рассчитывались со мной сдельно: пробегала неделю, получи за семь дней. Устроиться толмачом, сопровождающим иностранцев по Москве, в те годы было практически нереально, каждого кандидата под лупой изучало КГБ. С моими многочисленными разводами было трудно прошмыгнуть в элитное сообщество, но у меня имелось очень весомое преимущество — я в совершенстве владела французским языком. Если вы думаете, что все переводчики хорошо знают язык, то глубоко ошибаетесь. Очень часто они несут жуткую отсебятину, искажают фразы, неправильно передают их смысл, а уж сленгом владеют единицы.

Не так давно мне довелось присутствовать в Париже на вечеринке, которую устраивала некая фирма, связанная с производством труб. Так вот, один из хозяев банкета, слегка подвыпив, произнес тост:

— Ну, нам удачи и бабок побольше!

Переводчик-француз на секунду завис, а потом лихо перевел фразу для своих соотечественников:

— Предлагаю выпить за дам!

Хорошо хоть, из чисто французской галантности, он не произнес: «Опрокинем рюмашку за старух».

Когда официальная часть торжества завершилась и народ начал наливаться алкоголем, я подошла к толмачу и сказала:

— Бабки — это деньги! Вы неверно передали смысл тоста.

Переводчик изумился:

— В смысле?

— Смысла нет. Слово «бабки» в данном контексте следует перевести как рубли или доллары, — пояснила я.

Француз выпучил глаза.

— Он предлагал выпить за шлюх?

— Нет, — сдерживая смех, ответила я, — за деньги.

— Старухи, которые продаются? — не врубался переводчик. — Тот русский геронтофил! О, ля-ля! Однако он смелый человек, не всякий прилюдно признается в своих секспристрастиях!

— Да нет! Он вел речь о валюте! — я упорно пыталась внедрить в мозг дурака правильную информацию. — Об ассигнациях! Средство расплаты!

— А при чем тут бабушки? — изумился переводчик.

Я махнула рукой и ушла. Бабушки здесь ни при чем, но если берешься за ремесло переводчика, то надо хоть изредка покупать книги и газеты на том языке, с которым работаешь.

Кстати, иногда меня поражают и пассажи в книгах. Читала намедни детектив, переведенный с французского, и пришла в глубочайшее изумление. Один из главных героев — военный, педант до мозга костей. Автор на двадцати страницах описывает, как этот генерал гладит брюки перед торжественным вечером, где ему должны вручать награду. Далее следует рассказ о церемонии, цитирую почти дословно: «Он шел по скрипучим половицам сцены, ощущая невероятную гордость. Да, настал звездный час его карьеры, пик успеха! Начищенные ботинки сверкали, как зеркало, складка на брюках походила на бритвенное лезвие. Вот приближается министр, сейчас он приколет орден к кителю генерала, который уже украшают пятна компота и куски сухофруктов». Прочтя последнюю фразу, я сначала не поняла, о чем речь. Минуточку, каким образом френч чистюли оказался в пятнах? Вояка промочил горло в буфете и облился компотом, забыв привести себя в порядок? Ну ладно пятна, их, увы, никуда не деть! Однако ломтики сухофруктов! Почему он их не стряхнул? Но уже через секунду недоумение прошло и я начала смеяться. «Компотом» французы именуют разноцветные планки, украшающие мундиры. Чтобы не звенеть орденами и медалями, когда их много, бравые военные прикручивают или пришивают такие полоски. Вот их-то и называют «сухофруктами». А глупый переводчик так и написал — компот.

Ну да я отвлеклась. Одним из положительных моментов работы с иностранцами была отличная зарплата, вторым — возможность купить у них вещи. Те, кто приезжал в Россию не первый раз, хорошо знали, что надо иметь при себе блок жвачки, джинсы, мужские рубашки, женское белье, косметику, пластинки с записями поп-музыки... Мы хватали все без разбора, радовались сигаретам, жвачке, дезодорантам. Очень хорошо помню, как одна француженка перед отъездом сунула мне пачку прокладок и сказала:

— Это тебе за хорошую работу.

Думаете, я возмутилась и швырнула ей в лицо упаковку? Ан нет, пришла в полный восторг, советским бабам это было в диковинку. Я берегла прокладки, пользовалась ими лишь в особых случаях и чуть не заплакала, когда коробочка опустела.

В начале девяностых годов прошлого века с товарами и продуктами стало еще хуже, чем при коммунистах, с прилавков исчезло все. Представьте мой буйный восторг, когда один вертлявый гасконец привез розовые лаковые туфельки с ремешками и кружевными цветочками?

Я принесла туфли домой, Маша всунула в них ножки и захныкала:

— Пальцы упираются, больно.

— Ерунда, — заявил Аркадий, — можно их подогнуть и форсить в обновке.

Машка покраснела, засопела и отчаянно заревела:

— Неудобно!

— Очень уж ты нежная, — констатировал добрый братец, — если б мне новые ботинки перепали, я не стал бы кривляться! Мать, может, ей пальцы того, чик-брик?

Маруська кинулась лупить Аркадия, а я положила лодочки в коробку и отвезла их Медведевым. У Насти размер ноги был меньше, чем у Маши, ей туфельки подошли идеально.

Глава 5

— Ну, вспомнили? — улыбалась Настя. — Такая шикарная обувь! Жаль, что кто-то из детей в садике одну розочку отодрал, я так рыдала, обнаружив ее отсутствие.

— Ты Настя? — робко спросила я.

— А вы сомневаетесь? — усмехнулась девушка.

— Ну... нет... — протянула я, — хотя... не обижайся...

— И не думаю, — снисходительно кивнула она. — Я понимаю ваше недоумение.

Громкий звонок прервал нашу беседу.

— Кого черт принес? — зло спросил Миша и пошел в прихожую.

— Вы поговорили с Зоей? — спросила Таня.

Настя помотала головой, сняла джезву с огня и посмотрела на мачеху.

— Где чашки?

— Ты же тут жила, — ядовито ответила Медведева, — почему интересуешься? Возьми, где они стояли!

Настя вздернула брови.

— Раньше вы посуду держали в сушке у раковины, на столике красная пластиковая подставка была. Но ведь вы ремонт сделали! Кухня теперь другая!

— А ты помнишь старую? — не сдалась Таня.

— Конечно, — сказала Настя, — самая простая была, серая, в розовых цветочках, занавески в бело-красную клетку, люстра пятирожковая, холодильник «Минск», он вон там стоял, теперь угла нет, разрушили.

— На подоконнике были цветы, — вдруг перебила падчерицу Таня.

Я с изумлением посмотрела на нее, чем-чем, а выращиванием растений она никогда не занималась!

Настя прикусила губу, нахмурилась, потом ее лоб разгладился.

— Нет, — с облегчением сказала она, — хоть пока я не все точно в деталях вспоминаю, но на подоконнике вечно бардак был. Там всякая ерунда валялась: телефонная книжка, карандаши, ручки, коробка с нитками... Никаких горшков не было. Тань, ты чего? У тебя даже кактусы сдохли! Помнишь, папа подарил тебе, такой зеленый, с красной «шапочкой»? Месяца он не протянул, корешки откинул!

Таня порозовела.

— Так ты помнишь? — настойчиво повторила вопрос Настя.

— Нет! — с вызовом ответила Таня.

— Значит, у меня память лучше! — обрадовалась девушка и повернулась ко мне: — Вот видите, тетя Даша, Таня не может про кактус рассказать, однако никто ее в обмане не подозревает. А вдруг Таня — это не Таня? Может, она мошенница, а? Пусть докажет, что это не так!

Обычно жена Миши за словом в карман не лезет, переспорить или переорать Таню не стоит даже пытаться, безнадежное дело! Но сейчас она лишилась дара речи. Я тоже на пару секунд онемела, но потом ринулась на защиту своей знакомой:

— Во-первых, не обращайся ко мне «тетя», можешь звать меня просто Даша. А во-вторых, Таня никуда не исчезала, она постоянно у нас на глазах.

— Ха, — ухмыльнулась Настя, — а теперь представьте, что настоящая Таня исчезла, украли ее. Утром ушла на работу одна, а домой вернулась другая! Очень похожая! Сестра-близнец! Кто заметит подмену?

— Офигела? — отмерла Татьяна. — Раскудахталась тут! Не пори чушь! Я у матери одна!

— И откуда это известно? — вскинула брови Настя. — Может, мамочка тебе правду не рассказала? Вон по телику сериал показывают, в тему! Про двойняшек! Их разделили, а потом одна другую придушила!

Высказавшись, Настя схватила чашку со стола, налила в нее кофе, отхлебнула и закатила глаза.

— М-м-м! Супер! Пробуйте! Очень вкусно.

— Она сумасшедшая? — с надеждой в голосе спросила Таня. — Психопатка? Какие близняшки?

— Я нормальная, — отрезала Настя, — просто хотела вам продемонстрировать, что можно легко усомниться в подлинности любого человека! Почему Таня мне не верит?

— Солнышко мое, — закудахтали из коридора, — детонька! Бабуля принесла твои любимые пирожки!

Танины щеки из розовых стали бордовыми, в гостиную, как торнадо, ворвалась Елена Сергеевна. Несмотря на преклонный возраст, мать первой жены Миши выглядит замечательно, она тщательно следит за собой, накручивает волосы на бигуди, пользуется косметикой и носит красивые костюмы.

— Бабушка! — кинулась к ней Настя.

— Котеночек, — засюсюкала старушка и обняла внучку.

Миша, который вошел следом за тещей, принялся вытирать платком глаза. Таня побледнела.

— Ну-ка скажи, лапочка, — квохтала Елена Сергеевна, освобождаясь из объятий девушки, — какие пирожки ты обожаешь? С капустой или с мясом?

— С капустой, бабуся, — быстро ответила Настя, — если ты их как раньше печешь, а в начинку добавляешь крутое яйцо!

По щекам Елены Сергеевны поползли слезы.

— Это моя Настенька, — завсхлипывала экс-теща, — любимая! Ларочка смотрит сейчас с небес и радуется! Нашлась наша девонька! Нежная, ласковая, солнечный зайчик!

— Хорошо, что вы не слышали, какой детектив ваш зайчик сейчас придумал! — взвизгнула Таня.

— Ты чего несешь? — обозлился Миша.

Настя подошла к отцу и прижалась к нему, он одной рукой обнял дочь за плечи и велел жене:

— Глупости не болтай! В нашей семье радость! Мы с Еленой Сергеевной нашли родную кровь! Хотя тебе-то чего ликовать! Настя ведь не твоя дочь, ты мне ребенка так и не сумела родить, а сейчас злишься и дудишь: «Не она, не она!»

Лицо Тани приобрело столь отчаянное выражение, что я пришла ей на помощь:

— Танюша не сомневается, если так можно выразиться, в подлинности Насти.

— При чем тут тогда детектив? — сменив тон, спросил Миша.

Я лихорадочно пыталась придумать оправдание для Тани, и тут Миша взял джезву, достал из шкафчика чашку, налил в нее кофе, отхлебнул и скривился.

— Лучше бы научилась готовить по-человечески, — упрекнул он жену, — чего туда напихала? Дерьмо какое-то!

— Это варила наша Настенька, — проворковала супруга.

Муж закашлялся, потом заявил:

— Непривычно, но вкусно!

И тут меня осенило.

— Давайте спокойно сядем за стол и поедим пирожков. Танюша просто вспомнила, как Настя любила в детстве рассказы про сыщика и вора! Я когда-то подарила девочке книгу, большую с золотым обрезом. Настя перечитывала ее постоянно! Помнишь?

— Конечно, — улыбнулась та. — Здоровенный том было трудно держать! Но меня очень увлекали приключения. Правда, потом я больше полюбила русские народные сказки. В особенности, эту... э... про...

— «Гуси-лебеди»? — решила подсказать Елена Сергеевна.

— «Морозко», — громко заявила Настя, — вот моя самая обожаемая история, я наизусть ее выучила и даже разыграла по ней спектакль!

Таня уронила чашку и вскочила со стула.

— Вот косорукая! — заохала Елена Сергеевна. — Скорей хватай тряпку, не стой столбом! Снимай скатерть, испортится! Кофе очень трудно отстирать. В доме есть пятновыводитель?

— Да пошли вы все! — с чувством произнесла Татьяна и убежала.

— Какая грубиянка! — возмутилась старуха.

— Таня просто перенервничала, — неожиданно встала на защиту мачехи падчерица, ловко стаскивая скатерть, — сейчас я машинку запущу. У вас ведь автомат?

— Да, — кивнул Миша, — справишься?

— У Зои такая же! — ответила Настя, уходя в коридор.

— Хозяйственная! — умилилась Елена Сергеевна. — Вся в мать-покойницу! Как бы сейчас радовалась Ларочка!

Миша глянул на бывшую тещу, в его глазах промелькнуло раздражение, и я в который раз за последний час решила выступить в роли миротворца:

— Кстати, о Зое Андреевне, вы поговорили с ней?

— Нет, — пожал плечами Миша.

— Почему? — удивилась я. — Таня сказала, будто вы с утра к ней уехали.

— Верно, — кивнул Медведев, — мы пришли, начали звонить, дверь никто не открыл. Настя предположила, что Зоя в магазин ушла, подождали, она не возвращается. Ну сходили сначала в кино, потом в ресторан, решили: Килькина на работе. Настенька ее график не помнит, все сомневалась, считала в уме — Зоя сутки дежурит, трое дома.

— А где она служит?

— В охране.

— Где? — изумилась я.

— В охране, — повторил Миша.

— Туда берут немолодых женщин? — еще сильней удивилась я. — А Таня говорила, что Зоя домработница у генерала.

— Он умер, — вклинилась в разговор вернувшаяся в кухню Настя, — года два назад, и генеральша тоже покойница. Зоя пристроилась в санаторий в Подмосковье. Папочка неправильно сказал, она не в охране, а на рецепшен служит.

— Ясно, — кивнула я.

— Неинтеллигентная работа, — поджала губы Елена Сергеевна, — я бы на такую не пошла! Фу!

Настя отвернулась к окну, Миша начал барабанить пальцами по столешнице, а я проглотила вертевшуюся на кончике языка фразу: когда есть нечего, согласишься на любую работу. Какое право имеет Елена Сергеевна осуждать других? У нее-то есть зять, порядочный человек, содержащий мать покойной жены, другим так не повезло.

В гостиной повисло тягостное молчание.

— Мы оставили ей записку, — нарушила гнетущую паузу Настя. — Указали все папины телефоны и попросили звонить, воткнули бумажку в дверную щель.

— Почему не оставили в квартире? — удивилась я.

Миша и Настя переглянулись.

— Мы не входили внутрь, — пояснил Медведев.

— Я не желаю делать даже шага туда, где меня обманывали, — с пафосом заявила Настя, — и не заговорила бы никогда с Зоей, но ведь надо расспросить ее.

— Благородная девочка! — заломила руки Елена Сергеевна. — Мишенька, ты обязан восстановить дочери документы. Солнышко, что за фамилия у тебя сейчас?

— Килькина, — засмеялась Настя.

— Какой ужас! — затрясла головой старуха.

— Насколько я знаю, получить новый паспорт сразу не получится, — протянул Миша, — нам предстоит дикая головная боль.

— Она останется Килькиной? — закатила глаза Елена Сергеевна. — Ларочка в гробу переворачивается! Моя бедная доченька! Мишенька, ты боишься реакции Тани? Но ведь она не Медведева по рождению! Взяла твою фамилию после свадьбы. Ладно, давай оформим Настю Кругликовой. Будет как Ларочка.

— Вот и нетушки! — уперлась Настя. — Я хочу вернуть свою фамилию! Медведева! Вы мне не верите? Да?

— Я всего лишь сказал, что получение новых документов непростой процесс, — звенящим голосом перебил ее Миша, — и уж извини, Настя, тебя признали умершей, потребуется обратная бюрократическая процедура!

— Зачем вы позволили похоронить меня живой? — простонала Настя. — Неужели сердце не подсказало, что я не погибла!

Миша начал кашлять, а Елена Сергеевна, опрокинув табуретку, кинулась к внучке.

— Я протестовала, — закричала старуха, — но Таня ничего слышать не захотела!

— Даша, — раздалось из холла, — у тебя мобильный звонит!

Я встала на ватные ноги и побрела к двери.

— Настюша, — решительно заявил Миша, — Елена Сергеевна права, мы виноваты! Не верили в твое возвращение! Но сейчас, клянусь бизнесом, в рекордно короткий срок я верну тебе фамилию Медведева и восстановлю среди живых. Наплевать на законный порядок, заплачу побольше, и новый паспорт в зубах к нам домой принесут.

Настя кинулась отцу на шею, Елена Сергеевна зарыдала, а я выбралась из гостиной и увидела мрачную Таню с моим сотовым в руке.

— На, — протянула она трубку, — похоже, твоя девка на аппарате.

— Мусенька, — затараторила Маша, — ты где?

— В гостях, — туманно ответила я.

— А когда вернешься?

— Уже скоро. У нас что-то случилось?

— Ну... в принципе... — замялась Маруська.

Тревога охватила меня. В нашей семье слишком много живых душ, чтобы хоть одни сутки прошли мирно. Если у Зайки нормально прокатил телеэфир и она благополучно добирается домой, не протаранив по пути ни одну машину, то у Кеши подзащитный получает большой срок. Коли адвокатские дела в порядке и Ольга с Аркадием пребывают в чудесном настроении, значит, Дегтярева вызвал на ковер генерал и поставил нашему полковнику клизму за не выполнение процента раскрываемости. Но представим на секунду, что у Александра Михайловича полнейшая идиллия на службе, все злодеи пойманы, посажены, свидетели не разбежались, судья не вернула дело... Тогда... что тогда? Ясный день, у Машки беда с рефератом или она потеряла недавно купленный мобильный вместе с телефонной книжкой.

Ладно, пусть и у Мани полный штиль. Кто у нас остался? Ирка! У нее начнется припадок ревности, она накинется на Ивана, мы лишимся не только садовника, но и чистых полов. Правда, Ира отчаянная лентяйка, но раз в неделю она непременно развозит грязь по углам. Если у людей не произошло форс-мажора, то он случится у собак и кошек. Хуч начнет кашлять, у Банди откроется понос, Снап измажется в дерьме, и его придется мыть, Черри сопрет пластиковую бутылку с кетчупом и сожрет его на кровати у Зайки, застеленной белым покрывалом. Короче, я привыкла к катаклизмам и прожитые без стресса сутки считаю чем-то невероятным. Поэтому сейчас я мужественно подавила подбирающуюся панику и принялась допрашивать Маню:

— Все живы?

— И здоровы, — заверила девочка.

— И животные?

— Да.

Мне стало легче.

— Кто-то разбил машину?

— Тачки целы.

— С дома сорвало крышу?

— Не-а, — засмеялась Маня, — Ирка не убила Ивана, нас не затопило, не сожгло, не занесло бураном.

— Значит, ничего ужасного?

— Просто катастрофа, — заговорщицки прошептала Маня, — приехала...

Глава 6

На секунду я перестала воспринимать Машкины слова. Всего-то гости! Эка невидаль! Конечно, я не особо обрадовалась, мы только-только проводили тетушку из Брянска и хотели пожить спокойно. Но, согласитесь, очередной визитер намного лучше других неприятностей!

— Такого я еще не видела, — бубнила Маша, — она ползает!

— Гостья? — очнулась я.

— Нет, Джульетта, — сказала Маруська, но я пресекла разговор.

— Сейчас мне некогда! Вернусь домой, и поболтаем.

— Ты только не задерживайся, — простонала Маня, — это чума, я в глубоком нокдауне.

— Уже выезжаю, — пообещала я и сунула трубку в карман.

Беспокоиться, похоже, не о чем. Ну прибыла к нам некая Джульетта, которая ползает! И в чем проблема? Я, между прочим, тоже могу передвигаться подобным образом. Если жизнь заставит елозить на карачках, придется подчиняться обстоятельствам.

— Хорошо тебе, — с неприкрытой завистью заявила Таня, — а у меня крутая фигня! Во как орут!

Мишка собрался дочурке документы делать! Ну она и пройда! Не успела в доме появиться, уже мужика подмяла.

— У нас мало времени, — перебила я Таню, — давай выработаем план действий. Если Мише удастся в обход установленного законом порядка ускорить получение паспорта на имя Анастасии Михайловны Медведевой, твои проблемы возрастут в геометрической прогрессии.

— Ты мне поверила, — зашептала Таня и начала подталкивать меня в свою спальню, — а как ты догадалась, что девка аферистка?

— Я никогда не дарила Насте толстую книгу с золотым обрезом с детскими детективными историями, специально придумала это, и девица не прошла проверку. Настоящая Настя сказала бы: «Не помню ничего такого», а эта мгновенно согласилась.

— Йес! — погрозила кулаком невидимому противнику Таня. — Мы ее сделали, побежали!

— Куда?

— Надо рассказать Мише правду!

— Постой, — охладила я порыв Татьяны, — не спеши. Это еще не доказательство, а так, мелкий штришок, свидетельствующий о том, что неожиданная гостья способна соврать.

— Ох и ничего себе! — возмутилась Медведева.

— Спокойно! Ну расскажем мы о ловушке и чего добьемся?

— Чего? — по-детски взволнованно переспросила Танюша. — Миша ее выгонит!

— А если девчонка зарыдает и заявит: «Да, я солгала. Не помню про книжку, испугалась, что вы посчитаете меня самозванкой, вот и решила подыграть Даше». Тогда как?

Таня прикусила нижнюю губу, ее глаза начали наливаться слезами.

— Я знаю точно, Настя давно мертва, а эта б... явилась зацапать наследство!

— Пусть так, тогда тем более не следует ее выгонять!

— Да почему? — взвыла Таня.

— Рассуди сама. Настя ответила правильно на большинство вопросов, и ее признал Бублик.

— Она самозванка!!! Мошенница!!! Никогда не бывала у нас!

— Вот-вот, — закивала я, — но девушка в курсе многих семейных подробностей. В частности, о фаллоимитаторе в розовом замшевом мешочке знала только родная дочь Миши.

— Куда ты клонишь? — напряглась Таня.

— Реши логическую загадку. Дано: Настя в курсе секрета в мешочке. Приехавшая девушка рассказывает о секс-игрушке. Больше никто не владел информацией. И каков вывод?

— Она Настя, — прошептала Таня, — но этого не может быть! Мишина дочь убита! Зарыта в лесу!

— Значит, Настя рассказала про искусственный член некой девочке, которая теперь решила использовать эти сведения в своих интересах!

Таня прижала ладони к щекам.

— Думается, дело обстояло так, — зашептала я. — Настя и эта лжедочка встретились неведомо где и длительное время общались. Настя рассказывала всякие подробности о себе, а потом... умерла. Подруга надумала взять себе ее имя, чтобы влезть в обеспеченную семью. Дело практически беспроигрышное, за десять лет маленькие девочки сильно меняются, она ничем не рискует, все вопросы о внешности легко объяснить: «Я выросла, поэтому черты лица изменились». Общее же впечатление осталось прежним: голубоглазая блондиночка со шрамом от аппендицита и родинками на ноге. Мы обязаны сделать вид, что поверили ей!

— Да зачем? — взвилась Таня.

— Неужели тебе не интересна судьба Насти? — поразилась я. — Врунья явно знает, где та провела время после исчезновения. Мы способны разузнать правду про малышку. У меня есть две версии.

— Какие? — устало спросила Таня.

— Она Настя. Она не Настя. В любом случае проливается свет на судьбу несчастного ребенка. Сейчас главное — побеседовать с Зоей! Вот кто способен рассказать много интересного! У нее была дочь? Или Настю взяли из больницы? Где расположена клиника?

— У тебя опять мобильный звонит, — прервала меня Таня.

— Нет, он в кармане и молчит.

— Слышь? Орет!

В коридоре послышались шаги, затем нежный голосок Насти сказал:

— Алло! Да, я! О-о-о! Нет! Стойте! Папа!!!

— Не кричи, доченька, — ласково произнес Миша.

Таня стиснула ладонью мое плечо, я вздрогнула, пальцы Медведевой походили на раскаленные угли.

— «Не кричи, доченька», — передразнила она мужа, — идиот!

— Тише, — шикнула я.

— Говорите, — сказал Михаил, — именно так, я отец Насти. Что? Вы не ошиблись? Таня! Таня! Сюда скорей!

Мы выскочили из спальни, хозяин стоял у вешалки, держа в руках ярко-желтую трубку, украшенную охапкой висюлек из бисера.

— Насте позвонили из милиции, — обморочным голосом заявил Миша, — Зоя Андреевна покончила с собой, повесилась в туалете на трубе.

— Боже! — ахнула Татьяна и затряслась, как мышь, попавшая под град.

У меня возникло нехорошее подозрение, оно росло, царапало когтями сомнения.

— Это точно самоубийство? — спросила я.

— Так сказали, — прошептала Настя, — вроде она умерла вчера! Господи! Мы звонили в дверь, стучали, злились, а в квартире...

Миша схватил девушку в охапку.

— Тише! Зоя приняла решение уйти из жизни, и ты тут ни при чем!

— Это точно самоубийство? — тупо повторила я.

— Сказали, что Зоя оставила письмо, — протянул Миша, — короткое. «Простите. Больше не могу. Сил нет, слишком горячая грелка!» И подпись. Похоже, у ментов сомнений не возникло. Наверное, ее что-то допекло, думаю, под грелкой она имела в виду свою жизнь. И следователь так же считает. Спрашивал, заберем ли мы тело?

Внезапно Настя рухнула на пол и стала биться головой о плитку.

— Я! Я! Виновата! — выкрикивала она, впечатываясь лбом в каменные квадраты. — Может, я ошиблась? Я не твоя дочь, а Настя Килькина? Убила родную мать! Но я помню все про Медведеву! За что? Кто это придумал? Мамочка, спаси меня!

Миша кинулся к дочери, Таня схватила телефон и стала вызывать «Скорую», я, чувствуя себя хуже некуда, попятилась в гостиную и случайно наткнулась взглядом на Елену Сергеевну. Любящая бабушка смотрела на внучку отнюдь не ласковым взором, на лице старухи было выражение интереса, брезгливости и легкого удивления. Елена Сергеевна, очевидно, почувствовала мой взгляд, потому что через секунду ее физиономия уже выражала скорбь, ужас, и бабуся заорала:

— Настенька умирает! Боже, не отнимай у меня внучку!

Ситуация в квартире Медведевых напоминала

нечто среднее между ураганом и тайфуном. Настя, закатив глаза, упала на пол, Миша схватил бутылку и стал поливать ее голову минералкой. Елена Сергеевна металась по гостиной, размахивая руками, словно вспугнутая курица крыльями. Изредка она натыкалась на мебель и издавала вопли:

— Умирает! Уходит! Ларочка, девочке плохо! Лариса, сюда! Скорей! Посмотри на доченьку из райского сада!

Таня, сохранившая относительное спокойствие, обмахивала девицу газетой, а я, придавленная грузом информации, молча стояла в эпицентре урагана. Внезапно Настя села и простонала:

— Папочка, дай водички.

Если учесть, что волосы и лицо девицы были мокрыми, просьба звучала дико, но Миша резво бросился к шкафу, распахнул дверки и завизжал:

— Танька, почему нет бутылок?

— Кончились, наверное, — ответила жена.

— Вот Ларочка хозяйство вела идеально, — припечатала Елена Сергеевна, — всегда запас имелся! Всего! На случай войны! Компоты стояли, тушенка, мыло штабелями!

Танины глаза превратились в щелочки, я бочком-бочком приблизилась к ней. Интересно, успею схватить ее за руки, прежде чем она опустит на голову старухи стул?

Вдруг Настя с ловкостью молодой кошки вскочила на ноги и подлетела к бабке.

— Перестань Таню мучить! — закричала она. — Ты ей постоянно в нос своей Ларисой тычешь! Хватит! Я родную мать не помню, для меня Танечка лучше всех! Дурой я была! Теперь понимаю, такая мачеха одна на миллион! Мне не нравилось, что она меня учиться заставляет, полы мыть, гулять одну не отпускает. Я во всем виновата! Я! Не трогай Таню! И замолчи про Ларису! Папа, почему ты ей не скажешь? Зачем она Танюшу изводит?

В гостиной стало тихо, Таня отступила на пару шагов назад, на ее лице появилось выражение искреннего удивления. Миша уставился на Елену Сергеевну и неуверенно сказал:

— Вы правда слишком уж! Не надо!

Старуха рухнула на диван, прижала руки к груди и зашептала:

— Мне... так вот... бабушке... Лариса сейчас плачет... доченька...

Настя подбоченилась.

— Ты, папа, не знаешь, но бабушка мне всегда гадости про Таню дудела. Оставалась со мной одна и вещала: «Сиротки мы с тобой! Что Миша, он мужчина, вот его за нижний этаж и привязали. Таня ни умом, ни красотой не блещет, просто стриптиз ему танцует. Но нам с тобой надо хитрее быть, ночная кукушка-то дневную перекукует, ты ее вроде как слушай, но сама по-своему поступай!» Не скрою, мне подобные разговоры нравились, я маленькая была. Заставит Таня меня уроки делать, посадит за учебники и по делам уедет, а бабуля в детскую зайдет и начинает: «Ох, загубить малышку решила! Брось, кисонька, пойди телевизор посмотри, а потом однокласснице позвони, спишешь задание и забудешь. Нечего самой мучиться!» Но теперь-то я понимаю, кто мне добра хотел! Папа, вели бабушке маму не трогать! Она потому себя так ведет, что ты ей позволяешь! И не хочу маму Таней звать! Она мамочка! Мамуля!

Вытянув вперед руки, Настя бросилась на шею к Тане, та, растерявшись, обняла ее, а Миша повернулся к экс-теще.

— Вы внушали подобное ребенку?!

— Ларочка все видит с небес, понимает, плачет, —

заверещала Елена Сергеевна. — О-о-о... меня ранили в самое сердце!

— Так да или нет? — настаивал на ответе бывший зять.

— Разве можно доверять ребенку? — завизжала старуха. — Маленькая пакостница! Сколько раз я ее ловила! То бумаги в столе перемешает, то ваши кассеты мерзкие, с порнографией, смотрит! А вы думали, я не знаю, чем вы занимаетесь? Хорошо развлечение! Нечего сказать! Ларочка со стыда сгорает! У девочки порочная натура! О-о-о! Нет! Она мое солнышко, ягодка! Настюша, поцелуй бабулю, я же всегда была на твоей стороне!

Миша схватил со стола рюмку и с силой сжал ее, она превратилась в крошево.

— Кровь! — истерически завопила Елена Сергеевна. — На ковер капает! Испортит палас, он дорогой!

— Ты порезался! — бросилась к мужу Таня. — Сейчас йод принесу!

— Лучше перекись, — засуетилась Настя, — где она у вас?

И тут меня осенило.

— Стойте! — заорала я.

Нервы у всех были натянуты, словно гитарные струны, поэтому мой вопль вверг присутствующих в ступор, все замерли и уставились на меня.

Первой пришла в себя Елена Сергеевна.

— Что? — заволновалась она. — Уже врачи приехали?

— Я знаю, как со стопроцентной уверенностью узнать, является ли Настя самозванкой! — торжественно объявила я.

— Это моя внучка, — живо отреагировала экс-теща Миши, — любимая! Она все помнит, и сердце бабушки чует родство.

— Есть способ понадежнее, чем чувства, — улыбнулась я, — анализ крови. По нему точно установят отцовство.

В гостиной воцарилось мертвое молчание.

— Милиционер родился, — неожиданно хихикнула Таня. — Молодец, Дашка! Всего-то делов в лабораторию съездить!

— Действительно, — охнул Миша. — Как мне это в голову не пришло! Нет, Настенька, я ни секунды не сомневаюсь, что все рассказанное тобой правда. Но лучше получить официальное заключение.

— Ты согласна? — с легким торжеством спросила у девушки Таня. — Не откажешься пройти тест? Сразу все сомнения отпадут!

— С огромной радостью! — закивала Настя. — Пусть наука скажет свое слово!

— Не боишься? — разочарованно протянула мачеха. — Ученые не ошибаются. Вдруг результат окажется не в твою пользу?

— Исключено! — решительно топнула Настя.

— И где делают экспертизу? — повернулся ко мне Миша.

Я посмотрела на часы.

— В лаборатории работает мой хороший знакомый, Федор Молибог. Я попрошу его о помощи, и дело в шляпе.

— Прекрасно, — сказал Миша, — отличная идея Дашуте в голову пришла. Предлагаю всем успокоиться и отдохнуть, ну, типа, поужинать!

— Не соглашайся, внученька, — кинулась к Насте Елена Сергеевна, — поедем ко мне жить! Я в тебе не сомневаюсь!

— Нет, бабуля, сделать анализ необходимо, — покачала головой девушка, — так будет лучше!

— Кому? — вытаращила глаза старуха.

— Всем! Мне, папе, Тане, — перечислила Настя, — да и при получении паспорта результаты понадобятся, начнут чиновники права качать, а мы им на стол бумажку! Опля! Смотрите! Настя — дочка Медведева!

— Тебя хотят унизить, — понесла чушь Елена Сергеевна, — не доверяют, ставят под сомнение твои слова! Пошли! Я точно знаю — ты моя внученька!

— Нет! — не дрогнула девушка. — Мне самой необходим анализ. Для личного спокойствия. Вот когда все завершится, я подойду к Тане и скажу: «Извини за детское хамство. Ты мне мать, хоть мы и не одной крови, да родная. Мамочка, а не мачеха!» Мачеха — она в «Морозко», жуткая сволочь, которая падчерицу в лес отвела! Разве Таня такая?

Татьяна схватилась за стену, похоже, ей стало не по себе.

— Сердце остановилось, — прошептала Елена Сергеевна, садясь в кресло, — если не хотите моей смерти, не делайте анализа! Умоляю! Не подвергайте внучку стрессу. Еще СПИДом заразится от укола! Или гепатитом! Только нашли девочку и потеряем!

Глава 7

Домой я вернулась поздно и обнаружила в прихожей изящную, по всей видимости, очень дорогую шубку из ягуара. Около калошницы валялись небрежно брошенные белые сапоги. Обладательница такой обуви не ездит в метро и не толкается в трамвае, личная охрана несет ее на руках от подъезда до пафосной иномарки.

Я стащила куртку и тут же увидела сумку фирмы «Биркин». Прекрасно знаю, сколько стоит сие изделие из натуральной кожи — тысяч семь-восемь американских рублей. Да еще просто так ее не купить, надо записаться в очередь, ждать почти год, и лишь тогда вы станете счастливой обладательницей сего шедевра. Впрочем, «Биркин» сродни «Роллс-Ройсу», говорят, что эти машины служат вечно. А сумочку передают из поколения в поколение, чем она старше, тем ценнее. «Биркин» — это вложение капитала, и мало кто из женщин способен бросить ее вот так, небрежно, на пол в груду не особо чистых ботинок и кроссовок.

Так кто к нам прикатил? Внучатая племянница английской королевы? Или двоюродная сестра арабского шейха? Наши приятели обеспеченные люди, но ни у кого из них нет подобной шубки и аксессуаров.

В полном недоумении я пошла в гостиную, но там было пусто, лишь под креслом тихо лежал Банди.

— Милый, — позвала я, — ты чего притаился? И куда подевался народ?

Пит осторожно завилял длинным тонким хвостом, но из укрытия не вылез.

— Понятненько, — засмеялась я, — опять из сада прибежала полевка! Вот нахалки! И как они только в дом пробираются! Мы заделали все щели, но для грызунов преград нет!

Бандюша тихо заскулил.

— Ты бойцовый пес, кровожадный, готовый разорвать любого врага, — напомнила я, — неужели тебе не стыдно?

Питбуль поднял голову и потряс ушами. Я махнула рукой, какой смысл упрекать Бандика? Нам достался странный экземпляр, он дружит с кошками и до обморока боится всякой живности. Пес способен лишиться чувств при виде лягушки, мыши вызывают у него панику, а здоровенные комары, этакие летающие вертолеты, которых в народе ошибочно называют «малярийными», доводят пита до нервного срыва. Вот пуделиха Черри — храбрая охотница. Голову на отсечение даю, она сейчас затаилась в надежде сцапать мышку. Черричка глухая, почти слепая, она еле-еле ковыляет на артритных лапах, но борозды не портит.

Для меня остается загадкой — каким образом Черри лихо ловит полевок? Может, у нее в голове радар?

Решив попить чайку, я вошла на кухню, включила свет и, поскользнувшись, шлепнулась на пол, пребольно стукнувшись головой о шкафчик. В первое мгновение я испугалась, потом пошевелила всеми конечностями, повертела головой и попробовала подняться. Главное, не сломать позвоночник и шейку бедра, все остальное рано или поздно заживет. Но почему я не могу встать на ноги? По какой причине они так скользят? Временно прекратив бесплодные попытки, я пощупала пол и горько вздохнула. Ирка с возрастом становится невыносима. Если честно, она и прежде не слишком утруждала себя уборкой, но, став замужней дамой, окончательно обленилась[1]. Вся плитка сейчас покрыта некоей субстанцией, похожей на гель для душа. Наверное, кто-то уронил тарелку с геркулесовой кашей, быстренько ее замел, а Ира не помыла пол. Ну сейчас я ей покажу!

И тут я заметила на мойке шматок говядины, слишком большой даже для нашей совсем не маленькой семьи. Гора темного мяса стояла холмом, наверное, в ней килограммов пять, не меньше. Ну Ирина! Съездила на рынок, купила мясо, бросила его и потопала смотреть телик! Готова поспорить, что сейчас демонстрируют очередные мексиканские страсти.

Только я собралась заорать, как гора мяса медленно поползла в сторону холодильника. Временно лишившись способности издавать звуки, я уставилась на самостоятельно передвигающееся филе, потерла глаза, ущипнула себя и снова уперлась взглядом в ползущее мясо.

---

[1] История о том, как домработница женила на себе садовника Ивана, рассказана в книге Дарьи Донцовой «Небо в рублях», издательство «Эксмо».

Пока я приходила в чувство, кусок бывшей коровы довольно ловко добрался до рефрижератора, поднялся на дыбы, вытянул маленькие РУКИ, издал странный, чавкающий звук и переместился на дверцу морозильной камеры.

— Воды, — прошептала я, — и вызовите психиатра! Люди! В доме есть кто-нибудь? На помощь!

— Дарь Иванна! — закричала за спиной Ирка. — Чего на полу устроились? Не жестко?

Злость на Ирку давно покинула меня, я схватила ее за тапки и еле слышно спросила:

— Ира, где мясо?

— Какое? — деловито поинтересовалась та.

— Наше!

— Так на костях, — хмыкнула Ирка, — в смысле, у кого где, конечно, у меня больше в заднице, а у вас, Дарь Иванна, если честно, его нет. Не в обиду вам сказано, а для уточнения факта.

— Я говорю о говядине! — осипшим голосом пояснила я.

— Ах ты господи, — всплеснула руками домработница, — ну кто вам внушил, что к ушибам сырую отбивную прикладывают? Это ж когда было? В первобытные времена так лечились! Уже давно аспирин придумали. Принести? Че, больно звезданулись?

Наивная вера Ирки во всемогущество ацетилсалициловой кислоты обычно вызывает у меня улыбку, но сегодня мне было не до смеха.

— Ира, — просипела я, — что там ползет?

— Где? — прищурилась домработница.

— На холодильнике, не видишь? Мясо движется.

— У нас его нет, — занудила Ирка, — я на рынок не поехала, Ванька виноват, сломал...

— Ирина!!!

— Чего?

— Подойди к морозилке.

— За фигом?

— По двери ползет окорок!

— Вечно вы, Дарь Иванна, дряни обчитаетесь, а потом глючите, — возмутилась домработница, — там одна Джульетта!

— Кто? — вздрогнула я.

— Джульетта, — равнодушно повторила Ира, — а вы че, не в курсе? Маня не звонила? Прикольная такая, хотя сначала мне противной показалась, а главное, она молчит!

— Кто? — словно попугай повторила я.

Ирка закатила глаза.

— Приехала ваша подруга, ну та, из Лондона, свалилась, словно сковородка на башку. Никто не ждал ее, нате! Пожалуйста! Чемоданов восемь штук! И эта Джульетта! Хучик, как ее увидел, убежал в баню, до сих пор там сидит!

Я попыталась въехать в ситуацию.

— Погоди, погоди, прибыла Вера Рыбалко?

— Точно.

— Но она в Лондоне!

— Так прилететь недолго!

— Но я с ней утром разговаривала, и Верка маялась от тоски в своем особняке! Как она успела до Ложкина добраться!

— У нас же свой самолет! — раздался за спиной капризный голос. — Завела и полетела!

Я обернулась, на пороге стояла Рыбалко, облаченная в белую атласную пижаму, отороченную норкой.

— Ты мне не рада, — обиженно надулась Вера, — я хотела преподнести вам сюрприз, между прочим, трепалась с тобой уже из самолетика! Думала тебя удивить! Только из Лондона ля-ля, и уже тут! А ты надулась! Я могу и уехать!

— Что ты, — вспомнила я о гостеприимстве, — просто твой фокус удался в полной мере! Страшно рада тебя видеть!

Вера наклонилась, чмокнула меня в макушку и весело сказала:

— Я прибыла не одна!

— А с кем? — бесцеремонно поинтересовалась я. Вера прищурилась.

— С Джульеттой, она беременна, я побоялась ее дома оставить.

— Это кто такая? — поинтересовался я.

— Где-то здесь ползает, — протянула Вера, — Джули, Джули, кис-кис, иди к маме!

Продолжая призывать любимицу, Вера сделала два шага и с громким визгом шлепнулась рядом со мной.

— Ирка! — заорала Рыбалко, лежа на животе. — Сто раз повторила! Ходи за Джулей с тряпкой! Вот она, моя киса!

Палец, украшенный кольцом с огромным брильянтом, указал на холодильник.

Я вздрогнула.

— Этот кусок вырезки — твоя кошечка? Ни разу не видела существо подобной породы. И почему она так странно передвигается?

— Сама ты филе миньон, — обиделась Вера, — Джуля не говядина и не кот, она улитка!

В мой висок словно воткнулась железная раскаленная палка и начала там медленно вращаться. Боясь, что мигрень разбушуется в полную силу, я решила не спорить со свихнувшейся от безделья Верой и мирно согласилась:

— Ага, улиточка! Славная крошка!

— Вовсе мы не маленькие, — заявила Вера, она ловко вскочила на ноги, подбежала к холодильнику, схватила кусок мяса, вернулась и сунула его мне под нос.

— Знакомься, это Джуля!

Нет слов, чтобы описать увиденное! Больше всего это походило на старую покрышку, но не черного, а шоколадного цвета. Верхняя часть представляла собой скрученный в спираль панцирь. Это существо имело голову с двумя рожками.

— Улитка, — ахнула я.

— Да, — горделиво ответила Вера, — Джулия.

— Но она размером с Хуча! — заорала я, на всякий случай отползая в сторону.

— Коля купил самый крупный экземпляр, — хихикнула Рыбалко, — ты же знаешь моего мужа!

Я машинально кивнула. Николай уверен: маленькое хорошим не бывает. Затеяв строительство дома, он возвел шестиэтажный дворец с пятиметровыми потолками, в бассейне у него можно проводить олимпийские соревнования по плаванию, а охранная собака, алабай по кличке Грант, обитает в будке площадью сорок квадратов. Не у всякой российской семьи есть квартира подобного размера. Года три назад мы проводили у Рыбалко рождественские праздники, и я до сих пор не могу забыть наряженную во дворе елку. Коля опутал мигающими лампочками и увесил игрушками здоровенное дерево, макушка которого терялась в облаках. Каким образом он ухитрился водрузить наверх шпиль, осталось неизвестно, не иначе как нанимал подъемный кран, один из тех металлических монстров, которые используют при возведении небоскребов. Чего уж тут говорить об улитке? Ежу понятно, что Коленька отхватил самую жирную.

— Вставай, — приказала Вера, — чего валяешься на полу?

— Ноги разъезжаются, — призналась я, с опаской поглядывая на Джульетту, — а чем она питается?

— Человечиной, — спокойно ответила Вера.

Ирка завизжала и унеслась в глубь дома, я попыталась отползти в сторону прихожей, но колени и локти скользили на плитке.

— Хватит идиотничать, — обозлилась Вера, —

ладно домработница, темная и, между прочим, ленивая баба! Сказано ей было — мой за Джулей пол! Ходи с тряпкой, иначе каток будет! Так нет! Не выполнила приказа! Но ты! Человек с высшим образованием! Неужели не знаешь, что брюхоногие едят растения?

— Меня учили иностранным языкам, а не зоологии, — попыталась оправдаться я, — и «брюхоногих» до сих пор я встречала лишь в ресторане, запеченными.

Джуля чавкнула и в одно мгновение втянулась в домик!

— Эй, поосторожней с выражениями! — засверкала глазами Вера. — Она все понимает! Нечего вспоминать при ней, сколько ты ее родственников схомякала!

Я привалилась спиной к посудомойке, а Вера принялась с жаром рассказывать о Джульетте.

Человечество с незапамятных времен приручило животных. Сначала эти отношения носили чисто функциональный характер. Лошади, слоны, верблюды таскали тяжести и перевозили людей; коровы, козы, куры, утки, свиньи обеспечивали их едой; собаки сторожили имущество и пасли стада; кошки ловили мышей; голуби доставляли почту... Но мало-помалу ситуация изменилась, звери стали членами семей. В особенности обнаглели кошки, они сейчас искренне полагают, будто основная задача человека — это обеспечивать им, кискам, комфортное существование. Кролик из добычи превратился в приятеля, и объясните мне, зачем держать в квартире хомяка? Ну какой от него прок? Ни молока, ни мяса от грызуна не дождаться. Так почему мы любим юрких зверьков?

В девяностых годах двадцатого века в Россию

пришла мода на экзотов. Сначала светским продвинутым людям предписывалось иметь при себе йоркширского терьера или «голую» кошку, потом появились совсем уж невероятные твари: крокодилы, гепарды, пантеры, слоны. Однажды я ехала по пресловутому Рублево-Успенскому шоссе и чуть не врезалась в рекламный щит. Над одним из высоченных кирпичных заборов маячила на длинной шее голова жирафа.

Правда, очень скоро модники сообразили, что содержать какого-нибудь леопарда дорого и опасно, и они переключились на тараканов, мини-свинок, карликовых лошадок и черепашек всех мастей. И вот теперь дело дошло до улиток!

— Их родина Африка, — вдохновенно вещала Верка, потом она смутилась, — а может, Австралия, — задумчиво сказала она. — В общем, откуда-то оттуда!

— Африка далеко от Австралии, — пискнула я.

— Правда? — изумилась Вера. — Впрочем, охотно верю, у меня географический кретинизм, — ну это не важно. Порода называется «Гигантская какао-улитка».

— Ты ничего не путаешь? — подала я голос.

— Ну... нет... вроде какао-улитка или шоколадная. Нет, нет, ромовая! Точно. Большой ромовый слизень. Слушай, чего ты ко мне привязалась? Как называется, откуда привезли?! Из-за границы! В России такое не водится! Их в Москве всего две особи — Джульетта и Ромео. У меня девочка, а у другого человека мальчик. Мы их свели. Это теперь мое хобби, разведение здоровенных улиток. Супер?

— Суперее и быть не может, — цепляясь за посудомоечную машину, ответила я, — а как они размножаются? Яйца откладывают?

Верка призадумалась.

— Хрен их знает! Но раз есть деление на мужчин и женщин, то, сама понимаешь, хи-хи-хи! Ты мне рада?

Я постаралась изобразить на лице самую счастливую улыбку, хотя на язык просился вопрос: почему ты решила жить в Ложкине, ведь в Подмосковье у тебя пустует здоровенный дом?

— Мы так давно не виделись, — мечтательно протянула Вера, — вот я и подумала: поболтаем всласть. Мне одной в своем коттеджике скучно, Колюня не смог со мной полететь, бизнес, блин! Одной пришлось бы по этажам шарахаться. Тоска! А у тебя весело! Эй, ты довольна? Чего молчишь?

— Просто от счастья потеряла дар речи, — заверила я.

— Ирка! — заорала Вера. — Твое дело ходить за Джулей и вытирать слизь. Всем улитка хороша, одна незадача, где проползет, остается липкий след.

— И че? — мрачно спросила Ирка, высовываясь из коридора. — Теперь за этой, прости господи, страхотой на карачках ползать?

— А за что тебе деньги платят? — возмутилась Вера.

Ирка глянула на меня, я ощутила неловкость и предложила:

— Может, один раз в день полы мыть?

— Еще упадет кто, ребра сломает, — предостерегла Вера.

— И прямо мне одной на полу колотиться? — не успокаивалась домработница. — Другой кто не сумеет?

— Любой может, — милостиво согласилась Вера, — лишь бы тряпкой пользоваться умел.

— Иван, — завопила Ира, — живо сюда!

Послышался топот, и в кухню с грацией беременного носорога вломился садовник с мелкокалиберной винтовкой в грязной руке.

— Звали? — запыхавшись, спросил он.

— Немедленно убери пукалку, — испугалась Ира, — зачем с мелкашкой припер?

— Так я думал, того-этого, — забубнил Иван, — мышь на кухне!

— Идиот! — топнула жена.

— Ты стреляешь в грызунов? — поразилась я.

— Че, я похож на дурака? — заморгал Иван. — Разве ж в полевку попасть? Всю посуду переколотить можно.

— Зачем тогда дробовик прихватил? — удивилась я.

— Прекрати, — остановила меня Вера, — все вы, преподаватели, зануды! Вечно надо в печень человеку залезть и поковыряться. Если ему удобно мыть пол с винтовкой, то спорить не надо. Бери, Ваня, тряпку и начинай!

Глава 8

Уяснив задачу, Иван принялся методично уничтожать следы улитки, а Вера потерла руки.

— Так! Надо сделать Джуле еду.

— У нас есть укроп и яблоки, — предложила я. Рыбалко покачала головой.

— Нет, нет, необходимо приготовить витаминный паштет. Я уже говорила, что Джуля беременна, ей требуется особый корм. Ирка, сбегай в гостевую и принеси из моего чемодана банку, здоровую такую, с красной крышкой.

— В котором она лежит? — уточнила Ира.

Вера, успевшая открыть холодильник, с изумлением посмотрела на домработницу.

— Ты о чем?

— У вас восемь саквояжей, — заметила Ирка.

— Ну в каком-то из них, — махнув рукой, ответила Вера.

Ирка ушла, а Рыбалко вытащила из рефрижератора пачку сливочного масла, огляделась по сторонам, увидела кухонный комбайн и начала отдавать мне приказы:

— Разверни фольгу, покромсай брикет ножом, брось в чашу, добавь сушеной петрушки...

— Эта? — хмуро поинтересовалась Ирка, возвращаясь на кухню.

— Да! Супер, свинчивай крышку, — велела Вера.

— Мамочка! — завизжала Ира, вскрыв емкость. — Какая гадость!

— Чего там? — полюбопытствовала я, выхватив у домработницы банку.

В ту же секунду к горлу подступила тошнота, внутри лежали сушеные мухи, червячки и гусеницы. Вера вырвала из моих пальцев банку, лихо высыпала ее содержимое в чашу с маслом, быстро включила комбайн, все в нем перемешала и крикнула:

— Несите емкость с хорошо закрывающейся крышкой.

— Масленка подойдет? — спросила я.

— Ладно, — милостиво согласилась гостья, — Ирка, перекладывай все туда и ставь в холодильник.

— И ей понравится? — заинтересовалась я.

Рыбалко с нежностью посмотрела на заползшую в угол Джульетту.

— Повторяю для непонятливых. Она беременна, а смесь предназначена для укрепления костной ткани!

— Улитки имеют кости? — некстати уточнила я.

— Можете меня вон гнать, — влезла в разговор Ирка, — но я эту гадость даже пятиметровой палкой не трону!

Вера покраснела.

— Это еда Джулии! Паштет из витаминов! Его надо намазывать на овощи! Ну же! Перекладывайте в масленку! От смеси нарастает хитин, из него сделана раковина! Женщины пьют кальций, а Джульетте нужна такая добавка!

Ирка живо испарилась, Иван, сопя, тер плитку, Вера покачала головой.

— Ты избаловала дворню! У меня все железно: приказано — выполнено! Не нравится — пошла вон!

Преодолев брезгливость, я приблизилась к комбайну и принялась ложкой выковыривать из чаши смесь. Если не знать ее состав, то выглядит она обычно, похожа на печеночный паштет. Все, решено! Более никогда не покупаю готовых патэ[1], мало ли из чего их сварганили! И как раньше мне не пришло в голову, что нет такой гадости, которую нельзя измельчить!

— Муся! — закричала Машка. — Ты дома?

— Мы на кухне, — отозвалась я.

Через секунду Маня подлетела ко мне и начала восхищаться:

— Ты видела Джульетту? Вот прикол! Собаки ее испугались! Как ты думаешь, скоро они подружатся?

Я молча продолжала утрамбовывать в масленке мерзкое содержимое. Очень надеюсь, что наши псы не успеют завязать с Джулей нежные отношения, надо побыстрее избавиться от Веры.

— Есть дадут? — прогремел из столовой голос Дегтярева.

Я быстро поставила керамический горшочек в холодильник. Вот и полковник! Что-то он сегодня рано завершил погоню за преступными элементами, еще полночь не приблизилась, а Германн уже есть и просит, извините за каламбур, есть[2].

---

[1] П а т э — паштет.
[2] Даша видоизменяет строки А.С.Пушкина из «Пиковой дамы». «Уж полночь близится, а Германна все нет».

— Заварите чаю и... — начал приятель, но договорить фразу не успел.

Раздался звук падения, вопль, и наступила тишина. Мы гурьбой вылетели в столовую. На полу головой к креслам, ногами к двери лежал Александр Михайлович.

— Ты ушибся! — испугалась я. — Пошевели членами!

Маня глупо захихикала.

— Муся, думаю, он не способен на такой фокус!

— Маша, я имела в виду руки-ноги! — возмутилась я.

Девочка вытаращила глаза.

— И я тоже! Но как он ими будет двигать, если в обморок упал!

— Ща, ща, — завопила Ирка, материализуясь в столовой, — он мигом очнется!

Не успела я охнуть, как домработница вылила полковнику на голову кружку воды. Дегтярев чихнул и попытался сесть.

— Что случилось? — застрекотала Зайка, заглядывая в комнату.

— Эй, вы играете в расшибалочку? — поинтересовался Кеша.

Я попыталась помочь полковнику встать. В нашей семье всегда так: никого нету, в комнатах пустота, но стоит произойти какому-нибудь событию, как откуда ни возьмись сбегается вся семья.

— Какой-то идиот намазал жиром пол! — взвыл Дегтярев.

— Ой! — ахнула Маня. — У тебя вокруг глаз синяки наливаются.

— Это он о пол лбом стукнулся! — заорал из прихожей Денис. — Последствие травмы — «очки» вокруг буркал.

Я опустилась на стул. Великолепно, Деня тоже здесь, есть кому оказать полковнику первую помощь.

Правда, Дениска ветеринар, но так ли уж сильно Дегтярев отличается от бегемота?

— Приложите ему ко лбу лед, — принялся командовать Деня, — а потом намажьте троксевазином. Тебя тошнит?

— Да, — простонал Дегтярев, — поднимите меня! Посадите в кресло! Дайте еды!

— Когда тошнит, аппетита нет, — констатировал наш Айболит, — одно исключает другое.

— Меня тошнит морально! — уточнил полковник. — От жизни. Нигде покоя нет. На работе чехарда, дома безобразие. Немедленно отвечайте, кто намазал порог салом?

— Джу... — завела было Вера, но я моментально наступила подруге на ногу.

Странное дело, но Рыбалко проглотила сообщение про гигантскую улитку. А вот Дегтярев не собирался успокаиваться.

— Хочу знать имя шутника, — упорствовал он.

— Джу... — начала Маша и тоже получила от меня пинок.

— Это на меня поставили ловушку, — занервничала Ольга, — знаю, знаю! Галина Андреева, куча жирная, постаралась. Она у нас на программе бегает и доченьку свою бесталанную на мое место пристраивает! Галка спит и видит, как меня из кадра убирают. Вот она сюда и проникла и порог обработала. Полагала, что я ногу сломаю, в больницу попаду, а ее стокилограммовая красотка мое место займет!

Ой! Чего у нас сегодня было! Такой скандал! Представьте, вызвал генеральный к себе Любу Ткачеву. Я как раз в приемную вошла, когда она в кабинет к нему просачивалась! Прямо нехорошо стало! Любка дверь к начальнику распахнула, а оттуда сигарным дымом понесло. Отвратительно! Вечно наш босс с раковой палочкой в руках! Хуже сигареты! Жуть мерзкая! Секретарша его, Нинка, мне на стул указала: «Сядь, подожди, там Ткачева!»

Ну и порядки! Я, между прочим, звезда! А Люба кто? Пятый редактор. И тут!

Зайка выдержала эффектную паузу.

— Что? — запрыгала Маня. — От сигары пожар?

— Круче! — воскликнула Ольга. — Люба из кабинета вылетает! Кофта клочьями, лифчик разорван, грудь наружу, она у нее, кстати, силиконовая, и рыдает: «Меня Иван Сергеевич изнасиловать хотел! Вызывайте милицию!» Нина зашла в кабинет, я за ней. Генеральный в шоке. Только повторяет: «Она врет! Сама кофту разорвала».

И тут Нина говорит:

— Не волнуйтесь, Иван Сергеевич, мне понятно, что вы невиновны, сейчас вас на фото сниму, только сигару не кладите. Пусть менты приезжают, они Любку за клевету арестуют, мало ей не покажется!

И точно! Увезли Ткачеву. Одно не пойму: как Нинка до правды доперла?.. Ира! Скажи, сюда сегодня Андреева приходила? С салом? Зачем ты ее пустила?

Аркадий крякнул. Зайка частенько делает странные заявления, но сегодняшнее, про врагиню, натирающую куском сала полы в Ложкине, побило все рекорды глупости. Но мне на руку Ольгин пассаж, пусть уж полковник злится на малосимпатичную Галину Андрееву, чем знает, что по дому, превращая паркет в каток, ползает гигантская улитка. Как только до Александра Михайловича дойдет правда про Джульетту, он устроит скандал, Вера не останется в долгу и закатит ответную истерику. Угадайте, кого обвинят потом в разжигании войны? Кто исполнит роль козла отпущения? Верно! Дашутка!!!

Пока полковника поднимали, устраивали в кресле, несли лед, мазь от ушибов, аспирин, бинты, йод, таблетки от желудочных колик, микстуру против кашля, глазные капли, активированный уголь, пластырь, валокордин, шоколадные конфеты, бутерброды с колбасой, я успела быстро сказать Мане, Вере и Ирке:

— Молчите про Джулю, иначе худо будет.

То ли в моем тоне звучал металл, то ли еще по какой причине, но все предупрежденные согласились, лишь Маня прошептала:

— Она же по дому ползает! Он заметит улитку.

— Если спрятать его очки, то не увидит, — придумала я выход из положения. — Действуем быстро. Ты берешь улитку и помещаешь ее в кладовку на втором этаже, а я тырю очечник из портфеля Дегтярева.

Маня кивнула, и мы стали осуществлять задуманное. Увы, с возрастом у полковника начала развиваться близорукость. Обычно у людей возникает дальнозоркость, но Дегтярев оригинален во всем.

Тщательно спрятав футляр с очками в шкаф с бельем, я прибежала в столовую и обнаружила приятеля в гордом одиночестве. Сообразив, что падение не нанесло Дегтяреву ощутимого урона, домашние разошлись по комнатам. Я решила проявить заботу и нежно спросила:

— Хочешь чаю?

— Угу, — сказал Александр Михайлович, — но только не зеленую бурду, а наш, родной, черный.

Я схватила заварочный чайник и вставила в носик ситечко.

— Паштет слишком соленый, — мирно продолжал Дегтярев, — но вкусный. Где брали?

Я посмотрела на полковника и онемела. Прямо перед его тарелкой стояла масленка с витаминной едой для Джули, и Александр Михайлович самозабвенно намазывал «паштет» на кусок белого хлеба.

— Ты зачем взял патэ? — пролепетала я.

— А что, нельзя? — полез в бутылку Дегтярев.

— Нет! — рявкнула я.

— Почему?

— Это не для тебя!

Александр Михайлович швырнул нож на стол.

— Дожили! Теперь попрекаем друг друга куском! Я что, слопал гастрономический шедевр за тысячу евро сто грамм?

— Не в цене дело!

— А в чем? — совсем обозлился Дегтярев. — Кому предназначался деликатес? О ком у нас так истово заботятся? Кто достоин отдельной еды? Ладно, я вообще больше не подойду к холодильнику! Буду питаться на работе в буфете. Кстати, прости, отхлебнул чайку, он небось тоже не для меня!

— Успокойся, — попыталась я погасить бурю, — речь идет о калорийности. Ты же худеешь, а в паштете полно сливочного масла.

— Мне надоела диета, — побагровел Александр Михайлович и вновь потянулся к масленке, — я был не прав! Вкусная штукенция, вовсе не соленая.

Я вцепилась в бочоночек.

— С тебя хватит.

— Нет, — капризно ответил Дегтярев и выудил из масленки кусок паштета, — отлично идет с хлебушком. Хочешь попробовать?

— Нет! — заорала я.

— И не надо, — ухмыльнулся Дегтярев, — мне больше достанется!

Я с ужасом смотрела, как полковник доедает харчи, предназначенные беременной улитке. Как его остановить? Сказать правду про состав замечательного закусона? Это невозможно, я не готова попасть в эпицентр циклона. И потом, Александр Михайлович уже слопал почти всю «вкусняшку», ему станет плохо, и мы ночью поедем в больницу! Придется молчать, очень надеюсь, что витаминчики не нанесут урона здоровью Дегтярева. Хотя, если вдуматься, ничего страшного нет. Маруся ездила в Таиланд и рассказывала, что местное население с завидным аппетитом ест жареных кузнечиков, засахаренных гусениц и тараканов в кляре.

Дегтярев заглянул в пустую масленку.

— Все, — с легкой досадой констатировал он, — купите еще такой!

— Непременно, — пообещала я.

И тут зазвонил телефон.

— Кто это? — изумился толстяк. — На дворе почти ночь!

Я схватила трубку.

— Алло!

— Позовите Дарью, — попросил взволнованный женский голос.

— Слушаю вас.

— Что вы наделали! Убили меня!

Я покосилась на полковника, который, взяв кружку с чаем, мирно брел к креслу у телевизора и, понизив голос, ответила:

— Мертвые не способны разговаривать, если вы убиты, то не можете общаться по телефону. Значит, пока вы живы, представьтесь, пожалуйста!

— Не узнали меня?!

— Нет!

— Меня???

— Именно так.

— Немыслимое дело! Сделала гадость и в кусты!

— Я хочу предупредить, что наш номер поставлен на прослушку, если вы продолжите глупую беседу, через некоторое время к вам явится милиция, — пригрозила я, понимая, что стала жертвой телефонного хулиганства.

Встречаются порой люди, которые, маясь от безделья, набирают наобум номера и издеваются над собеседниками.

— Дашенька, — завсхлипывали в трубке, — извините за резкость. Но вы меня без ножа зарезали! Ну кто просил вас про анализ крови говорить? Неужели вам нужны доказательства?

— Елена Сергеевна? — изумилась я. — Это вы?

— Ну конечно, солнышко!

— Что случилось?

— Умоляю, приезжайте!

Поглядывая на похрапывающего у мерцающего экрана полковника, я на цыпочках вышла в холл.

— Поторопитесь, — ныла экс-теща Михаила, — погибаю! Времени нет! Мишенька собрался завтра в лабораторию ехать! Как вы могли! Скорей приезжайте!

— Куда?

— Ко мне! Записывайте адрес!

— Вы на часы смотрели?

— Какая разница! Когда нервничаю, я спать не могу!

— А я вполне способна уснуть. Давайте встретимся завтра в районе полудня. Сейчас я очень устала и хочу отдохнуть.

Внезапно из трубки послышались странные звуки, треск, свист, шум, затем раздался голос Елены Сергеевны:

— Дорогая, я стою на подоконнике, жду вашего решения. Если пообещаете незамедлительно прибыть, вернусь в комнату, откажете — шагну вниз с десятого этажа!

— Уже сижу за рулем! — крикнула я и бросилась к машине.

Глава 9

Пожилая женщина, распахнувшая дверь, совершенно не походила на особу, которая замыслила самоубийство. Седые локоны Елены Сергеевны были, как всегда, уложены в аккуратную прическу, щеки тронуты румянцем, губы помадой, а воротничок кружевной блузки украшала большая брошь.

Окинув бабулю взглядом, я в ту же секунду сообразила, что стала жертвой грубой мистификации. Елене Сергеевне понадобилось заманить к себе глупую Дашутку, и она с блеском выполнила задуманное.

— Милая, — залебезила старуха, — сюда, пожалуйста, в гостиную, чай, кофе?

— Зачем я вам понадобилась?

— Душенька! Вы были ближайшей подругой Ларисы...

— Вовсе нет, — бесцеремонно перебила я Кругликову, — никогда не встречалась с вашей дочерью, я познакомилась с Мишей уже после смерти его первой жены.

— Вы мне родная, — как ни в чем не бывало пела Елена Сергеевна, — ближе дочери!

— Что вам надо?

— Я вас очень люблю! — продолжала в том же духе Елена Сергеевна.

— Выражайтесь конкретно.

— Обожаю вас! Ценю ваш ум, сообразительность, интеллигентность, воспитание...

— Лучше сразу сообщите, с какой целью вытащили меня из дома в столь поздний час!

— Вы являетесь авторитетом и для Миши! Как скажете, так он и поступит.

— Я сильно сомневаюсь в степени своего влияния на Медведева.

— Ах, не скромничайте! Только вы предложили сдать анализ крови, и зять мигом согласился ехать в лабораторию.

— Миша оценил разумность моей идеи. Только исследования могут дать четкий ответ на вопрос: кем приходится Медведеву девушка, называющая себя Настей!

— Вы такая заботливая!

Я молча смотрела на старуху, а та продолжала:

— Без вас Миша никогда бы не додумался до анализа!

— Моя роль в этом сильно преувеличена, рано или поздно Михаилу пришла бы в голову идея об исследовании.

— Вы даже дали ему телефон специалиста! У него такая странная фамилия.

— Федор Молибог. Верно, а почему нет? Федя один из лучших специалистов в своем деле, он тщательно изучит кровь, не обманет, не ошибется.

— Анализ такой точный?

— Точнее не бывает.

— Прямо скажут: родные ли Настя с Мишей?

— Да.

— Стопроцентно?

— Маленький шанс на ошибку остается, но погрешность крохотная.

— Господи! — заломила руки Елена Сергеевна. — Что же вы наделали! Как могли? Зачем? Кто просил вас вмешиваться?

— Мне непонятен смысл ваших упреков, — холодно ответила я, вставая, — неужели вы сами не хотите знать, кто эта девушка? Родная внучка или самозванка?

— Дашенька, — начала ломать пальцы старуха, — ну вспомните, как обстояло дело! Настенька исчезла! Ни слуху ни духу! Все страдали, плакали, потеряли надежду — и вдруг! О счастье! Девочка вернулась! Снова в семье! А вы! Если сейчас выяснится, что пришла не Настя, Миша этого не вынесет! За Таню я не волнуюсь, у нее не нервы, а канаты! Железные тросы! А мой зять...

— Бывший, — уточнила я.

Елена Сергеевна вздрогнула.

— Что, душенька?

— Бывший зять!

— Да какая разница! Нас объединяет Настя. Михаил отец, я бабушка. Вдруг ваш Федор даст отрицательный ответ? И что? Миша в реанимации, я покончу с собой, Настя попадет в сумасшедший дом, а вас съест совесть. Пожалуйста, прямо сейчас позвоните Молибогу и велите ему отказаться от проведения анализа!

Я положила ногу на ногу.

— Связаться с Федором нетрудно, он завален работой и будет рад, если одной заботой станет меньше.

— Вот и действуйте, — словно сытая гиена, заулыбалась Елена Сергеевна, — телефон на столе. Сейчас принесу трубочку. Ах, мне приятно вам услужить! Держите, кисонька. Номер помните?

— Конечно. Но неужели вы не хотите знать правду?

— Нет.

— Станете общаться с Настей, не думая о родстве?

— Девочка своя! Я ощущаю это, чую кожей!

— Если я попрошу Федора забыть о просьбе Михаила, то Медведев обратится в другую лабораторию.

Елена Сергеевна схватилась за голову.

— Ужасно! Скажите, он богат?

— Кто?

— Федор.

— Вы встречали в этой стране обеспеченных научных сотрудников?

— Чудесно, — потерла сухонькие ладошки старуха, — думаю, он не откажется от гонорара!

— Анализ платный, — кивнула я, — и, кстати, весьма дорогой.

— Хорошо, хорошо, — радовалась бабуля, — Дашенька, вы причинили мне много страданий, я не сплю, чуть не выбросилась из окна. Теперь исправляйте положение! Звякните Федору и спросите, сколько стоит анализ. Положительный! Понимаете?

Я кивнула.

— Хотите заплатить Молибогу за подтасованные результаты?

— Фу, как грубо! — возмутилась Елена Сергеевна.

— Зато правда!

— Я хочу спасти счастье семьи Медведевых, — патетически заявила она, — Татьяна бесплодна, она не сумела родить, а Миша мечтал о ребенке. Понятен вам ход моих мыслей?

— Нет!

— Детонька! Попробуйте вникнуть: Миша...

— В отношении Миши у меня полная ясность, — ответила я, — но вам-то какое дело до Медведевых?

— Боже! Они мне родня!

— Таня и Миша?

— Естественно! Ларочка смотрит с небес и радуется! Я ради дочки стараюсь.

— И вы готовы любить чужую девушку?

— Мне Настя родная! — возмутилась Елена Сергеевна.

Тут в моем мозгу произошло некое движение, и я потрясенно выпалила:

— Вам родная! А Мише?

Елена Сергеевна прижала руки к лицу.

— Что за намеки, дорогая? — дрожащим голосом протянула она. — Лариса выходила замуж непорочной девочкой! Настя появилась на свет спустя девять месяцев после свадьбы!

— И вы даже выносили во двор окровавленную простыню, чтобы убедить соседей в невинности невесты, — скривилась я. — Слишком эпатажный поступок для москвички с высшим образованием.

— Это народная традиция, — стала слабо протестовать Елена Сергеевна, — нужно ее поддерживать.

— Я бы еще поверила в это, если бы вы с дочерью

жили в горном селении на Кавказе, — протянула я, — но дело происходило в конце двадцатого века в Москве.

Елена Сергеевна заморгала.

— Вы знали, что дочь беременна от другого, — продолжала я, — и сделали все возможное для обмана Миши. Восстановили девственность хирургическим путем? Или, напоив жениха до потери пульса, набрызгали на белье куриной крови?

Старуха заморгала, потом бросилась к подоконнику.

— Сейчас кинусь вниз! Вы позорите Ларочку!

Я спокойно смотрела ей в спину. Елена Сергеевна распахнула раму и попыталась вскарабкаться на подоконник.

— Вам помочь? — спросила я.

— Брошусь с десятого этажа! — заорала она.

— Возьмите стул, — посоветовала я, — легче будет взобраться.

Елена Сергеевна захлопнула стеклопакет.

— Какая вы дрянь! — с чувством произнесла она. — Пожилой человек стоит в проеме окна! Готов лишить себя последних лет жизни...

— Вы так и не влезли на подоконник, — напомнила я.

— Чудовище, — прошептала Елена Сергеевна и упала на диван, — монстр!

— Значит, Лариса изменила мужу, — констатировала я, — Настя не Мишин ребенок, и анализ делать бессмысленно!

— Нет, это не так, — слабо ответила Елена Сергеевна.

— А как?

— Настя дочь Медведева!

— Тогда зачем сей спектакль с самоубийством?

— Морально она его! Мишенька обожал девочку и... вам не понять, — зарыдала Елена Сергеевна, — Ларочка... деньги...

— Ну, раз дело дошло до рублей, — решительно сказала я, — то лучше нам сейчас выяснить подробности. Колитесь, Елена Сергеевна! Ей-богу, вам легче станет!

Старуха замолкла, вытерла лицо платком и деловито спросила:

— Вы меня не выдадите?

— Начинайте, — кивнула я.

История, рассказанная Кругликовой, оказалась простой, как мечта алкоголика. Муж Елены Сергеевны умер рано, он был директором завода, получал большую зарплату, пользовался привилегиями, и жена не испытывала никаких тягот. Но, увы, счастье не продлилось вечно, после кончины супруга Елена Сергеевна лишилась денег, пайка, машины с шофером и казенной дачи. Пришлось вспомнить профессию учительницы и идти работать в школу, а Елена Сергеевна, хоть и имела диплом педвуза, терпеть не могла детей.

Елене Сергеевне жизнь казалась беспросветной: тягомотная работа, одни туфли на все случаи жизни, пальто из драпа-дерюги, а впереди никаких перспектив, грошовая пенсия и гроб, обитый ситцем.

Одно время Кругликова строила планы в отношении Лары. Как у всякой нормальной матери, у нее теплилось желание получше пристроить дочь, выдать ее за богатого, но симпатичная в детстве девочка превратилась в некрасивую девушку.

— Не беда, — пыталась хорохориться Елена Сергеевна, — с лица воду не пить! Захомутаем бобра умом и сообразительностью.

Но с последними тоже было плохо. Лариса оказалась, мягко говоря, дурой, в школе она получала одни тройки, у нее не было друзей — детей отпугивала полнейшая аморфность девочки. С ней не хотели играть, Лару даже не дразнили. Ну какой смысл пинать кучу песка? Она ведь не отреагирует на оскорбления. Больше всего на свете Лариса любила тупо смотреть телевизор, причем все программы подряд. Впрочем, у нее были и положительные качества, она выросла хозяйственной, хорошо готовила, никогда не спорила с авторитарной Еленой Сергеевной, не требовала красивой одежды, косметики, вкусной еды, не имела особых желаний.

Представьте глубочайшее изумление матери, когда она увидела дочь во дворе с молодым парнем.

— С кем ты болтала? — спросила Елена Сергеевна, когда Лара вернулась домой.

— Не знаю, — равнодушно пожала плечами дочь, — его Мишей звать. В кино приглашал.

— Почему не пошла?

— Неохота, — односложно ответила Лариса и плюхнулась в кресло у телика.

Елена Сергеевна вышла из себя.

— Кино тот же телевизор, — резко сказала она, — отчего бы тебе не прогуляться? Если он еще раз позовет, иди.

— Зачем? — пожала плечами Лара.

— Затем, что я приказала.

— Хорошо, — привычно согласилась дочь.

Миша оказался настойчив, он начал ухаживать за нелюдимой Ларисой. Елена Сергеевна навела справки о юноше и пришла в восторг. Мало того, что он обеспечен, так еще все в один голос характеризовали парня как крайне перспективного, а главное, порядочного человека. У жениха не было родителей, зато имелись собственная большая квартира. Она объяснила дочери, что ей выпал один шанс из ста. Ухаживал Медведев за Ларой долго, но в конце концов он пришел к будущей теще и сказал:

— Я хочу жениться на вашей дочери.

Елена Сергеевна всплакнула, а парень обстоятельно объяснил свой выбор:

— Сейчас нормальных девушек нет. Все пьют, курят, ругаются матом.

— Лара не такая, — живо отреагировала мать.

— Знаю, — сказал Миша, — она одевается прилично, хозяйственная, молчаливая, спокойная, с бутылкой не дружит! Есть еще одно обстоятельство...

— Говори, дружок, — поторопила мать.

— У Лары никого до меня не было? — покраснел Миша.

— Нет, — серьезно ответила Елена Сергеевна, — она чиста, как снежинка.

— Не хотелось бы, чтобы у моей жены уже был мужчина, — откровенно признался Михаил.

— В отношении Лары можешь не сомневаться, — заверила Елена Сергеевна, — никогда ни с кем ничего не было! Она даже не целовалась с мальчиками.

— Елена Сергеевна, — торжественно объявил Миша, — я далеко пойду! Обеспечу Ларисе и детям счастливую жизнь и вас не забуду, устрою вам обеспеченную старость.

На том и порешили. Елена Сергеевна настолько была уверена в дочери, что пообещала, что та будет любить Мишу до конца жизни.

Когда Лара пришла с занятий, мать бросилась к ней.

— Ты выходишь замуж!

— Я? — удивилась дочь.

— Конечно! Не я же, — засмеялась Елена Сергеевна, — приходил Миша, мы все решили.

— Я не хочу, — пробубнила Лара.

— Почему? — возмутилась мать.

— Ну... просто так!

— Прекрати идиотничать! — взвилась Елена Сергеевна. — Чем тебе Миша плох?

— Я его не люблю!

— Глупости, чувство приходит в браке!

— Нет, — упорствовала Лара, — не пойду за него! Елена Сергеевна схватила дочь за грудки.

— А обо мне ты подумала? Сколько прикажешь на плечах тебя тащить? Добро бы очередь из мужиков стояла, а то ведь один жених! Второго нет!

В пылу спора она наговорила дочери много злых, но совершенно справедливых слов, прошлась по ее внешности, отметила странности характера, напомнила об их бедственном материальном положении и даже заплакала.

— Хорошо, мама, — согласилась Лара, — пусть будет по-твоему.

Отнесли заявление в загс, купили платье, заказали столик в кафе. Чем дольше шли приготовления к свадьбе, тем веселей становилась Лариса. Елена Сергеевна, которую нет-нет да и кусала совесть, приободрилась. Значит, ее решение было правильным, дочь, похоже, полюбила Мишу, счастья им да детей побольше. Из таких, как Лариса, получаются замечательные матери.

За две недели до торжественной даты Елена Сергеевна решила просветить дочь. Она усадила ее перед собой и прочитала лекцию об интимной стороне брака.

Лариса краснела, вздыхала и вдруг спросила:

— Миша хочет невинную девушку?

— Это нормальное желание, — заявила мать.

— Значит, свадьбы не будет! — радостно закричала Лара.

— Ты с ума сошла! — обомлела Елена Сергеевна.

— Я беременна! — объявила дочь.

Сначала Кругликовой показалось, что потолок рухнул ей на голову, потом она пришла в себя и погрозила дочери пальцем.

— Не утерпели! Не страшно! Такие уж нынче времена. Да и раньше тоже случалось... м-да... мы с твоим папой... Ладно, это неинтересно. Вот радость-то! Я скоро стану бабушкой! Надеюсь, что родится девочка! Миша небось счастлив! Ты ему сказала?

— Нет, — помотала головой Лариса.

— Зря, — улыбнулась мать, — беги скорей, обрадуй его.

— Мама, — тихо сказала Лара, — он не придет в восторг. Ребенок не его. Михаил ко мне не прикасался, даже не обнимал, все говорит про первую брачную ночь!

Елена Сергеевна окаменела.

— Я его не люблю, — бормотала Лариса, — замуж согласилась выйти по твоему требованию. Сначала я обещание Мише дала, а потом Толю встретила. Теперь Михаил меня бросит, а мы с тобой будем ребеночка воспитывать! Дети — это счастье. Ведь так?!

Елена Сергеевна икнула.

— Мы? Воспитывать? Ребеночка?

— Ну да, — засмеялась Лара, — вдвоем.

— А этот... Толя? Он что?

— Анатолий женат гражданским браком, — пояснила Лариса, — у него есть годовалая дочка, я не хочу чужую семью разрушать! Просто люблю его и рожу мальчика.

Елена Сергеевна села на пол, а потом заорала:

— Дура! Обо мне ты подумала? Шлюха! Б...! Скотина! Мало мне дочери-идиотки на шее, так еще младенца придется тащить!

Глава 10

Придя в себя, Елена Сергеевна развила бурную деятельность. Для начала она заперла Ларису дома, выдрала из стены телефонный шнур, чтобы дочь не имела возможности связаться с внешним миром, и сообщила Мише:

— Ларочка хочет провести дни перед свадьбой в тишине и одиночестве.

Медведев понимающе кивнул и не стал беспокоить невесту. Елена Сергеевна поговорила с отцом своего ученика, известным гинекологом, тот осмотрел Лару и сделал вывод:

— Аборт сделать легко, но, учитывая анатомические особенности девушки, я должен предупредить: больше у нее детей не будет. Мне неясно, каким образом она вообще ухитрилась забеременеть.

Земля закачалась у Елены Сергеевны под ногами. Михаил часто повторял: семьи без наследника нет. Если сейчас избавиться от ребенка, то через пару лет Миша убедится в бесплодности жены и бросит ее. Медведев рациональный человек, разум у него довлеет над чувствами, значит, Лариса вернется к матери, опять сядет Елене Сергеевне на шею, и тогда прости-прощай спокойная, обеспеченная старость.

Чем дольше старшая Кругликова размышляла над ситуацией, тем меньше она ей нравилась. Возможен и худший вариант: Лариса в первый год совместной жизни не забеременеет, Миша начнет таскать ее по врачам, не дай бог узнает, что «непорочная» невеста делала аборт, и потребует от старшей Кругликовой ответа.

Елене Сергеевне больше всего хотелось придушить дочь. Вот послал господь ребенка: уродина, учиться ничему не желает, да еще и дура! Влюбилась в какого-то мужика, а тот не растерялся и воспользовался тем, что само падало в руки.

— Ты будешь рожать! — рявкнула Елена Сергеевна. — Да не вздумай проговориться Мише. Поняла?

— Но, мама, — попыталась впервые в жизни поспорить с ней Лара, — Медведев сразу поймет, что я не девушка.

— Молчи, дура, — зашипела Елена Сергеевна, — девственность тебе восстановят, зашьют прореху.

— Ой! Не хочу! — испугалась Лариса. — Больно будет.

Елена Сергеевна отвесила дочери пару смачных пощечин.

— Больнее будет, когда очутишься на улице с байстрюком в руках. Я тебя кормить-поить не стану, любовник, похоже, тоже не намерен хомут на шею вешать.

Лариса покорно закивала:

— Хорошо, мама, только не сердись.

Остается лишь позавидовать организаторским способностям Елены Сергеевны, которая за оставшийся до свадьбы срок ухитрилась все успеть. Вывешивание простыни во дворе явилось завершающим штрихом. Пусть все соседи крутили пальцем у лба, Кругликовой было наплевать на людей, главное, Миша пребывал в полнейшем неведении в отношении беременности Ларисы.

Боясь, что идиотка-дочь совершит какую-нибудь редкостную глупость, Елена Сергеевна под предлогом помощи молодым поселилась в квартире у зятя. Миша не возражал против присутствия тещи. Елена Сергеевна занялась домашним хозяйством, она была умна, поэтому превозносила зятя и без конца твердила дочери:

— Как тебе повезло!

Через полгода стало понятно: счастливее семьи Медведевых нет на свете. Лариса наконец-то получила возможность спокойно лежать у телевизора, мать не грызла дочь, не приказывала ей работать, а муж ежедневно приносил подарки. Миша, окрыленный предстоящим отцовством, с воодушевлением тащил ввысь свой бизнес и на диво преуспел. Елена Сергеевна лишилась груза материальных проблем, она ушла на пенсию, избавилась от мерзких школьников и не менее противных родителей. На всякий случай Елена Сергеевна никуда не отпускала Ларису одну, она боялась, что кретинка дочь свяжется с любовником и семейное счастье рухнет в одночасье. Но молодая жена смирилась со своей участью и на свидание к бывшему хахалю не рвалась. После того как родилась Настя, в семье Медведевых радость стала бить через край. Даже сообщение врача, что Лара навряд ли после родов может забеременеть еще раз, не расстроило Мишу.

— Не надо нам второго, — ворковал отец, укачивая дочку, — пусть все достанется Настёне.

Елена Сергеевна умолкла и начала аккуратно разглаживать на коленях юбку.

— Вам удалось обмануть Михаила? — запоздало удивилась я. — Как же он не посчитал срок? Настя родилась на месяц раньше!

Старуха усмехнулась.

— Незадача случилась! За четыре недели до положенного срока мы с Ларой пошли присмотреть детскую кроватку. Двадцать лет назад это был дефицит. Это сейчас мамочка в клинике лежит, а отец за один день кучу вещей махом покупает. Раньше так не получалось! В женской консультации давали талоны. Один на пять метров марли для подгузников, второй на кроватку, третий на коляску.

Я кивнула. Очень хорошо помню, как давилась в очереди, пытаясь купить маленькой Машке пижаму, стояла в километровом «хвосте» и в конце концов добыла уродство из байки серо-фиолетового цвета. Впечатлял не только цвет, но и рисунок на ткани, на пижаме для девочки были изображены шестеренки, гаечные ключи, тракторы и комбайны. А битва за цигейковую шубку? Я натурально дралась за нее в Центральном детском мире, отбивала ее кулаками, потеряла клок волос, получила пару синяков, но победила — добыла шубу. Отдельно следует отметить детские колготки времен застоя социализма — изделие из хлопчатобумажных ниток темно-коричневого цвета. После первой стирки колготки отвисали на коленях, а зад вытягивался почти до земли. Не менее шикарно смотрелись и платьица, сшитые косорукими зэчками. Ни для кого в СССР не было секретом, что одежду для новорожденных и детсадовцев производят в основном заключенные женских колоний. Современным мамам не понять нас, готовых мчаться на другой конец города и клацать зубами на морозе, чтобы заполучить белые валенки. Именно белые, а не серо-черные, которые, кстати, тоже были дефицитом. Нелегко приходилось и папам, им вменялось в обязанность стирать пеленки. Придя с работы, отец крохи засучивал рукава, натирал на крупной терке брусок детского мыла и принимался за стирку. После того как белье высыхало, его следовало выгладить с двух сторон. Сколько молодых семей спасли бы от распада автоматические стиральные машины и памперсы?

Так вот, Елена Сергеевна с дочерью отправилась искать кроватку, и случилось несчастье. В давке кто-то толкнул Лару, она упала, и ее прямо из универмага доставили в больницу.

— Настенька появилась на свет раньше срока, — спокойно объясняла сейчас бабушка, — весила она два килограмма пятьсот граммов.

— Вам повезло, что внучка оказалась мелкой, — подытожила я, — и Миша ничего не заподозрил.

Елена Сергеевна кивнула.

— Да. Должна вам сказать, что он идеальный отец, ради Насти Михаил был готов на все. Мы жили замечательно, и если б не несчастье... Лара умерла, Настя осталась сиротой, и тут Мишу захапала Таня!

Такая... э... как бы это помягче сказать. Вы в курсе, что они в одном дворе жили?

— Слышала что-то, — обтекаемо ответила я.

Елена Сергеевна вскочила на ноги.

— Нахалка! Влезла в семью без мыла! На следующий день после смерти Лары в дверь позвонила, стоит, глаза в пол и бормочет: «Пришла помочь по-соседски, давайте на поминки блинов испеку». Ну я ее турнула, потому что знала: она к Мише неровно дышит. Я с зятем жила, ни на секунду с него глаз не спускала. Зачем Мише жена? Я у него есть! Обеды готовлю, за домом слежу, Настю обихаживаю. К чему нам лишний рот?

— Видно, плохо стерегли Михаила, раз Таня сумела к нему подобраться, — не упустила я возможности ущипнуть Елену Сергеевну.

Старуха забегала по гостиной.

— Ей сам черт помог! У меня весной случился сердечный приступ, я загремела в больницу на месяц. Миша заботился обо мне, как о родной, но через неделю я подозревать стала, а еще спустя два дня поняла — баба у него появилась!

— Как же вы вычислили любовницу? — искренне заинтересовалась я.

Бабуся сморщилась так, словно хлебнула уксусу.

— Еду мне Миша приносил. Первые разы суп был несъедобный, пюре комкастое, курица резиновая. Но я его хвалила, понятно, мужчине хорошо не сготовить. А потом вдруг — бац! Пирожки с капустой и настоящий борщ! Котлеты паровые! Судак фаршированный!

— Может, он в ресторане покупал, — предположила я.

— Разве я домашнее не отличу? — вздохнула старуха. — Ну а когда меня выписали, Таня уже вовсю в квартире хозяйничала. Я прямо ахнула. Занавески на кухне поменяла, мебель в гостиной переставила, в ванной шкафчик повесила, распоряжалась, как у себя дома. А Настя ее мамой звала! Много ли ребенку надо? Мы с Ларочкой девочку в строгости держали, подарки только на Новый год и в день рождения, спать ложится в восемь часов, со взрослыми за стол не садится. А Таня ее куклами завалила, каждый день новую притаскивала, в кровать не укладывала, вместе со всеми ужинать позволяла.

— Я слышала другое: Таня строго воспитатвала Настю.

— Это она потом линию поведения поменяла, клыки показала. А поначалу, когда к Мише в доверие втиралась, такой пушистой белочкой прикинулась, — зло воскликнула мать Ларисы, — меня из дома выживать стала. И ведь мне пришлось в конце концов уйти. Когда они свадьбу сыграли, Таня скандал спровоцировала, завела меня, ну я и не сдержалась. В результате виноватой оказалась, правда, Миша сказал: «Дорогая Елена Сергеевна, мы с вами навсегда родные люди, через Настю. Буду содержать вас до конца дней, не беспокойтесь!» И обещание выполнил, денег мне давал и вообще помогал.

— А вы, чтобы Медведев не забывал, регулярно приезжали и напоминали им о Ларисе!

— Просто я общаюсь с зятем, — возмутилась Елена Сергеевна, — он мне дорог. Но в последнее время Миша стал раздражительным — это его Таня накручивала. Представляете, пару месяцев назад у нас случилось небольшое недопонимание из-за бриллиантов.

— Украшений? — уточнила я.

— Да, — кивнула старуха, — Мишу с Таней пригласили куда-то на вечеринку. Таня денег не считает, поэтому платье заказала бешено дорогое, из синего атласа. Нацепила обновку, вертится у зеркала, всякие ожерелья меряет и все недовольна! Жемчужное больно простое, сапфировое с платьем сливается, изумруды по цвету не подходят, рубины вообще гадость. Именно так она и выражалась. Я все ждала, когда Миша жену окоротит, даст ей по губам, но он вдруг ушел, потом вернулся с коробочкой, протянул нахалке и говорит: «Смотри!» Таня крышку открыла и давай визжать: «Вау! Супер! То, что надо! Брюлики! Это мне?» — «Носи на здоровье», — расплылся в улыбке супруг.

И тут Елену Сергеевну понесло: она узнала колье.

Его Михаил преподнес Ларисе в день свадьбы. Она надела колье в загс и потом спрятала его в коробку, Лариса никуда не ходила, украшений не носила.

— Не очень-то прилично передаривать вещи покойной, — не утерпела экс-теща.

Таня вздрогнула.

— Камни принадлежали Ларисе?

— Да, — злорадно подтвердила Елена Сергеевна.

Танюша быстро сняла ожерелье.

— Спасибо, Мишенька, потрясающей красоты вещь, но она сюда не подходит.

— Хорошо, — кивнул тот и унес коробку.

Инцидент казался исчерпанным, но вечером, отвозя тещу домой, Михаил сказал:

— Извините, Елена Сергеевна, я отношусь к вам, как к матери, но у меня в бизнесе наметились проблемы, поэтому я вынужден урезать ваше содержание.

Я кивнула:

— Зять решил наказать вас за длинный язык!

— Он мне в том месяце дал копейки! — возмутилась Елена Сергеевна. — А когда я пришла в гости, Танька меня не пустила! Приоткрыла дверь и прошипела: «Чего заявилась? Убирайся вон!»

— Я бабушка Насти, — выдвинула привычный аргумент старуха.

— Девчонка давно умерла, — каркнула Таня, — хватит с нас прихлебал. Чао-какао, мамуля!

Вот когда Елена Сергеевна испугалась по-настоящему, только сейчас она поняла, что ее влияние на Мишу кончилось, теперь Таня у руля. Много лет старуха усиленно играла роль несчастной, убитой горем бабушки и матери, но, похоже, Миша более не поддается ее влиянию.

Месяц Елена Сергеевна пребывала в панике, а потом раздался звонок от зятя, Михаил сообщил о возвращении Насти!

Кругликова замолчала, я решила сделать выводы из услышанного.

— Значит, вы надумали использовать открывшиеся возможности? Быстро поняли: Настя воскресла, следовательно, ее поселят дома, а девушка захочет общаться с любимой бабулей, вы вновь станете вхожи к Медведевым, и Миша начнет выплачивать вам прежнее содержание.

— Нет, нет, — замахала пухлыми ручками Елена Сергеевна, — нет!

— Почему тогда вы настаиваете на том, что девушка является Настей?

— Это она! Я чувствую! Кожей! Внученька, — фальшиво вскрикнула старуха, — а вы чуть не погубили доброе имя Ларочки! Если Миша узнает правду про отцовство, он...

— ...выгонит вас и Настю!

— Ее навряд ли, — прошептала старуха, — он ее на самом деле любит.

— Значит, тяжело придется вам одной, — безжалостно продолжала я, — положение хуже губернаторского, куда ни кинь — везде клин! Миша точно не отец! Получит результаты анализа, решит, что Настя самозванка, и сдаст девицу в милицию!

— Ой, ой, ой, — затряслась Елена Сергеевна, — думаете, он способен прибегнуть к помощи органов?

— Я непременно посоветую ему пойти на Петровку!

— Зачем? Это семейное дело, — залепетала старуха, — кому оно интересно?

— Невесть откуда взявшаяся девчонка оказалась в курсе многих дел Медведевых. Если она самозванка, то кто рассказал ей о семейных тайнах? Вы готовы любить мошенницу, лишь бы получать деньги от Миши?

— Это Настя! Точно! А вы лишаете девочку отца и нормальной жизни!

— Вторая беда! Если анализ подтвердит, что отец девочки другой человек, и вы расскажете Мише правду, Медведев не простит вам обмана.

— Придумайте что-нибудь! — топала ногами Елена Сергеевна.

— Ладно, — согласилась я, — пойду вам навстречу. Сидите тихо, сейчас я позвоню кому надо.

— Молибог! — гаркнул в трубку Федя.

— Извини, не разбудила?

— У меня после полуночи жизнь только начинается.

— Федюша, — запела я, — помоги.

Выслушав мой рассказ, Молибог засмеялся.

— Ну ты не первая! Знаешь, какое количество мужчин воспитывает не своих детей? Более двадцати процентов, причем иногда открывшаяся истина бывает откровением и для матери. Потрахалась случайно по пьяни на вечеринке невесть с кем, потом опять хорошая жена. Забеременела, родила и... бац! Оказывается, детеныш от случайного траха получился, а не от супруга! Во! Мама в обмороке, папу трое держат! Ладно, скажу этому Медведеву, что я занят по горло, не могу его без очереди пропустить, пусть ждет полгода.

— Нет! Он отправится в другую лабораторию.

— Фальшивый анализ я не напишу, даже не проси! — рявкнул Молибог. — Мне знаешь какие бабки порой за подтасовку обещают! Но я честный человек! Кстати, у тебя нет хорошего автослесаря? Моя «копейка» сдохла, не едет, зараза!

Молибог на самом деле неподкупен, он ездит на ржавом металлоломе, живет в малогабаритной «двушке» с женой, сыном и престарелой мамой, и вот уже третий год подряд я вижу Федю в одной и той же куртке. Если бы не жена Нина, которая служит в дорогом салоне красоты на рецепшен и получает чаевые, Молибог помер бы с голоду. А еще руководство МВД удивляется, отчего в рядах сотрудников процветает взяточничество. Зарплату надо давать людям нормальную и поощрять таких, как Федор, служащих многие годы не за страх, а за совесть. Молибог щепетилен, к его рукам и крошка не прилипнет, а другой посмотрит на жалкие копейки, полученные в конце месяца, да и подделает результаты анализа!

Глава 11

— Хорошо, — произнес после некоторой паузы Федька, — я возьму у него кровь и скажу: «У вас сильно повышена фракция «ТТ», нужно сесть на диету, исключить жирное, жареное, сладкое на три месяца. Приходите через девяносто дней. Фракция «ТТ» искажает анализ, из-за нее невозможно определить отцовство, результат будет неточен.

— Скажите пожалуйста, — восхитилась я, — сколько раз анализы сдавала, никогда о фракции «ТТ» не говорили.

— Я ее придумал, — засмеялся Федор, — фальш-сведения не дам, но отказать в лабораторных исследованиях могу. Пусть несколько месяцев на диете посидит, невредное дело. А там посмотрим!

— У девушки кровь возьми! И сохрани пробирку!

— Зачем?

— Я приведу через пару дней другого мужчину, не Михаила. Мне нужно узнать, не он ли отец девицы. Только дело следует обстряпать тихо! Настя не должна ничего заподозрить! Ладно?

— Ну...

— А я тебе дам чудо-слесаря, лучшего спеца по реанимации автотрупов.

— Хорошо, — согласился Федька, — мы ведь ничего плохого не делаем. Результаты не подтасовываем. Значитца, с утрева они приезжают. Я сначала у девки кровушку высасываю, потом у мужика и ему про «ТТ» втюхиваю. Только ты второго кандидата в папы не позже среды приведи.

— Есть! — воскликнула я. — Ты мой ангел!

— Я всегда хотел после смерти попасть в ад, — хохотнул Молибог, — там компания веселее!

Я повесила трубку, Елена Сергеевна зарыдала.

— Дашенька! Заинька! Рыбка!

— Давайте не будем перечислять всех обитателей зоопарка, — поморщилась я, — назовите имя любовника Ларисы.

— Я его не знаю! — слишком быстро отреагировала старуха.

— Ладно, — кивнула я и схватила телефон, — Федя, отбой!

Елена Сергеевна одним прыжком преодолела расстояние от окна до меня и вырвала мобильный.

— Нет! Стойте! Зачем вам Анатолий?

— Не понятно? Для анализа! Если девушка его дочь, то она точно Настя! Мы установим истину!

— И вы прекратите копаться в наших делах? — с надеждой спросила старуха.

— Адрес! — потребовала я.

— Сейчас, — мрачно пообещала Елена Сергеевна, подходя к большому буфету, — где же книжка?

Ага! Вот! Анатолий Илюшин. Улица Нижняя Каменская, дом сорок восемь.

— Интересно, где эта улица? — пробормотала я.

— В двух шагах отсюда, — все так же угрюмо пояснила старуха.

Я посмотрела на часы. Конечно, ни один нормальный человек в такое время не попрется в гости!

— Надеюсь на вашу порядочность, — всхлипнула Елена Сергеевна, — мне пришлось открыть вам тайну! Умоляю, не замарайте невинное имя Ларочки, безвременно ушедшей девочки!

Я пошла к двери.

— Так будете молчать? — ныла Елена Сергеевна, потом в ее тоне неожиданно появились визгливые нотки: — Имейте в виду, если растреплете Медведевым про Ларочку, я откажусь от своих слов, вас выгонят из дома!

— В мою задачу не входит порочить покойную, — ответила я.

— А чего вы хотите? — зло поинтересовалась Елена Сергеевна.

— Узнать правду. Кто вернулся в дом Медведевых. Если девушка на самом деле Настя, то где она была десять лет? Кто ее похитил? Зачем?

— Это Настя! Я чую!

— Вот и надо проверить ваше чутье!

— Родинки на ноге! Они как у Насти! Можно взять детские фото и посмотреть!

— Давайте снимки, — обрадовалась я, — действительно, нужно сличить приметы.

— Все карточки у Тани.

— У вас нет альбома любимой внучки?

Елена Сергеевна замялась.

— Я обладаю редкой фобией! Боюсь изображений человека, понимаете? Вот у Таньки все подобрано!

Я прекрасно разобралась в ситуации. Похоже,

Елена Сергеевна до зубовного скрежета обожала свою дочь и внучку. Первую она силой вытолкала замуж за нелюбимого мужика, чтобы обеспечить себе спокойную старость. А теперь готова признать внучкой чужую девушку все из тех же меркантильных соображений. Ох, не зря Дегтярев любит повторять: «Маленькие детали расскажут больше, чем самая подробная анкета». Что может ответить на вопросы Елена Сергеевна? «Люблю внучку без памяти». Вот только отсутствие фотоальбома развенчивает образ преданной бабульки.

Выйдя на улицу, я села в машину и, отбросив сомнения, поехала на Нижнюю Каменскую улицу. Согласна, что это полнейшее хамство — вытаскивать человека из постели, но у меня мало времени, а спросонья люди частенько бывают беззащитны. Уже нажав на звонок, я испугалась. Похоже, я делаю глупость, у Анатолия, вероятно, есть жена, он не захочет при ней откровенничать. Вечно я совершаю поступок и лишь потом начинаю размышлять — следовало ли так себя вести! Надо убегать, лучше прийти завтра.

Но я не успела повернуться в сторону лестницы, как створка распахнулась, показалась женщина неопределенных лет в черной хламиде, голову ее покрывал платок.

— Вы от кого? — грубо поинтересовалась она.

— От Елены Сергеевны, — машинально ответила я.

Баба пожевала губами.

— Не помню такую. Ладно, входи!

Я вошла в узкий коридор, пахнущий кошками.

— В левую дверь ступай, — приказала тетка, — садись на стул. Условия знаешь?

Я покачала головой.

— Пятьдесят процентов, — объяснила хозяйка, — берешь миллион — возвращаешь полтора! Задержишь — счетчик закрутится. Проще некуда.

— Извините, мне не нужны деньги в долг! — заулыбалась я.

Она поправила сползающий платок.

— Тогда чего приперлась!

— Толя дома?

— Кто?

— Анатолий Илюшин, двадцать лет назад он жил в этой квартире.

Женщина уставилась мне в лицо.

— И чего?

— Да ничего. Просто мне с ним поговорить надо.

— Нет Тольки, — спокойно ответила баба, — ушел он.

— Ой как здорово! — обрадовалась я.

— Чему лыбишься? — оборвала меня хозяйка.

— Я боялась, что он переехал.

— Ушел Толька, — повторила баба, — то есть помер!

— Вот беда! — расстроилась я. — А вы кем ему приходитесь?

— Матерью, — без особых эмоций ответила процентщица, — Зинаидой Ефимовной меня зовут.

— Простите, — прошептала я, — не хотела вас беспокоить.

— Я не сплю вовсе, — равнодушно заметила Зинаида Ефимовна, — мой клиент ночь любит, я чистая сова, днем подушку давлю, а после полуночи ухаю.

— Очень бестактно было спрашивать у вас про Анатолия, но...

— Утешься, — нахмурилась баба, — двадцать лет с тех пор прошло, и памяти не осталось. Да и никудышный он сын был, с бабами путался, пил, наркотой баловался! Убрался на тот свет и освободил меня!

— Ага, — растерянно сказала я, — а когда это случилось?

— Сказано же, давно, двадцать лет утекло, — уточнила Зинаида Ефимовна, — из-за кобелиности своей погиб.

— Как?

Хозяйка пожала плечами.

— Его в подъезде по башке охреначили. Менты дело завели и в бабье запутались. Толян одновременно с десятком жил, ловко дурам баки заливал, про любовь пел, да только ему одного надо было! Перепихнется пару раз и бросит. Ну до чего девки прилипчивые попадались! Сюда приходили, в дверь скреблись, рыдали. Я их вон выставлю, снова лезут. Жизни никакой. И мужики не лучше! Я дураку пеняла: «За чертом ты с замужними связываешься! Один муж тебе нос сломал! Другой прирезать пытался. Че, мало тебе баб свободных?!» Так нет, его маслом не корми, дай чужую увести. «Мне, мама, охота нравится!» Вот и доохотился! Подстерег его очередной роганосец и дубиной по башке. Менты потом удивлялись, как он ловко попал по виску, там кость тонкая, сразу проломилась. Не нашли убийцу. Да небось особо и не искали. Мне следователь прямо сказал: «Мамаша, ваш сын ненужный для общества элемент. Не работал, пил, гулял, со шприцом баловался, и пол-Москвы от... Мне жизни не хватит все его контакты отработать. Дело в архив сдаем».

— Сильное заявление, — прошептала я, — а Толя был женат?

— У него под каждым столбом по жене сидело!

— Я вроде слышала, что у него была дочь!

Зинаида Ефимовна сложила руки на груди.

— Привел он одну, Нинкой звали, с пузом ходила, потом девчонку родила, я их и выгнала. Не хватало мне визгу и вони. Потом Тольку прикокнули,

Нинка спилась, ее мать ко мне прибегала. Знаешь, чего предложила?

— Теряюсь в догадках.

— «Зина, возьми девочку, она тебе родная кровь, а мне помирать скоро, рак доедает. Пожалей девку, ее в детдом сдадут». Во, нашла дуру! Не она первая на меня выб... повесить хотела. Еще припирались!

— Кто?

Зинаида Ефимовна вытерла рукой рот.

— А ты откуда? Чего Толькой интересуешься?

Я замялась.

— Он был нужен для установления отцовства, я анализ хотела взять!

— Ну и езжай на кладбище, — захохотала Зинаида Ефимовна, — лежит в урне пепел, забирай весь! И какой смысл тебе возиться? С Тольки алиментов не взять, а я ни копейки никому не отстегну! Ни один суд не обяжет меня платить.

— Никто не покушается на ваши средства, просто одна девушка хочет знать, кому приходится родней!

— Лучше ей про такого отца и не слышать! Видела я девку! — неожиданно подобрела Зинаида Ефимовна.

Я чуть не упала от удивления.

— Кого?

Илюшина размотала платок, на меня пахнуло давно не мытыми волосами.

— Гони деньги, тогда и поболтаем.

— Сколько? — деловито уточнила я.

— Тысячу баксов.

— Многовато!

— Твоя цена?

— Сто.

— Нашла дуру.

Самозабвенно поторговавшись, мы пришли к консенсусу, и Зинаида Ефимовна рассказала, как примерно год назад к ней пришла симпатичная блондинка и спросила Анатолия.

Узнав, что Илюшин давно убит, она не расстроилась и принялась расспрашивать мать покойного. Зинаида Ефимовна насторожилась и в свою очередь задала ей вопрос:

— А ты кто?

— Неважно, — спокойно ответила девчонка, — мама уверяет, что родила меня от Анатолия, вот я и решила выяснить правду.

Зинаиде Ефимовне, человеку жесткому и несентиментальному, было не жаль блондинку, поэтому она сообщила правду о сыне — бабнике и наркомане, а потом сказала:

— Убили Тольку в подъезде. Может, и твой он отец, только со мной Анатолий не откровенничал, фамилии своих баб не называл, да и помер он давно. Живи как жила, на хрена тебе знать правду? Алиментов с покойника не получишь!

Девушка вежливо попрощалась и ушла. Но самое интересное, что Зинаида Ефимовна вспомнила ее мать!

— Притопала она ко мне, — говорила Илюшина, — вперлась сюда, тихая, серая, волосы светлые, глаза голубые. Толяну такие вообще-то не нравились, ему подавай чернявую, грудастую, а тут корова недоеная! Ну, значит, вперлась и засепетила: «Толика позовите!» Я и ответила: «Забудь сюда дорогу». А она загундела: «Как же теперь жить! Я ребеночка родить хочу! Беременная от Толика!»

Зинаида Ефимовна обозлилась. Хорошо сыну, сделал девке живот, а мать с ней разбирайся. Нинку выгнала, так следующая «жена» приперла. Ясное дело, денег хочет. Только пожалей одну, отслюни на пеленки, мигом другие налетят. Илюшина велела убогой убираться вон.

— Что мне делать? — ныла та, цепляясь за косяк.

— Аборт, — равнодушно ответила Зинаида.

— Так у меня больше детей не будет, — всхлипывала мямля.

— Иди, иди, — вытолкала ее за порог Зинаида и захлопнула дверь.

Но не успела она сделать по коридору шаг, как затренькал звонок. Зинаида выругалась и открыла дверь.

— Умоляю, послушайте, — зашептала все та же блондинка, — можно, я у вас поживу?

— Ты того, да? — изумилась Илюшина.

— Хотите, я на колени встану?

— Вали на...

— Я беременна от Толи!

— От него пол-Москвы залетело! Эка новость.

— Ну пожалуйста, — ныла девица, — мне много не надо, только крышу над головой. Стакан кефира! Больше я не съем. Малыш родится, вот будет вам радость!

После этого заявления Зинаида сообразила, что имеет дело с сумасшедшей, и смягчила тон:

— Иди домой.

— Там мама!

— Вот и хорошо!

— Она мне велит за другого замуж идти! А я не хочу! Буду хранить Толе верность! Неужели вам меня не жаль? — стонала девчонка. — Я вам внука рожу!

— Ступай к своей матери, — отрубила Зинаида Ефимовна, — сюда не суйся. Еще раз звякнешь, психушку вызову, тебя в дурку упрячут!

Зинаида с размаху треснула дверью о косяк. Более сумасшедшая не появлялась. Вспомнила о придурковатой гостье Илюшина лишь в тот день, когда к ней заявилась якобы дочь Толи.

— Уж больно они одинаково голову держат, — говорила Зинаида, — вбок, подбородок в сторону, так собаки глядят, снизу вверх! Девку ту, беременную, я еще и потому запомнила, что в тот день, когда она приходила, Толю убили в нашем подъезде, ограбили его. Вот такие дела.

— Вы спросили адрес у девушки, которая недавно у вас была?

— Вот еще! — фыркнула Зинаида Ефимовна. — Больно надо! Мне...

Конец фразы утонул в резком звонке.

— Все! До свидания, — фыркнула хозяйка, — ко мне пришли.

Я молча подошла к двери и распахнула ее, мужчина, стоявший на пороге, робко спросил:

— Зинаида? Я от Сурена.

Ничего не ответив, я побежала по ступенькам вниз. Дело осложняется, Анатолий давно погиб. Уж не знаю, можно ли по пеплу определить отцовство, но даже если подобная методика и существует, где гарантия, что в урну поместили прах именно Илюшина? В крематории жгут многих с промежутком на получасовую панихиду по новому жмурику. Еще успеть надо горячий пепел сгрести. Пока что все пути вели в тупик, я уперлась лбом в стену! Но нет такой преграды, которую невозможно одолеть, а если забор достигает неба, в нем можно выломать доску, сделать подкоп, схватить лом и выбить кирпичи. Главное, никогда не сдаваться и не пасовать перед трудностями, капля камень точит.

Глава 12

Если хочется работать, ляг, поспи, и все пройдет. В нашей семье это правило не действует. Ровно в семь утра, спустившись в столовую, я увидела Зайку, Аркадия и Маню, быстро поглощающих тосты.

— А где полковник? — удивилась я.

— Еще не вставал, — отозвалась из кухни Ирка.

— Опять проспал, — ехидно заметила Ольга, — не первый раз.

— Крепкий сон — свидетель чистой совести, — ухмыльнулся Кеша.

— Или маразма, — захихикала Маша.

Я неодобрительно посмотрела на развеселившихся детей и пошла на второй этаж. Полковник никогда не слышит звона будильника. Пару месяцев назад Маруся купила ему радиоприемник, и теперь по будним дням ровно в шесть тридцать в спальне Александра Михайловича начинают визжать ведущие шоу. Первое время, услыхав вопль:

— Вставай, страна! Начинаем утро с программой «Бодрость», — полковник, как ужаленный, подскакивал на кровати. Но сейчас он, похоже, привык к утренней канонаде.

Я приоткрыла дверь в комнату Дегтярева. Ну точно! Приемник надрывается, будильник корчится в судорогах, а наш борец с преступностью громко храпит, завернувшись в пуховую перину.

— Уже утро! — закричала я.

Никаких эмоций со стороны храпуна не последовало.

— Эй! Проспишь совещание!

Начался храп со свистом.

Я сделала шаг, поскользнулась, грохнулась на пол и больно ушибла правый бок. Руки ощутили скользкие следы на паркете. Похоже, тут побывала Джульетта. Надо же, она способна подниматься по лестнице. Обязательно потребую от Веры прятать улитку на ночь в клетку, да и днем ползунье следует сидеть в укромном месте. Зайка, Аркашка и Дегтярев не любят Веру, считают ее бездельницей и нахалкой и злятся на меня, когда она приезжает в гости. Почему отрицательные эмоции направлены в мой адрес? Глупый вопрос! Нельзя же высказать в лицо постороннему человеку все, что про него думаешь, вот и приходится выплескивать недовольство на родного и близкого.

Если честно, я не очень-то переживаю по этому поводу, в конце концов рано или поздно Вера отправится восвояси. Но вот о Джульетте, которая превращает дом в каток, надо молчать, не то об улитке мне будут напоминать до конца дней.

Стараясь не шуметь, я сбегала в ванную, схватила рулон туалетной бумаги, живо вытерла пол и начала будить полковника. В конце концов мне удалось растолкать его. Александр Михайлович сел и сердито спросил:

— Ну? Доложите обстановку!

Я подавила смешок, жаль, что подчиненные не могут видеть сейчас грозное начальство. Ей-богу, полковник чрезвычайно хорош в розовой пижаме с вышитыми зайчиками. Интересно, о чем думал модельер, создавший такой наряд для сна? Наверное, он предназначал его для маленьких девочек. Вот только где он видел малышек шестьдесят второго размера? И кто купил сей уютный костюмчик Дегтяреву? Александр Михайлович сам не ходит по магазинам. Полковник некапризен, надевает то, что ему дают, и редко спорит по поводу шмоток.

— Ты зачем меня разбудила? — простонал толстяк.

— Уже семь пробило, ты на работу опаздываешь! Дегтярев со стоном упал на подушку.

— Я заболел! Останусь сегодня дома.

— Что случилось? — испугалась я.

Несмотря на уже не юный возраст, полковник не имеет хронических недугов. Да, он обзавелся толстым животом, лысиной, стал плохо различать расположенные вдали предметы и приобрел привычку брюзжать по любому поводу, но в остальном Александр Михайлович даст сто очков вперед молодым. И он ненавидит врачей! На ежегодную диспансеризацию Дегтярев идет лишь после взбучки от генерала, а если к полковнику прицепилась простуда, он ни за что не ляжет в постель. У Александра Михайловича есть свои методы борьбы с напастью. Он берет стакан водки, кладет в него две столовые ложки горчицы, перчит «огненную воду», одним махом заливает в себя «коктейль», заедает его бутербродом из черного хлеба, сала и соленого огурца, а потом идет спать.

Не советую никому из вас повторять сей фокус. Когда моя лучшая подруга Оксана, хирург по профессии, увидела «микстуру», ее чуть паралич не разбил от ужаса.

— Ты не доживешь до утра! — закричала она, пытаясь отнять у Александра Михайловича волшебное пойло.

— Спокойно! — ответил приятель. — Меня в армии сержант этому научил. Действует безотказно.

С тех пор прошло несколько лет, но Александр Михайлович продолжает употреблять перцовку с горчицей и, что самое потрясающее, наутро вскакивает бодрым и здоровым.

Понимаете теперь, почему я забеспокоилась, услыхав про желание Дегтярева провести день в постели?

— Немедленно говори, что у тебя болит? — затормошила я его. — Голова? Сердце?

— Мне плохо, — проныл Дегтярев.

— Постарайся описать симптомы! — не успокаивалась я.

— Мне мерзко! Дай лекарство.

— Сначала надо определить, что у тебя болит, а уж потом глотать пилюли!

— Дай аспирин!

— У тебя температура? Вроде нет, — пощупала я

лоб Дегтярева, — послушай, а что это за пятна на твоем лице?

— Не знаю, морда чешется, — признался Дегтярев, — и на руках тоже появились!

— Насморк есть?

— Немного.

— Горло болит?

— Да.

— Голова?

— Да.

— Живот?

— Тоже.

— Так не бывает, все одновременно болеть не может, давай постараемся определить причину!

Несмотря на недуг, Дегтярев не упустил случая поспорить.

— Ты не права. Если человек попал под поезд, то у него все болит.

— Но это не твой случай, — начала я злиться, — хватит капризничать, а то вызову «Скорую помощь» с капельницей.

Полковник заполз под одеяло.

— Знаешь, — неожиданно признался он, — мне сегодня привиделась дикая вещь.

— Кошмар?

— Ну... лежу я вечером, бессонницей маюсь, весь чешусь, вдруг... нет, ты не поверишь!

— Говори!

— Ты сочтешь меня идиотом, — мямлил полковник.

— Ничего, я привыкла к твоим глупостям.

Полковник с подозрением посмотрел на меня.

— Пообещай, что никому не расскажешь?

— Буду молчать как истукан.

— Вчера около двух часов ночи дверь в спальню приоткрылась, и вошла подушка.

— Подушка?

— Такая странная, углом вверх, темно-коричневая.

Я прикусила губу. Значит, Джульетта заглядывала к Дегтяреву, впрочем, это было ясно раньше, улитка оставила скользкие следы на паркете.

— Медленно так погуляла, — дрожащим голосом сказал Александр Михайлович, — и на кровать полезла. Я хотел очки нацепить, чтобы разглядеть ее. Согласись, у нас дома нет живых подушек, но очки куда-то делись! Так их и не нашел.

— Наверное, у тебя поднялась температура и начался бред.

— Полагаешь?

— Конечно, — смело заявила я, — а пятна — это аллергия.

— На что?

— Ты вчера ел паштет из масленки!

— Очень вкусный, похоже, из морепродуктов.

— Вот! Твой организм дал на него отрицательную реакцию. Надо слопать супрастин, тавегил, кларитин и забыть о паштете. Сейчас принесу таблетки, у нас непременно что-нибудь найдется.

Не дожидаясь ответа Дегтярева, я побежала вниз, но, прежде чем начать рыться в аптечке, велела Ирке:

— Очень тихо найди Джульетту и запри ее в комнате у Веры.

— Как ее туда засунуть? — задала идиотский вопрос домработница.

— Молча!

— Она меня не послушает! Со слизнем не договориться!

— Я тебя не прошу вести с ней беседы! Хватай улитку и неси к Рыбалко.

Ирка отшатнулась.

— Брать эту гадость? В руки?

— Ну не в ноги же! — рассердилась я.

— Никогда! — отрезала домработница. — Дарь

Иванна, простите, но я не могу! Вы меня знаете! Я любые ваши капризы выполняю, даже в библиотеке со шкафов пыль сметаю, хотя ничего дурее и не придумать. Одну полку обтрясешь, пыль мигом на другую перелетит. Но раз велено — я делаю. А со слизнем не могу!

— Ладно, — сдалась я, — ты его просто отыщи и мне скажи.

Ирка кивнула, я выхватила из ящика упаковку пилюль и понеслась к Дегтяреву. В спальне его не было, я поскреблась в дверь ванной.

— Эй! Ты как?

Ни звука в ответ.

Я забеспокоилась.

— Милый, ответь!

И снова тишина.

Я испугалась: вдруг Александру Михайловичу стало плохо? Поднялось давление, и он упал без сознания? Закружилась голова, он сломал ногу...

Осторожно приоткрыв дверь, я увидела полковника, сидящего на унитазе, быстро зажмурилась и поинтересовалась:

— Ты в порядке?

— Дашенька, — прошептал Дегтярев, — родная, я умираю!

Забыв про стеснительность, я разомкнула веки. За нашу многолетнюю дружбу я слышала от Александра Михайловича разные слова, но «родной Дашенькой» он меня никогда не называл.

Чуть не споткнувшись о сбившийся коврик, я кинулась к полковнику.

— Что? Говори скорей? Почему ты сидишь на унитазе, не подняв крышку?

— Я схожу с ума, — прошептал Дегтярев, — у меня инсульт случился.

— От удара пропадает речь, — приободрила я приятеля, — а ты бойко разговариваешь!

— У меня видения! Глюки, — еле слышно лепетал толстяк.

— И что тебе привиделось?

— Вчера ночью я смотрел кино, — оживился Дегтярев, — ужастик! Про инопланетную мразь, которая к людям через трубы просачивалась.

— Вот почему ты бессонницей маялся!

— А сейчас она тут!

— Кто?

— Мразь.

— Где?

— Загляни в ванну, только осторожно.

Я погладила полковника по голове.

— Дурачок! Насмотрелся, как маленький, страшилок! Вот уж не предполагала, что ты столь впечатлителен!

— Сунь нос в ванну! — настаивал толстяк.

— Хорошо, только, чтобы успокоить тебя, — улыбнулась я и перегнулась через край эмалированной чугунины.

Слава богу, я умею сдерживать порывы, поэтому не заорала во весь голос. Вся ванна была покрыта ковром из мелких улиточек, а у кранов восседала Джульетта, благополучно разрешившаяся от бремени.

— И как? — простонал полковник. — Она там?

— Нет, — храбро соврала я, — здесь совершенно чисто.

Полковник встал и нагнулся над ванной.

— Ой! — взвизгнул он. — Вот же она!

— Кто? — изобразила я изумление.

— Жуть из кино! И какие-то катышки, — близоруко щурился толстяк.

— Никого тут нет! — упорно лгала я.

— Можешь здесь постоять? — обморочно прошептал Дегтярев.

— Сколько угодно, — заверила я его, — а ты куда?

— Пойду попью минералки. Только не уходи, пожалуйста!

— Конечно, милый, — сказала я, — лучше хлебни чаю, слопай бутерброд, кстати, вот, возьми супрастин.

— Спасибо, — пролепетал Александр Михайлович и, скукожившись, побрел к двери.

Не успела она хлопнуть, как я развила бурную деятельность. Сначала, обхватив Джульетту за панцирь, попыталась оторвать ее от ванны. Не тут-то было, она намертво присосалась к гладкой поверхности. Подергав мерзкую тварь в разные стороны, я приуныла, но потом догадалась, как действовать, открутила краны, и в ванну тонкой струйкой потекла вода. Джульетта издала чавкающий звук и начала ползти вверх. Вот тут я легко отодрала ее, поставила на пол и живо принялась собирать маленьких улиточек в шапочку для душа, не забывая при этом пересчитывать потомство. Раз, два, три, четыре... Детенышей оказалось пятьдесят три штуки, последний отчего-то не всплыл, он остался на дне, под толщей воды. Испугавшись, что новорожденный захлебнется, я положила шапочку с «младенцами» на пол под раковину, опустила руки в воду, нагнулась пониже, потянулась за улиточкой и бултыхнулась в ванну.

Вода мгновенно залилась в нос и уши, но я ухитрилась схватить крошечное создание. Чихая и кашляя, я вынырнула, поставила дитеныша улитки на бортик, раскрыла глаза и услышала недоуменный голос Аркадия:

— Мать? Ты чем тут занимаешься?

Быстро кинув на новорожденного губку, я уложила голову на надувную подушку и постаралась вести себя естественно.

— Глупый вопрос! Принимаю ванну!

— При спальне полковника?

— А что тут странного?

— У тебя есть личный санузел!

— Я люблю иногда изменять своим привычкам, — заулыбалась я, — попросила Александра Михайловича пустить меня сюда!

Кеша поправил галстук.

— И плюхнулась в воду вместе с тапками?

Я пошевелила пальцами ног.

— Где ты видишь тапки?

— Они плавают рядом с тобой, — не успокаивался Аркадий.

— Ну... да... в принципе... — пришлось согласиться мне.

— Еще странно, что ты купаешься одетой, — с занудством истинного адвоката продолжал Кеша, — майку и джинсы не сняла. Почему?

— Э... э... э...

— Ты, наверное, замерзла? — с сарказмом спросил Кеша. — Решила выкупаться не раздеваясь. Жаль, что не нацепила шубу.

— Ну...

— Или надумала заодно устроить постирушку, — язвил Аркадий, — это очень удобно! Одобряю твое остроумное решение, надо налить побольше геля, и, образно говоря, убьешь всех зайцев: сама чистая и одежда тоже.

— Прекрати говорить глупости, — кашлянула я.

— И это приказывает человек, совершающий омовение при полном параде, да еще и с тапками?! — пафосно, как актер, возопил Кеша.

— Я набирала воду, наклонилась и упала!

— Зачем же ты перевешивалась через бортик?

— Хотела взять... — начала было я и замолчала.

— Что? Говори, — торопил меня Аркадий.

— Видишь гадость? — подал из комнаты голос Дегтярев.

— Да, — невозмутимо отозвался Кеша.

— Большую?

— Килограммов сорок пять.

— Она так выросла! — испугался полковник. — Когда я тебя встретил, она напоминала подушку.

— Теперь больше смахивает на грабли, — схамил Аркадий, оглядывая меня.

Я хотела обидеться, но тут в ванную влетел полковник.

— А маленькие... — начал он и осекся. — Это кто? Я помахала ему рукой.

— Привет, милый! Не узнал?

— Где инопланетная мразь? — взвизгнул Дегтярев.

— Если ты имеешь в виду мать, то она перед тобой, — абсолютно серьезно заявил Кеша.

— Тут были еще маленькие, — ошалело сказал полковник, — похожие на большую, но мелкие.

— И сколько штук? — деловито осведомился Аркадий.

— Не считал, я плохо их видел, — признался Дегтярев, — очки потерял. Думаю, сорок штук или чуть больше.

Кеша закатил глаза.

— Искренне надеюсь, что тебя посетили глюки. Иметь дома одну большую мать и в придачу к ней сорок мелких мамашек! Страшнее перспективы нет!

— Уйдите оба! — разозлилась я. — Мне надо вылезти и переодеться.

— Глюки, — мрачно повторил Дегтярев, — видения, миражи! Я, похоже, умираю!

— Перед смертью стоит как следует подкрепиться, — усмехнулся Кеша, — пошли в столовую.

Когда Аркадий увел Александра Михайловича, я выскочила из ванны, сняла мокрую одежду, нацепила на себя халат полковника и наклонилась, чтобы взять шапочку с улиточкаами. Сейчас пойду к Вере, вручу ей деток вместе с мамашей и велю держать семейство под строгим присмотром, иначе бедный Дегтярев на самом деле лишится ума.

Нащупала шелестящий полиэтилен и увидела пустую шапчонку. Я в растерянности начала осматривать пол. Минуточку, а где улитки? И куда подевалась Джульетта?

Через пять минут я поняла, в чем дело. Под рукомойником обнаружилась дыра, она зияла в том месте, где серая гофра уходила в стену. Очевидно, шебутные улиточки ухитрились пролезть в отверстие и сейчас спускаются в подвал. А Джульетта, пока мы с Аркадием вели идиотский диалог, удрала через приоткрытую дверь в коридор. Надо немедленно объявить в доме поиски слизней. Причем действовать нужно оперативно, сохраняя полнейшую тайну. Представляю, какую истерику закатит Зайка, если увидит в своей комнате Джульетту!

Кстати, у Заи очень плохое настроение, она все пытается понять, каким образом секретарша Нина раскрыла козни Любы Ткачевой, пытавшейся обвинить несчастного начальника в изнасиловании.

Глава 13

Не успела я набрать номер Медведевых, как Таня схватила трубку.

— Да! — закричала она. — Кто это опять? Прекратите меня тиранить.

— Тебя замучили звонками? — удивилась я.

— Нет, — быстро ответила Татьяна, — вернее, да! Какой-то идиот путает номер, требует ковер почистить, думает, что это химчистка. Достал!!!

— Что у вас нового?

— Миша совсем помешался, — с горечью воскликнула Таня, — поехали они анализы сдавать, так он заявил перед выходом: «Это моя доченька! Самозванка бы нашла способ отвертеться, а Настенька смело идет к врачу!» Знаешь, что он мне велел?

— Даже предположить не могу!

— Приказал обустроить Насте комнату. Когда девочку убили, я, чтобы Миша не переживал, детскую заперла. Два года она стояла нетронутой, затем я приказала мебель вынести, игрушки с одеждой раздать бедным. Нельзя же музей создавать, это абсурд! Живым следует жить, а мертвые им мешать не должны. Ну так теперь Настя хочет восстановить антураж. Она в мельчайших деталях вспомнила прежнюю обстановку. Я, например, забыла, какие там были занавески, а эта отчеканила: розовые с желтыми цветочками, бахрома витая. Она, видишь ли, из этой бахромы косички плела, вот и запомнила.

— И кровать прежнюю хочет?

— Да! Белую!

— Интересно, как она в ней поместится!

Таня засмеялась:

— Твоя правда! Непременно спрошу. Девка явно самозванка! Теперь я точно в этом уверена.

— Почему?

— Уж слишком нарочито действует! Зачем ей игрушки? И обстановка для десятилетней? Кто-то рассказал ей про комнату, а Мишу она опутывает.

— И кто мог описать ей обстановку?

— Понятия не имею! Одно знаю точно: Настя умерла. Господи, надо найти ее тело!

— Вдруг ты ошибаешься?

— Нет! Нет! Абсолютно точно!

— Ты одна?

— Да! Эти двое анализы сдают, а Елены Сергеевны, слава богу, нет!

— Я сейчас приеду!

— Хорошо, — охотно согласилась Татьяна и с надеждой воскликнула: — Неужели ты что-то узнала?

Едва Таня распахнула дверь, как я строго сказала:

— Я не сумею тебе помочь, если ты не расскажешь всей правды.

— О чем? — изумилась Медведева.

— О Насте.

Таня заморгала.

— Но я уже сто раз проговаривала ситуацию!

— Думаю, ты была не совсем откровенна!

Татьяна прислонилась к вешалке.

— Ты о чем?

— Почему ты столь непоколебимо уверена в смерти Насти?

Медведева мрачно уставилась в пол.

— Будем говорить у двери или соблаговолишь пройти в гостиную? — выдавила она из себя.

Я молча сняла туфли и двинулась по коридору.

— А что мне следовало думать? — закричала сзади Таня. — Десять лет от нее ни слуху ни духу! Потом, здрасти, я ваша доченька!

— Вот у меня нет такой уверенности, — тихо сказала я. — Да, Настя подтвердила фальшивую информацию о книге, но в остальном-то она не допускала промахов. Отвечай немедленно, что ты знаешь!

— Ничего! — звенящим голосом ответила Таня.

— Ладно, — сказала я, — до свидания.

— Ты куда?

— Домой!

— Ты обещала мне помочь! Вывести аферистку на чистую воду!

— Не сумею сделать этого. Ты скрываешь нечто важное, лучше обратись в детективное агентство!

Таня забилась в угол дивана и горько зарыдала.

— Если б ты знала... — сквозь всхлипы твердила она, — хотя бы представляла, что я пережила... послушай... я видела тело... мертвое... растерзанное...

Я упала в кресло.

— Тебе показали труп Насти?

— Да.

— Господи!

— Да, да, да, — словно сумасшедшая, твердила Таня, — я ее сама хоронила, ночью, закапывала... там... на кладбище... тогда еще памятника не было... в общем... это...

— Но почему ты ничего не рассказала Мише? Отчего скрыла правду от Елены Сергеевны?

Таня вытерла лицо подушкой.

— Тебе не понять!

— Попробуй объяснить!

Медведева прижала к груди стиснутые кулаки.

— Мы жили с Мишей в одном дворе, я влюбилась в него в детском саду. Ей-богу, правда! Караулила его у подъезда, пыталась подружиться, но он на меня внимания не обращал. Михаил на три года старше, разница казалась в детстве невероятной.

Я прикрыла глаза рукой — редко первая любовь перерастает в глубокое чувство. Я сама потеряла голову этак классе в седьмом, сохла по парнишке по имени Игорь Мречин. Каким он мне казался красивым! Умным! Совершенством! Но увы, мальчик не обращал на меня никакого внимания. На всех школьных вечерах я подпирала стену в надежде быть приглашенной Игорем, но он так ни разу и не позвал меня танцевать. Спустя много лет я встретила Игоря в магазине, мы обрадовались друг другу, поболтали о детях и разбежались. Я уходила с чувством изумления. Мне нравился этот невзрачный субъект? Где его неземная красота? Ну и дурочкой была я в детстве, столько слез пролито, а из-за кого? Сказочный принц теперь казался потрепанным и жалким. А вот Таня была однолюбкой.

Чего она только не делала, чтобы привлечь внимание Миши. Прыгала с крыши гаража под восхищенные вопли других мальчишек, каталась на «колбасе» трамвая, лихо курила и бренчала на гитаре в подъезде. Она завоевала авторитет у всех парней в округе, но Миша равнодушно проходил мимо нее.

Он даже в юные годы не обращался к Танюше на «ты», дистанцировался по полной программе. С горя Таня начала заводить кавалеров, но поговорка про клин[1] в ее случае не срабатывала. На фоне Миши проигрывал любой другой мужчина, все, кроме Медведева, казались ей уродами и дураками.

Однажды, в очередной раз столкнувшись с равнодушием Миши, она впала в отчаянье, полезла на чердак и начала мастерить из бельевой веревки петлю. За этим занятием ее застала пришедшая вешать белье соседка Олимпиада Викторовна, бывшая классная руководительница Миши, учительница физики, когда-то преподававшая и у Тани.

Олимпиада схватила Таню, а та неожиданно расплакалась и рассказала училке про свою любовь.

— Дурочка ты, — покачала головой физичка. — Я Медведева отлично знаю, ты избрала неверный путь. Курящая девица в мини-юбке и с гитарой под мышкой нравится абсолютному большинству подростков. Но Михаил другой, его привлекают скромные девушки без вредных привычек. Клубок кавалеров вокруг тебя не вызовет ревности Миши, наоборот, отпугнет его.

— Что же мне делать? — всхлипывала Таня.

— Попытайся соответствовать его идеалу, — посоветовала Олимпиада, — смени одежду, манеру поведения, начни читать, прекрати крутить романы с другими.

— И тогда он на мне женится? — обрадовалась дурочка.

---

[1] Клин клином вышибают.

— Сумей стать ему другом, — сказала учительница, — единомышленницей, незаменимым человеком. Помни, основное оружие женщины — нежность, ласка и слабость. Девицу с сигаретой в зубах и матом на языке охотно берут в собутыльники, но жениться предпочитают на тихонях, умеющих варить борщ.

Таня послушалась учительницу, разогнала всех кавалеров, нацепила длинную юбку и позвонила в дверь к Мише с просьбой:

— У тебя, говорят, хорошая библиотека, дай почитать Достоевского!

Первый раз Медведев сунул ей том со словами:

— Не смейте загибать страницы.

Во второй потребовал:

— Сделайте обложку.

В третий не сказал ничего, а в четвертый вдруг улыбнулся и спросил:

— Понравилось?

— Жутковато, — поежилась Таня, у которой от страстей Федора Михайловича начинало ломить зубы.

— Лучше эту почитай, — неожиданно перейдя на «ты», предложил Миша, — держи. Януш Корчак «Король Матиуш первый».

История ребенка, вынужденного в силу обстоятельств стать главой государства и погибшего из-за предательства того, кого он считал лучшим другом, потрясла Таню до слез. До сего момента она не увлекалась литературой, считала чтение нудным и тупым занятием.

— А это пришлось по душе? — поинтересовался Медведев, когда она вернула томик.

В ответ Таня разрыдалась, Миша втащил ее в квартиру.

— Ну успокойся, — захлопотал он, — это же сказка.

— Матиуш для меня словно живой, — зашмыгала носом Таня.

Вот так началась их дружба. Танечка истово служила любимому, фактически превратилась в его прислугу, готовила парню еду, гладила рубашки, **но никакого интима между молодыми людьми не было.** Миша вел себя как друг или брат.

Потом настал черный день, Михаил встретил Таню в костюме, при галстуке и заявил:

— Танюша, выслушай меня! Я должен тебе сообщить нечто важное.

Девушка замерла, она ожидала предложения руки и сердца, а любимый сказал:

— Приглашаю тебя на свадьбу, я женюсь на Ларисе Кругликовой.

Каким образом Тане удалось сохранить ясность ума, ей непонятно до сих пор. Собрав все самообладание в кулак, несчастная пролепетала:

— Кто она такая? Я ни разу не видела вас вместе, и дома она у тебя не бывала!

— Неприлично одинокому парню приглашать девушку домой, — объяснил Миша, — еще подумает чего, обидится!

— Но я же к тебе хожу, — напомнила Таня.

— Ты другое дело, — заулыбался Медведев, — мы друзья.

Я не стану описывать, какая ревность терзала Таню и какую радость она испытала, узнав о смерти Ларисы. Татьяна воспользовалась обстоятельствами и вошла в дом Медведева хозяйкой. За долгие годы ее чувства не потускнели, она ради своего Мишеньки была готова любить Настю и терпеть Елену Сергеевну.

Когда с Настей случилось несчастье, Таня изо всех сил поддерживала мужа. Первое время милиция вела активные поиски, и следователь частенько звонил Медведевым со словами:

— Есть труп. Девочка подходит по возрасту, приезжайте!

Первый раз супруги отправились в морг вместе. Санитар откинул простыню, Медведева вцепилась в мужа. На каталке лежал ребенок без лица, вместо него была кровавая каша, синяки и кровоподтеки покрывали худенькое тельце, длинные темно-каштановые волосы спутанным комом лежали в стороне.

— Это не она, — прошептала Таня, — наша дочь блондинка.

— Что с ней случилось? — еле слышно спросил Миша.

— Изнасиловали, потом избили да из окна скинули, — без особых эмоций объяснил мужчина в белом халате, — эта еще ничего, целая. Вон вчера родители парня по одной ноге опознавали!

Миша начал заваливаться на бок, Таня, проклиная медика, выволокла мужа в коридор и усадила на ободранный стул. Некоторое время он сидел молча, потом схватил жену за плечи.

— Больше никогда не поеду в морг.

— Да, да, — закивала Таня.

— Считаешь меня трусом?

— Что ты!

— Слабаком?

— Нет, нет, — бубнила Таня, а Миша внезапно заплакал.

— Не хочу видеть Настюху истерзанной, — всхлипывал он, — не желаю знать, как ее мучили, били... Я с ума сойду! Умру сам! Не могу! Она жива! Ее украли бездетные люди! А сейчас ее балуют!

— Ты прав, — подхватила Таня, — девочка жива и в порядке!

С тех пор Медведева ходила на опознания одна, она привыкла к виду трупов и перестала пугаться морга. Возвращаясь домой, Таня лишь говорила:

— Ошибка.

Услыхав это, Миша радостно восклицал:

— Вот! Я прав! Настюха жива! О ней заботятся приемные родители.

Медведев настолько уверовал в идиотскую версию о похищении дочери бесплодной парой, что частенько повторял:

— В конце концов мы встретимся.

— Обязательно, — подхватывала Таня, которая понимала, что муж нашел удобную форму ухода от действительности, он не хочет знать о смерти Насти и готов верить в невозможное.

Танечка не разубеждала Мишу, она ни разу не сказала ему: «Дорогой, Насте исполнилось десять лет, она великолепно знает номер домашнего телефона, почему же до сих пор не позвонила и не сказала: «Папочка, не волнуйся, я в порядке!»? Отчего она не пытается убежать от новых родителей?»

Примерно через год после пропажи Насти Таню в очередной раз вызвали в морг. Когда сняли белую простыню, Таня закричала. На железной каталке лежала Настя, никаких сомнений в личности умершей у нее не было. Светлые волосы, родинки на ноге, шов от аппендицита... Девочка выглядела ужасно, похоже, ее долго били перед смертью.

— Что с ней случилось? — зарыдала Таня.

Следователь сказал:

— Мы накрыли подпольный бордель, клиентов обслуживали малолетние проститутки, их держали в подвале на цепи. Били, морили голодом. Труп этой девочки обнаружили в комнате, она умерла под клиентом, схоронить не успели! Точно ваша?

— Моя! — выдохнула Таня. — Умоляю, не сообщайте мужу!

— Вы хотите скрыть факт обнаружения тела? — изумился следователь.

Таня бросилась к менту.

— Да! Да! Да! Муж не переживет правды. Настенька проститутка, ребенок двенадцать месяцев провел в муках. Миша умрет, если узнает, пусть лучше думает, что дочь жива! У него слабое сердце, я похороню девочку тайком, все заботы возьму на себя.

— В принципе, меня никто не обязывает оповещать всех членов семьи, — протянул следователь, — распишитесь вот здесь. Главное, чтобы Медведев не стал ходить по кабинетам и писать жалобы.

— Он никогда такого не сделает, — заверила Таня, лихорадочно ставя подписи на всех бумагах, — спасибо, огромное спасибо.

Настю Таня похоронила тайком, Мише ничего не сказала. Спустя положенный срок она заявила:

— Настя признана умершей. Я велела сделать могилу на кладбище, чтобы было как у людей!

Миша мрачно кивнул, он вроде смирился с потерей, но нет-нет да и говорил:

— Зря ты плиту установила. Настя еще вернется.

Глава 14

— И ты не рассказала мне правды! — прошептала я. — Значит, эта блондинка аферистка.

— Угу, — мрачно подтвердила Таня, — и что теперь делать? Надеюсь, анализ внесет ясность, он ведь точный?

Я молча кивнула.

— Значит, Миша получит результат и выгонит девку вон, — обрадовалась Таня.

— Интересно, — протянула я, — кто автор затеи?

— Ты о чем? — вздрогнула Медведева.

— Кто украл маленькую Настю?

— Думаю, вербовщики проституток, — живо ответила она, — увидели симпатичную девочку, которая вышла из подъезда, стукнули по голове и увезли.

— Нелогично.

— Почему?

— Опасно красть домашнего ребенка, которого отправили вынести помойное ведро. Не пройдет и получаса, как родители хватятся и начнут поиски. Зачем рисковать, если на вокзалах полно бродяжек? Стоит отмыть их, приодеть — и сдавай клиентам.

— Но ведь Настю не нашли!

— Верно, похитителям просто повезло. Лично мне приходит в голову одно предположение.

— Какое? — испуганно поинтересовалась Таня.

— Настю заказали, хотели убрать именно дочь Медведева.

— Ерунду ты городишь! — с жаром начала спорить Таня. — Выкупа-то не просили!

— Не всегда похитителям нужны деньги. Иногда от человека хотят добиться каких-то услуг.

— А именно?

— Ну не знаю! Не заключать контракта или, наоборот, подписать договор с определенной фирмой. Подумай, ты же работаешь вместе с Мишей. Может, вспомнишь странную сделку. Или Медведев обидел кого-то?

— Он порой поступает в бизнесе жестко, — протянула Таня, — но иначе нельзя, сожрут с потрохами.

— Вполне вероятно, что какой-то делец использовал похищение Насти для давления на ее отца, — фантазировала я, — украл девочку и потребовал от него неких услуг.

— Но мне муж ни о чем подобном не говорил, — покачала головой Таня.

— Ты ему тоже не рассказала об изуродованном трупе дочери, — напомнила я.

— Хочешь сказать, что Миша отказался выполнить требования и Настю отдали сутенерам? — прошептала Таня. — Боже! Мишенька! Что он пережил!

Я покосилась на Татьяну, похоже, ею владеет лишь одно чувство — всепоглощающая страсть к супругу, ей совсем не жаль падчерицу. «Бедный Мишенька! Что он пережил!» И ни слова о ребенке, которому пришлось намного хуже, чем взрослому мужчине.

— Очень часто киднеперы обманывают родителей, — сказала я после длительной паузы, — забирают деньги или добиваются выполнения неких условий, а потом убивают жертву. Тут срабатывает желание остаться в безопасности, ребенок не должен рассказать, где и кто его держал.

Таня обхватила руками голову.

— О-о-о! Нет! Если Мишу пугали...

И тут отчаянно зазвонил телефон, Медведева схватила трубку.

— Да. Ага! Так быстро? Понятно! Нет, нет, конечно, рада! Непременно. Какое хочешь? «Мюэт»? Ладно, «Кристалл». Просто я в себя не могу прийти от счастья. Она? Нет, нет, я просто в шоке!

Прижимая трубку к груди, Таня рухнула в диванные подушки, ее лицо стало землисто-серым.

— Что случилось? — забеспокоилась я. — Кто звонил?

— Миша, — одними губами ответила Медведева, — они сдали кровь, этот Федор попросил подождать, сделал предварительный анализ, а потом сказал: «Окончательный результат будет через три месяца, но уже сейчас, почти со стопроцентной гарантией, можно сказать: вы отец и дочь». Они едут домой, оба в эйфории. Миша велел охладить бутылку самого дорогого шампанского. А еще к нам катит Елена Сергеевна, начинается ужас! Но Настя мертва!!! Я уверена в ее смерти!

На секунду я застыла с открытым ртом. Ну и ну! Я же знаю, что отцом Насти был Анатолий Илюшин, Мишу обманули. И как теперь поступить? Рассказать Татьяне правду про Ларису? Имею ли я на это право? А вдруг Елена Сергеевна ошиблась? Вполне вероятно, что Лариса таки забеременела от законного мужа! Хотя нет. Или да? Вдруг у девицы просто случилась задержка, гормональный сбой, такое иногда бывает перед свадьбой от сильных переживаний, а затем Лара переспала с Мишей и забеременела. Может, дело обстояло именно так? Я не могу сказать Тане об отцовстве Илюшина, пока Молибог не проведет тщательный анализ. Черт, похоже, я вместо того, чтобы помочь Медведевым, только все запутала. Но Федька! Он сошел с ума!

— Ты могла ошибиться, — ошалело сказала я.

Несколько мгновений мы молчали, потом Татьяна, зарыдав, кинулась в ванную, а я начала звонить Молибогу.

— Слушаю, — процедил приятель.

— Что ты наболтал Медведеву? — забыв поздороваться, заорала я.

— С добрым утром, — величаво завел Молибог, — описываю события. Они пришли, я взял кровь...

— Зачем? — перебила я его.

— Что зачем? — удивился Федя.

— Кровь брал! Мы же договорились, что ты скажешь про фракцию «ТТ»!

— Дашута, как бы я про нее узнал без исследования? Что, просто посмотрю в глаза клиенту и заявлю: ваша кровушка непригодна, а?

— Нет, — выдохнула я.

— И ты сама велела девкину пробирку сохранить.

— Да.

— Тогда откуда претензии? Давай координаты чудо-слесаря.

— Что ты сказал Михаилу? Попытайся повторить свою речь дословно!

— А то же, что и всем! Анализ точный, почти со стопроцентной уверенностью по его результатам можно будет сказать о родстве.

— С ума сойти! Он тебя понял по-другому — что Настя его дочь!

— Я не говорил этого!

— Михаил так воспринял твои слова.

— Значит, он идиот!

— Ты дал какие-нибудь бумаги Медведеву?

— Нет, естественно. Я ушел в лабораторию, вернулся, спел песню про «ТТ» и велел ему прийти через три месяца. Да что случилось? — забеспокоился Федор. — Он может что угодно в голову себе вбить, официального заключения у него нет! Анализ не проводился!

— Даша, — закричала Таня, — открой дверь, я в ванной!

Сунув трубку в карман, я ринулась в прихожую, распахнула дверь и увидела улыбающихся Настю и Мишу.

— Вы на вертолете летели? — вырвалось у меня. — Только что из лаборатории звонили.

— А вот и нет, — засмеялся Медведев.

— Мы из супермаркета, — перебила его Настя.

— Танька! — заорал муж. — Картошку сварила?

— Сейчас, — глухо ответила из ванной жена.

— Шампанское на стол! — заорал Медведев, я попыталась слегка охладить Мишин пыл:

— Рано закатывать праздник! Анализ еще не готов!

— Молибог заверил, что мы родные, он почти стопроцентно уверен.

— Ты его правильно понял?

— Да! — сияя улыбкой, ответил Миша. — Он еще рассказал про какую-то «ТТ», она у нас с Настеной общая. Велел на диете посидеть и еще раз приехать! Но я больше не пойду! И «ТТ» одна, и диета нам нужна! Вот они, доказательства! Порулили, дочка, отмечать! Танька, немедленно вылезай!

Дверь ванной приоткрылась, в коридор бочком

вышла Татьяна. Чтобы скрыть следы рыданий, она слишком густо наложила тональный крем и покрыла ресницы толстым слоем туши.

— Звал? — еле слышно осведомилась она.

— Та-та-тата, тата-тарарам! — запел муж. — Настя, начинай!

— Дорогая Танечка, — нежным голоском завела девушка, — мы раньше недопонимали друг друга, часто ссорились, и я тебя оскорбляла!

— Ерунда, — сквозь зубы процедила Медведева, — дети часто совершают глупости.

— Я полностью расплатилась за свою ошибку, — не обращая внимания на Татьяну, вещала Настя, — теперь я вернулась, и, надеюсь, наша жизнь потечет иначе. Ведь так, папочка?

Миша обнял дочь.

— Да, мое солнышко!

— В знак дружбы, — сказала Настя, — я хочу сделать тебе, мама, подарок.

Девушка наклонилась, взяла один из принесенных пакетов, вытащила оттуда нечто плоское, прямоугольное и протянула Татьяне. Та машинально взяла сверток и спросила:

— Что это?

— Разворачивай, — захлопала в ладоши Настя, — аккуратней, она окантована.

Я с интересом наблюдала, как Таня осторожно снимает темно-коричневую бумагу. Наконец взору предстало полотно с леденящим душу сюжетом: зимний лес с деревьями, покрытыми инеем. У одной из елей сидит привязанная веревкой к стволу девочка в лохмотьях. С правой стороны композиции из чащи выглядывает Дед Мороз, с левой изображена красивая молодая черноволосая женщина, очень смахивающая на цыганку, она явно убегает с места преступления — привязала ребенка к стволу и уносит ноги.

— Вот, Танечка, — сказала Настя, когда Медведева замерла с «шедевром» неизвестного примитивиста в руках, — я случайно увидела это полотно в магазине и поняла: оно должно висеть у тебя в спальне.

— В спальне? — с неприкрытым ужасом повторила Татьяна.

— Да, да, — закивала девица, — как напоминание о том, какая ты хорошая!

— Не понимаю, почему эта... э... жуткая сцена должна восприниматься Татьяной в мажорном ключе? — не утерпела я. — На мой взгляд, это мрачноватое произведение.

— Это сюжет из моей любимой сказки «Морозко», — пояснила Настя. — Злая мачеха решила избавиться от падчерицы и бросила девочку в лесу. Но под Новый год случаются чудеса. Сиротку спас Дед Мороз, полюбил ее за трудолюбие и ласковый нрав, вознаградил ее. Ой, я так плакала в детстве, когда читала эту сказку, пусть картина висит у Танечки перед глазами, как мое извинение. Засыпая и просыпаясь, она будет видеть ее и понимать: она не злая мачеха! Папочка, ты повесишь мой подарок? Прямо сейчас!

— Непременно, — кивнул отец, и тут в дверь позвонили.

Таня стояла с картиной в руках, она даже не пошевелилась при звуке звонка. Настя подлетела к двери и распахнула ее.

— Внученька! — загундосила Елена Сергеевна, протягивая ей помятую коробочку с дешевым вафельным тортом. — Бабуля тебе вкусненького принесла!

Настя взвизгнула и повисла у старухи на шее. Миша потер руки.

— Кончайте обниматься, идите в столовую, я открою шампанское.

Настя потащила старуху по коридору, Миша поспешил за ними, я обернулась: Тани не было, картина валялась на полу, дверь на лестницу была полуоткрыта.

Сначала я заглянула в ванную — там никого — и вышла на площадку перед лифтом. Было тихо, подъезд Медведевых запирается на кодовый замок, квартир тут мало, люди живут обеспеченные, обстановка в парадном чинно-благородная. Куда же подевалась Таня?

Внезапно откуда-то сверху раздался голос:

— Прекратите звонить!

Я поднялась по лестнице чуть выше и увидела сквозь решетчатое основание перил ноги Тани. Она, не замечая меня, нервно продолжала:

— Да, тот самый, второй мобильный. Вы видите, я вам подчиняюсь, купила аппарат, симку и никому, кроме вас, не сказала! Торговый центр «Крон»? Через два часа, кафе «Бут-фут». Да, да, хорошо, да.

Потом раздалось всхлипывание и послышались осторожные шаги.

Быстрее испуганной мыши я юркнула назад в квартиру и вошла в гостиную.

— Где Танька? — спросил Миша. — Ну сколько можно ждать?

— Я здесь, — ответила жена, входя в комнату.

— Ларисочка так счастлива, — вдруг зарыдала Елена Сергеевна.

— Думаю, сегодня слезы неуместны! — перебил экс-тещу Миша. — Ну, за радость!

Все схватили бокалы, я, помедлив, присоединилась к Медведевым, но пить не стала.

— Давай, давай! — велел Миша. — До дна.

— Извини, — я изобразила радостную улыбку, — я за рулем, никак не могу пить.

— Счастье вернулось в дом! — патетически воскликнула старуха.

Татьяна закашлялась.

— Поперек горла встало? — заботливо спросила Елена Сергеевна. — Сейчас воды принесу.

Не дожидаясь ответа Тани, старуха ринулась на кухню, я поспешила за ней и сказала:

— По-моему, самое время рассказать им правду! Старуха округлила глаза.

— Какую?

— Про отца Насти!

— Не понимаю.

— Прекратите притворяться, — топнула я.

Елена Сергеевна поправила круто завитую челку.

— Дашенька, хлебните валерьяночки. Сейчас накапаю. Где ее Таня держит? Ну очень безалаберная хозяйка! Ларисочка плачет, глядя на этот бардак!

— Немедленно перестаньте идиотничать! — вышла я из себя.

Елена Сергеевна схватила маленький пузырек и начала громко считать.

— Раз, два, три...

По кухне поплыл резкий запах.

— Понимаю, дорогая, двенадцать, тринадцать, все взволнованы, девятнадцать, двадцать, поэтому я и не замечаю вашего хамства.

— Вы обязаны рассказать об отце Насти! — потребовала я.

— Зачем? Миша с нами! Уйди, Бублик!

Невесть откуда взявшийся котяра прыгнул на стол и стал самозабвенно тереться мордой о бутылочку с настойкой.

— Вы расчудесно знаете, что Михаил был обманут! — не успокаивалась я. — Сами мне рассказывали про Анатолия.

— Я? — заморгала Елена Сергеевна.

— Да!

— Когда?

— Вчера!!!

— И что же я говорила? — с неподдельным интересом осведомилась старуха.

— Повторить?

— Сделайте одолжение, Дашенька!

Вне себя от злости я кратко изложила историю об отцовстве Анатолия.

— Деточка, вы колетесь? — вопросила Елена Сергеевна. — Скажите наркотикам «нет».

— Намекаете, что наша беседа мне приснилась?

— Конечно, Ларочка была непорочна!

— Но Анатолий существовал!

— Давайте пригласим его и спросим! — нагло предложила старуха.

— Он умер, и вы прекрасно знаете об этом, — зашипела я. — Более того, я полагаю, что сообщение об убийстве Илюшина явилось той самой каплей, которая заставила Ларису выйти замуж за Михаила! Хотя ваша дочь и не была Сократом, но даже она сообразила: у ребенка должен быть отец!

Елена Сергеевна усмехнулась:

— Дашенька, анализ подтвердил отцовство Миши, он позвонил мне и сообщил об этом. Ну предположим, что Ларочка согрешила перед свадьбой и восстановила девственность. Моя несчастная доченька полагала, что забеременела от Анатолия, но теперь-то, после анализа, стало ясно: Настя дочь Миши, она на самом деле родилась раньше срока. Стоит ли прилюдно говорить правду о той давным-давно совершенной глупости? Она, как выяснилось, прошла без последствий. И потом, где доказательства? Ларочка ничего сказать не может, Анатолий мертв, я против дочери не свидетель. Итог: вас, как оголтелую сплетницу, выгонят вон из дома Медведевых. Не совершайте ошибок. Людям свойственно верить в то, во что они хотят. Настя вернулась.

— Точного анализа еще нет! — напомнила я. — Миша мог неправильно понять врача, принять желаемое за действительное, обмануть родственников, заявив, что самозванка его дочь.

— Зачем? — спросила Елена Сергеевна.

Я замерла. Действительно, какой смысл Мише представлять Настю родной дочерью? Нет, он просто ошибся, права старуха: «Людям свойственно верить в то, во что они хотят». Медведев страстно мечтал вернуть Настю, и вот она здесь.

— И Бублик ее узнал, — продолжала сверкать отлично сделанными коронками Елена Сергеевна, — кот ни к кому не подходит, а уж постороннего абсолютно проигнорирует. Ой, уйди!

Последние слова предназначались Бублику, который страстно терся мордой о ладонь старухи.

— Похоже, он вас тоже обожает, — сменила я тему.

— Нет, — засмеялась Елена Сергеевна, — лишний раз не подойдет! Просто я на пальцы валерьянкой капнула, вот Бублик и ластится.

Глава 15

В кафе «Бут-фут» я приехала загодя, вошла в небольшое помещение и похвалила себя за предусмотрительность. Почти все столики оказались заняты жующими людьми. Торговый центр возвышался неподалеку от вокзала, и основная масса транзитных пассажиров убивала время между поездами, бегая по лавкам. Посетители не снимали верхней одежды, я тоже осталась в куртке, она у меня двусторонняя, и обычно я ношу ее бежевым цветом наружу, но сейчас вывернула пуховик, он стал небесно-голубым, а на голову натянула купленную только что черную вязаную шапочку. Мои волосы, слишком тонкие и слабые, поэтому совершенно не ношу головные уборы. Если летом я надеваю бейсболку, то ходить в ней приходится до вечера, снять ее страшно — на макушке образуется пучок пожухлой травы. Надеюсь, в шапке Таня меня не узнает! Правда, при ближайшем рассмотрении она поймет, кто сидит в зале, но я очень сомневаюсь, что Медведева станет пристально изучать посетителей.

Таня, войдя в зал, спокойно устроилась за столиком. Она не оглядывалась, не нервничала, не вертела головой в разные стороны, просто села на стул и сделала официантке заказ. Девушка в кружевном фартучке принесла чашку кофе, Татьяна подняла ее к губам и тут же вернула на блюдечко. Я очень внимательно следила за Медведевой. К ее столику подсел широкоплечий парень в черном пальто. Сначала мне показалось, что на голове у него спит, свернувшись клубком, огромный енот. Но уже через секунду стало понятно, что незнакомец в шапке, огромной, лохматой и очень приметной.

Две головы, «енотовая» и белокурая, склонились друг к другу. Я вспотела от досады. С одной стороны, хорошо, что столик, где сейчас шепчется с незнакомцем Таня, стоит в противоположном углу. Медведева не увидит меня. С другой — мне ничего не слышно.

Встреча продолжалась недолго, парень резко встал и пошел к выходу. Я попыталась рассмотреть лицо незнакомца, но не сумела, надвинутый на лоб треух и густая, явно фальшивая борода надежно скрыли его черты. Быстро бросив на столик деньги, я побежала за мужиком.

— Посетительница! — крикнула официантка. — Вы забыли...

Я притормозила и обернулась.

— Мобильный? Дайте мне его скорей.

— Нет, сдачу, — улыбнулась девушка, — погодите, сейчас принесу. Кофе стоит пятьдесят рублей, а вы тысячу кинули...

Не дослушав ее, я ринулась к двери, выбежала в просторную галерею и замерла. Люди несли пакеты, тащили упирающихся детей, жевали пирожки, лакомились мороженым, но нигде в толпе не мелькала приметная шапка. От центрального прохода змеились в разные стороны боковые ответвления. Незнакомец, очевидно, снял «енота», содрал бороду и слился с массой покупателей. За пару секунд, что я провела, беседуя с официанткой, он ухитрился сбежать. Страшно недовольная собой, я вернулась в кафе и села за тот же столик.

— Вот ваша сдача! — обрадовалась девушка в фартуке.

— Спасибо, — буркнула я, поправила идиотскую шапку, взяла в руки меню и решила продолжить наблюдение за Таней.

— Что желаете? — спросила настырная официантка.

— Я выбираю.

— Могу порекомендовать вам мусс из черного шоколада.

— Не хочется.

— Тогда клубничный сорбет, — не успокаивалась девица.

— Не надо советов! — невежливо рявкнула я. — Как только выберу, позову вас!

— Ладно, — обиженно сказала она.

— Принесите коньяк! — вдруг громко потребовала Таня.

Официантка поспешила выполнить заказ, а я, прикрывая лицо кожаной папочкой с меню, осторожно наблюдала за Медведевой.

В ожидании напитка Татьяна вытащила из сумочки ежедневник, написала что-то на одной из страниц, вырвала ее, сложила вчетверо и сунула в ридикюль.

— Что это? — визгливо спросила она у официантки, которая поставила перед ней фужер.

— Арманьяк, — прочирикала девушка, — самый лучший!

— Там капли на дне!

— Порция сорок граммов.

— Тащи бутылку!

— Целую?!

— Да!

— Но это очень дорого!

Таня хрипло рассмеялась.

— Дорого! О господи! Мне теперь все дешево! Чего уставилась? Волоки пол-литра, а еще лучше целую литрягу! Думаешь, у меня денег нет? На! Сдачи не надо!

Официантка глянула на ассигнации и залетала, как ведьма на реактивном венике. Я с тревогой наблюдала за Таней. Вот она лихо опустошила один бокал, второй, третий! Может, мне следует подойти к ней? Или подождать, пока спиртное сразит Танечку, и транспортировать ее домой? Я не знала, что у Медведевой проблемы с алкоголем. Если мы оказывались на совместных тусовках, Таня никогда не отказывалась от коктейлей, но, насколько я помню, дальше «Мохито» дело не шло. Правда, и смесями легко наклюкаться, но Медведева знала норму. А сейчас льет в себя коньяк, как воду!

— Где сортир? — гаркнула Таня. — Там есть окно?

— Налево, за занавесочкой, — заботливо указала девушка, — но, простите, курить ни в одном помещении кафе нельзя.

— Да пошла ты, — икнула Таня и, пошатываясь, двинулась к туалету.

После мгновенного колебания я пошла за приятельницей. Нехорошо оставлять окосевшую Татьяну одну.

Вход в дамскую комнату прикрывала железная

дверь, издававшая леденящий душу скрежет, а внутри сортира было всего две кабинки, одна стояла нараспашку, во второй устроилась Таня. Звуки, доносившиеся изнутри, не оставляли никаких сомнений — ее тошнило.

Я вошла во вторую кабинку, внимательно осмотрела унитаз и, вполне удовлетворенная его состоянием, решила использовать его по прямому назначению. Из соседнего отсека уже не доносился шум, воцарилась тишина, потом послышался треск, шорох, по лицу пробежал сквозняк. Отчего-то испугавшись, я стала натягивать джинсы, запуталась в ремне, прищемила палец «молнией» и вдруг услышала крик, нечеловеческий, пронзительный...

— А-а-а-а!

Так и не приведя себя до конца в порядок, я выскочила из кабинки, увидела распахнутое окно и брошенное на пол Танино пальто из щипаной норки. Я подскочила к подоконнику и, стараясь не дышать, посмотрела вниз. На сером асфальте двора, странно выгнув ноги, лежала фигурка в черных брюках и красном пуловере, чуть поодаль валялась сумочка, а шагах в пяти от тела Тани стояла женщина, одетая в зеленую куртку, это она орала:

— А-а-а-а!

Стряхнув оцепенение, я кинулась к выходу. Кафе расположено на третьем этаже, некоторые иногда остаются живы, рухнув с десятого.

Пока ноги несли меня к эскалатору, в душе нарастало смятение. Ну почему я пошла в кабинку! Надо было остаться в предбаннике, тогда бы не произошло несчастье. Очевидно, алкоголь сильно затуманил голову приятельнице и ударил по желудку. Сначала Таню стошнило, потом ей захотелось покурить или стало жарко, она распахнула окно, перегнулась вниз и упала! Находись я рядом, несчастья бы не произошло!

— Она рухнула сверху, — обморочным голосом сказала баба в яркой куртке, когда я подлетела к Тане.

Не обращая внимания на тетку, я присела около приятельницы.

— Танюша, ты жива?

Бледные веки дрогнули, губы приоткрылись.

— Немедленно вызовите «Скорую»! — велела я женщине в зеленой куртке.

Та покорно вынула мобильный, я осторожно погладила Танюшу по ладони.

— Сейчас приедет врач.

Губы приятельницы исказила гримаса.

— Холодно, — вдруг очень четко произнесла она.

Я скинула пуховик, набросила на несчастную, потом подошла к бабе, сдернула с нее куртку и укрыла ею ноги Татьяны.

— Я простужусь, — попыталась сопротивляться незнакомка, но тут же прикусила язык.

— Больно, — проговорила Таня, — очень больно.

— Потерпи, милая, врач уже едет.

— Мне плохо.

— Ничего, ничего.

— Я умираю.

— Нет, нет, высота маленькая, — пыталась я приободрить ее, — наверное, ты ногу сломала.

— Подними меня!

— Нельзя! — испугалась я. — Не шевелись.

— Возьми!

— Что?

— Бумага... сумка... прочитай... всем...

Я схватила ридикюль, вынула из него сложенный листок и ахнула. «В моей смерти прошу никого не винить. Ухожу из жизни осознанно. Все, что про меня расскажут, неправда. Прощайте!»

— Ты выпала не случайно! Господи! Почему решилась на такой шаг?

— Наклонись ниже, к лицу...

Я выполнила приказ и ощутила легкий запах духов и алкоголя, исходивший от приятельницы.

— Жива... — бормотала Таня, — Морозко! Она жива! Там... я ошиблась... Меня обманули... нет... жива! Настя была здесь.

Бормотание стихло.

— Таня, — заорала я, — очнись!

И тут во двор въехала «Скорая помощь». Несколько человек в темно-синих форменных костюмах оттеснили меня от Медведевой.

Я вынула телефон и набрала знакомый номер.

— Слушаю! — весело закричал Миша.

— Это Даша.

— Еще раз привет! Приезжай, мы празднуем.

— Где Настя?

— Дома.

— Ты уверен? Позови ее.

— Настена-а-а! — заорал Миша. — Эй! Чего молчишь? Куда ты подевалась! Настя!!! Ку-ку!

Я вцепилась в трубку с такой силой, что пальцы свело судорогой. Миша явно принял на грудь лишнего, наверное, он закемарил в кресле, а самозванка помчалась в торговый центр и выпихнула Таню из окна.

— Здрассте! — раздался в трубке звонкий голос Насти. — Извините, что сразу не подошла, голову мыла.

Я вздрогнула. Ну и чушь порой лезет мне в голову! Если девушка столкнула мачеху, она никак не может быть сейчас дома. Да и зачем Насте убивать Таню? В туалете мы были вдвоем, никто больше им не воспользовался. Дверь ужасно скрипит, я бы услышала, войди в сортир еще кто-нибудь. Таня сама прыгнула из окна! Почему? Что сказал ей парень в треухе? С кем Татьяна беседовала на лестнице по мобильному? Телефон!

Я оглянулась по сторонам, носилки с Таней осторожно несли к «Скорой». Медведева упала во внутренний двор торгового центра, а не на шумную улицу, и на месте происшествия не было никого, кроме меня, тетки и докторов. Хотя нет, вот въезжает серо-голубой автомобиль, сейчас милиция начнет свою работу, мне надо опередить дознавателей.

С ловкостью кошки я пробежала пару метров, наклонилась, схватила сумку Тани, открыла ее и увидела черный мобильный с наклеенными розовыми сердечками. Это не тот сотовый! Помнится, Танюша сказала на лестнице:

— Да, тот самый, второй аппарат, купила, как велели, и никому не сказала!

И где он?

Пальцы лихорадочно ощупывали сумку, ага, в подкладке дыра! Вот! Я выудила крохотный дешевый телефон, такие родители покупают первоклассникам. Потеряет детка трубку — и не жаль.

— Эй, чего там у вас? — спросил хриплый голос.

Я живо сунула телефон в карман и ответила приближающемуся милиционеру, пухлощекому пареньку, по виду чуть старше Машки:

— Сумка! Она у этой женщины была, в ней письмо.

— Давайте!

— Пожалуйста, забирайте, — сказала я.

— Одежда чья? — не успокаивался юноша в форме.

— Наша, — пискнула тетка.

— Чего на землю швырнули?

— Прикрывали несчастную, — ответила я, — она на холод жаловалась.

— Была в сознании?

— Ну... вроде.

— Что говорила?

— Непонятное, — влезла в разговор тетка, — и не разберешь!

Милиционер нахмурился, открыл сумку, достал листок с прощальным письмом и паспорт Тани.

— Угу, — забубнил он, — угу, пошли.

— Куда? — хором спросили мы с теткой.

— Слышь, Колян, — окликнул парня другой милиционер, — похоже, она вон оттуда сиганула! Окно открыто! Пойду погляжу, чего там!

— Ступай, — милостиво разрешил Колян, — а я свидетелей опрошу!

Нас отвели в машину, женщина представилась Натальей Федоровой, бухгалтером.

— В бутике работаю, — нервно повторяла она, — покурить пошла, только сигареты вынула, бах-бабах! Мама родная! Она ведь могла прямо на меня угодить!

— Теперь вы, — повернулся в мою сторону Колян.

— Ольга Ивановна Кузнецова, — не моргнув глазом соврала я, — покупательница, зашла в кафе, выпила капучино, заглянула в туалет...

— Паспорт с собой?

— Нет!

— Что же так? — укорил меня мент. — Документ непременно надо иметь при себе. Вдруг вас в подворотне убьют? Как личность установить? Родные искать начнут, где труп Ольги Ивановны, а он в неопознанных!

— Обязательно учту ваш совет, — кивнула я.

— Из-за таких, как вы, — продолжал злиться Колян, — у милиции дел невпроворот. Вот Медведева молодец, решила из окошка сигануть и паспорт прихватила! Теперь мы ее живо оформим. А вы? Ищи потом, свищи концы. Ладно, говорите свой телефон.

Я назвала первый пришедший в голову набор цифр.

— Вас вызовут для дачи показаний, — пообещал Колян, — а сейчас расходитесь!

Добравшись до машины, я влезла в салон и затряслась в ознобе. Зубы отбивали барабанную дробь. Кое-как успокоившись, я вцепилась пальцами в руль. Так, попробуем хоть чуть-чуть привести в порядок мысли и восстановим цепь событий.

Невесть откуда в доме Медведевых материализуется Настя. Единственный человек, который способен пролить свет на происхождение девушки, — это ее мать, Зоя Андреевна Килькина. Настя потеряла память, но потом она к ней вернулась и девушка поняла, что Килькина ей никто, а в Москве живет ее родной отец — Михаил Медведев. Пока ничего странного, а вот дальше начинается то, что французы называют «торт с горчицей». Зоя Андреевна неожиданно кончает жизнь самоубийством, и ничего о Насте от нее уже не узнать. Миша едет сдавать анализ крови, Елена Сергеевна признается в обмане зятя, Федор Молибог обещает оттянуть момент исследования. Таня желает во что бы то ни стало докопаться до истины. Она абсолютно уверена: Настя самозванка. И почему же она столь непоколебима? Оказывается, ей давным-давно известна страшная правда: Настю похитили, сделали проституткой, ее убил клиент.

Мне стало жарко, пришлось стаскивать куртку. Почему Таня выпрыгнула из окна? С кем она разговаривала? Почему Миша так извратил слова Федора? Хотел поверить в воскрешение дочери? А главное, кто и с какой целью похитил десять лет назад Настю?

У меня началась мигрень, я схватилась за виски. Таня пока жива, ее отправили в больницу, но с ней стряслась беда, я просто обязана помочь приятельнице. Татьяна не тот человек, чтобы сигать из окна, ее запугали, довели до отчаяния!

Глава 16

Стряхнув оцепенение, я схватила телефон, порылась в записной книжке и нашла нужный номер. Настала пора активных действий.

— Свиридов, — рявкнули из трубки, — говорите быстро, четко и ясно.

— Здравствуй, Ванечка.

— О! Дашута! Привет, — мгновенно изменил тон приятель, — зачем я тебе понадобился?

— Мне нужна информация.

— Успела вовремя, — захихикал Ваня, — с Нового года тарифы меняются.

— В сторону уменьшения?

— Скажешь тоже, — заржал Свиридов, — но пока еще действуют старые расценки.

— Хорошо, записывай.

— Весь внимание.

— Зоя Андреевна Килькина. Женщина на днях ушла из жизни, покончила с собой. Мне нужна полная информация о ней, а также мнение специалистов по поводу ее смерти.

— Ясно.

— Это еще не все.

— Большому заказу кошелек радуется, продолжай.

— Десять лет тому назад во дворе своего дома пропала девочка Настя Медведева. Добудь данные по этому делу, а еще лучше сделай ксерокопию документов.

— Угу, сделаю, — пообещал Свиридов.

— Двадцать лет назад в подъезде неизвестным лицом убит Анатолий Илюшин. Как думаешь, сохранились подробности об этом происшествии?

Ваня зашуршал бумажками.

— Дашута, в нашей стране сменялись правительства, рушились режимы, капитализм затаптывал социализм, но архивы исправно хранят свои тайны.

Если дело было открыто, то будь уверена, нужная папочка мирно лежит в отведенном ей месте. Весь вопрос во времени — как долго придется ее добывать.

— Информация нужна сегодня!

— Кто бы сомневался, — хмыкнул Ваня, — ну ни разу никто не позвонил и не сказал: «Свиридов, времени тебе год». Ты в курсе про срочный тариф?

— Да.

— Если я нарою нужное до полуночи, цена возрастает впятеро.

— Ладно.

— Коли звякну завтра, оплата обычная.

— Лучше тебе поторопиться, — попросила я.

— Йес, мэм, разрешите выполнять?

— Начинай, — приказала я, — ой, погоди! Еще один момент.

— Какой?

— Сейчас, подожди.

Прижимая трубку к уху, я вытащила мобильный Тани, зашла в раздел «звонки» и сказала:

— Есть номерок, узнай, кому он принадлежит.

— Ну, это раз плюнуть, — заверил Иван.

— Отлично, давай работай.

Из мобильного полетели гудки, я положила трубку на сиденье. Знакомство с человеком, подобным Свиридову, сильно облегчает жизнь. Когда-то Ваня работал вместе с Александром Михайловичем, но потом ушел в частную структуру. Свиридову надоело за маленькие деньги решать большие проблемы, а еще он женат, имеет двоих детей и примитивно хочет иметь нормальную квартиру, дачу, машину. Особых претензий у Вани нет, он мечтает о стандартной «трешке», щитовом домике на шести сотках и «десятке». Но пока Свиридов работал ментом, он жил в коммуналке, снимал на лето курятник в ста километрах от МКАД и ездил на трамвае. Стоит ли удивляться тому, что сотрудники МВД берут взятки? На мой взгляд, человеку, который голыми руками разгребает грязь, ежедневно сталкиваясь с горем, болью и смертью, надо платить больше, чем президенту. Но Ваня получал копейки, да еще кто-то очень умный ради экономии средств отнял у рядовых сотрудников МВД жалкие льготы, типа бесплатного проезда в общественном транспорте. Свиридову, целыми днями бегающему по городу, предписывалось оплачивать поездки из своего кармана.

Кое-кто из оперативников, чтобы прокормить семью, пускается во все тяжкие, но Ваня порядочный человек, поэтому он уволился и теперь пашет в службе безопасности некоего объединения. Свиридов торгует информацией, правда, подобную услугу он оказывает не каждому, а лишь хорошо проверенным людям. Я не знаю, каким образом Ваня нарывает сведения, да и стоят они дорого, но зато они добываются почти мгновенно и всегда оказываются стопроцентно точными.

Внезапно мне захотелось есть. Оглядевшись по сторонам, я увидела крохотный магазин, вошла в него, купила пакетик с кешью, бутылку нектара «Кошечка» и вернулась в машину.

Интересно, о чем думали производители, назвав напиток «Кошечка»? Какие мысли должны возникнуть у покупателя? Содержимое тары выдавили из кошки? Или оно предназначено для домашних животных? Нет, второе вряд ли, иначе пластиковая бутылка стояла бы в зоомагазине. Еще больше меня потрясла надпись на этикетке, сделанная мелким шрифтом: «Напиток «Кошечка» приготовлен по старинному русскому рецепту, дошедшему к нам от воинов Ивана Грозного. Состав: вода очищенная, ароматизатор, идентичный натуральному, бензонат натрия, краситель АО 197».

Воображение мигом развернуло картину. На лавке сидит мужик в кольчуге, опираясь на копье, он говорит маленькому мальчику в домотканой рубахе:

— Узнай, сын мой, наш семейный рецепт: напиток «Кошечка» состоит из воды, ароматизатора, идентичного натуральному, бензоната натрия. Но, и это не главное! — не забывай добавлять туда краситель АО 197. Запомни состав и передай его перед смертью своим детям.

Неожиданно ко мне вернулось хорошее настроение. Таня жива, врачи ей непременно помогут, а я обязательно разберусь в странных обстоятельствах случившегося. Главное, не опускать рук, нельзя пасовать перед трудностями.

Я взяла кулек с кешью и развеселилась еще больше. Давно поняла, что надписи и инструкции на упаковках намного смешнее любого юмористического журнала.

Вот сейчас читаю замечательное предупреждение: «Осторожно. Содержит орехи». Здорово! А то я, наивная, полагала, что в пакете с кешью лежат сосиски. Но читаем дальше: «Инструкция по употреблению: разорвите целлофан и съешьте содержимое».

Я захихикала. Не так давно в моей ванной сломался душ, и сантехник принес новую «лейку». Пока мастер устранял неисправность, я взяла коробку и прочитала восхитительное предупреждение: «Не употребляйте для другого употребления». Впрочем, мне довелось видеть и руководство по эксплуатации электрочайника, в котором педантичные немцы указали: «Внимание. При включении в сеть содержимое прибора станет горячим». А в одной конторе, заглянув в туалет, я нашла на сливном бачке объявление «Воду не пить, руки и голову не мыть».

Не успела я слопать орехи и запить их «Кошечкой», как телефон ожил.

— В отношении номера, — деловито заявил Свиридов, — он принадлежит некоему Богдану Ломейко.

— Супер, диктуй адрес, — обрадовалась я, — а с остальным как?

— Люди работают, — обтекаемо ответил Ваня и отсоединился.

Я посмотрела на часы и порулила на Нижегородскую улицу. Значит, Татьяна специально приобрела телефон, чтобы связаться с этим Богданом, надо задать парню несколько вопросов.

Иногда мне кажется, что Москва похожа на неаккуратную красавицу. Встречаются такие женщины, они шикарно выглядят, носят роскошные шубы и дорогие костюмы, но под блузками и брюками у них старое, рваное белье и давно не стиранные колготки. Ну зачем тратить деньги на то, что скрыто от посторонних глаз? Так и наша столица, фасады зданий, выходящих на центральные улицы, радуют глаз свежей штукатуркой и сверкающей облицовкой, но войдите во дворы! Еще хорошо, если вы увидите слегка обшарпанные стены и мусорные бачки без крышек, а то ведь можно и на крыс наткнуться!

Нужный мне дом стоял на задах улицы. Я завернула за сияющий шикарный торговый центр и оказалась в натуральной трущобе. Небольшое здание из красного кирпича было построено в незапамятные времена и с тех пор, похоже, ни разу не ремонтировалось. Дверь в подъезд болталась на одной петле, ступени лестницы потрескались и кое-где осыпались, часть перил отсутствовала, в двух окнах разбиты стекла. На первый взгляд дом казался необитаемым, предназначенным под снос, но уже через секунду мне стало ясно: тут живут люди. Из-за дверей первой квартиры долетали звуки жаркого скандала, на втором этаже кто-то варил рыбный суп, и мне пришлось временно прекратить дышать — «аромат» ухи был невыносим.

Наконец я нашла нужную дверь, звонка не было, я постучала в филенку и обнаружила, что створка открыта.

— Эй, есть кто живой? — крикнула я, заглядывая в длинный темный коридор. — Люди!

Ответом послужила тишина.

— Богдан, вы здесь?

Ни малейшего шороха.

— Господин Ломейко, отзовитесь, — надрывалась я.

Но хозяин не торопился встретить гостью. Преодолевая страх, я пошла по коридору, заглядывая по дороге в разные комнаты.

Первой оказалась кухня. Четырехконфорочная чугунная плита с «крылышками» занимала большую часть пространства. Надо же, оказывается, эти монстры с надписью «Газоаппарат» еще служат людям, когда-то и у нас с бабушкой имелся подобный очаг. Затем ноги привели меня в спальню. Ветхие занавески на окне, узкая железная кровать, покрытая рваным гобеленовым покрывалом, тумбочка и трехстворчатый гардероб — ноу-хау советской мебельной промышленности образца пятидесятых годов прошлого века. Следующей была гостиная, в которой можно было снимать сериал типа «Московская сага». Здоровенный черный кожаный диван с деревянной полочкой, шесть венских стульев, дубовый квадратный стол и совершенно пустой буфет.

Я отступила к входной двери: квартира выглядела нежилой, и пахло в ней тленом. Телефон обнаружился у двери туалета, допотопный черный аппарат стоял на специальной полочке, а под ней валялась тряпочка, я нагнулась и пришла в крайнее изумление. Меньше всего ожидала увидеть в грязной нежилой норе шейный платок от «Гермес» стоимостью в пятьсот баксов. Я подняла находку, сунула ее в карман куртки, сняла трубку и набрала номер Ивана.

— Свиридов слушает.

— У тебя есть определитель номера?

— Обижаешь.

— Глянь, откуда я звоню.

— Э... э... от этого Ломейко.

— Хорошо, спасибо, — ответила я и вышла на лестницу.

Надо порасспрашивать соседей. Кто-то ведь платит за телефон, иначе бы его отключили! Значит, здесь живут.

Из квартиры, расположенной напротив жилища Богдана, высунулась смуглая раскосая женщина, похоже, вьетнамка.

— Чирик-чирик-чирик? — настороженно сказала она.

— Здравствуйте, — сказала я.

— Пливета, — ответила иностранка.

— Где ваш сосед?

— Не знаю.

— Давно его видели?

— Не знаю.

— Вы с Богданом знакомы?

— Не знаю, — тупо твердила вьетнамка, не забывая постоянно улыбаться, — мой не говоли, моя не понимай!

То ли женщина и в самом деле не владела русским языком, то ли она прикидывалась, я так и не поняла. Мои попытки объясниться с ней по-французски тоже потерпели крах, пришлось несолоно хлебавши спускаться ниже.

Через полчаса мне стало ясно: здание населяют выходцы из Азии, одни женщины, все не способные к общению. Испытывая глубочайшее разочарование, я позвонила в квартиру, расположенную у выхода из подъезда.

— Ща вломлю, — заревели из-за створки, и на

пороге возник мужик, одетый в чудовищно грязный спортивный костюм.

Я взвизгнула и отшатнулась, в руках мордоворот держал здоровенный тесак.

— Ты кто? — хрипло спросил он и воткнул нож в косяк.

— Даша, — представилась я, — Васильева.

— Не бойся, — хмуро заявил хозяин, — не трону! Думал, баба моя, сука, назад приперла! Стерва! Дрянь! Пусть только заявится! Не жить ей! Тебе чего?

— Извините, — залепетала я, — в какую квартиру ни позвоню, никто по-русски не понимает.

— Врут, суки, — скривился мужик, — на базаре расчудесно торгуют, лопочут по-нашенски. Просто прикидываются. Тебе чего? Ищешь кого?

— Да. Богдана Ломейко.

Мужик начал скрести затылок грязной рукой.

— Богдана? — произнес он.

— Да.

— Соседа с верхнего этажа!

— Его самого.

— Тю! Так он когда еще помер!

— Богдан умер?

— Ну!

— Давно?

Дядька снова начал орудовать лапой в волосах.

— И не вспомню... Давно... хотя! Стой! Мы с Нинкой тогда свадьбу играть собирались, она всегда сукой была, подавай ей пир на весь мир! Родственников армия, голытьба из деревни, охота на дармовщинку ханку жрать, итит их мать в сапоги! А меня тогда с автобазы пинком под зад турнули. Михалыч, пидор, настучал про левую ездку!

Я терпеливо ждала, пока мужик доберется до сути, а тот особо не спешил.

— Нинка, б..., ох, извини, с языка слетело, только как ее еще назвать? Б... и есть! И мамаша ее такая же, хорошо, скоро померла, сучара! Подняли визг! Свадьбу им! В кафе! С музыкой! Ну я и пошел к Богдану, он хорошо зарабатывал, на мусорке ездил, всегда заначку имел. Богдашка нежадный, дал мне тугрики без расписки. Отшумели мы свадьбу, я все долг ему отдать не мог. Заходил, правда, часто и извинялся, а Богдашка только руками махал:

«Не бзди, мне не к спеху!»

А потом и говорит:

«Слышь, Вовка, у нас место освободилось, хочешь, пошепчусь, и тебя возьмут? Со мной расплатишься и сам из жопы вылезешь!»

Я чуть его целовать не кинулся! На мусорке ездить! Вот удача!

— Работа водителем мусоровоза считается хорошей службой? — изумилась я.

— Дура ты, — снисходительно усмехнулся Вовка, — без блата туда не пролезть. Только своих берут! Чужому даже зариться неча. Хорошие люди по нескольку лет места ждут, да зря, никто оттуда не уходит.

— Что же такого привлекательного в перевозке бачков? Грязная работа, хлеб доставлять, на мой взгляд, приятней. Или троллейбус водить, — продолжала недоумевать я.

— Все бабы идиотки, — оскалился Вовка, — оклад хороший, и возможности! На свалке знаешь чего делают?

— Нет.

— Ну и не надо тебе, — заржал Вовка, — я Богданке в ноги кланяться начал за помощь. Короче, насобирал денег, как ща помню, понедельник был, аванс дали, я его в конверт, к остальным средствам, и Богданку искать. Спрашиваю у диспетчерши: «Ломейко когда вернется?» А она: «Он не выезжал, на работу не явился. Заболел небось». Я сначала не заволновался, домой заначку припер, ну, думаю, пожру и поднимусь к Богданке. А тут! Не звали — прилетели! Менты приперли. Убили Богдана утром рано, в подворотне по башке тюкнули, часы сняли, кошелек унесли. Наркоманы сучьи. Ну я бабе Лизе конверт и отнес, потому что не вор, а честный человек, отдал матери его долг.

— А кто сейчас живет в квартире Богдана?

— Ну... не знаю... никто.

— Где мать Богдана?

Вовка поскреб щетину и заорал:

— Бабка!

Из коридора выползла тощая, замотанная в халат старушка.

— Не кричи, сыночек, — попросила она.

— Те не угодить! То глухая, то говори тихо. Знаешь, где баба Лиза?

— Кто?

— Мать Богдашки.

— Кого?

— Соседа сверху!

Бабушка с невероятным изумлением посмотрела на сына.

— У нас есть соседи? Ах вы ироды, пьяницы чертовы! Продали комнаты, и теперь в коммуналке жить придется?

— Маманька, спокуха! Я про тех! С последнего этажа!

— Нет у нас никаких этажов, — ерепенилась бабка, — не баре! В бараке кукуем, на комсомольской стройке.

— Здравствуй, маразм! — воскликнул Вовка. — Не, ниче не узнать. Мамашка сегодни не в уме. А я только слыхал, что бабу Лизу вроде в больницу свезли.

— Кто ее туда поместил?

— А хрен знает.

— Когда?

— Э... э... не припомню.

— Ладно, — сдалась я, — дайте адрес конторы, где служил Богдан.

— Этта с дорогой душой, пиши, — закивал Вовка, растерявший в процессе нашей беседы всю свою агрессивность.

Глава 17

В Ложкино я вернулась с гудящей головой и сразу налетела на Ольгу, которая отчитывала Банди.

— И тебе не стыдно? — гневно вопрошала Зайка, тряся перед мордой пита пустой миской. — Знаешь, как называется такое поведение? Воровство!

— В чем провинился Бандюша? — спросила я. — Столь ли велико преступление?

Ольга выпрямилась.

— Мне дали рецепт потрясающей маски, она восстанавливает цвет лица. Дело трудоемкое, но оно того стоит. Сначала проращиваешь фасоль, потом перемалываешь ростки, вернее, растираешь их в фарфоровой ступке пестиком до состояния пюре, добавляешь мелко нашинкованную капусту, опять растираешь... Понимаешь, как это хлопотно! И только я сделала маску, как...

— Можешь не продолжать, — улыбнулась я, — пес ее съел. А ты уверена, что разбойник именно Банди?

Ольга швырнула пустую миску в раковину.

— А кто еще? Хуч и Черри даже близко не подойдут к подобному лакомству, Снап ненавидит любые овощи, остается Банди, вот он способен слопать все, что не приколочено! И ведь оставила ненадолго, решила сначала чаю попить, а потом собой заняться. Поднимаюсь в спальню: маски нет, паркет слюнями измазан, я поскользнулась и больно стукнулась! Наверное, пит миску перевернул, а потом пол вылизывал. Вор!

Последний раз отругав ни в чем не повинного пса, Зайка ушла. Я посмотрела на грустного Банди, открыла коробку с жирным, строго-настрого запретным для собак печеньем курабье и начала совать его в пасть мигом ожившего питбуля, приговаривая при этом:

— Ничего, люди тоже порой становятся жертвами поневоле. Вроде ты виноват, а на самом деле нет!

Раздался звонок в дверь.

— Иду! — заорала Ирка, шаркая тапками. — Кто там? Здрасти! Вы к кому?

— Вызов поступил от Дегтярева Александра Михайловича, — ответил незнакомый мужской голос.

— Дарь Иванна, — завопила Ирка, — к полковнику «Скорая»!

— Куда идти? — продолжал тот же баритон.

Я, забыв про Банди, понеслась, перепрыгивая через две ступеньки, в спальню полковника.

Александр Михайлович лежал на диване с газетой в руке.

— Тебе плохо? — еле переводя дух, спросила я.

— Нет, — слишком бодро ответил Дегтярев, — только насморк и кашель!

— Но ты вызвал «Скорую»!

— Я? — старательно изобразил изумление толстяк.

— Ну не я же!

— Не звонил врачам.

— А они приехали!

— Да ну?

— Правда, уже идут сюда!

— Ах вот оно что, — сказал Дегтярев, — сегодня я беседовал с Ваней, он меня замещает на время болезни, я сообщил ему про грипп, вот он и забеспокоился, прислал в Ложкино бригаду.

— Больной здесь? — послышалось из коридора.

— Иди, иди, — нервно сказал Дегтярев, — еще заразишься.

— Нет уж, постою тут, — уперлась я.

— Добрый вечер, — сказал врач в голубом халате, входя в спальню, — где Дегтярев Александр Михайлович?

Хороший вопрос, если учесть, что в комнате, кроме доктора, находятся мужчина и женщина.

— Это я, — ответил полковник.

Врач сел на стул, раскрыл чемодан, вытащил из него какие-то листы и приступил к процедуре изучения больного.

— Дегтярев Александр Михайлович?

— Да, — кивнул толстяк.

— Ваша фамилия?

— Простите? — растерялся полковник.

— Фамилию назвать можете?

— Чью? — изумился приятель.

— Вашу!

— Дегтярев, — растерянно заявил толстяк.

— Имя!

— Александр Михайлович.

— Отчество?

— Но я же ответил, — начал беспокоиться приятель, — Александр Михайлович!

— Я отлично слышал и записал имя, но теперь надо отчество, — слишком ласково заулыбался врач, — не волнуйтесь, если забыли, сейчас вспомните. Ну...

— Александр Михайлович, — тупо повторил Дегтярев.

— Ай-яй-яй, — покачал головой врач, — еще разок! Нуте-с, как именовали вашего папеньку? Ну? Ну? Ну?

— Михаил Петрович, — после небольшого колебания заявил полковник.

— Значит, его отчество?

— Петрович!

— Вот видите, — удовлетворенно закивал эскулап, — вот и славно! Так и запишем в анкете! Никогда не стоит пугаться потери памяти. В конце концов, если забудете все, даже интересно потом заново вспоминать!

— Погодите, — влезла я в дивную беседу. — Человека на кровати звать Дегтярев Александр Михайлович. Вы сейчас неправильно указали данные.

Доктор глянул на листок.

— Не путайте меня. Дегтярев Александр Михайлович осуществил вызов психиатра, а болен Дегтярев Михаил Петрович!

— Он давно умер! — подпрыгнул полковник.

— Кто? — вытаращил глаза врач.

— Михаил Петрович!

— Что вы говорите! — затряс головой эскулап. — Ну надо же! Во всем пробки виноваты! Водители теперь пошли хамы, машину со спецсигналом не пропускают! Примите мои глубочайшие соболезнования, я мчался сюда, движимый искренним желанием помочь страдающему человеку, но опоздал! Смерть до прибытия для многих врачей рутина, но для меня трагедия!

— Михаил Петрович скончался давно, — попыталась я внести ясность.

— Когда? — повернул голову врач.

— Не знаю, — пожала я плечами, — мы не встречались.

— Но он утверждает обратное, — ткнул в полковника психиатр.

— Вас как зовут? — решила я ближе познакомиться с полоумным доктором.

— Э... э... как Моцарта, — неожиданно ответил врач.

— Вольфганг Амадей? — вытаращила я глаза.

— Петр Ильич, — внезапно заявила молчавшая до сих пор медсестра.

— Но это Чайковский, — растерялась я.

— Верно, верно, — замахал руками врач, — я путаю композиторов. Ха-ха-ха! Бывает. Не обо мне речь. Начнем сначала. Кто болен? Как его фамилия?

— Дегтярев, — бормотнул полковник.

— Имя?

— Александр, — живо ответила я.

— Отчество?

— Михайлович, — простонал толстяк.

— Ой, как интересно, — обрадовался Петр Ильич, — и вызывал нас тоже Дегтярев Александр Михайлович! А кто умер? И куда подевался Михаил Петрович?

Полковник начал багроветь, а я быстро сообщила:

— Он внизу кофе пьет!

— С ума сошла! — подскочил Дегтярев. — Отец давно на кладбище лежит!

— Значит, Михаилом Петровичем займемся позже, — склонил голову набок доктор.

— Да, да, — закивала я.

— Сначала разберемся с тем, кто лежит на диване? — уточнил врач.

— Верно, — восхитилась я.

— Отлично, фамилия?

Я икнула.

— Дегтярев.

— Имя?

— Александр.

— Отчество?

— Петрович, — вырвалось у меня.

— О! У нас уже третий Дегтярев! — обрадовался Петр Ильич. — Александр Михайлович, Александр Петрович и Михаил Петрович. Семья! Я давно заметил, что психические сбои заложены генетикой.

Я вспотела, полковник затравленно смотрел на эскулапа, медсестра открыла чемоданчик, вытащила из него пузырек, накапала из него в стеклянный стаканчик, лихо выпила микстуру и сказала:

— Петр Ильич, не заморачивайтесь! Это у нас последний вызов! Оформляйте их группой.

— Молодец, Мариночка, — похвалил врач, — верно. Едем дальше по анкете. Ваш пол!

— Чей? — проблеял полковник.

— А кто у нас заболел? — засюсюкал Петр Ильич. — Мальчик? Девочка?

— Дедушка, — хихикнула я.

— Мужчина, — буркнул Дегтярев, — неужели не видно?

— Первичные признаки, позволяющие сделать вывод о вашей половой принадлежности, скрыты одеялом, — высказался врач.

— Ну ваще! — только и сумел ответить Дегтярев.

— Раса? — вдруг спросил доктор.

— Чего? — насторожился толстяк.

Я откашлялась.

— Насколько понимаю, надо сообщить о цвете кожи! Странный, неполиткорректный вопрос!

— Это для диссертации, — бесхитростно пояснил Петр Ильич, — я собираю материал для докторской, скоро защита, тема «Влияние постсиндромного сдавливания субъекта в момент особой психической напряженности и когнитивной раздражительности объекта изучаемой ситуации»[1].

Я затрясла головой.

— Меня никто не сдавливал, — испугался полковник.

— Так еще все впереди, — сказал Петр Ильич, —

---

[1] Фраза не имеет смысла, полнейшая белиберда.

еще попадетесь! Ну да что мы все впустую болтаем. На что жалуетесь?

— Пусть она выйдет! — жалобно попросил толстяк.

— Посторонние, покиньте помещение, — велел Петр Ильич.

Я дернула плечами.

— Пожалуйста!

— И плотно закрой дверь, — крикнул Дегтярев, — а то встану и проверю, как захлопнула!

— Конечно, — совершенно спокойно ответила я и громко стукнула створкой о косяк.

Никогда не подслушиваю чужие разговоры, ну разве только в самых крайних случаях, и сейчас настал именно такой. Что хочет скрыть от меня полковник? Зачем он вызвал кандидата сумасшедших наук? Есть замечательный способ узнать подробности! Наивный Дегтярев полагает, что подслушать можно только из коридора! О, как он ошибается. В его спальне есть камин, второй стороной он выходит в библиотеку. Если сесть там в кресло, то будет замечательно слышно все, о чем говорят в соседней комнате.

Не теряя ни минуты, я заняла нужную позицию и стала незримой свидетельницей диалога толстяка с психиатром.

— Доктор, я схожу с ума, — заявил полковник.

— Кто может определить грань между нормой и безумием! Если вдуматься, то поймешь: все человечество психически нестабильно, — философски заявил врач.

— У меня глюки, — продолжал Дегтярев.

— Мыши, зеленые человечки? — заинтересовался Петр Ильич.

— Подушка, — коротко ответил полковник.

— Кто? — изумился психиатр. — Это которая под голову?

— Нет, треугольная, коричневая, ползает по комнате. Вчера была одна.

— А сегодня?

— Их стало много, но остальные маленькие, крохотные, словно инопланетяне из фильма «Кошмар планеты Ру».

— Значит, сначала была одна, а затем она раздробилась?

— Нет, — занервничал толстяк, — крупная осталась, и, похоже, она им мать. Лежу себе тихо, читаю и вижу, вползает из коридора, звук издает — чавк, чавк, чавк!

— Чмок, чмок, чмок, — ожил врач.

— Нет! Чавк, чавк, чавк!

— Ладно, не волнуйтесь, — с ангельским терпением повторил Петр Ильич.

— Не верите мне?

— Что вы! — заегозил психиатр. — Обычное дело, входит подушка и говорит: «Чмак, чмак». Сто раз подобное видел, они и ко мне являются. Чмак, чмак!

— Чавк!!! Чавк!!! — заорал Дегтярев.

— Мариночка, дай микстурку! Да не больному, смажешь клиническую картину, а мне, — распорядился Петр Ильич. — Значит, чавк, чавк! А дальше?

— И тут они к ней ринулись! Со всех сторон!

— Кто?

— Подушата! Мелкие, я плохо без очков вижу, — признался Дегтярев, — со всех лап понеслись!

Я поудачнее уместилась в кресле, интересно, где у улитки лапы!

— Она им мать, — бубнил толстяк, — они ей дети!

— О! — воскликнул Петр Ильич. — Вот и репа!

— Вы о чем? — осекся приятель.

— В смысле корень. Репа — корешок. Понятно?

— Вообще ничего! Доктор, я псих?

— Ну что вы, голубчик! Просто вы попали в трансцендентальную яму транспораженного измененного сознания[1]. Как проходили ваши роды?

— Мои роды? — забеспокоился приятель.

— Да, да!

— Но я никого не рожал! — заголосил ополоумевший Дегтярев.

— Конечно, конечно, спрашиваю по-другому: как вы родились на свет?

— Ну... как все.

— Естественным путем?

— А можно вылезти через нос? — обозлился полковник. — Или через ухо?

— Дружочек! Ваша агрессия говорит о глубоко запрятанном комплексе материнского отторжения вкупе с обострением эдиповой шишки. Родить можно и посредством кесарева сечения.

— Я не в курсе деталей.

— Мама не говорила о родах?

— Нет!

— Никогда?

— Нет!!

— Или вы отторгали информацию?

— Нет!

— Хм! Ясно! Потеря эмоциональной связи, отсюда и навязчивые видения. Эллипсовидное сознание, искривленное наподобие дуги Вольта, сильно затрудняет протекание чистой психики по каналам, вследствие этого...

— Доктор, я ни черта не понимаю, — взмолился Дегтярев, — попроще, пожалуйста.

— Но примитивнее некуда! Ладно, вы страдали

---

[1] Страшная глупость без смысла.

от отсутствия материнской любви, поэтому сейчас и видите подушку, она символизирует вашу мать!

— Вашу мать! — рявкнул полковник. — И как долго эта мать тут ползать будет?

Глава 18

— В спальне никого нет, — замогильным голосом завел Петр Ильич.

— Вообще?

— Ну да! С вами шутит подсознание.

— Но вы здесь!

— Я про подушку! — терпеливо объяснял психиатр. — Мариночка, скажи, ты видишь постельную принадлежность?

— Да! — бойко ответила медсестра.

— Где? — взвизгнул Дегтярев.

— У вас под спиной целых три штуки, — живо констатировала Марина, — в наволочках.

— Это не она, — с явным облегчением заявил Александр Михайлович, — та коричневая, вверх торчит.

— Фаллический символ, — не упустил момента сумничать Петр Ильич, — воплощение отца по отношению к матери. Жажда убийства. Вы никогда не хотели уничтожить человека?

— Раз пять в неделю испытываю острое желание, — признался полковник, — в особенности когда наш... кхм... совещание проводит... но это к делу не относится.

— Голубчик, — запел Петр Ильич, — давайте поговорим! Вам плохо! Вас не понимают.

— Да, — подтвердил Дегтярев, — верно.

— На работе тупые морды.

— Не все! Но встречаются идиоты, — решил быть справедливым полковник.

— Дома авторитарная жена и насмешливые дети, они не уважают отца, налицо конфликт поколений. К тому же у вас были тяжелые роды, определившие отношение с матерью: она не могла простить вам физических страданий, отдаляла вас от себя. Вы переживали, закрылись панцирем равнодушия, о-о-о!

Донеслось всхлипывание, я прикусила губу. И как прикажете поступить? Дегтярев на самом деле решил, что у него видения! Лучший способ успокоить полковника — это продемонстрировать ему Джульетту вместе с улиточками и покаяться:

«Прости, дорогой, я не хотела скандала, вот и скрыла наличие брюхоногой. Знаешь, на свете существуют гигантские улитки! Ты совершенно нормален, а доктор натуральный псих! Довел тебя до слез».

Я вскочила из кресла, никогда за долгие годы нашего знакомства я не видела полковника рыдающим. Да, он легко выходит из себя, частенько орет на окружающих, топает ногами, может наговорить глупостей, но жалобно всхлипывать! Между прочим, это я виновата в произошедшем.

— Петр Ильич, успокойтесь, — внезапно сказала Марина.

— Он чего-то не то говорит, — перебил медсестру полковник, — у меня нет ни детей, ни жены.

— А эта страшненькая тетка в джинсах, она кто? — поинтересовалась Марина. — Я думала, она ваша супруга.

— Даша мой лучший друг, не более того, — заверил Александр Михайлович, — давайте успокоим доктора, а то он так рыдает, что кровь стынет!

— Петр Ильич, идите умойтесь, — приказала медсестра, — вон там ванная!

Всхлипывания стали удаляться, потом прекратились вовсе.

— Это ваш дом? — спросила внезапно Марина. — Вы живете здесь постоянно?

— Да, — ответил Дегтярев.

— Как же без супруги с хозяйством справляетесь?

— Ира помогает, была еще Катя, повариха, но она уволилась, — пояснил полковник.

— Небось цветы разводите, — мечтательно протянула Марина, — участок большой, мы пока от ворот до особняка шли, даже устали.

— Не любитель я в земле копаться, — признался толстяк, — за садом Иван глядит.

— А я обожаю розы, — воскликнула Марина, — будь моя воля — такую плантацию завела бы! Давайте я вам подушечку взобью!

— Спасибо.

— Одеяльце поправлю.

— Право, мне неудобно, не беспокойтесь.

— Мне приятно помочь такому красивому молодому мужчине.

— Это вы про меня? — изумился Дегтярев.

— Других здесь нет, — засмеялась медсестра, — Петр Ильич не считается, он у нас типа кастрированного кота, а от вас мужчиной веет. Неужели не тоскливо одному? Знаете, вам нужна хозяйка, тогда и глюки уйдут!

— Вы полагаете? — с надеждой спросил Дегтярев.

— Конечно, — заверила Марина, — простая, положительная девушка со средним медицинским образованием и опытом работы на «Скорой». Она не даст в депрессуху впадать. Знаете, по какой причине вам дрянь всякая мерещится? Из-за отсутствия женской ласки! Чего-то вы вспотели, снимайте пижамку, не ровен час ветерком обдует, и простудитесь!

На этой стадии обольщения полковника я выскочила из библиотеки и ворвалась в его спальню, увидела Марину, которая успела расстегнуть на своем халате три верхние пуговицы, и рявкнула:

— Господа медики, не желаете перекусить?!

— Доктор еще не закончил осмотр! — возмутилась Марина.

— Дашута, не вбегай без стука, — сделал мне замечание полковник, — может неудобно получиться, вдруг я голый!

— Ничего, — гаркнула я, — за долгие годы я насмотрелась на тебя в любом виде.

— Больного лучше оставить наедине с врачом, — попыталась выставить меня вон Марина.

Но я не дрогнула и крикнула:

— Петр Ильич, как насчет пирога с мясом?

— Полный желудок лучшее средство от душевной печали, — возвестил эскулап, выходя из ванной.

— Вот и спускайтесь в столовую, — велела я, — да Марину возьмите!

— Я останусь с больным, — сопротивлялась нахалка, — он нуждается в уходе!

— Дегтярев придет к ужину через десять минут, — пообещала я.

— Ему надо помочь одеться!

— Сам справится.

— И тапочки нацепить, тепленькие.

— Сам обуется.

— Лестница скользкая, его поддержать надо.

— До сих пор он не падал.

— Вдруг сейчас от слабости пошатнется.

— За перила схватится.

— Ой, какая вы жестокая, — всплеснула руками Марина, — и...

— Муся, — вошла в спальню Машка, — вот ты где!

— Мария, — сурово сказала я, — возьми за руку МЕДСЕСТРУ, отведи ее в столовую и проследи, чтобы ей дали ужин!

В глазах девочки зажегся огонек, Маню отличает редкая сообразительность, и потом, я никогда не именую ее «Мария».

Мгновенно оценив ситуацию, Маруська вцепилась в плечо нахалки.

— Пойдемте к столу.

Медсестра попыталась вырваться, но из цепких пальцев Машки это сделать непросто. Во-первых, Манюня исправно занимается фитнесом и достигла замечательной физической формы, шея, голень и бицепс у нее одного объема[1]. А еще она прилежная учащаяся кружка при Ветеринарной академии, умеет придержать крупное животное, типа собаки породы алабай или козы, если оно сопротивляется прививке. Марина оказалась слабее охранного пса, и Маруся легко вытащила ее из спальни, нежно воркуя:

— Сейчас плюшками побалуетесь!

Мы с Дегтяревым остались в комнате одни.

— Какая милая девушка! — воскликнул полковник. — Понимающая, заботливая, умная.

Я поджала губы. Объяснить толстяку, что медсестра приняла его за богатого холостяка с загородным поместьем и решила стреножить жирную добычу? Нет, это я еще успею сделать, сейчас главное рассказать про улитку!

— Что ты глядишь на меня, как Банди на булку? — насторожился Дегтярев.

— Послушай, сейчас я сообщу тебе правду!

— Не надо, — живо отозвался полковник, — не желаю знать никаких истин, хочу жить спокойно!

— Ты не псих!

— Все-таки ты подслушивала под дверью! — возмутился приятель.

— Нет, — ответила я и не соврала, я сидела в библиотеке, а не маялась в коридоре, прижимая ухо к за-

---

[1] Объем шеи, бицепса и голени в идеале должен составлять одну цифру, допустим — 32 см — 32 см — 32 см. Достичь подобного можно лишь путем длительных и постоянных тренировок.

мочной скважине, — не перебивай, дай сказать. Ползающей подушки нет, есть гигантская улитка! Она передвигается по дому!

Александр Михайлович молча выслушал меня, потом сказал:

— Дело плохо!

— Ты о чем?

— Если уж ты решила придумать подобную историю, значит, у меня с башкой кранты. Спасибо, конечно, за попытку поддержать друга в тяжелую минуту, но разум пока не совсем покинул меня. Гигантская улитка, ха! У тебя было мало времени на выдумку, иначе б сказка звучала правдоподобнее.

— Ты мне не веришь?

— Конечно, нет! Надеюсь, ты не забыла, где я работаю? — грустно ответил полковник. — Я нутром чую, когда собеседник лжет.

— Нутро тебя подвело! По дому шастает улитка!

— Хватит! Скорей всего, мне придется лечь в психиатрическую клинику, но я сильный! Справлюсь с болезнью.

— Ты здоров!

— Физически, но не морально!

— Идиот!

— Похоже на то!

— Не в смысле псих! А просто дурак! — закричала я.

— Больной человек раздражает окружающих, — со смирением отметил толстяк, — поэтому завтра же я съеду!

— Ира! — заорала я. — Ира! Сюда! Скорей!

Раздался топот, и в комнату влетели домработница с Маней.

— Что? — хором спросили они.

— Ирина! У нас в доме есть гигантская улитка?

— Нет! — ответила домработница. — Первый раз

про нее слышу! Никогда ее не видела и липкие следы не отмывала!

Полковник откинулся на подушку.

— Говори правду, — приказала я, — про Джульетту.

— В доме только собаки, — затараторила Маруся.

— И кошки, — добавила Ира, — не считая врачей. Ну и обжоры! Мужик целую кулебяку умял и не чихнул.

— Гигантских улиток в природе не существует, — авторитетно врала Маня. — Дегтяреву привиделось. А что, Джуля была у него в спальне? Не верь! Это глюк!

Толстяк начал стонать, я набрала полную грудь воздуха и, старательно подмигивая Машке, завела:

— Хватит! Я отменяю все свои распоряжения, не надо врать! Говорите правду про улитку! Где она ползает?

— Нету ничего похожего у нас, — в унисон заявили моя дочь и домработница, — можем поклясться! Полковнику привиделось!

Я ощутила себя мышью в банке: сама велела Мане и Ирке не колоться ни при каких обстоятельствах, вот они и стараются!

С первого этажа послышался звон, лай и крик Петра Ильича:

— Ой, я не нарочно уронил!

Маруся и домработница побежали на звук. Дегтярев открыл один глаз и простонал:

— В другой раз договаривайся со свидетелями.

— А мы подготовились, — сердито ответила я, — не хотели тебе сообщать про улитку.

— Хватит!

— Джульетта существует!!

— Прекрати!!!

— Ей-богу!!!

Полковник сел.

— Ладно, я тебе поверю, если ты принесешь животное!

Я кивнула, ну почему столь простая мысль не пришла мне в голову.

— Сейчас, только не нервничай.

— Жду, — коротко сказал приятель и снова лег.

Я полетела вниз по лестнице и схватила Маруську.

— Какого черта ты не сказала правду?

— Не понимаю, — удивилась Машка, — мы же решили молчать!

— Но я просила вас признаться!

— Ты так подмигивала!

— Чтобы вы забыли про уговор! Где Джульетта?

— Не знаю.

— Не видела ее?

— Нет.

— Кто-нибудь падал?

— Нет, — затрясла головой Маруся.

Я перевела дух и окинула взглядом гостиную, собаки мирно спят на диванах, значит, улитки в этой комнате нет.

— Муся, — подергала меня за рукав Машка, — что-то случилось?

— Да. Надо срочно найти слизня, Дегтярев решил, что он сошел с ума, — объяснила я Мане.

— Главное, не волнуйся, — закивала Маруся, — она где-то тут.

Минут сорок мы носились по зданию, но гадкая Джульетта словно сквозь землю провалилась, последнее место, куда я заглянула, была кладовка с продуктами. В самом дальнем, плохо освещенном углу раздавался шорох, я ринулась вперед и схватила... Ирку.

— Дарь Иванна, — взвизгнула домработница, — напугали хуже паровоза.

— При чем тут паровоз? — нервно спросила я.

— Он тоже так сопит, а потом наезжает, — выдала Ира.

— Где Джульетта? Не знаешь?

— Кто?

— Улитка!

— Здоровенная такая?

— У нас в доме есть другие ползуны? — пошла я вразнос.

— Ага, маленькие, противные.

— И куда они задевались?

— Так Вера их увезла!

Я села на корзинку с картошкой.

— Как?

— Сложила в перевозку, навроде кошачьей, и усвистела в Лондон.

— Ты хочешь сказать, что Рыбалко нас покинула!

— Верно, — закивала Ирка, — и живность страхолюдскую уперла.

— Почему мне не сказала?

— У ей тама чего-то случилось, — завела Ира, — звякнул кто-то, вот мадам и подхватилась, наорала на пилота: «Заводи самолет, сейчас стартуем» — и фрр! А чего ей? Не на регулярном рейсе мотаться, свои крылья.

— Катастрофа, — прошептала я.

Спустя десять минут мы втроем стояли у кровати полковника и попытались объяснить ситуацию еще раз.

— Улитка была, — улыбалась Маша.

— Здоровенная дура, — кивала Ирка.

— Только ее Вера увезла, — пела я.

— Ползала по дому.

— Следы везде оставляла.

— Я пару раз даже упала.

— Вы сговорились, — слабо улыбнулся полковник, — спасибо, милые мои, но я безумен. Впереди долгие годы на цепи в палате со стенами, обитыми матрасами.

— Сейчас людей лечат по-иному, — заявила Маша, — человечество давно придумало эффективные успокаивающие, вколют, и все — ты без рефлексов!

Я пнула Маню ногой, нашла, дурочка, тему для беседы, вон как толстяк посерел.

— Я постараюсь вести себя тихо, — прошептал Дегтярев, — не буду покидать спальню. А вы меня не отдавайте в психушку! Дашута, спроси, можно ли дома лечиться? Вы меня запрете, на окна решетки приделаете.

Маня повертела пальцем у виска.

— Совсем, да?

— Я болен, — трагическим шепотом продолжал приятель.

— Ну ваще, — подпрыгнула Ирка, — почему вы нам не верите?

— Потому что вы врете, — мрачно ответил Дегтярев, — ой, вон ползет!

— Где? — заорала я.

— На стене, — еле-еле выдавил из себя полковник.

— Это муха, — сказала Ирка, — вы че, и ее боитесь?

— Я опасаюсь самого себя, — хмуро заявил Дегтярев, — уходите, спать хочу! Слабый очень! Видно, умирать скоро.

Мы вышли в холл.

— И чего делать? — спросила Ирка. — Вот вбил же дурь в голову.

Хорошо, Ольги нет! Ее тоже переклинило. Все ходит и бубнит: «Как же Нинка догадалась, что генеральный Любку не трогал? Ну, скажите, а?»

— Надо искать хорошего психотерапевта, — предложила я, — а Петра Ильича с Мариной вон гнать.

— Точно, — обрадовалась Ирка, — он уже весь холодильник сожрал!

— Может, насобирать в саду улиток и принести полковнику? — не успокаивалась я. — Сказать, что детенышей поймали, скоро и мамашку обнаружим!

— Какие в декабре улитки, — фыркнула Ирка, — разве что в супермаркете купить!

— Уже фаршированных травой и маслом, — вздохнула я. — Вот Дегтярев обрадуется, принесем поднос и заявим: «Дома их изловили и для тебя приготовили». Точно поверит!

Ирка обиженно оттопырила нижнюю губу и засопела.

— Я лучше придумала, — подпрыгнула Маня, — надо найти в Москве гигантскую улитку. Вера же говорила, что у нас в городе живет Ромео. Муся, звони Рыбалко! Привезем этого слизня и ткнем Дегтяреву под нос.

Я схватилась за телефон. Увы, Вера не отвечала, пришлось оставить сообщение на автоответчике.

Глава 19

Звонок раздался в половине двенадцатого ночи.

— Вера, — воскликнула я, — слава богу!

— Это Ваня, — ответил Свиридов, — обрати внимание на время! Я готов излагать инфу не по срочному тарифу. Оцени мою порядочность, собрал и сразу звякнул.

— Говори, — велела я.

— Сначала о Килькиных. Иван Петрович военный, служил в разных местах. Мужика мотало по стране из гарнизона в гарнизон, он нигде не задерживался из-за склочного характера, переезжал с одним чемоданом, никакого добра не нажил, всю жизнь боролся со взятками, писал доносы на начальство, которое использовало солдат в личных целях. Ей-богу, непонятно, почему его не придушили! В какую часть ни переведется, везде тарарам устраивает. Жена его, Зоя Андреевна, врач по образованию, работала в санчасти, на нее никто зуб не держал, похоже, спокойная тетка, ни с кем не ссорилась, тихая, даже забитая. Мужа боялась до одури, но, похоже, любила его. Говорят, именно она спасала Ивана Петровича от расправы, бегала к начальству, в ноги падала, обещала, что супруг заткнется. Просила: «Христа ради, отправьте нас в другое место». Вот бедняга!

— А дети у них были?

— Целых трое.

— Да ну?

— Два мальчика, Петя и Саша.

— А девочка?

— Погоди, не спеши. Этой Зое Андреевне досталось по полной программе. Сначала Петр утонул, пошел купаться, сиганул с обрыва, сломал шею. Мальчику было семь лет.

— О господи!

— Да уж, не повезло, — согласился Ваня, — после трагедии Килькины переехали в другое место, у них остался один сын, Саша. Но не прошло и года, как он сгорел.

— Мамочка!

— Родители ушли, оставили парнишку одного, он модель собирал, стал варить клей, ну и случился пожар. Дом деревянный, пока с брандспойтом прикатили, головешки одни остались. Иван Петрович спокойно смерть детей пережил, он все правдорубством увлекался, а Зоя Андреевна чуть с ума не сошла, но потом родила девочку, Настю.

— Значит, у нее есть дочь!

— Стопроцентно. После смерти Ивана Петровича она уехала из богом забытого гарнизона, устроилась медсестрой в психоневрологический интернат, около подмосковного городка Фолпино. Служащим там дают квартиры, работа трудная, непрестижная, сотрудников не хватает, вот они и привлекают народ жилплощадью. Все просто: ухаживаешь за больными, живешь в доме, уволилась — сдай ключи.

— Подожди, но Килькина жила в Москве!

— Ага, — засмеялся Ваня, — тут такое дело! Одна из инвалидов, Карина Анатольевна Авдеева, подарила Зое Андреевне свою «двушку».

— Подарила?

— Именно так.

— Квартиру?

— Да.

— Отдала даром?

Ваня хмыкнул.

— Уж не знаю, как дело было, но оформлен именно акт дарения, к бумаге не прицепиться, соблюдены все формальности. Авдеева совершеннолетняя, ей двадцать два года.

— Сколько?!

— Двадцать два.

— Каким образом девушка очутилась в интернате?

— Охохонюшки, — завздыхал Свиридов, — она инвалид детства, колясочница. Пока была мать жива, Нина Авдеева, за девочкой присматривали, а после ее смерти ребенка сдали в интернат.

— Для взрослых?

— Ну да. Детей держат вместе с немощными стариками.

— Право, странно. Инвалид дарит квартиру медсестре!

— Но это случилось. Зоя Андреевна с Настей перебрались на новое местожительство. Девушка учится в институте, характеризуется хорошо, правда, ни с кем не дружит, замкнута, малоразговорчива. Зоя Андреевна ездила в Фолпино на работу. Все.

— Все?

— А что ты еще хотела?

— Ну... не знаю. Мне не нравится история с квартирой. А что говорят криминалисты о смерти Килькиной?

— Она покончила с собой. Никаких сомнений нет. Тут все чисто.

— А почему Килькина решила лишить себя жизни?

— Понятия не имею.

— Она пила?

— Нет.

— Наркотики?

— Нет, очень положительная тетка.

— Долги?

— Жила скромно, на зарплату, сбережений не имела.

— Может, мужчина?

— Маловероятно! Ей сто лет в обед!

— Это ни о чем не говорит!

— Даже если она померла от неразделенной любви, то это не преступление! — отрезал Ваня.

— Ладно, теперь о деле Медведевой.

— Там глухо. Девочка исчезла во дворе, следы обрывались у бачков. Следователь справедливо предположил, что ее запихнули в машину. Насторожил факт, что мусорные бачки были совершенно пусты, значит, их недавно опустошили, и народ не успел накидать дерьма. Но отходы обычно вывозят утром, а Настя исчезла в районе полудня.

— Надеюсь, следователь допер заглянуть в контору, которая осуществляет вывоз мусора.

— Да, — ответил Иван, — двор Медведевых обслуживал некий Богдан Ломейко.

— Кто? — подскочила я.

— Богдан Ломейко, — повторил Свиридов, — парень оказался вне подозрений. Он утверждал, что в тот день слегка задержался и выехал на маршрут позднее, колесо пробил, менял на дороге, долго провозился, мусоровоз не «Жигули». Никакой девочки он не видел. Богдана проверили и отпустили, нормальный юноша, по работе характеризовался хорошо, имел девушку, собирался жениться, копил деньги на свадьбу, содержал больную мать. В общем, все как у всех. Вполне вероятно, что Настю увезли на другой машине, ее просто ждали.

— Кто мог знать, что девочка понесет ведро?

— Ну... наверное, она в одно и то же время выходила. Знаешь, как бывает — следят за жертвой, составляют план ее передвижений.

— Угу, — пробормотала я.

— Никаких зацепок не обнаружили. Проверили коллег и конкурентов Михаила, изучили подруг Тани, знакомых бабки Елены Сергеевны. Ни-че-го! Дело сдали в архив.

— Эй, постой, тело-то нашли!

— Чье?

— Настино.

— Нет, ты ошибаешься.

— Тебе дали неверную информацию! Следователь предъявил Татьяне мертвую падчерицу, ее обнаружили в подпольном борделе.

— Кто сказал тебе эту чушь?

— Один человек!

— Он тебя обманул! Никакого трупа не опознали! Вернее, родителям, конечно, пришлось походить по моргам, но Настя не была обнаружена.

— Ты уверен в этом?

— Как в том, что меня зовут Иван Свиридов!

— Ничего не понимаю, — пробормотала я, — зачем ей было врать?

— Кому? — полюбопытствовал Ваня.

— Неважно. Теперь давай про Илюшина.

— Обычный висяк! Убит ударом по голове. Сначала менты решили, что это грабеж, потом поняли, дело не так просто.

— Почему?

— Кошелек отсутствовал, часы тоже, но на шее осталась толстая золотая цепочка.

— Может, убийца не успел снять, ему помешали!

— Есть еще детальки.

— Не тяни!

— Илюшин был отвязный бабник!

— Знаю.

— Наш Казанова имел небольшой рост, всего метр шестьдесят восемь, но это не мешало ему слыть донжуаном.

— Многие невысокие мужчины имеют комплекс и коллекционируют женщин, доказывают сами себе: я мачо.

— Не знаю ничего о комплексах, но только экспертиза уверена — смертельный удар Илюшину нанес человек ниже его ростом. Согласись, это большая редкость — грабитель чуть выше табуретки.

— Подросток?

— В тринадцать-четырнадцать лет парни уже выглядят взрослыми. Нет, его прикончила баба.

— Одна из обиженных любовниц?

— Правильно мыслишь!

— И ее не нашли?

— Нет.

— Кого-нибудь подозревали?

— Нину Авдееву. Она родила от Илюшина дочь и частенько приходила к нему скандалить, мать Анатолия ее выгоняла, но любовница сына упорно возвращалась, требовала алименты и чтоб он женился на ней. Понятно, что она сразу попала под подозрение, но, во-первых, у Нины имелось непоколебимое алиби: в момент совершения преступления она была на работе, ее видела куча народа! А во-вторых, рост Авдеевой сто семьдесят сантиметров. Вот так. Глухарь!

— Нина Авдеева, — повторила я, — послушай, там есть ее адрес и сведения о семейном положении?

— А як же!

— Сделай милость, прочитай!

— Секундочку, где оно... ага, вот. Нина Олеговна Авдеева, русская, не замужем, не привлекалась, работает на хлебозаводе, имеет малолетнюю дочь Карину Анатольевну Авдееву, мать Елизавету Никитичну Авдееву, воспитательницу детского сада, проживает по адресу Красноколпаковская улица.

— Стоп! Теперь проверь, где прописана Килькина!

— Красноколпаковская улица... Слушай! Это одна и та же квартира! Как ты догадалась?

— Имя инвалида прочти!

— Кого?

— Девушки в инвалидной коляске, двадцатидвухлетней Карины, которая подарила жилплощадь Килькиной.

— Карина Анатольевна Авдеева! Вот это финт! Получается, что она дочь Нины!

— Ты замечательно догадлив. Интересная цепочка прослеживается. Сначала погибает Анатолий Илюшин и... Что дальше?

— Что?

— Не знаю! — рявкнула я. — Давай адрес интерната в Фолпине! Надо поболтать с Кариной! Может, она прольет свет на загадочную историю? Ничего, если я расплачусь с тобой послезавтра?

— Деньги можешь привезти в конце недели, — милостиво разрешил Ваня.

— За мной не пропадет, — заверила я.

Ровно в девять утра я набрала номер интерната в Фолпине.

— Казакова слушает, — глухим прокуренным басом сказал мужской голос.

— Можно Эвелину Лазаревну?

— Вся внимание, — прогудела директриса.

— Вас беспокоят из фонда «Свет звезды», меня зовут Дарья Васильева.

— Очень приятно, что вы хотите?

— Помочь вашему дому материально. Вас это не обидит?

— Что вы, — засмеялась Эвелина Лазаревна, — с огромным удовольствием примем любые подарки, но по продуктам есть ограничения.

— Я хочу приехать сегодня, скажите, вам нужен телевизор?

— Прямо в больное место угодили, — пришла в восторг директриса, — у нас недавно «Рубин» сдох! Столько лет пропахал — и каюк. Я голову сломала, где денег взять! Нам вас господь послал.

— Приеду около полудня, — заверила я и полетела к машине.

Слава богу, теперь в нашей стране нет проблем с товарами, я спокойно приобрела лазерную панель, видеосистему и кучу кассет со старыми советскими лентами. Конечно, в коммунистические времена в магазинах зияли пустые полки, а о приобретении хорошего телика оставалось только мечтать. И еще надеяться, что рано или поздно в профкоме вам дадут заветный талончик с печатью, по которому вы получите кота в мешке. Но вот кино в прежние годы было куда добрее нынешнего, инвалидам лучше смотреть «Любовь и голуби» или «Девчата», чем ленты со стрельбой и кровью.

Эвелина Лазаревна встретила меня, как родную дочь после долгой разлуки.

— Дашенька! — заахала она. — Можно вас так называть? Царский подарок! Мальчики, Рома, Коля, сюда!

Два широкоплечих парня с добродушными лицами даунов подошли к директрисе.

— Мы тут, — хором сказали они.

— Берите коробки и несите в зал.

Юноши закивали и ухватили коробки.

— Мальчики не уронят аппаратуру? — забеспокоилась я.

— Нет, Рома и Коля сильные и очень аккуратные, — заулыбалась Эвелина Лазаревна, — они мои помощники. Мы вообще стараемся жить одной семьей. Кто покрепче — тот помогает слабым. Вон там, видите, бабушка с палочкой?

— Да, — кивнула я.

— Это Римма Матвеевна, она одинокая, после инсульта совсем плохая была, думали, не жилица, но ее Степочка почти вылечил. Вон он, рядом катится!

Я прищурилась и увидела около коленей бабушки странное существо очень маленького роста.

— У него ног нет, — пояснила директор, — такой он родился, мать алкоголичка, отец неизвестен. Степочка с задержкой в развитии, но очень, очень добрый. Когда Римму Матвеевну привезли, он решил, что она его бабушка, ну взял и так подумал! Целыми днями у ее кровати сидел, стихи читал, песни пел. И она на поправку пошла, да так быстро! Теперь они везде вместе! Есть у нас, конечно, совсем тяжелые, в третьем корпусе. Вот где беда! Но все же в основном адекватные люди, насколько могут быть адекватны старики и никому не нужные инвалиды. И коллектив у нас замечательный!

Эвелина Лазаревна схватила меня за руку и повела по зданию. Кругом царила восхитительная чистота, кровати в палатах были накрыты относительно новыми пледами, на тумбочках лежали салфетки, на окнах висели ситцевые занавески.

— Мир не без добрых людей, — рассказывала директриса, — вот недавно подарили нам партию спортивных костюмов. Они висели, висели в магазине и не продались. Хранить залежалый товар дороже, чем его утилизировать. Позвонили нам и спросили: «Берете? Привезем. Только они из моды вышли!» Вот чудаки! Какая нам разница! Мы забрали и всех приодели. Сердце радуется, какие наши красивые стали! Еще с издательством договорились, они библиотеку нам подарили. Чудесные книги! А теперь вы с телевизором, видеомагнитофоном и дисками. Да, кстати, где ведомость?

— Вы о чем? — не поняла я.

— Надо же расписаться и оформить подарок для вашей бухгалтерии!

Я улыбнулась.

— Фонд основан на мои личные средства, я помогаю, кому захочу, отчитываться мне не перед кем.

Глава 20

Эвелина Лазаревна всплеснула руками.

— Огромное спасибо! Давайте угощу вас обедом! У нас чудесно готовят. Вот здесь и сядем, в столовой, мы едим вместе с подопечными.

Мы устроились за небольшим столиком, покрытым скатертью в бело-красную клетку. Оксана, всю жизнь прослужившая в клинике, один раз сказала мне:

— Если врачи и медсестры питаются на больничной кухне, значит, не воруют и правила гигиены соблюдают. Когда персонал даже не заглядывает на пищеблок, лучше местные разносолы не пробовать.

— Почему вы решили именно нам помочь? — полюбопытствовала Казакова, подвигая ко мне тарелку с блинчиками.

— О вашем доме идет хорошая слава, и я абсолютно уверена, что после моего отъезда телевизор будет стоять в общем зале, а не переедет домой к местному начальству, — объяснила я.

— Кто же вам рассказывал о Фолпине? — продолжала удивляться Казакова.

— Зоя Андреевна Килькина, — невозмутимо ответила я.

Эвелина Лазаревна вскинула брови.

— Зоя?

— Да, да.

— Вы с ней знакомы?

— Это кажется вам странным?

Казакова стала вертеть в руках чайную ложку.

— Трудно представить, что Зоя имела друзей.

— Она выглядела нелюдимой? Хмурой букой?

— Нет, — вздохнула Эвелина Лазаревна, — просто была очень закрытой. Когда нам позвонили из милиции и сказали, что Килькина покончила с собой, я поняла, что не знаю о ней ничего, кроме анкеты, об остальном можно было лишь догадываться!

— Вы можете рассказать о Зое Андреевне и Насте? Какие у них были отношения?

Эвелина Лазаревна положила ложку на стол.

— Для этого вы и привезли телик? Вам нужны сведения о Килькиных?

— Что вы, просто...

— Ладно вам, — махнула рукой Казакова, — пойдемте ко мне в кабинет, там и потолкуем.

Усадив меня на диван, директриса сказала:

— Могу изложить только известную всем информацию. В свое время мы испытывали огромные трудности. Финансирование свелось почти к нулю, зарплату сотрудникам задерживали надолго, работа у нас непростая, вот персонал и начал разбегаться.

Желая хоть как-то заинтересовать людей, Эвелина Лазаревна сумела получить на баланс небольшой дом. Ранее здание принадлежало расквартированной в Фолпине воинской части, но потом вояк расформировали. Каким образом директриса ухитрилась заполучить двухэтажный барак и сделать там ремонт, отдельная песня.

— У нас тогда только-только появилось коммерческое отделение, — хмурилась Эвелина Лазаревна, — пятый корпус отдали под платный контингент. Сейчас мы деньги получаем, а тогда я клич кинула: возьму на содержание ваших стариков и инвалидов, если с ремонтом поможете. Голь на выдумку хитра.

Приведя домишко в относительно приличный вид, Эвелина начала искать сотрудников. Особые надежды она возлагала на переселенцев, этнических русских, вынужденных бежать из бывших советских республик в связи со вспышками национальных распрей. Среди тех, кто бросил насиженные места, имелось немало хороших медиков, им было негде жить, доктора соглашались работать строителями, медсестры нанимались в прислуги, а тут интернат под Москвой, да еще дают квартиру! Эвелина Лазаревна получила возможность выбора, желающих ухаживать за больными оказалось больше, чем вакансий.

Одной из претенденток и была Зоя Андреевна.

Эвелине Лазаревне Килькина понравилась. Вдова военного с ребенком, не избалованная жизнью женщина, такая станет работать не за страх, а за совесть. Кроме того, она имеет высшее медицинское образование, но согласна быть медсестрой, характеристики замечательные. И Казакова взяла Килькину на работу.

День в день новая медсестра появилась на службе, отработала свою смену и пошла в раздевалку.

— Зоя Андреевна, — окликнула новенькую Галя, сестра-хозяйка, — подите поешьте.

— Спасибо, я тороплюсь, — тихо ответила новенькая.

— Ах да, — спохватилась Галя, — у вас дочка имеется. Возьмите с собой котлеток.

— Не надо.

— Берите, берите, — радушно предлагала сестра-хозяйка, — небось еще не обустроились! Да вы не волнуйтесь, у нас еда остается! Прихватите для девочки булочек.

— Обойдусь, — отбрыкивалась Килькина, но от Гали было непросто отвязаться.

— Дети любят выпечку, — авторитетно заявила сестра-хозяйка, — по своим знаю, они готовы целый день хлеб с вареньем жевать.

— Настя заболела, — мрачно сообщила Зоя.

— Господи! Что случилось? — искренне забеспокоилась Галя.

— Сначала аппендицит, — коротко пояснила Килькина, — прямо с вокзала по «Скорой» увезли, операцию сделали, а сейчас еще воспаление легких подцепила.

— Зачем же вы на работу пришли? — заахала сестра-хозяйка.

— Так ведь первый день, нехорошо с прогула начинать!

— Ой, мамочка, — засуетилась Галя, — вы за дочкой ухаживайте, а я к Эвелине сбегаю!

Директриса посочувствовала новенькой медсестре и дала той неделю за свой счет. Через семь дней Зоя появилась в корпусе, на голове у нее был повязан черный платок. Эвелина Лазаревна насторожилась и в конце концов спросила:

— Как ваша дочка?

— Ничего, — спокойно ответила Килькина, — ей уже лучше, антибиотики прокололи.

— Ой, беда, — покачала головой Эвелина, — где же она так сильно простудилась?

— Без куртки на улицу вышла, — быстро ответила Зоя, — уж извините, не привыкла я на службе о личном болтать.

— Простите за неуместное любопытство, — смутилась Казакова, — просто я хочу вам помочь.

— Благодарю, но нам ничего не надо, — сухо ответила Килькина.

Больше Зоя никогда ничего о дочери не рассказывала. Детей в интернате было немного, кто ездил на инвалидной коляске, кто имел умственные отклонения, поэтому Эвелина Лазаревна однажды очень удивилась, увидав во дворе незнакомую девочку, которая сидела на скамейке около колясочницы Карины Авдеевой.

— У нас новенькая? — спросила Казакова у Галины, которая принесла в этот момент директрисе на подпись документы.

— Нет, — покачала головой Галя, — с чего вы решили?

— А с кем Авдеева играет?

— Это дочка Килькиной, — пояснила Галя, — у нее в школе карантин, дома одна оставаться боится, хоть и большая уже, одиннадцать лет, да за Зойкой хвостом ходит. Я прямо удивилась! Зоя ее привела и говорит: «Посиди во дворе», а у девчонки истерика началась: «Не бросай меня, не оставляй». Я разрешила ее с Карой Авдеевой познакомить.

— И правильно, — кивнула Эвелина Лазаревна, — Карине веселей будет, у бедняжки тут друзей нет.

Казаковой было до слез жаль Авдееву. Девочке не повезло с самого рождения, она жила с матерью, отца не имела даже по документам. Отчество получила скорей всего от фонаря, ну надо было какое-то написать, и мамаше пришло в голову имя Анатолий. Сначала Карину сдали в круглосуточные ясли, затем в детский сад на пятидневку, шалава-мать норовила оставить малышку в учреждении навсегда, каждую пятницу ей звонила воспитательница и говорила:

— Нина, имейте совесть, время к девяти идет! Пора девочку забирать.

Воспитательница заботилась о Карине лучше матери, и именно она забеспокоилась, когда в понедельник Кару не привели в садик. Она побежала к директрисе и настояла, чтобы к Авдеевым пошел участковый.

— У Кары мать умерла недавно, а бабушка внучку в восемь утра приводит! В любом состоянии: больную, сопливую, с температурой. Ей лишь бы внучку с рук сбагрить. А сегодня ее нет! Там что-то случилось! — твердила воспитательница.

В конце концов милиция вскрыла квартиру и обнаружила в ней мертвую бабушку и Карину в глубоком обмороке.

Старшая Авдеева умерла в ночь с пятницы на субботу, и несчастная крошка провела около трупа почти двое суток. Выйти из квартиры шестилетняя малышка не могла, телефон был отключен за неуплату. Ребенка отправили в больницу, а оттуда Карина переехала в психоневрологический интернат. С умственным развитием у девочки был полный порядок, но у нее после дней, проведенных около мертвой бабушки, отнялись ноги. Медицина лишь разводила руками — по идее, Карина должна бегать, никаких физических поражений нет, но малышка не могла даже стоять.

Живи Карина с любящими мамой и папой, ее бы, наверное, простите за глупый каламбур, поставили на ноги, но малышка очутилась в интернате, где до нее никому дела не было. Карину кормили, учили, никогда не обижали, но не пытались вылечить. Да и как бороться с параличом?

Несмотря на тяжелую судьбу, Карина сохранила ясность ума и была приветлива. Эвелина любила девочку и искренне обрадовалась, когда у той появилась подружка, Настя Килькина.

Вот последнюю директриса не могла назвать вполне адекватной. Настя пугалась собственной тени, легко начинала плакать и решительно отказывалась оставаться одна.

В паре Карина—Настя инвалид оказалась лидером, сильной личностью, а здоровая физически девочка слабой, ведомой, какой-то сломленной. Дети были невероятно похожи, беленькие, голубоглазые, худенькие, востроносые, а когда сделали одинаковые прически и вовсе начали смахивать на близнецов. Вот только характеры у подруг оказались полярными: Карина напоминала боевого слона, упорно идущего к цели, а Настя пугливого ленивца, крикни на него — и он свалится с дерева.

Шли годы, а девочки дружили все крепче и крепче. В конце концов Карина попросту переехала жить к Килькиным. Это было против всяких правил, но Эвелина закрывала глаза на нарушение. Во-первых, барак стоял на территории психоневрологического диспансера, а во-вторых, директор не хотела рушить дружбу девочек.

Ну а когда девочки выросли, в интернат явился нотариус, и Эвелина узнала о готовящейся сделке.

В первый момент директриса испугалась и помчалась к Карине.

Та совершенно спокойно сказала:

— Я имею право распоряжаться своей площадью, она моя по закону. Квартира не государственная, кооперативная, поэтому проблем не возникнет. Мы с Настей хотим жить вместе, она оформит надо мной опекунство по правилам, через суд.

— Настя не работает, — попыталась внести ясность Эвелина, — студентке не разрешат опеку.

— А Зоя Андреевна на что? — улыбнулась Карина. — С ней-то порядок. Не волнуйтесь, Эвелина Лазаревна! Скоро я уеду от вас.

Так и вышло. Эвелина Лазаревна была поражена, узнав, с какой скоростью Килькина провернула дело. Стало понятно, зачем Карина подарила ей свою квартиру. Человеку без собственной жилплощади опекуном инвалида не стать, а Зоя Андреевна жила в служебной квартире.

Авдеева уехала с Килькиными, но Зоя Андреевна продолжала работать в интернате. Пару раз Эвелина спрашивала:

— Как девочки?

— Хорошо, — сухо отвечала медсестра, — учатся, все у нас замечательно.

Казакова замолчала, потом осторожно спросила:

— А что случилось с Настей? Вы же приехали неспроста, телевизор лишь повод?

— Верно, — согласилась я, — хотела поговорить с Кариной, спросить, чем Килькины заслужили такой подарок, но теперь мне многое стало ясно. А где сейчас Карина?

— Так с Настей!

— Вы уверены?

— А где ж ей быть? — изумилась Эвелина.

— Действительно, — пробормотала я, — почему вы решили, будто с Настей что-то случилось?

— Ну... так, — нехотя ответила директор.

— Отчего не предположили, что беда стряслась с Кариной? Инвалиды более уязвимы!

— Только не Кара, — усмехнулась Эвелина, — она себя в обиду не даст, а Настя... Та совершенная амеба! Думаю, ее Зоя в детстве затравила, я случайно стала свидетельницей очень неприятной сцены!

— Какой? — напряглась я.

Эвелина вытащила сигареты.

— У нас у забора куст сирени растет, за ним лавочка стоит, ее с дорожки не видно. Один раз иду домой и слышу шорох...

Казакова сразу поняла, что на скамейке сидит кто-то из обитателей интерната, другим людям просто нечего здесь делать, время клонилось к вечеру, скоро отбой. Казакова решила обогнуть куст и вернуть подопечных в палату. У многих обитателей интерната при отсутствии разума обострены половые инстинкты, и одной из основных задач медиков было не допустить греха.

Эвелина решительно шагнула к кусту и тут услышала сердитый голос Зои:

— Ты мне надоела! Брошу тебя.

— Мамулечка! Не надо, — захныкала Настя.

— Привяжу в лесу к елке и уйду!

— Не надо!

— Чего, испугалась?

— А-а-а!

— Говори нормально!

— Да-а-а!

— Хочешь в чащу?

— Не-е-ет!

— Будешь слушаться?

— Да-а-а, — рыдала Настя, да так отчаянно, что у Эвелины защемило сердце.

— Смотри у меня! — не успокаивалась Зоя.

— А-а-а!

— Замолчи!!! — рявкнула мать.

Из-за кустов донесся шелест, потом странные квакающие звуки.

— Ну хватит, — уже ласковым тоном сказала медсестра, — перестань! Ты же знаешь, что я тебя люблю! Успокойся! Ради тебя стараюсь! Хочешь всю жизнь в Фолпине гнить?

— Не-ет!

— Значит, слушайся!

— Да-а-а! Мне страшно! В лесу привяжут к елке!

— Ты со мной, бояться некого.

— Да-а-а! — заикала Настя. — А я боюсь.

— О господи! Вот таблетка, живо ешь!

— Не хочу-у-у!

— Жри говорю!

— Не-ет! У меня от них голова болит!

— Ну все! Завтра точно в лесу окажешься! Позвоню тете Лизе, она Богдана пришлет! Глотай!

— Не-ет!

— Тихо, тихо, — заворковала Зоя, — всего-то и делов — лекарство выпить. А теперь сама рассуди! Зачем я тебя кормлю, пою, лечу, а? Если б хотела тебя выгнать, к чему время тратить? Живу тут только из-за твоих медикаментов. Где их еще достать? А ты без таблеток в дуру превратишься!

— Как Оля из седьмой палаты? — дрожащим фальцетом спросила Настя.

— Еще хуже, — успокоила ее добрая маменька, — как баба Клава из шестнадцатой.

— Не хочу!

— Тогда слушайся! И заживем богато! Пошли домой. Я тебя люблю!

— Ма-а-ама-а! Не бросай меня!

— Я никогда тебя не оставлю, — заверила Зоя, — солнышко, птенчик мой, ну, побежали, хочешь мороженого?

Глава 21

Эвелина Лазаревна бросила на стол пачку сигарет.

— Мне тогда захотелось подойти к Зое и сказать: «Что же ты над ребенком издеваешься! Пугаешь невесть чем!»

Но какое право имела директор на подобное заявление? Настя не живет в интернате, у нее есть родная мать!

Напуганная словами о таблетках, Эвелина Лазаревна проверила лекарства и успокоилась, похоже, ни одна пилюля из строго подотчетного фонда психотропных средств не ушла на сторону. Если Зоя и таскала лекарства, то это были анальгин, аспирин или но-шпа! Но ведь они особого вреда не нанесут.

— И вы разрешили Карине поехать в семью, где творились странные вещи?

Эвелина занервничала.

— Опеку оформил суд.

— Ладно, — отмахнулась я, — понятно, просто представился случай избавиться от инвалида.

— У Кары в интернате не было никаких шансов, — пробормотала Казакова, — на воле она могла получить образование, ну, допустим, овладеть компьютером. Ой, все...

Не договорив, директриса упала головой на сложенные руки и зарыдала.

— Вам плохо? — вскочила я.

Эвелина подняла лицо.

— Нет, очень хорошо! Хватит меня мучить! Я все поняла, когда вы Килькиной интересоваться стали. Иван Иванович как-то узнал про Настин приход. Теперь меня проверяете. Передайте шефу, что... о боже!

Казакова снова зарыдала, я вытащила из сумки бутылку минералки и протянула директрисе.

— Выпейте и попытайтесь успокоиться. Я не знаю никакого Ивана Ивановича.

— Врете, — прошептала Казакова, — зачем тогда телик привезли и беседу затеяли. Это он вас прислал!

— Кто такой Иван Иванович?

— Милосердный человек, благодетель!

— Почему тогда вы его боитесь?

Эвелина Лазаревна прижала руки к груди.

— Я очень перед ним виновата! А он! Слава богу, ничего не узнал! Это все Настя! Она пролезла! Тихая, тихая, да пройда! Впрочем, я думаю, ее Кара подучила! Зачем? В толк не возьму! Я и подумала, здорово, что Карину забирают, они уедут и... О боже!

Я стукнула кулаком по столу.

— Прекратите истерику!

Эвелина замерла с открытым ртом.

— Теперь послушайте, да, я приехала неспроста, но с Иваном Ивановичем незнакома...

Казакова молча слушала, а я изложила ей лишь часть фактов, но и их хватило, чтобы директрису затрясло в ознобе.

— Настя назвалась дочерью Медведева? Почему?

— Вот это я и хочу выяснить!

— У нас никакой Михаил не появлялся! Речи не было о том, что Настя приемная дочь Зои. Тут какая-то ошибка, путаница.

— Кто такой Иван Иванович и как он связан с отъездом Килькиной и Авдеевой?

— Это совсем другая история, она не имеет к Насте отношения, — зачастила Эвелина.

Я усмехнулась:

— Уважаемая госпожа Казакова, если мы сейчас с вами не договоримся, завтра сюда явится полковник Дегтярев, один из ответственных сотрудников уголовного розыска. Подумайте, вам комфортнее побеседовать со мной или давать показания под протокол?

— Я не сделала ничего противозаконного!

— Тем более!

— У вас есть дети? — неожиданно спросила Эвелина.

— Двое, — не вдаваясь в подробности, ответила я.

— Здоровые?

— Нормальные люди.

— Тогда вам меня не понять!

— Вы расскажите, я попытаюсь!

Эвелина сгорбилась в кресле.

— Когда я принимала этот интернат, тут была беда! Да по всей стране разруха царила, предприятия стояли, продукты только из гуманитарной помощи, лекарств нет. До психоневрологического интерната никому дела не было! Господи, вы бы посмотрели, что творилось здесь. Канализация не работала, электричество отключили, персонал разбежался, батареи разорвало, и я одна со стариками и детьми-инвалидами. Впору было руки на себя наложить. К кому ни побегу — вон гонят! И тут пришел мужчина!

Вернее, он приехал, поразив Эвелину невиданной ранее дорогой иномаркой. Посетитель представился секретарем богатого человека по имени Иван Иванович. Себя посланец велел величать Сергеем.

— Иван Иванович имеет свободные средства и готов помочь интернату, — заявил Сергей.

Эвелина Лазаревна испугалась. Ну у кого в девяностых годах прошлого века имелись лишние деньги? Ясно, что не у академиков. Но надо было спасать несчастных больных, впереди маячила зима, а она, без отопления и электричества, могла стать последней для инвалидов.

— И что вам от меня надо? — осторожно осведомилась директриса.

— Самую малость, — пояснил Сергей. — У Ивана Ивановича есть сестра, у бедняги нелады с головой. Не спрашивайте причин, просто примите это как факт. Иван Иванович поможет вам с ремонтом, а вы поселите у себя несчастную и приглядите за ней. Основное пожелание — с ней никто не должен встречаться. Анна, так зовут больную, имеет дочь, Иван Иванович боится, что сообщение о безумной матери сильно ранит его племянницу. Короче, Анну объявят умершей и привезут к вам!

— Но, — робко заикнулась Эвелина, — паспорт... документы.

— Не бойтесь, все при ней! — успокоил ее Сергей. — Главное, изоляция, и поменьше вашего медперсонала. За Анной станет ухаживать одна женщина, отличный специалист, она приедет вместе с сумасшедшей.

Казакова согласилась, Иван Иванович оказался человеком дела, зиму обитатели интерната встретили во всеоружии, в тепле, при свете, с горячей едой.

Анну поселили в маленьком домике, стоящем отдельно от основного корпуса. Очевидно, Иван Иванович очень любил сестру, потому что помещение для нее отделал шикарно и приставил к ней медсестру, Елизавету Ломейко.

— Кого? — подскочила я.

— Елизавету Ломейко, — повторила Казакова, — хорошую сиделку, очень положительную, прям монашку. Глаза в пол, на голове платок, слова из нее не выдавить.

Несколько лет Ломейко безотрывно бдила за Анной, брала лишь один выходной в месяц и уезжала в Москву. Тогда в домике сидел кто-нибудь из местных сестер. Но Елизавета перед отъездом непременно делала подопечной укол и говорила сменщице:

— Анна спит, не будите ее, греха не оберетесь. Если, не дай бог, она очнется, звоните мне, вот номер телефона.

Но больная ни разу не доставила никому хлопот. Иван Иванович никогда не появлялся в интернате, он не звонил Казаковой, все проблемы решал Сергей. Он появлялся раз в год, отдавал деньги вперед сразу за двенадцать месяцев и более не беспокоил директрису.

Потом вдруг Елизавета не вернулась после выходного, и Анна осталась без присмотра. Вот тогда Эвелина впервые воспользовалась телефоном, который дала ей сиделка. Трубку сняла незнакомая женщина, представилась соседкой и сказала:

— Она сломала ногу, упала на улице. Вот не везет ей! Знаете, Богдана-то убили!

— Кого? — не поняла Эвелина.

— Сына Лизы, — словоохотливо пояснила соседка, — пришла беда, отворяй ворота. Осталась она одна, кто ухаживать за ней станет?

Через час после этой беседы в интернате неожиданно появился Сергей.

— Елизавета попала в больницу, она рекомендовала на свое место Зою Андреевну Килькину, — с порога сказал он, — как вам эта кандидатура?

Эвелина удивилась. И когда только ни с кем не разговаривавшая Елизавета ухитрилась сдружиться с молчаливой Зоей? Но ответила искренне:

— Килькина подходит! По образованию она врач, но обстоятельства вынуждают ее работать медсестрой, и она неболтлива.

— Отлично, — кивнул Сергей, — проведите инструктаж — и за дело.

— А если Зоя откажется? — поинтересовалась Эвелина. — У нее дочь не слишком взрослая, а с Анной надо неотлучно сидеть.

— Не беспокойтесь, — ответил Сергей, — думаю, медсестра согласится, вы проведите беседу.

Естественно, директор не могла отказать секретарю никогда не виданного благодетеля. Иван Иванович сделал для интерната много хорошего. Именно он сумел выбить для привлечения людей тот самый дом, в котором сейчас проживала Зоя, а сколько раз спонсор давал деньги! Ясное дело, Эвелина вызвала Килькину и сказала:

— С сегодняшнего дня предлагаю тебе работать в спецотделении, занимаешься только одной больной, находишься при ней неотлучно. Выходной один день в месяц, но зарплата прибавится.

Директриса полагала, что Зоя начнет задавать вопросы, но та сухо ответила:

— Понятно.

— Тебя проинструктируют в отношении лекарств, — перешла к делу Эвелина.

— Я в курсе назначений, — как ни в чем не бывало сказала Килькина.

— Откуда? — изумилась Эвелина, которая сама не знала, что дают Анне.

— Последние месяцы именно я заменяла Елизавету Андреевну, когда та уезжала на выходной, — как всегда бесстрастно пояснила Зоя, — Анна ко мне привыкла. Вы не волнуйтесь, я справлюсь!

И жизнь в интернате побежала по накатанной колее.

Потом к Эвелине Лазаревне приехала пожилая дама. Явилась она не в интернат, а к директору на квартиру. Правда, Казакова живет в том самом много раз упомянутом здании, и понятие «дом» давно слилось у нее со словом «служба».

Незнакомка приехала около девяти вечера в субботу. В Фолпине народ продолжал жить по старинке, многие не запирали замков. Эвелина тоже не думала о безопасности, поэтому просто удивилась, когда вдруг услышала из коридора незнакомый голос:

— Здравствуйте! Эвелина Лазаревна, вы где?

Директриса вышла на зов, увидела пожилую, хорошо одетую даму, хотела спросить: «Кто вы?» — но не успела.

Пенсионерка рухнула на колени, вытянула вперед руки и запричитала:

— Помогите, умоляю, сердце разрывается, извелась вся, устала, дайте на дочь взглянуть!

Эвелина Лазаревна кинулась поднимать старуху, но та упорно твердила:

— Разрешите с дочкой встретиться.

— Ваша дочь помещена в интернат? — решила выяснить директриса.

— Да, да, да, — затрясла головой старуха.

— Нет никаких препятствий к свиданию, — попыталась растолковать ей Эвелина, — завтра после двенадцати можете увидеть дочку. С утра у нас процедуры и занятия, а после полудня свободный график посещений.

— Нет, мне сейчас надо, — настаивала незнакомка.

— Время позднее, уже объявили отбой.

— Ради Христа, — заплакала старуха, — завтра никак не могу! Можно ее не будить, мне бы только взглянуть и убедиться, что она жива.

— Ладно, — после некоторого колебания согласилась директриса, — как зовут вашу дочь?

Старуха нервно оглянулась.

— Она у вас содержится в особых условиях, под присмотром, отдельно от остальных, как в тюрьме заперта.

— Анна! — отшатнулась Эвелина. — Нет, нет, и не просите, к ней нельзя.

— Мне одним глазком посмотреть, — рыдала дама.

Больше часа пенсионерка уговаривала директрису, буквально валялась в ногах у Казаковой и в конце концов уломала ее.

— Анна сейчас спит, — сказала Эвелина, — ее сиделка ушла домой, я отведу вас во флигель и покажу больную, но вы не должны пытаться ее разбудить, хорошо?

— Клянусь! — жарко воскликнула старуха.

И Эвелина Лазаревна из жалости к несчастной матери нарушила строжайший указ Ивана Ивановича, отвела старуху в особую палату.

Когда та увидела мирно спящую Анну, она сначала замерла, а потом с воплем: «Ларочка!» — ринулась к кровати.

Слава богу, Анна была под воздействием сильного лекарства и даже не вздрогнула, когда старуха начала тормошить ее.

— Вы с ума сошли! — возмутилась Эвелина, оттаскивая мать. — Обещали просто посмотреть!

И тут у старухи началась истерика, испуганная Эвелина выволокла гостью из флигеля, почти донесла до собственной квартиры и усадила на диван.

— Ларочка, — стучала зубами незнакомка, — Ларисочка!

— Вы ошибаетесь, — попыталась утешить ее директриса, — женщину зовут Анна! По паспорту она Анна Ивановна Сергеева!

И тут из уст посетительницы полился такой рассказ, что у Эвелины Лазаревны перехватило дыхание.

Старуха не назвала своего имени, но о судьбе дочери сообщила шокирующие подробности. Относительно молодую обитательницу интерната звали Ларисой, у нее нет братьев, богатый человек, именующий себя Иваном Ивановичем, является ее мужем. В свое время Лариса испытала огромный стресс, на ее глазах убили человека. Она побоялась идти в милицию, рассказала о произошедшем матери, и женщины решили, что лучше всего хранить молчание. Происшествие случилось за неделю до свадьбы Лары, невеста уже была беременна от жениха, мать подумала, что дочь, в жизни которой предстояли изменения в лучшую сторону, скоро забудет о том убийстве и станет спокойно воспитывать ребенка.

Но получилось иначе. Правда, первый год после рождения девочки Лариса вела себя относительно нормально, но чем старше становилась дочь, тем хуже делалась мать. Когда малышке исполнилось пять лет, Лара окончательно превратилась в сумасшедшую, и перед мужем встал вопрос: как поступить?

Иван Иванович обожал дочь, меньше всего на

свете он хотел, чтобы девочка узнала о болезни матери. Ларису следовало поместить в психиатрическую клинику, она перестала быть адекватной, ею овладела параноидальная мысль: что то давнее убийство совершила она, Лариса. Она не свидетель, а главный преступник.

Иван Иванович богат, он спокойно мог устроить свихнувшуюся жену в лучшую московскую клинику, но тогда любимой дочке придется жить, зная, что мама в психушке. В нашем обществе бытует мнение: если у человека родные не дружат с головой, то и сам он с левой резьбой.

Иван Иванович знал, что жену вылечить нельзя, но физически-то Лариса была крепкой, жить она могла долго. Тем временем любимая дочка подрастает и скоро начнет задавать вопросы.

И он придумал план. Нашел небольшой подмосковный психоневрологический интернат и устроил туда жену под чужим именем. В курсе были всего двое: сам Иван Иванович и мать Ларисы, которая целиком и полностью поддерживала зятя.

Богатому человеку в России закон не писан, поэтому Иван Иванович легко выполнил задуманное. На момент появления в Фолпине старухи Лариса-Анна спокойно жила во флигеле, много лет в одном и том же состоянии, ей не делалось ни лучше, ни хуже. Два раза в год, весной и осенью, у пациентки начиналось обострение, но Иван Иванович никогда не забывал прислать необходимые медикаменты.

Мать сумасшедшей пыталась не думать о дочери, но сейчас, почувствовав приближение смерти, решила навестить Ларису и понять: дочь совсем плоха или способна узнать свою маму?

— Перед тем как уйти на тот свет, мне у нее прощения попросить надо, — стонала старуха.

— Вы ни в чем не виноваты, — попыталась утешить ее Эвелина, — болезнь не разбирает, молодого и старого косит.

— Нет, нет, — бубнила старуха, — мне бы с ней поговорить. Вы уж разрешите ее навещать изредка!

Директриса нахмурилась, а старуха вцепилась в Казакову мертвой хваткой и зашептала:

— Никто не узнает, я сама зятя боюсь! Он зверь! Ночами наезжать стану, сиделки не будет! Не гоните меня, поймите материнское сердце.

— И вы разрешили? — тихо спросила я.

Эвелина кивнула.

— Да. Поставила себя на ее место, подумала, что она много лет не видела своего ребенка, говорила всем: «Дочь умерла», но на самом деле хорошо знала — ее кровиночка живет взаперти, больная, несчастная. Авторитарный, богатый зять запрещает им видеться. Мрак!

— И что же случилось дальше? — поинтересовалась я.

Глава 22

— Незадолго до того, как закрутилась история с опекунством Карины и дарением квартиры Зое, — вздохнула Эвелина Лазаревна, — я заболела: язва обострилась.

Эвелина стала пить лекарства и потеряла сон. Поздно ночью она, маявшаяся в постели, поднялась, распахнула окно и стала смотреть на буйно цветущие астры. Стояла ранняя, очень красивая осень, пациенты давно спали, двери корпусов были хорошо заперты, и Казакова не ожидала никого увидеть.

Вдруг среди кустов промелькнула тень, а в полнейшей тишине послышался хруст гравия, которым были посыпаны дорожки.

Эвелина начала вглядываться в даль, несколько

раз за ночь территорию проверяют охранники, их всегда сопровождает собака. Секьюрити не таятся, они ходят открыто, более того, им не раз влетало от дежурных врачей за шум. Здоровенные юноши не только топали, как сытые слоны, они еще и громко хохотали, обсуждая свои дела, и порой будили обитателей интерната. Но сейчас тень мелькала, словно призрак, шмыгнула к флигелю, где жила Анна, и юркнула за дверь.

Эвелина Лазаревна испугалась, на ночь привилегированная пациентка оставалась одна. Зоя, сделав ей укол, уходила спать, флигель тщательно запирался. Анна вела себя тихо, никаких дебошей не устраивала, крепко спала под воздействием лекарств, ее физическое состояние не внушало тревоги, поэтому директриса не волновалась о подопечной. Но сейчас кто-то влез во флигель!

Казакова живо оделась и побежала во двор.

Дверь домика оказалась заперта, но у Эвелины имелись свои ключи, она отперла замок и решительно сказала:

— Есть тут кто? Немедленно отвечайте! Иначе охрану вызову!

Раздались шаги, и из палаты в коридор вышла... Зоя.

— Что случилось, Эвелина Лазаревна? — удивилась она. — Вы не спите?

— Это ты? — поразилась директриса.

— А кто ж еще? — пожала плечами Килькина.

— Почему не ушла домой? — недоумевала Казакова.

— Анне не по себе весь день было, осень на дворе, обострение началось, — спокойно пояснила Зоя, — вот я и решила тут прилечь. Я иногда так делаю, если больная беспокоится.

— Не знала, что ты порой ночуешь на рабочем месте, — протянула Эвелина.

— Зачем вас ерундой грузить, — не растерялась Зоя, — дело рутинное, я за Анну отвечаю, хорошо ее знаю, понимаю, когда надо особую бдительность проявить.

И тут из комнаты послышался звон. Опередив замешкавшуюся Зою, Эвелина влетела в палату, увидела мирно спящую Анну, разбитый стакан на полу и фигуру, аккуратно собиравшую осколки.

— Это кто еще здесь? — оторопела директриса.

— Настя, — после легкого колебания ответила Зоя.

Девушка встала и промямлила:

— Здрассти.

В комнате горел ночник, в полумраке лицо Насти было плохо различимо. В первую секунду Эвелина не узнала дочь Зои, потом подумала, что та больше смахивает на Карину, уж слишком нагло девица смотрела на Казакову. Но не успела глупая мысль прийти врачу в голову, как Эвелина выбросила ее прочь.

Девушка великолепно передвигалась на своих двоих, а Карина ездит в коляске, просто Авдеева и Килькина очень похожи, а Эвелина нечасто видела девушек.

— Что здесь делает Настя? — возмутилась Казакова.

Во взоре Зои мелькнула растерянность.

— Помочь мне пришла!

Эвелина обозлилась.

— И часто ты нарушаешь правила? Что здесь творится по ночам? Я тебе доверяю, а, выходит, зря. Понимаешь, как нам влетит, если обнаружится, что к Анне ходят посторонние?

— Это Настя, — стала оправдываться сиделка, — она своя.

— Тебе велели никого не впускать!

— Это первый раз случилось, — ныла Зоя, — простите, Христа ради.

— Тебя выгонят, — злилась Казакова.

— Ну если о посторонних речь зайдет, нам двоим не поздоровится, — вдруг нагло заявила Килькина, — лучше вам молчать!

Эвелина не успела сообразить, на что намекает медсестра, Настя внезапно кинулась к матери, зарылась лицом в ее халат и заплакала:

— Не оставляй меня одну! Боюсь! Боюсь! Боюсь!

Зоя беспомощно глянула на Эвелину и, враз растеряв непонятно откуда взявшуюся наглость, сказала:

— Вот беда! Настю в детстве напугали! Оставила ее дома одну, мы на первом этаже жили, окна без решеток, наркоман и влез, искал, чего бы спереть и дурь купить. Денег не нашел, девочку увидел и изнасиловал. С тех пор Настя не может одна ночевать. Уже ведь взрослая, школу заканчивает, но нет! Видите, как нервничает? Я сегодня решила Анну постеречь, а дочь посидела в квартире и сюда прибежала. Уж извините, это больше не повторится!

Директриса посмотрела на скулящую Настю и испытала приступ жалости.

— Я не знала ни о чем, — сказала она. — Ладно, забыли! Но больше Настю сюда не приводи.

— Никогда! — с жаром пообещала Килькина.

— Настю надо показать врачу, — не успокаивалась врач, — обратись к Эдуарду Львовичу, он завтра придет на работу, попроси психолога о консультации!

— Спасибо, непременно так сделаю, — бубнила Зоя.

Эвелина Лазаревна отправилась к себе, но на душе у нее скребли кошки. Правду ли сказала сиделка? Сколько раз она брала с собой дочь? Что знает Настя об Анне! Ох, нехорошо получается, вдруг до Ивана Ивановича дойдет весть о несоблюдении тайны?

Понятно, почему Эвелина обрадовалась, узнав, что Настя и Зоя переезжают в Москву вместе с Кариной. Больше дочь сиделки не станет по ночам шастать во флигель, и благодетель никогда не узнает о нарушении режима.

— У вас есть фотография Анны? — спросила я.

Эвелина Лазаревна помотала головой.

— Нет.

— Даже в личном деле?

— У нас ведь не листок по учету кадров, а медицинская карта, — пояснила врач, — при ней никаких снимков, кроме рентгеновских, нет.

— Разрешите взглянуть на Анну?

— Это невозможно, — дрожащим голосом заявила Эвелина.

— Мне необходимо увидеть ее лицо! Кто сейчас следит за ней?

— Временно одна из наших сотрудниц. Иван Иванович пока никого не прислал.

— Вот и скажете, что я кандидат на роль сиделки.

Директриса встала.

— Вы мне выкручиваете руки. Ну хорошо, пошли.

Небольшой флигель внутри напоминал номер пятизвездочного отеля, а Анна, одетая в белоснежный халат, запросто могла сойти за богатую бездельницу, которая кочует из страны в страну в поисках приключений.

Когда мы вошли в комнату, больная сидела в кресле, держа перед собой ящик с какими-то пластмассовыми деталями.

Чисто вымытые, красиво завитые волосы свисали, загораживая ее лицо, на приход незнакомых людей больная никак не отреагировала.

— Все в порядке? — спросила Эвелина у полной тетки в белом халате.

— Да, — вежливо ответила та, — Анечка сейчас крепость строит. Мы сначала отберем синие детали, а потом красные. Анечка сегодня молодец, она вспомнила цвета, да? Анюточка, посмотри сюда! Подними голову! Надо поздороваться.

Волосы откинулись назад, и я увидела лицо бедной женщины. Конечно, я ожидала увидеть в палате именно ее, но все равно испытала удивление. Мне в глаза смотрела Лариса Кругликова. Я не была знакома с первой женой Михаила, но очень хорошо помню большую фотографию, которая, несмотря на недовольство Тани, стоит у ее мужа в кабинете. Лариса практически не изменилась, за много лет, прошедших со «смерти» Кругликовой, на ее лице добавилось мало морщин, вот только взгляд из осмысленного и печального стал каким-то пустым, так смотрит на мир новорожденный младенец.

Распрощавшись с Эвелиной Лазаревной, я села в машину, отъехала от интерната и припарковалась около местного кафе с замечательным названием «Смак Фолпино». Внезапно мне захотелось латте, большой стакан с хорошо взбитой пеной, огненногорячий. Меня по непонятной причине колотило в ознобе.

В небольшом зале было пусто, я села за один из столиков и принялась ждать официанта.

— Чего? — прокричали из угла.

Я обернулась, за стойкой стоял парень в желтой куртке.

— Чего? — повторил он.

— Вы мне? — решила уточнить я.

— А вы кого-то другого здесь видите?

— Нет.

— Значит, вам! Чего пришли?

— Хочу выпить кофе. Желательно латте.

— Чего?

— Ладно, капучино, — снизила я требование.

— Чего?

— Эспрессо!!! — опустила я планку до плинтуса.

— Только в составе бизнес-ланча.

— А что в него входит?

— Суп-лапша куриная, лангет по-итальянски, салат «Цезарь» и горячий напиток по выбору, — бойко перечислил бармен.

— Из всего вышеперечисленного принесите только кофе.

— Нельзя, оно входит в бизнес-ланч.

— Я оплачу обед, но выпью лишь кофе.

— Нельзя!

— Почему?

— Сначала салат, потом суп, затем второе и в самом конце напитки!

— Я сказала: заплачу, но есть не стану.

— Нельзя!

— Вам собственное поведение не кажется глупым? — вскипела я.

— Это кто из нас идиот, — мигом отбрил парень, — отдавать бабки за еду, а пить кофе.

— Вам же лучше!

— Нет.

— Сами съешьте суп и мясо, мне оставьте кофе.

— Че я, дурак, это есть? Еще пожить хочу, — насупился бармен.

Надо было встать, хлопнуть дверью и уйти, но мне, как назло, страшно хотелось горячего, а еще хотелось в туалет.

— Где у вас дамская комната? — мило улыбнулась я.

— Чего?

— Сортир! — рявкнула я. — Уголок задумчивости, тубзик, два ноля, ватерклозет, не знаю, что вам более понятно.

— За занавеской, — парень ткнул рукой в сторону темно-бордовой драпировки.

Я пошла в указанном направлении, но бармен выскочил из-за стойки и преградил мне путь.

— Эй, куда ты?

— В туалет.

— Нельзя. Он только для клиентов.

— А я кто?

— Пока заказ не сделали, прохожая.

Пришлось капитулировать.

— Ладно, несите комплексный обед.

— Который?

— Их много?

— Два.

— И чем они отличаются?

— Один первый, другой второй.

— Замечательно. Что входит в первый вариант?

— Суп-лапша куриная, лангет по-итальянски, салат «Цезарь» и горячий напиток по выбору.

— Теперь номер два.

— Суп-лапша куриная, лангет по-итальянски, салат «Цезарь» и горячий напиток по выбору, — с упорством зубрилы отчеканил бармен.

— Так в чем разница?

— В номере и в цене!

— У наборов разные цены?

— Конечно! Один сто рублей, другой двести!

Я затрясла головой.

— Не понимаю!

— Чего странного?

— Если ланч из одноименных блюд, то... А! Сообразила. Наверное, повар берет разное масло, делает другие подливки, и «Цезарь» бывает с курицей или креветками!

— Не, — зевнул бармен, — из общего котла кладем!

— Находятся люди, которые платят двести целковых за то, что можно приобрести наполовину дешевле?

— Ага!

— Они психи?

— Не, народ как народ.

— Позвольте вам не поверить, — уперлась я, — ладно, мне несите дешевый вариант! Никак в толк не возьму, зачем переплачивать?

Бармен окинул меня оценивающим взглядом.

— Вы, тетя, из Москвы, — сказал он, — все столичные тупые. Ну разве может нормальный пацан за еду платить столько, сколько, блин, шелупонь беспонтовая? А если он с девушкой пришел? Или с партнером по бизнесу? Закажет первый номер и сразу авторитет потеряет, потребует второй, вмиг люди поймут: серьезный человек, со средствами, не лох с лесопилки.

— Обеспеченный гурман попросит блюдо по особому заказу.

— У нас только комплексная жрачка, — отрезал бармен, — хочешь пальцы согнуть, плюхай на вокзал, но там совсем дорого, удовольствие для паханов. А пацаны идут к нам, закажут номер два, и все ясно.

— Сделав заказ, я могу считать себя клиенткой и посетить туалет? — ехидно осведомилась я.

— Валяйте, видите дверь?

— Она одна.

— У нас унисекс, — оскалился бармен.

Я вошла в кабинку и тут же уперлась взглядом в объявление: «Дамы, не ссыте на пол. Господа, подходите ближе к бачку, он у вас короче, чем вы думаете».

Замка на двери не оказалось, я высунулась из сортира.

— Эй!

— Чего? — повернул голову бармен. — Бумаги нет? Ща салфетку дам!

— Не могу запереть дверь.

— И не надо, в целях безопасности шпингалет сняли, пожарная инспекция потребовала.

— Вдруг кто войдет!

— К вам?

— Да!

— Кому вы в вашем возрасте нужны, здесь и молодые девки мужиков найти не могут! — элегически отметил бармен. — Писайте спокойно, да не задерживайтесь, а то «Цезарь» остынет.

— Салат горячий? — поразилась я.

— Че? Хотели холодный? Могу за окно поставить, враз заледенеет.

Когда я вышла из туалета, на столе стоял суп, подернутый жирной пленкой, в центре тарелки торчал берцовой костью вверх окорочок, покрытый пупырчатой кожей, еще были салатник, от которого шел пар, и блюдо с непонятной кучкой серо-зеленого цвета, очевидно, это и был лангет по-итальянски.

— А где кофе? — возмутилась я.

— Сначала обед ешьте.

— Все, полакомилась, неси эспрессо, — с тоской велела я; если еда тут столь мерзкая, то нечего рассчитывать на ароматный кофе.

Бармен мгновенно освободил стол от блюд и принес чашку, я подергала носом, запах был потрясающий.

— Пойду покурю, — сообщил парень, — понадоблюсь, орите, если что, я у входа буду стоять.

На вкус кофе оказался выше всяких похвал, его сделали не в машине, а сварили в турке, и, похоже, на песке. Опустошив чашку, я крикнула:

— Эй, эй, иди сюда!

Внезапно занавеска позади бара зашевелилась, высунулся черноволосый парень и спросил:

— Зачем кричишь, а? Не пугай, а!

— Кто у вас варит такой замечательный кофе?

— Ахмет.

— А можно его попросить еще чашечку сделать?

— Вкусно, а?

— До умопомрачения! — признала я. — Давно подобного не пробовала. Пусть Ахмет одолжение мне сделает!

— Ахмет — это я, — заулыбался юноша, — не знала, да? Хочешь еще такой, а? Или другой?

— А какой можно?

— Итальянский, американский, французский, — начал загибать пальцы Ахмет.

— Со взбитой пеной умеешь делать?

— Капучин?

— Латте!

— Большой стакан?

— Да, да, самый огромный, а бармен сказал, что вы только эспрессо подаете, с бизнес-ланчем.

Ахмет ткнул пальцем в дверь.

— Юра, а? Он дурак! Ему хозяин велел, вот он и говорит, а! Пятьдесят рублей пойдет? Порций большой, тебе там купаться можно.

— Неси, — засмеялась я, доставая кошелек, — а то я совсем приуныла, хочу латте, да его нет.

Ахмет прищурился.

— Зачем плакать, а? Никогда нет причин для горя, от воды ни денег, ни счастья не прибудет! Лучше думать, а! Тогда из любой беды вылезешь! Знаешь, как я считаю? Если жизнь вырыла тебе яму, используй шанс, налей туда воды и плавай, как в бассейне!

Я усмехнулась. Надо же, я сама не так давно дала Вере Рыбалко подобный совет, похоже, мы с Ахметом родственные души.

Глава 23

Пришедший с улицы бармен никак не отреагировал, увидав меня с литровым латте. Я, потягивая восхитительный напиток, попыталась навести порядок во взъерошенных мыслях.

Значит, Лариса не была убита грабителем. Она сошла с ума, и Михаил, чтобы не травмировать Настю, поместил жену в Фолпино. Так, теперь понятно, по какой причине он столько лет терпит вздорную Елену Сергеевну. Сначала я думала, что зять не гнал тещу из-за Насти, но девочка пропала десять лет назад, а старуха по-прежнему получала от Миши немаленькое содержание и с завидным постоянством являлась в его дом. И вот сейчас все встало на место: Михаила и тещу связывает общая тайна.

Внезапно мне стало жарко. Эвелина Лазаревна упомянула, что «Анна» страдает фобией, ей кажется, будто она убила некоего мужчину. На самом деле преступления не было, у психопатки болезненная фантазия. Но что если на секундочку представить себе, что несчастная говорит правду!

Лариса, похоже, очень любила Анатолия Илюшина, а тот сделал очередной любовнице ребенка и умыл руки. Он вечно путался в бабах, они его интересовали лишь как сексуальные объекты, Лара была одной из многих.

Я вцепилась в стакан пальцами. Может, дело было так? Лариса решила быть с Анатолием, пришла к его матери, предлагала той совместное проживание, но была выгнана с позором.

Плохо разбирающаяся в людях Лара надеялась на помощь «свекрови», но ничего не вышло, и бедолага решила подстеречь Анатолия. Лариса предложила ему жениться на ней.

Илюшин захохотал, тогда девушка сообщила ему о своей беременности. Но Анатолия это нисколько не взволновало. Наверное, он предложил Ларе сделать аборт, мог поиздеваться над ней, сказать:

— У меня таких, как ты, пучок на пятачок.

Илюшин довел апатичную Кругликову до ярости, Лара схватила тяжелый предмет и ударила любовника. Она не думала его убивать, все вышло случайно.

В испуге Лариса бросилась домой и рассказала матери о беде. Елена Сергеевна схватилась за голову, похоже, она всегда беспокоилась лишь о собственном благополучии. Она не хотела стать родственницей заключенной, мечтала об обеспеченной жизни тещи богатого человека, а тут идиотка дочь убила любовника.

Елена Сергеевна строго-настрого запретила Ларисе сообщать кому-либо правду, запугала дочь по полной программе, выдала ее замуж за Михаила и успокоилась.

Но не тут-то было! Лару грызет совесть, наверное, она начала устраивать истерики, вполне вероятно, заводила речь об убийстве Анатолия, только Михаил, не знавший печальной правды, решил, что жена сошла с ума, и в конце концов поместил несчастную в Фолпино. Думаю, немалую роль сыграли тут разговоры Елены Сергеевны, небось она пела зятю:

— Вот беда! У Лары помутился разум! Бедная Настенька! Каково жить со знанием, что собственная мать шизофреничка!

Я совершенно случайно раскопала семейную тайну и, вполне вероятно, раскрыла убийство Илюшина. Где-то в архиве хранится палка или прут, которым Анатолию нанесли роковой удар. У сотрудников МВД ничего не пропадает, зря некоторые преступники надеются: прошло много лет, улики давно сожжены. Э нет, ребята, на полках мирно ждут своего часа коробки, пакеты и папки. Сколь веревочке ни виться, а кончик покажется. Осталось плевое дело — взять отпечатки пальцев, снятые с орудия убийства, и сравнить их с Ларисиными.

Но все узнанные сведения ни на миллиметр не приблизили меня к ответу на интересующие вопросы. Кто пришел в дом к Медведевым? Настя! Которая? Давно пропавшая или дочь Зои Андреевны Килькиной? Если последняя, то откуда ей известно про интимные мелочи, типа фаллоимитатора в розовом мешочке?

Допустим, кто-то ей рассказал подробности. Но получается, что ввести самозванку в курс дела могла лишь дочь Медведевых! Значит, одна Настя встречалась с другой! Когда? Где? Зачем? Где девочку прятали десять лет? Почему она раньше не вернулась домой? По какой причине Зоя Андреевна полезла в петлю, а Таня прыгнула из окна? Что происходит? Я ничего не понимаю!

Доподлинно известно лишь несколько фактов. Елена Сергеевна признала внучку. Но свидетельство старухи необъективно, она боится потерять пенсион, который ей платит Михаил. Вдруг Лариса умрет? На следующий же день Медведев турнет надоевшую старуху, а если Настя вернулась, то бабушке обеспечены почет и уважение. Елена Сергеевна сможет и дальше шантажировать зятя, пугать его заявлениями типа:

— Ах, ах, бедная девочка! Многие люди сошли с ума, узнав, что их мать шизофреничка.

Да Михаил любые деньги заплатит, лишь бы теща прикусила язык.

А кто, кроме бабушки, узнал Настю? Кот Бублик? До сих пор поведение животного свидетельствовало в пользу девушки, но я совершенно случайно увидела, как неприветливый котяра с невероятной нежностью трется о пальцы Елены Сергеевны. Бублик буквально растекался лужей восторга, и все дело в валерьянке, которую капала из пузырька в стакан мать

Ларисы. Что, если самозванка «Настя» применила то же средство для приманки кота?

Так, следуем дальше. Что еще я выяснила точно? Зоя Андреевна и Настя переехали жить к Карине Авдеевой. И куда подевалась она сама? Настя ни словом не обмолвилась о ее присутствии. Где Карина? Она не способна самостоятельно передвигаться, требует постоянного ухода, но в квартире Килькиной не было никаких инвалидных кресел. Так где Карина Анатольевна Авдеева? Дочь Анатолия Илюшина и Нины? Еще один непризнанный ребенок малорослого Казановы? Минуточку!

Я подпрыгнула на стуле. Это что же получается? Настя Медведева и Карина Авдеева сводные сестры? Отец-то у них один, только матери разные! А Эвелина Лазаревна пару раз без всякой задней мысли сказала: «Девочки так похожи, а когда одинаково постриглись, вообще в близнецов превратились!»

Еще один примечательный факт! Мусор в день исчезновения Насти увозил шофер по имени Богдан Ломейко, его потом убили грабители, забрали кошелек, часы, а толстую золотую цепочку оставили.

А за Ларисой долгое время ухаживала некая Елизавета Ломейко. Совпадение? Если учесть, что за пару часов до смерти Тане звонили с телефона квартиры, где жил Богдан, то вопрос о совпадениях отпадает. Кстати, вот странность! Богдан давно погиб, почему же телефон числится за ним?

Я вытащила мобильный и потыкала в кнопки.

— Свиридов! — ответил бас.

— Ваня! Это Даша!

— О! Приветик!

— Нужна информация! По срочному тарифу.

— Замечательно! Я как раз ремонт затеял, деньги утекают рекой, — откровенно обрадовался Свиридов, — рассчитывал десяткой обойтись, уже двадцатка ушла! Сообщай проблему.

Озадачив Ивана, я села в машину и в растерянности уставилась на руль. Что делать сейчас? Куда ехать? Надеюсь, Свиридов не задержится со сбором сведений! Ладно, пока направлюсь к Москве, а там разберусь.

Не успела я вырулить на шоссе, как ожил мобильный. Очень довольная оперативностью Свиридова, я схватила трубку и крикнула:

— Подожди, сейчас припаркуюсь.

— Хорошо, муся, — ответила Машка, — а ты где?

— По магазинам езжу, — стараясь скрыть разочарование, ответила я, — решила в свою спальню новые занавески присмотреть!

— У нас жуткая проблема! — вздохнула Маня.

— Что случилось? — испугалась я.

— Ромео нет в Москве!

На секунду я растерялась. Кто такой Ромео и почему он обязан находиться в городе? Но в Машином голосе звучало разочарование пополам с тревогой, и я решила утешить девочку.

— Не переживай, — нарочито веселым голосом воскликнула я, — он вернется!

— Нет, его продали!

Я вздрогнула.

— Твоего приятеля?

— Муся! — захихикала Манька. — Ты забыла? Ромео! Я его сегодня весь день искала, нашла, но поздно...

Меня кольнула совесть. Все-таки я плохая мать, совсем не интересуюсь личной жизнью Маруси. Правда, девочка никогда не скрывает своих друзей, они постоянно гостят у нас в Ложкине, я знакома со всеми. Но теперь выясняется, что знаю не всех! Этот Ромео, например! Видно, он что-то значит для Мани, раз она так переживает!

— Его купила Вера, — говорила тем временем Маня, — дала бешеные деньги, вот хозяин и не устоял!

— Чей? — осторожно спросила я.

— Владелец Ромео!

— Вот ужас-то! Мальчика продали!!! В рабство!

Маня кашлянула.

— Мусик! Добрый день! Это я, твоя дочь Маша! Понимаешь, с кем ведешь беседу? Я Маша, а ты Даша Васильева. Главное — не нервничай. Дыши спокойно!

— Прекрати издеваться! Я просто никогда не слышала про Ромео! Сначала решила, что он твой знакомый, но теперь понимаю — наверное, это пес или кот! А зачем он тебе?

Машка протяжно вздохнула.

— Мне он совсем ни к чему, а вот Дегтяреву очень даже пригодился бы. Ромео улитка, большая, гигантская!

— Вспомнила! — заорала я.

— Ну вот видишь! Процесс склероза еще не углубился, — тоном врача отметила Маруся, — кстати, ученые выяснили, если обезьяна принимает антиоксиданты, то ее мыслительные способности к концу жизни угасают не резко, а плавно. Давай купим тебе специальный набор витаминов?

— Спасибо за заботу, у меня с головой порядок. Значит, улитки нет?

— Вера увезла Ромео, — повторила Машка, — она за ним приезжала. Я нашла слизня по Интернету, у него есть свой сайт!

— Ну надо же, — восхитилась я, — такой продвинутый улит! Интересно, как он ухитряется работать с мышкой, ни рук, ни ног не имея! Ой, поняла! Рога! Они ему заменяют конечности!

— Сайтом владеет хозяин Ромео, — захихикала Маня, — Андрей Величко, он фанат гигантских улиток, но больших денег у него нет, поэтому согласился продать Вере Ромео. Та предложила гигантскую сумму. Величко собрался теперь ехать в Африку, привезет оттуда сразу шесть слизней.

— Здорово!

— Ага! Только наша проблема не решена, — помрачнела Машка, — Дегтярев окончательно скис. Да еще эта Марина!

— Ты о ком?

— Медсестра со «Скорой». Помнишь, она вчера приезжала?

— Да. И что?

— Я вернулась сегодня с учебы, а парочка в доме сидит. Петр Ильич и эта мадам!

— С ума сойти! Зачем их Ирка пустила?

— Так Александр Михайлович велел! Он им сам позвонил, оказывается, Марина ему вчера телефон дала. Сейчас они полковника лечат. Изгоняют комплексы!

— Мерзавцы!

— А эта Марина, — зашептала Машка, — она в таком виде приперлась, почти голая! Юбка заканчивается там, где начинается! Встала у плиты, пирожки печет!

— Пи-рож-ки???

— Именно! С капустой! Полковник один противень схомякал, так она второй в духовку запихнула и все причитает: «Ах, ах, вас голодом морят!»

— С ума сойти! Александр Михайлович на диете! Я сейчас позвоню в Ложкино!

— А потом сразу мне! — попросила Маня.

В доме трубку сняла Ирка.

— Алле, — протянула она, — чего хотите? Говорите живо!

Следовало отчитать домработницу за пещерную грубость, но мне было некогда заниматься ее воспитанием.

— Что у нас происходит? — нервно спросила я.

— Ой, Дарь Иванна, — перешла на шепот Ирка, — ваще, дурдом! Только все уехали, смотрю, «Жигули» прикатили, раздолбанные, жуть. Даже у Мустафы, который в поселке дорожки чистит, машина лучше!

Я молча слушала Ирку. Великолепно знаю, что перебивать ее нельзя, домработница не умеет ясно и кратко излагать суть дела, она пересказывает события, как детсадовец, долго, нудно, с ненужными подробностями. Если сказать ей: «Прекрати мямлить, говори самое важное», — про самое важное она как раз и забудет.

Поэтому надо набраться терпения и самой отделить шоколадку от вороха фантиков.

Значит, дело обстояло так! Ржавый металлолом замер у ворот, из недр колымаги выбрались Петр Ильич и Марина. Врач выглядел обычно: мятый костюм и потертый портфель в руках. Зато медсестра смотрелась королевой, во всяком случае, Ирка была ослеплена девушкой и сейчас косноязычно пыталась описать внешность красавицы:

— Юбка... ну ваще! Кофта... ну ваще! Сиськи... ну ваще! Ноги... ну ваще! Волосы... ну... ну... ваще!!! Задница... ну... ну... ну... ну...

— Ваще! — рявкнула я. — Продолжай!

Ирина попробовала не пустить парочку в дом, но была сметена с дороги Мариной, которая легким движением бедра оттолкнула домработницу в сторону и полетела в спальню к полковнику. Петр Ильич, вжав голову в плечи, потрусил за медсестрой.

Ситуация вырвалась из-под контроля. Александр Михайлович приказал Ирке не мешать гостям, Марина начала хозяйничать на кухне.

— И где они сейчас? — ледяным тоном осведомилась я.

— Полковник с медсестрой в джакузи купаются!

— Что? — заорала я. — Ты с ума сошла! С какой стати медсестра пошла в баню!

— Ой, Дарь Иванна! Петр Ильич сказал, что Александр Михайлович должен заново родиться. Все его эти... ну как их... в общем, фоблы!

— Фобии!

— Во! Верно! Они самые! От неправильных родов. Необходимо исправить положение.

— Каким образом? — обалдела я. — Толстяка уже, пардон, назад не засунуть и снова родиться у него не получится!

— Ан нет! Петр Ильич умеет проводить обряд повторных родов. Джакузи, это вроде как утроба, а Марина его мать!

— Чья?!

— Полковника!

— Офигеть! — вырвалось у меня. — Умереть не встать!

— Ага, — согласилась Ирка, — Александр Михайлович, правда, плавки надел, он стеснительный. А эта! Она голая! Знаете, Дарь Иванна, сиськи у нее точно силиконовые! Обычные так не выглядят!

— Ира!!! Немедленно вытащи их из джакузи!

— Как же грудь у ней отцепить?

— Вытащи медсестру целиком!

— Кто ж меня послушает? — справедливо заметила Ирка. — Александр Михайлович на эту прости господи как зомби глядит!

— Беги к Тёме![1] Пусть он наведет порядок!

— Уже носилась! Артем Александрович улетел в Тюмень, вернется через неделю.

— Черт побери! Я далеко, раньше чем через два часа не доберусь! Где Зайка?

---

[1] Т ё м а — сын Дегтярева, живет в Ложкине, в соседнем доме, история его появления рассказана в книге Дарьи Донцовой «Ромео с большой дороги», издательство «Эксмо».

— На работе, мобильный выключен, небось в студии сидит!

— Аркадий?

— Он в тюрьме, сотовый тоже не отвечает.

Я прикусила губу, может, кому-то последнее заявление Ирки про тюрьму и покажется странным, но это правда. Кеша адвокат и сейчас встречается с кем-то из своих подзащитных.

Что же делать? Пока я долечу до Ложкина, эта Марина успеет соблазнить Дегтярева! Девица оказалась настырной, она явно хочет заполучить холостяка с загородным домом!

— Дарь Иванна! — забеспокоилась Ирка. — Чего молчите?

И тут меня осенило.

— Ира! Вырубай электричество!

— В смысле?

— Пойди в техническую комнату и опусти рубильник! Джакузи сразу перестанет нагреваться, вода остынет, полковник замерзнет и вылезет!

— Так генератор заработает, когда центральная энергия пропадет, — справедливо заметила Ира.

— И его обесточь, ткни в кнопку «Аварийная остановка»!

— Свет везде погаснет!

— Здорово.

— Плита не зафурычит!

— Лучше некуда, Марина не сумеет готовить!

— Батареи заледенеют!

— Супер! Ей придется пальто надеть, а не голой по зданию шастать.

— Александр Михайлович пойдет в подсобку и все назад запустит!

— Нет, — засмеялась я, — полковник даже не знает, что это за зверь такой — генератор, где у него какие кнопки. И Дегтярев боится электричества. Действуй да сообщи мне, как развиваются события!

Глава 24

Я давно заметила: если никуда не тороплюсь, то машина несется по дороге без всяких задержек. Но стоит начать опаздывать, как моментально возникают препятствия.

Вот и сейчас, не успела я подумать о необходимости как можно быстрее примчаться в Ложкино, как попала в невероятную пробку. Сначала, правда, продвигалась вперед черепашьим шагом, но потом вообще встала. Слава богу, сотовый работал исправно.

Я соединилась с Маней и приказала:

— Немедленно возвращайся домой.

— А чего там? — удивилась девочка.

Пришлось ввести Маруську в курс дела.

— Не волнуйся, муся, — деловито отреагировала Маня, — я найду управу на красавицу, мало ей не покажется.

— Очень на тебя надеюсь!

— Можешь на меня положиться! Вот только где раздобыть улитку? Нужно убедить полковника в ее реальном существовании.

— Давай сначала устраним Марину.

— Считай, что ее уже нет! — прошипела Машка и отсоединилась.

Через полчаса перезвонила Ирка и спросила:

— Ну? Вы как?

— Стою на шоссе, не продвинулась даже на сантиметр, — пожаловалась я.

— Ой, бедняжечка, — пожалела меня Ирка, — а у нас все тип-топ. Света нет, холод наползает! Пришлось этой мымре в плед закутаться.

— Полковник ничего не заподозрил?

— Возмущался, закричал: «Ира! Что происходит?»

— А ты?

Домработница засмеялась.

— Сказала — ветер сильный дует, дерево повалил

в Опушкове, прямехонько на электропровода ствол угодил, надо ждать, пока починят!

— Про генератор он вспомнил?

— Конечно.

— Как ты объяснила, что он не работает?

— Так дуб же все линию повредил! И основную и местную, генераторную!

Я усмехнулась, генератор стоит вплотную к особняку, от него протянут под землей кабель, хорошо, что полковник совершенно технически безграмотен и принял на веру на редкость глупые объяснения Ирки.

— Не волнуйтесь, Дарь Иванна, собак я к нам с Ванькой в домик отвела, спят на кровати в тепле, — говорила домработница, — сама размахайку нацепила, меховую, и валеночки. Полковнику чапки приволокла, дубленые, натянула на него душегрейку мохеровую, а эти врачи пусть зубами щелкают!

— Скоро приедет Маня.

— Йес! — обрадовалась Ирка. — Ну я Марине не завидую! Вы в пробке стойте спокойно!

Я положила трубку на сиденье и полезла за сигаретами. Ну почему меня так раздражает затор? Мне ведь, если разобраться, спешить некуда! Нет бы без волнения покурить, потрепаться с приятельницами, послушать, в конце концов, радио! Ну почему то же время, проведенное в кафе, не напрягает меня?

Кстати, о харчевнях! Может, тут где-нибудь есть приятное местечко?

Я принялась глазеть по сторонам, но по обе стороны шоссе тянулся лес. Поток машин дрогнул и продвинулся на пару метров вперед, перед глазами возник щит: «Свалка — 2 км. Сброс мусора запрещен. Штраф 10 000 руб.».

Я окончательно приуныла. Если думаете, что я сейчас приближаюсь к столице, то ошиблись — как раз отдаляюсь от нее. Чтобы попасть в Москву, мне надо проехать несколько километров в сторону области, развернуться и лететь назад. Я никогда не нарушаю правила, а на выезде из Фолпина нет правого поворота, вот я и подчинилась знаку со стрелкой. Похоже, что мне придется тащиться до этой свалки, ближе разрыва в разметке нет.

Телефон вновь запрыгал на сиденье.

— Ты где? Можешь разговаривать? — деловито осведомился Ванька.

— В дикой пробке стою, слушаю тебя внимательно.

— Зоя Андреевна носила в девичестве фамилию Фонарева. Килькиной она стала, выйдя замуж за Ивана Петровича.

Я щелкнула языком. Облом! Рухнула очень привлекательная версия. Мне по непонятной причине пришла в голову мысль: что, если Зоя Андреевна Килькина и Елизавета Андреевна Ломейко — сестры? У них одинаковое отчество, и, если признать родство теток, тогда становится понятно, каким образом вдова вздорного военного оказалась в Фолпине. Ей нашептала про теплое местечко Елизавета, служившая при Анне. Но, увы!

— Елизавета Андреевна, — мирно журчал Свиридов, — вышла замуж за Богдана Ломейко.

— Эй, погоди, он ее сын!

— Ты не перебивай! Верно. Но и супруга звали Богданом, он умер за пару недель до появления ребенка на свет, вот мать и назвала мальчика в честь отца. Не очень положительный получился парень, у него полно приводов в милицию по малолетке, мелочовка всякая. Один раз его поймали, когда он вскрывал чужую машину, но в связи с нежным возрастом отпустили, еще он подозревался в ограблении магазина, однако улик не нашлось. В семнадцать лет Богдан связался с криминальным авторитетом по кличке Луза, шестерил при нем. Парню светила колония, он бы точно за решетку угодил, но тут Елизавета Андреевна побежала в военкомат и умолила взять сына в армию. Можно сказать, спасла его. Богдан выучился на шофера, потом вышел на гражданку и вроде перебесился. В одном месте водителем поработал, зарплата не устроила, в другом... наконец стал мусор возить, там и пахал до смерти. Убили его десять лет назад. Дело повисло, похоже, наркоман на него напал, на дозу не хватало, вот и тюкнул Ломейко по башке. Обычная ситуация, тухлый висяк! Сколько их! Женат не был, правда, в деле есть протокол допроса некоей Маргариты Шпынь, с ней Богдан незадолго до смерти крутил любовь. Девица на трассе в кафе работала, там они и познакомились. Но Рита ничего интересного не сообщила.

— Негусто!

— Верно, — согласился Иван, — хотя есть одна штучка, которая тебя заинтересует!

— Вываливай скорей!

— Зоя Андреевна уехала из городка Бруск, богом забытого местечка, в Фолпино, в Подмосковье. Повезло бабенке, думаю, ей сестрица пособила.

— Какая сестрица? — подняла я уши.

— Ты чем слушаешь? — укорил Иван. — Елизавета Андреевна.

— Так она ей все же родственница! — возликовала я.

— Ну как с бабами тяжело, — вздохнул Свиридов, — сказал же! Елизавета стала Ломейко после замужества, выскочила за Богдана Ломейко, тот умер и...

— Слышала уже!

— Так чего еще надо?

— Почему ты решил, что Зоя и Елизавета сестры?

— По паспорту! Одна в девичестве Фонарева и вторая тоже! Отец у них один Андрей Петрович и мать Анна Павловна.

— Ты мне не сообщил девичью фамилию Елизаветы! — возмутилась я.

— Как бы не так! Елизавета Андреевна Фонарева! Плохо слушала!

— Ты забыл самое главное!

— Я никогда не совершаю ошибок! — повысил голос Свиридов. — И ничего не упускаю из виду.

Я протяжно вздохнула. Вам встречался на жизненном пути мужчина, способный произнести фразу: «Извините, я не прав»? Мне вот ни разу. Более того, если мои мужья попадали в глупое положение, то виноватой всегда оказывалась я, потому что либо отвлекла его в ответственный момент, и тогда супруг въезжал в дерево, либо не проверила, заведен ли будильник, и поэтому муж проспал важное совещание, либо укатила, зараза такая, в командировку зарабатывать деньги, бросила бедного мальчика без присмотра, и он просто вынужден был привести на семейное ложе другую женщину. Исключительно из-за моей черствости, душевной холодности и вредности он, страдая от принятого решения, кинулся в объятия посторонней бабы.

— Вот опять заснула, — вознегодовал Иван, — потом начнешь доказывать, что я идиот.

— Хорошо, они сестры. Ты эту интересную деталь имел в виду?

— Нет. Нарыл нечто странное.

— Не тяни!

— Повторяю! Зоя Килькина уехала в Подмосковье, ей повезло, она не мыкалась, как другие, не осталась погибать в Бруске, а пристроилась в Фолпине.

— Так!

— Выехала она пятого числа! Понимаешь?

— Пока нет.

— А в Фолпино прибыла двадцатого. Где шлялась пятнадцать дней?

— Наверное, решила отдохнуть!

— Может, и так! Но все равно странно! Тут есть большая нестыковка!

— Какая?

Свиридов закашлялся.

— Понимаешь, — сказал он в конце концов, — компьютер великая вещь! Главное, иметь всякие коды-пароли, знать входы-выходы, и все разроешь! Я сделал запрос по Килькиным. Кстати, таких людей немного, вроде простая фамилия, да редкая. Всего-то сорок четыре человека. Из них пятнадцать в мире ином, двадцать раскидано по России и странам ближнего зарубежья, одна баба в Израиле, трое в Америке, столько же в Питере, а в Москве двое — Зоя Андреевна и Анастасия Ивановна.

— И в чем фишка?

— Ха! Помнишь, я говорил про пятнадцать умерших?

— Ну?

— Среди них Иван Петрович, муж Зои.

— Правильно, он скончался.

— От инсульта, в больничке города Мираново, недалеко от Бруска.

— И что?

— Внимание, головокружительный трюк! — возвестил Свиридов. — Шестого декабря в клинике населенного пункта Алехино умерла девочка Анастасия Ивановна Килькина. Бедняжка скончалась от перитонита, спасти ее не сумели.

Я потеряла дар речи, а Иван, страшно довольный собой, летел дальше, словно спортивный автомобиль по трассе.

— Вот почему Зоя уехала из Бруска пятого, а в Фолпино явилась двадцатого. Дочь у нее в дороге заболела.

— Но в психоневрологический интернат Зоя Андреевна прибыла с девочкой Настей!!!

— Не знаю, не знаю. Анастасия Килькина похоронена на кладбище в Алехине.

— Она точно там?

— Так значится в документах.

— Слушай, спустя десять лет после кончины можно произвести эксгумацию?

Свиридов чихнул.

— Даже представить не можешь, какой гемор со вскрытием могилы! Но только в данном конкретном случае ничего поделать нельзя. Не получится до косточек докопаться.

— Почему?

— Анастасию кремировали.

— А пепел можно изучить?

— На предмет?

— Он человеческий? А может, в нише просто урна пустая стоит!

Свиридов цокнул языком.

— Кладбища нет.

— Куда же оно подевалось?

— Алехино умирало, ну совсем загибалось, лет восемь назад явился в городишко некий немец, и теперь нет ни Алехина, ни погоста. Построили там здоровенный завод, стиральные порошки производит и всякие средства бытовой химии.

— А могилы?

— С землей сровняли!

— Разве это разрешено?

— Понятия не имею, — ответил Иван, — в нашей стране, сама понимаешь, коли денег лом, то все можно. Завод здоровущий, обеспечил работой кучу людей, на предприятии народ из окрестных населенных пунктов пашет, достойная зарплата плюс социальный пакет. Вон, я его сайт открыл, дивное место! И кто про старый погост вспомнит?

— Ясно, — протянула я, — это все?

— Еще чего надо? Только свистни! Про денежки не забудь.

— Да, естественно, не волнуйся.

— Я вовсе не переживаю, — весело воскликнул Свиридов, — куда тебе от меня деться?

Я положила трубку и легла грудью на руль. Интересное кино.

Зоя теряет дочь, и ведь она говорила про операцию аппендицита, в первый день на работе бросила фразу сестре-хозяйке, которая радушно пыталась накормить новую сотрудницу:

— У меня дочь после операции, да еще с воспалением легких, некогда в столовой чаи гонять!

Значит... что это значит? В голову приходит лишь одно предположение: кто-то по непонятной причине украл Настю Медведеву и отдал ее Зое Андреевне!

Внезапно у меня заболела голова. Люди, которые, как и я, имеют обчное давление девяносто на шестьдесят, хорошо знакомы с приступами слабости и головокружения, они начинаются в самый неподходящий момент. Оксана в свое время посоветовала мне всегда иметь при себе пакетик с сахаром, кусок рафинада, засунутый под язык, моментально приводит в чувство.

Я полезла в сумочку и обнаружила, что бумажная упаковка с сахаром порвалась, белые крупинки перемешались с косметикой и прочей ерундой. Мало того, что я сейчас упаду в обморок, так еще потом придется долго наводить порядок в сумке!

Глава 25

Первое, что я увидела, придя в себя, было лицо милой женщины с большой родинкой над губой.

— Ну как? — тревожно спросила она. — Оклемались? Мы «Скорую» вызвали, только ей по пробке и за сутки не доехать.

— Я упала в обморок?

— Ага, — закивала женщина, — вы не первая за сегодняшний день! С утра мужчину принесли, ближе к полудню еще одного, теперь вас. Может, мне при кафе медпункт открыть? У народа нервы не выдерживают! Сесть можете? Хотите кофе? Правда, вам его небось нельзя! Вы гипертоник?

— Нет, — ответила я, — наоборот, гипотоник со стажем, поэтому изредка и ухожу в астрал.

— Повезло вам, — с легкой завистью заметила женщина, — а у меня давление шарашит! Я не старая совсем, а за двести скакануть может.

— Это опасно, вы к врачу ходили?

— Некогда, — отмахнулась она, — бизнес! Только успевай поворачиваться. Вечно кафе битком!

— Рита! — прокричал звонкий голос. — Дай ключи от склада!

— Во! — подняла брови собеседница. — Ни минуты без меня не могут. Вставайте, идите вон туда, за дверку. Это мой личный туалет, и приводите себя в порядок. В кафе мужики в основном сидят, шоферы, свалка рядом, вот мусорщики у меня жрать и приспособились. После них в туалете беда, а у меня чисто! Не волнуйтесь, я с хлоркой мою. Как придете в себя, я вас покормлю!

— А где моя машина?

— Ее на парковку загнали, — сообщила Рита и решила отбросить «вы». — Это неправда, что люди теперь злые. Встречаются же нормальные! Тебя с трассы принесли, автомобиль подогнали, ключи мне отдали, сумочку, мобильный. Мы даже деньги с Алкой при всех пересчитали! Не сомневайся, все на месте! И когда только съезд сделают! Знаешь, из-за чего пробка? Свалка виновата, к ней узенькая дорога ведет, двум мусоровозам не разъехаться. Хрень получается, сначала оттуда грузовики пустые прутся, затем с шоссе полные запускают, очередь выстраивается, тем, кто в область едет, один ряд остается!

— Не слишком удобно, — согласилась я.

— Да разве ж кого люди волнуют, — всплеснула руками Рита, — который год обещают съезд расширить, и чего?

— Маргоша! — проорали издалека. — Ключики!

— Иду! Мойся спокойно, — сказала хозяйка и убежала.

Я огляделась. Небольшой кабинет был обставлен стандартной офисной мебелью, вдоль одной стены тянулся диван, на котором меня устроили добрые самаритяне. Напротив виднелась маленькая белая дверь. Я встала, толкнула ее и попала в очень чистый санузел, куда явно никогда не заглядывали водители самосвалов.

Небольшая раковина сияла белизной, кран начищен до блеска, полочка у зеркала и оно само сверкают, бутылочки с гелем для лица, баночки с кремом, дезодорант стоят, словно солдаты на плацу, этикетками вперед, выровнены по одной линии. От унитаза веет «морской свежестью», туалетная бумага трехслойная. За стеклянными дверками узкого шкафчика спрятаны упаковки с салфетками и всякие мелочи, на крючке висит розовое полотенце.

Я умылась, открыла шкафчик, достала салфетки, вытерла ими лицо, руки и стала озираться в поисках корзины для мусора. Вместо обычного небольшого контейнера с крышкой и педалью в дальнем углу туалетной комнаты стояла довольно высокая никелированная емкость.

Я швырнула туда бумажку и, естественно, не попала. Меня с детства отличала редкая меткость. Когда весь двор самозабвенно играл в лапту, маленькая Даша Васильева тосковала на лавочке, никто не хотел брать в команду девочку с двумя левыми руками.

Я сделала пару шагов и осторожно присела около ведра. Первое, чему обучается «профессиональный» гипотоник, — это умение садиться около той вещи, которую хочешь поднять. Если резко наклониться, а потом столь же быстро выпрямиться, еле-еле текущая по сосудам кровь не успеет за хозяином. Сначала она от ног рванет к голове, затем на полпути замрет и помчится назад. Большинство людей с низким давлением хлопается в обморок на фазе приведения тела в вертикальное положение, поэтому лучше присесть, взять нужное, а затем встать. Еще не рекомендую одним прыжком срываться с кровати по звонку будильника и принимать очень горячую ванну.

Я подхватила бумажку, невольно бросила взгляд на ведро и увидела на боку выгравированную надпись: «Уважаемому Михаилу Семеновичу в день юбилея».

Пятая точка перевесила остальные, я шлепнулась попой на пол и еще раз, не веря собственным глазам, прочла текст.

Передо мной стояло ведро, вернее, странное кашпо. Именно в нем росло деревце, которое преподнесли Мише Медведеву на день рождения. Таня пересадила растение, а железную «кадку» стала использовать вместо помойного ведра. С ним и пошла Настя в день своего исчезновения к мусорным бакам.

Я потрогала пальцем сверкающий бак. Нет, мне не снится сон! Оно настоящее! Стоит тут, в тихом уголке, куда не заходит никто, кроме хозяйки.

— Эй, — воскликнула Рита, заглянув в туалет, — тебе опять плохо?

— Очень хорошо, — стараясь говорить уверенным голосом, ответила я.

— Чего тогда на полу сидишь?

— На плитке поскользнулась.

— Во блин! — заахала Рита. — Не разбилась?

— Вроде нет.

— Пошли кофе попьем, — предложила она, — сюда, налево.

Я послушно двинулась за хозяйкой и очутилась в небольшой комнате, где стоял всего один столик, покрытый накрахмаленной скатертью.

— У тебя такое крохотное кафе? — спросила я.

Рита засмеялась.

— Внизу огромный зал. Я тебя в помещение для своих привела! Ну, изучай меню! Делай заказ! Угощаю!

Я раскрыла кожаную папочку. «Кафе «Шпынь и шпынята» радо приветствовать вас. Для людей с фамилией «Шпынь» стопроцентная скидка».

Я положила карту на стол.

— Ты Маргарита Шпынь?

— Точно, — заулыбалась Рита, — правда, прикольно? Вот моя сестрица фамилии стеснялась, ревела, пока мама ей свою не дала, стала Нинка Косова. А я, наоборот, горжусь. Шпыней на белом свете, похоже, нет! Пока никто скидку не потребовал. Вернее, находятся дураки, морду сапогом сделают и заявляют: «Здрассти, я Шпынь!» Но не на такую напали! Мигом требую: «Права покажи!» Ну, цирк прямо! Зато теперь вся трасса знает про кафе «Шпынь и шпынята».

— Маргарита Шпынь, — протянула я, — а рядом свалка, и здесь всегда столуются парни с мусоровозов.

— Ну, не только они, — потерла руки Рита, — я не жалуюсь на отсутствие клиентов. Чего сама хочешь? От души рекомендую котлеты из кролика.

— Ты была любовницей Богдана Ломейко?

Маргарита отступила от стола.

— Кого?

— Шофера Богдана Ломейко! Он водил мусоровоз.

Рита села на стул.

— А ты откуда про Богдашу слышала?

— Сейчас объясню, но сначала ответь, ведро он принес?

— Ведро? — непонимающе заморгала Рита. — Какое?

— То, что у тебя в туалете стоит?

— Здоровская вещь, — вздохнула Маргарита, — вечная. Я его когда увидела, сразу сообразила: сто лет прослужит, зачем добро вышвыривать?

— Как оно к тебе попало?

— У Богдаши взяла, в машине.

— Мусорной?

— Ага.

— Ты рылась в отбросах?

Маргарита усмехнулась.

— Нет.

— Ведро откуда?

— Почему я должна тебе отвечать? Ни слова не скажу, пока не объяснишь, при чем здесь Богдаша. Он давно умер!

— Надпись на боку читала? Там есть гравировка.

— Угу, — кивнула Рита, — я ж его мою, чищу, чтоб блестело. Очень в первый раз удивилась. Подарили мужику на юбилей мусорку! Неудивительно, что он ее вышвырнул.

Неожиданно у меня опять закружилась голова.

— Чего? Плохо? — насторожилась Рита.

— Ведро, — сказала я, — принадлежало семье Медведевых. На самом деле это кашпо или кадка, в нем дерево росло. Но Татьяна емкость под отбросы приспособила. Она такая же хозяйственная, как ты, ей понравилась стальная штука.

— Хорошая вещь, — сказала Маргарита, — который год как новое.

— Десять лет назад девочка Настя взяла его и понесла к мусорным бачкам. Ребенок домой не вернулся, исчез вместе с ведром.

— Вау! — подпрыгнула Рита.

— Отец Насти долго искал малышку, но безрезультатно, дочь словно в воду канула, и вдруг в твоем туалете обнаруживается это ведро!

— С ума сойти! — воскликнула Рита. — Прямо-таки пропала?

— Да.

— И ее не нашли?

— Нет.

— Вот горе! Я бы с ума сошла!

— Сделай одолжение, скажи, как у тебя ведро очутилось?

Маргарита замялась, на ее лице появилось выражение то ли удивления, то ли растерянности.

— Ничего плохого я не делала, мусорку у Богдаши взяла, много лет назад нашла в его служебной машине.

— Зачем ты полезла в отбросы? — удивилась я.

Рита принялась накручивать прядь волос на палец.

— Ты представляешь, как выглядит мусоровоз? — спросила она наконец.

— Такой оранжевый грузовик, весь железный, сзади есть дыра, в нее из бака засыпается мусор, его какой-то механизм утрамбовывает и внутрь машины пропихивает.

— Это сейчас такие ездят, а десять лет назад их было мало, часто отходы вывозили на обычном самосвале. Шофер опрокидывал бачки в кузов, затем накрывал содержимое брезентом и рулил по другому адресу. Наберет полный борт — и на свалку.

— Тяжелая работа!

— Зато выгодная! Богдаша здорово прибарахлился, когда на помойку ездить начал! Мы с ним в кафе познакомились, я точку только открыла, Ломейко тут обедал, около полудня прикатывал, и всякий раз с подарками. То рулон клеенки припер, как раз на десять столов хватило, то вазочек пластиковых надыбал, остальное и не вспомню. У него в машине имелся деревянный отсек, Богдан туда интересные находки складывал. В кабину к себе не прятал, если видел, что хорошее люди вышвырнули, в нычку пристраивал, перестраховывался. Вдруг ГАИ на трассе остановит и обшмонает, потом от вопросов не отобьешься: «Зачем у вас на сиденье рулон линолеума?» А так, все в кузове едет на свалку. Богдан очень хозяйственный был, мне такие мужчины по душе, все в дом, понимаешь?

— Да.

— И я ему нравилась, — грустно продолжала Маргарита, — незадолго до смерти он сказал: «Скоро денег накоплю на дачу. Мне приятель большой долг отдаст, я дом и куплю, тут, неподалеку, приглядел, в Воронкине. Отличное здание, низ кирпичный, верх деревянный, комнат много! Хочешь, поедем в свободный день, поглядишь? Там ремонт нужен, поможешь мне обои выбрать!»

Рита обрадовалась, предложение принять участие в осмотре будущей фазенды звучало почти как: «Выходи за меня замуж».

Через пару суток Богдан приехал в кафе намного позже обычного.

— Я думала, тебя не будет, — сказала Маргарита, увидав Ломейко, — ты чего, заболел?

Любимый выглядел не самым лучшим образом, бледный, под глазами синяки, губы по цвету сравнялись со щеками.

— Нормалек, — отмахнулся Богдан, — устал просто, колесо проколол, провозился кучу времени, из графика выбился.

— Бедняжечка, — пожалела его Рита, — сейчас я тебя покормлю.

Ломейко ел не в общем зале, а наверху, в помещении для своих. Когда Рита принесла мясо, шофер сказал:

— Иди в мою машину, я ее за углом поставил, подальше от посторонних глаз. Залезь в захоронку и осторожно вытащи мешки. В них сервиз.

— Откуда? — обрадовалась Рита.

— Кто-то к бакам выставил, — пожал плечами Богдан, — тарелки хорошие, чашки и даже блюдца есть. Сам не хочу их в кафе затаскивать, народ у нас болтливый, начнут трепать, что я тебе добро вожу. Дойдет до бригадира, неприятностей не оберусь, пристанет репьем, потребует делиться. Смотри, не упади с самосвала.

— Не беспокойся, я ловкая, — заверила Рита и побежала на улицу.

Через полчаса хозяйка кафе, открыв черный ход, перетащила добычу в подсобку. Пакеты оказались тяжелыми, и девушка устала.

Доставив последний куль в подсобку, Рита опять поторопилась к самосвалу, она хотела еще раз осмотреть отсек, чтобы убедиться, что он пуст. Маргоша вскарабкалась в кузов, поняла, что полностью освободила его, взялась за брезент, потянула и выругалась. Тяжелое темно-зеленое полотнище зацепилось за какую-то дрянь.

Тихо матерясь, Рита полезла посмотреть, что мешает брезенту распрямиться, и обнаружила сверкающее помойное ведро. Оставалось лишь удивляться бесхозяйственности человека, решившего вышвырнуть такую отличную вещь.

Не колеблясь ни секунды, Шпынь прихватила ведро и отнесла в подсобку. Вечером она помыла его, обнаружила гравировку, изумилась глупости людей, подаривших неведомому ей Михаилу тару для отходов, и пристроила добычу в своем личном санузле.

— Давно такое хотела, — бесхитростно объясняла сейчас Маргарита, — видела похожие ведра в магазинах. Но цена! Закачаешься! Кто их только покупает?

— И вы ничего не сказали Богдану?

— О ведре? Зачем? Его же на свалку предназначили! Никому не нужная вещь!

— А следователь, который вас после убийства Ломейко допрашивал, тоже остался в неведении?

— Ему к чему про ведро сообщать? Да он о другом спрашивал!

— Например?

— Знала ли я, сколько денег имел при себе Богдаша? Честно ответила: много. Он мне в день смерти позвонил радостный, сказал: «Дачку покупать непременно поедем! Долг мне отдали».

— Фамилию плательщика знаете?

— Нет, Богдан не называл.

— Имя?

— Просто упомянул про долг, я даже не в курсе, мужчина или женщина бабки у него брали. Наверное, они на людях встречались, может, на станции метро или на остановке. Человек купюры вернул, Богдаша их пересчитал, а кто-то приметил, дальше просто: сопроводил парня до темного уголка и дал ему по голове. Бедный Богдан! Он пытался мне сказать, кто на него напал! А может, я ошибаюсь, и он просто бредил!

— Не понимаю, вы о чем?

Рита положила голову на сложенные кулаки.

— В тот день я здесь работала, в кафе. Крутилась, как обычно, настроение прекрасное, посетителей толпа, да еще Богдан про деньги сообщил...

Маргарита, напевая, носилась по залу, десять лет назад она еще сама обслуживала клиентов, экономила на официантке. Голова ее была занята совсем не служебными проблемами, она хотела выкроить пару часиков и смотаться на рынок за новой кофточкой, решила предстать перед Ломейко во всей красе, но бросить работу не получилось.

Около шести вечера затрезвонил телефон. Рита сняла трубку. Тогда мобильные имели редкие граждане, поэтому Маргарита блокировала в своем заведении «восьмерку», так, на всякий случай. Представьте удивление хозяйки харчевни, когда из трубки донесся холодно-официальный голос:

— Отдел расчетов беспокоит. С вашего номера седьмого декабря звонили в Алехино.

— Ошибка вышла, — бойко ответила Шпынь, — восьмерка отключена.

— Девушка, — процедила сотрудница телефонной станции, — по талону звонили.

— И какие ко мне претензии? — обозлилась Рита. — Сами небось знаете, талон с заранее оплаченным временем берут. Или решили два раза поживиться? Больно расторопные, сначала вам за талончик заплати, затем еще и за сам разговор?

— Неча жульничать! — взвилась собеседница. — Думали, мы не заметим? Талон срок действия имеет, вы воспользовались им, когда он в пустую бумажку превратился!

— Еще чего! Заплатил и говорил, — обозлилась Рита, она сразу сообразила, что услугой воспользовался Богдан.

Сама Маргарита в Алехино не звонила, а из посторонних на второй этаж мог подняться лишь Ломейко. Наверное, пока она таскала пакеты с посудой, жених с кем-то болтал.

— Полаялись мы крепко, — вздыхала сейчас Рита, — я на бабу наорала! Больно она меня завела. И Богдан хорош! За чертом тренькать в Алехино, оно тут в двух шагах, поезжай по дороге и встречайся с нужным человеком! Все равно ему в ту сторону ехать. Да я бы этот разговор с телефонисткой давно забыла, но только швырнула трубку, а она снова на рычаге трясется!

Рита решила, что ее опять беспокоит настырная операторша, схватила телефон и заорала:

— Отстань, надоела!

— Маргоша, — прозвучал в ухе голос матери Ломейко, — горе у нас. Богдашу избили, он в больнице, очень тяжелый.

Глава 26

— Вы дружили с матерью Ломейко? — спросила я.

Рита пожала плечами.

— Мы не дуры, было понятно, что скоро с Богданом поженимся, зачем нам гавкаться? Елизавета Андреевна делала вид, что в восторге от выбора сына, а я с ней никогда не сварилась. Худой мир лучше доброй ссоры.

— Вы и сейчас перезваниваетесь?

Рита помотала головой.

— Нет, после похорон мы не виделись. Елизавета Андреевна за поминальным столом на меня налетела чуть ли не с кулаками, дескать, из-за меня Богдаша погиб, я у него денег на кафе клянчила, вот он и пошел в долг брать! Пришлось на место бабу поставить! Я ей заявила: «Не надо грязи! Ни копейки из вашей семьи я не увела, наоборот, помогала, кормила Богдашу бесплатно, ни рубля он за обеды не платил, а ел каждый день. И не он в долг брал, а ему деньги вернули». Не успела я договорить, как Елизавету Андреевну переклинило! Кинулась ко мне, облила водкой из стакана, завизжала: «Убийца!» Ну я и ушла! Сама понимаешь, после такого охота чай вместе пить отпала. И с чего она опсихела! В больнице нормально держалась!

— Богдан не сразу умер?

— Через сутки.

— Что-нибудь говорил перед смертью?

Рита грустно глянула в сторону окна.

— Хочется думать, что он меня узнал, да только это неправда. Глаза он открыл, я обрадовалась, схватила его за руку, талдычу: «Богдаша, Богдаша, любимый». А он вдруг сказал очень четко: «Морозко!»

— Тебе холодно? — засуетилась Маргарита. — Еще одеяло принести?

— Меня... убили... — по-прежнему четко сказал Богдан.

— Кто? — затряслась Рита. — Ты видел его?

— Морозко, — повторил Ломейко и замолчал.

— Милый, говори, — стала умолять Шпынь, — еще хоть словечко.

Но водитель больше не раскрыл рта.

— Бредил он, — завершила разговор Рита, — невесть что ему чудилось! При чем тут Дед Мороз? Хотя декабрь был очень холодный, Новый год подкатывал.

— Так он о Деде Морозе вспоминал? — решила уточнить я.

— Ну да!

— Пять минут назад вы говорили про Морозко.

— Это же одно и то же, — улыбнулась Рита.

— Не совсем, — покачала я головой.

— Да какая теперь разница, — махнула рукой Маргарита, — Богдаша давно в могиле, уже кости истлели, а я три раза замужем неудачно побывала!

— Скажите, Рита, Алехино отсюда недалеко?

— Летом да!

— А зимой? — удивилась я. — Разве дорога от времени года зависит?

Маргарита оперлась локтями о стол.

— Алехино на той стороне реки, за свалкой. Если по шоссе ехать, то это крюк в двадцать пять километров. Но можно пешком добежать, от моего кафе быстрым ходом полчаса напрямик. Только зимой не дойти. Надо через лес плюхать, а он густой, сугробов до неба навалено, да и речка до конца не замерзает, она быстрая слишком, а морозов теперь нет. Вот летом просто, по тропочке до оврага, а затем вброд.

Раньше, когда химзавода не было, алехинцы так на рынок шастали, а потом городок вымер, немец фабрику построил, и людей на автобусе возить стали по шоссе. Мало кто про тропку помнит.

— Значит, зимой не пройти?

— Если снег лежит, то тяжело, впрочем, можно пробраться, да зачем? — пожала плечами Рита.

— Спасибо вам, — с чувством сказала я.

— Не за что, — ответила Маргарита.

— И последнее, не продадите мне ведро?

— Вот уж глупость придумала! — подпрыгнула Маргарита.

— Рита, вы хотите знать, кто убил Богдана?

— Ну... в принципе да, — осторожно согласилась Шпынь.

— Тогда продайте мне мусорку!

Маргарита встала и молча вышла, через пару минут она вернулась назад, грохнула на пол ярко начищенное ведро и сказала:

— Бери!

Я вынула кошелек.

— Сколько?

— Даром увози!

— Неудобно!

— На фиг оно мне, — нервно воскликнула Рита, — отпала охота его в туалете держать. И как я не догадалась! Несчастливое оно! Стоило сюда его принести — беды посыпались! Сначала Богдашу убили, потом замуж я неудачно выходила. На неудачу железка заговоренная, увози ее от меня!

Дом в Ложкине сверкал огнями, словно новогодняя елка. Не успела я войти внутрь, как Маруська выскочила в холл и зашептала:

— Муся, как ты долго! Все готово.

— Что? — изумилась я.

Маруська поманила меня пальцем.

— Иди сюда!

С загадочным видом Манюня привела меня в маленькую гостиную, расположенную в дальнем конце коридора, и спросила:

— Нравится?

— Замечательно, — покривила я душой, так и не понимая, почему должна испытывать восторг.

— Как живая, да? — ликовала Маня.

— Кто? — я перестала притворяться.

— Ничего не видишь?

— Нет.

Маруська принялась демонстративно кашлять.

— Кха, кха, кха...

На пятом приступе фальшивого коклюша занавеска зашевелилась, из-под нее выползла большая улитка и медленно двинулась в противоположный угол комнаты.

— Нашла брюхоногую! — возликовала я.

— М-да, — кивнула Маруся, — супер? Назвали ее Брунгильда! Мне имя понравилось, прикольное!

Внезапно улитка остановилась и упала на бок.

— Умерла! — испугалась я.

— Ира! — возмутилась Маруська, — сколько раз тебе говорить, не дергай леску.

— Она сама заваливается, — донесся голос домработницы.

Я завертела головой: где Ирка? Отчего ее не видно?

Драпировки на втором окне заколыхались, высунулась растрепанная голова Иры.

— Тама на паркете вмятина, — сообщила она.

— Пол ровный, — сердилась Маша, — ты просто резко леску подсекаешь, а надо плавно, нежно, не по-медвежьи!

— Если я Топтыгин, то сама ее тащи, — обиделась домработница.

— Брунгильда неживая, — с разочарованием отметила я.

— Плюшевая, — деловито уточнила Маня, — но если Ира аккуратно за леску потянет, Дегтярев примет ее за самую всамделишную улитку!

— Не прокатит, — скривилась я, — полковник не дурак!

Маруся прищурилась.

— Муся! Если мы не станем зажигать верхний свет, включим торшер, то классно получится. Ты сначала в Брунгильде не засомневалась!

— Пока она не свалилась!

— Вот! Очки Дегтярев потерял!

— Это я их спрятала, — призналась я.

— Классно! — одобрила Машка. — Полюбуется он на улитку и выгонит Марину.

— Она еще здесь?

— Ага, — с раздражением ответила Маня, — наглее никого не встречала! Прямым текстом ей сказала: «Убирайся прочь!» А она глазом не моргнула, развернулась и пошла наверх, как у себя дома. Ира! Лезь за занавеску, а ты, муся, тащи сюда полковника.

— Мы практически не пользуемся малой гостиной, под каким предлогом привести сюда Александра Михайловича?

— Придумай!

— Может, перенесем спектакль в столовую?

— Нет, — отказалась Маня, — там высокие подоконники и свет очень яркий. Мусечка, ты умная, сообразишь!

Как большинство людей, я легко становлюсь объектом манипуляций. Если кто-то начинает хвалить меня: «Ты храбрая, ловкая, смелая», то я готова выпрыгнуть из самолета без парашюта исключительно ради оправдания чужих ожиданий. Вот и сейчас, услыхав про свой редкостный ум, я помчалась в спальню к Дегтяреву и толкнула дверь.

Но, невиданное дело, она оказалась запертой, я удивилась — в Ложкине не принято закрываться.

— У тебя все в порядке? — крикнула я, дергая ручку. — Чего затаился? Ау? Отзовись! Сим-сим, откройся!

Дубовая створка слегка отошла от косяка, показалось востроносое личико Марины.

— Вы зачем шумите? — сделала мне замечание нахалка. — Саша отдыхает! Врач ему велел соблюдать полный покой!

В первую минуту я даже не поняла, о ком ведет речь медсестра. Никаких Саш в Ложкине нет, но тут до меня дошло, что столь фамильярно медсестра именует Дегтярева, который всегда был, есть и будет Александром Михайловичем.

Приступ злобы придал мне сил, я распахнула дверь и влетела в спальню Дегтярева. Полковник сидел в кресле, укутанный до подбородка в плед, все форточки оказались закрыты, в комнате царила неимоверная духота.

— Ты задохнешься! — констатировала я и живо распахнула окно.

— Ой, ой, — запричитала Марина, — она вас убить хочет! Петр Ильич прописал вам тепло.

Не обращая внимания на кудахтающую медсестру, я стянула с толстяка плед и не удержалась от нового замечания:

— С ума сойти, зачем ты нацепил лыжный костюм?

— Пар костей не ломит! — влезла с комментариями нахалка. — Больному человеку надо много есть и находиться в тепле.

— Жил такой врач, — язвительно сказала я, вытягивая полковника из кресла, — по имени Гиппократ, так он придерживался иного мнения и всегда повторял: «Холод, голод и покой — вот что ведет к выздоровлению».

— Я с ним не знакома, — заявила Марина, — он у нас в училище не преподавал!

— Гиппократ жил в древности, он давно умер, — язвительно заметила я.

— Я помладше вас буду, — заявила Марина, — вот и не застала его! О чем не знаю, о том спорить не стану. Может, в начале двадцатого века, ну в тысяча девятьсот первом году, когда вы родились, наука так и считала, но теперь медицина развилась, нынче иные принципы!

— Ну хватит, — вскипела я, — девушка, уезжайте, мы больше в ваших услугах не нуждаемся.

Марина шлепнулась в кресло, положила ногу на ногу и вдруг спросила:

— Мы — это кто?

— Обитатели этого дома, — сквозь зубы процедила я. — Если сейчас же не покинете особняк, я позову охрану!

Медсестра прищурилась.

— Полковник вам кто?

— Друг, — машинально ответила я.

— Документ имеете?

— Какой?

— Подтверждающий факт ваших отношений!

— Деточка, — снисходительно ответила я, — дружба не брак, свидетельств приятелям не выдают.

— Значит, вы для него пустое место, — гадко улыбнулась Марина, — вот сами и уходите из чужой комнаты. Саша прописан здесь, он имеет право на квадратные метры.

На долю секунды я растерялась, мы никогда не задумывались о юридических формальностях. Александр Михайлович просто живет вместе с нами. Да, он прописан в Ложкине, но должен же человек где-то быть зарегистрирован.

— А у меня имеется нужная бумага, — заявила Марина, — ознакомьтесь!

Я уставилась на подсунутый под нос листок.

«Дегтярев Александр Михайлович, именуемый далее Клиент, и Вострикова Марина Евгеньевна, именуемая далее Медсестра, заключили данный договор. Вострикова М.Е. обязуется оказывать патронажные услуги Клиенту в течение года за вознаграждение. Сумма указывается в приложении».

Поражаясь все больше и больше, я изучила документ до конца и решила проверить, правильно ли поняла его суть.

— Александр Михайлович нанял вас в качестве сиделки?

— Да, — кивнула Марина, — в отличие от вас, человека постороннего, я нахожусь в комнате Саши на законных основаниях, слежу за его самочувствием. Выгонять меня вон вы не имеете права! Спальня является суверенной территорией владельца, в ней распоряжается только он сам.

— Вам заплатили за услуги?

— Сполна!

Я изумилась еще больше. Конечно, Дегтярев достиг определенного положения, он полковник, его уважают коллеги и начальство, но вот маленькая деталь: денег у Александра Михайловича практически нет. Получив зарплату, приятель торжественно отдает ее Ирке со словами:

— Это на хозяйство.

К слову сказать, он не представляет, какие суммы надо вносить за коммунальные услуги, телефон, Интернет, электричество, охрану, чистку крыши от снега. И слава богу, что суровая правда жизни скрыта от толстяка, пусть он лучше пребывает в наивной уверенности, что его доход полностью покрывает расходы в Ложкине. Я не хочу будить в приятеле комплексы и не желаю, чтобы он чувствовал себя нищим. Но из какого кошелька Александр Михайлович заплатил Марине? Насколько я знаю, личная сиделка стоит дорого!

— Назовите свою цену, — потребовала я.

Марина поджала губы.

— Доллар в день, — наконец выдавила она, — еда и постельное белье за ваш счет. Саша рассчитался за год, отдал триста шестьдесят пять гринов, естественно, в рублевом эквиваленте! И нечего меня сверлить взглядом, я законы знаю, валютой не пользуюсь!

— Почему так дешево? — оторопела я.

— Грех дороже брать, — опустила бесстыжие глаза нахалка, — надо помогать людям бескорыстно.

И тут до меня дошла информация про постельное белье.

— Вы у нас поселитесь на целый год?

— Конечно, — закивала Марина, — Саше необходим уход, у него видения, глюки, всякая дрянь мерещится. А вы, хороша подруга, бросаете несчастного одного, голодного, холодного, отняли у Саши вкусную еду.

— Да, — неожиданно согласился с медсестрой полковник, — куска масла не выпросишь!

— Бедняжечка, — засюсюкала Марина, — не волнуйся! Принесу тебе сейчас сдобные тостики, положу на них по хорошему куску ветчины!

— И чаю с вареньем, — по-детски обрадовался полковник.

— Может, сгущеночки хочешь? — вскочила Марина.

— Муся, — раздался снизу голос Маши, — бегите скорей сюда! К нам пришла улитка! Прикольная! Больше Хуча!

Я схватила Дегтярева за руку.

— Слышал? Пошли вниз, сейчас от глюков и следа не останется.

Глава 27

Не обращая внимания на недовольное шипение Марины, я дотолкала Александра Михайловича до малой гостиной. В комнате был предусмотрительно погашен верхний свет.

— Глядите, глядите! — ажитированно закричала Маня. — Вон она!

— Действительно! — с фальшивым изумлением подхватила я. — Гигантская улитка! Она ползет! Эй, Дегтярев, не молчи!

Полковник издал странный звук, похожий одновременно на хрюканье и кудахтанье.

— Значит, она существует? — спросил он. — Я здоров?

— Да! — заорали мы с Маней хором.

— Галлюцинаций не было? — медленно осознавал происходящее полковник.

— Нет, она живая, — возвестила из-за занавески Ирка.

Приятель вздрогнул.

— Это кто сказал?

— Я, — в унисон поторопились мы с Марусей.

— Голос знакомый, но вроде другой, — засомневался толстяк.

— Странная она, — звонко возвестила Марина и зажгла верхний свет.

Многорожковая люстра вспыхнула всего на пару секунд, Маруся ухитрилась ловко выключить освещение, но медсестра уже заподозрила неладное. С воплем:

— Не обманете, — она ринулась вперед и попыталась сцапать плюшевую Брунгильду.

Ирка проявила чудеса ловкости, не успела Марина скакнуть к подоконнику, как улитка понеслась ко второму окну. Бойко пролетев пару метров, Брунгильда упала на бок и продолжила движение вперед.

— Она фальшивая! — взвилась Марина. — Там человек стоит! Саша, нас дурят!

— Сама ты обманщица, — зашипела Ирка, не забывая дергать за веревку.

Медсестра попыталась раздвинуть шторы, Ирка изо всех сил сопротивлялась нападению. Маша вцепилась в Марину, я схватила девочку за плечи... Ситуация стала напоминать бессмертную сказку «Репка», один Дегтярев пребывал в растерянности, он мялся у стены, не принимая участия в битве.

— Что здесь происходит? — изумилась Зайка, входя в гостиную. — Чем вы занимаетесь?

— Врешь, — завизжала Марина, изо всех сил дергая гардины, — вылезай, б...!

Ольга притихла, и тут большой дубовый карниз с затейливой резьбой начал медленно съезжать со стены. Я моментально оценила размер бедствия.

Когда мы отделывали дом, дизайнером была Зайка, она выбрала светло-кремовые двери и легкие пластиковые карнизы. Ольге хотелось, как она выразилась, «сделать пространство воздушным». Я не спорила. Во-первых, переубедить Ольгу в задуманном нереально, с таким же успехом можно уговаривать пирамиду Хеопса переместиться в Индию. А во-вторых, мне глубоко наплевать на колер дверей и карнизов. Маня и моя подруга Наташа были солидарны со мной. Первая молча кивнула, услыхав про кремовый цвет, а вторая даже не поняла, о чем речь.

— По-моему, великолепная идея! — рассеянно произнесла Наташа после пламенной речи Зайки о «воздушности» гостиных. Она в это время правила свой новый роман. — Очень хорошо!

Ольга решила, что получила карт-бланш на все действия, и мимоходом сообщила мужу о своих планах. От кого, от кого, но от Кеши она не ждала сопротивления.

Как же фатально ошиблась Зайка! Наш адвокат,

безропотно переживший пол из розовой акации, дурацкую лепнину с розетками на потолке, холодильник из сверкающей нержавейки и табуретки на одной ноге, просто разъярился при упоминании о кремовых дверях и карнизах.

Неделю в семье бушевала битва, и Ольге, невиданное дело, пришлось капитулировать! Аркадий сам отправился в мастерскую, и очень скоро особняк украсился невероятно тяжелыми дверями из цельного массива дуба и карнизами с затейливой резьбой. Как вешали последние, рассказывать не стану, скажу лишь, что они несколько раз пытались упасть, под их тяжестью гнулись крепления, в конце концов в стены заколотили штыри длиной с меня, а толщиной в Дегтярева, вот они и держат карнизы и занавески. Но сейчас, под весом болтающейся на шторах отнюдь не худенькой медсестры, дубина пришла в движение.

— Спасайтесь! — заорала я, но было поздно.

С грохотом карниз обвалился, Марина упала раньше, на нее рухнула конструкция из дерева и тряпок, а сверху приземлилась стоявшая на подоконнике Ирка.

— Ой, ее задавило! — заорала Машка, кидаясь на помощь медсестре.

Маруся добрый человек, она всегда готова выручить даже неприятную личность из беды, но ей мешают торопливость и порывистость.

Вот и сейчас, желая побыстрей вызволить нахалку, Манюня кинулась, не глядя под ноги, запнулась о веревку, привязанную к Брунгильде, попыталась удержаться на ногах, схватилась за торшер и начала падать...

Раздался звон — торшер завалился набок и разбил оконное стекло. По гостиной мгновенно пошел гулять холодный ветер.

— Жесть! — заорала Зайка, хватая с дивана подушку и затыкая ею дыру. — Спокойно, без паники!

— Командовать буду я, — оживился полковник, — всем смирно!

Пока Ольга и Александр Михайлович спорили, кто из них главный, я помогла Ирке встать, отправила ее за совком и веником, потом мы с Маней еле-еле стащили с Марины карниз.

— Ты жива? — забыв про обиду, спросила я.

— Нога! — простонала медсестра.

— Боюсь, у нее перелом! — протянула Маня, изучая лодыжку Марины.

— Может, ты ошибаешься? — с надеждой спросила я.

— Нарастающий отек, — начала загибать пальцы дочь, — бледность кожи, еще у животных шерсть мгновенно выпадает от страха.

— Последнего симптома нет, — радостно отметила я, — может, это просто вывих?

— Способна ли собака сломать ключицу? — хмыкнула Машка. — Подобное невозможно!

— Почему? — спросила я, подсовывая под голову медсестры подушку.

— У псов нет ключицы, — заявила Маня, — а у Марины отсутствует шерсть! Нечему выпадать!

Я бросилась вызывать «Скорую».

Бригада прибыла неожиданно быстро, две хмурые тетки вошли в гостиную, одна взгромоздила на стол железный чемодан, вторая мрачно оглядела Марину, карниз, занавески и лениво спросила:

— Чем вы тут занимались?

— Я пошел смотреть улитку, — решил, как всегда, быть первым полковник, — она ползла там, в простенке.

Врач моргнула.

— А Марина бросилась к Брунгильде, — перебила его Маня, — все Ирка виновата, развыступалась!

— Я молчала! — ринулась в бой домработница. Волокла на веревке Брунгильду.

— Так она фальшивая! — осенило полковника. — Вы решили опять меня обдурить!

Доктор покраснела.

— Марина схватила улитку, — дополнила выступающих я, — но потом увидела ноги Ирки, думаю, они в щель между полотнищами высунулись!

— Ни фига подобного! — затопала Ирка. — Я стояла тихо как мышка!

— Голосистый грызун, — отметила Маня, — на фиг ты Брунгильду завалила?

— А кто торшер уронил? — пошла в атаку Ирка.

— Спокойно! — трубно возвестила медик. — Пусть говорит один человек.

— Я! — хором закричали все.

— Похоже, надо милицию вызывать, — жестко заметила врач, — зафиксировать факт драки.

— Менты тут! — запрыгала Маня. — Они у нас свои, не по вызову! Знакомьтесь, полковник Дегтярев, ща я его удостоверение притащу.

— Вы сотрудник органов? — изумилась доктор.

Толстяк одернул верхнюю часть спортивного костюма и привычно представился:

— Полковник Дегтярев Александр Михайлович.

— Ирина Петровна Лаврова, — машинально ответила врач, — что у вас случилось?

— К нам приехала Вера Рыбалко, — завела Маша, — с улиткой Джульеттой! Мы побоялись, что Александр Михайлович рассердится!

— Улитка по дому ходила, — вступила в беседу Ирка, — чистый каток, даже Хуч упал, хорошо, что ничего не сломал.

— Потом она улетела в Лондон! — продолжала Маша. — А полковник вызвал «Скорую», приехали Марина и Петр Ильич, они ему глюки убирать решили.

— Пришлось рассказать правду, — вздохнула

я, — но он не поверил, и что нам оставалось делать? Она решила у нас целый год жить!

— Улитка? — уточнила Ирина Петровна, оседая на диван.

— Нет! — подпрыгнула Маня. — Она в Лондоне! Марина! И тогда я ее привязала за веревку.

— Марину? — склонила голову набок доктор.

— Брунгильду, — терпеливо объяснила Маруся, — а Ира ее с окна тянула! Здорово ползла, без света супер получилось, но затем она его включила!

— Улитка? — окончательно потеряла нить разговора врач.

— Марина!!! — начала выходить из себя Ирка. — Как вцепится! Как зарычит: р-р-р-р! Банди отдыхает!

Услыхав свое имя, пит, до сих пор мирно сидевший у стены, тихонечко гавкнул. Ирина Петровна вздрогнула и спрятала ноги под диван.

— Он безобидный, — поспешила я успокоить врача, — абсолютный тюфяк, обожает поесть и совершенно не способен на решительные действия. Милый мальчик!

— Между прочим, у меня диплом по стрельбе, — возмущался Дегтярев, — я получил его в восемьдесят шестом году и, если понадобится, сумею использовать приемы самбо! Вовсе я не бесполезный тюфяк!

Мне стало смешно, я имела в виду Банди, а не полковника, ну почему толстяк принимает любые высказывания на свой счет? Наверное, это от раздутого самомнения, а еще Александр Михайлович ведет себя, как школьник, которого ругает злая директриса. Пару дней назад я услышала, как Ирка причитала на кухне:

— Ну какая собака полезла в ведро, вытащила из него обертки от конфет, обжевала их и на пол наплевала, а?

— Это не я, — тут же заявил полковник, — я даже не приближался к отбросам.

Ну скажите, такая реакция нормальна? Ирка-то имела в виду собак, она хотела вычислить, кто из четвероногих нахулиганил, а Дегтярев поспешил оправдаться. Это начинающийся старческий маразм или генетический идиотизм?

— А потом она на занавеску прыгнула! — замахала руками Маня.

— Улитка? — нервно воскликнула Ирина Петровна.

— Марина! — ожила Ира. — На бок упала, я ее на бечевке тянула!

— Марину?

— Улитку!

Врач издала стон. Я покачала головой: ну почему любая ситуация, если о ней рассказывать подробно, кажется идиотской? Пора вмешиваться.

— Ирина Петровна, не волнуйтесь, — ласково улыбнулась я, — никакого криминала или драки не было. Обычная бытовая травма!

— Рабочая, — занервничала Марина, — по бытовой за бюллетень не заплатят! Я нахожусь на службе! Защищала больного от улитки! Они его дурят!

— Ничего не понимаю, — устало заявила врач.

— И не надо, — сказала я, — в бумаге просто укажите: в процессе ловли улитки молодая женщина решила вскарабкаться на штору и упала. Обычная история, каждый день такие случаются.

— Хорошо, — неожиданно согласилась доктор.

— Мне больно, — заныла Марина.

— Пострадавшую надо отнести в машину, — скомандовала врач, — отвезем в травму, сделаем рентген. Ой!

— Что-то случилось? — спросила Зайка, глядя на покрасневшего врача. — Хотите кофе?

— И от бутербродов не откажемся, — подала голос до сих пор хранившая молчание девушка.

— Инга! — укоризненно воскликнула Ирина Петровна. — Мы на службе.

— Так чего? — пожала плечами Инга. — Пока вы документы оформляете, я сандвич съем, дом богатый, неужели им кусок сыра жаль?

— Пошли на кухню, — скомандовала Ирка.

— Лучше сюда принеси еду, — велела я.

— Не стоит беспокоиться, — быстро сказала Ирина Петровна, — зачем туда-сюда чашки таскать. Ой-ей-ей!

— Вам плохо? — напряглась я.

— Я великолепно себя чувствую, — заверила врач, — вот только, ой-ей-ей! Не вынимаются!

— Кто?

— Что?

— Откуда? — начали задавать вопросы присутствующие.

— Ноги, — призналась пунцовая от смущения врач, — понимаете, когда он тявкнул...

— Я молчал! — живо оправдался полковник.

— Я говорю про собаку, — побагровела Ирина Петровна, — я испугалась, сунула ноги под диван и теперь не могу их вынуть, ну никак!

Маруська нагнулась и присвистнула.

— Во прикол! Там, под сиденьем, деревяшка торчит! И как вы под нее лапы пропихнули?

— Не знаю, — простонала врач, — случайно! От страха, он гавкнул...

— Я молча стоял, — занервничал полковник.

— Надо поднять диван! — предложила Ольга, и тут в комнату вошел Кеша.

— Очень вовремя, — обрадовалась Зайка, — вот он нам сейчас и поможет. Чего ты так поздно?

— Еле-еле из тюрьмы вышел, — пояснил Аркадий, — контролеры озверели. Ладно на входе, понятное дело, пока всех обшмонают, ощупают, но на выходе проверять! Нет бы дверь открыть и сказать: «Валите, господа, из Бутырки живо». А то скопили очередь, жетоны как под наркозом забирают! Между прочим, мне завтра назад! Слышь, Дегтярев, у тебя никого знакомого в изоляторе нет? Ей-богу, надоело мне в духоте париться!

Ирина Петровна из бордово-красной стала сине-белой. Я от души посочувствовала бабе, ну откуда ей знать, что Аркашка не уголовник, а преуспевающий адвокат. В тюрьме он беседовал с подзащитным.

— Потом поговорите! — перебила мужа Зайка. — Надо диван поднять!

— Хорошо, — кивнул Аркадий, которого семейная жизнь приучила не задавать лишних вопросов.

Кеша редко спорит с Ольгой, если она велит передвигать мебель, исполняет ее желание — и свободен. Все равно Зайка настоит на своем.

— Эту софу тягать? — спросил Аркашка.

— Да! — кивнула Ольга.

— Сделайте одолжение, встаньте, пожалуйста, — обратился он к врачу.

— Не могу, — неожиданно кокетливо сказала Ирина Петровна.

— Один я не сумею вас поднять, — занервничал Кеша.

— Я помогу тебе, — вызвалась я.

Аркашка хмыкнул.

— Мать, лучше не лезь.

— В конце концов, тут есть я! — гордо возвестил Дегтярев. — Слава богу, в семье не один мужчина!

— Милый, сходи принеси мне шарф, — попыталась я предотвратить надвигавшуюся беду, — а то от окна холодом тянет.

Но приятель не обратил никакого внимания на мою просьбу, он подошел к дивану и ухватил его сбоку, Кеша пристроился с другой стороны.

— Ну, раз, два, три, взяли! — скомандовал Дегтярев.

Диван пошатнулся, Ирина Петровна завизжала, я закрыла глаза, мысленно вознося молитвы за здравие несчастной докторши.

Если какая-то неприятность должна случиться, она непременно произойдет. Это правило в нашей семье срабатывает безотказно, не подвело оно и сейчас.

Более сильный Кеша слишком высоко задрал свой край дивана, полковник не выдержал нагрузки, диван накренился в его сторону.

— Падает! — завизжала Зайка.

В ту же секунду спинка перевесилась вперед, Ирина Петровна со стуком грохнулась на пол, на нее опрокинулся диван, и возникла тишина, такая, что стало слышно, как собаки, сбившиеся в кучу, дрожат от ужаса.

— Хуч, не стучи зубами, — прошептала Машка.

— Они живы? — промямлила Ольга.

— Я не ранен, — ответил Дегтярев.

— Надо поднять диван! — засуетилась Зайка.

— Нет, нет, — попыталась я остановить Ольгу, — сейчас позвоню на охрану, придут сильные секьюрити и помогут.

— Зачем нам чужие мужики! — негодовал полковник. — Сами разберемся, Кеша, хватай!

— Стойте! — замахала я руками.

— Что еще? — скривился Дегтярев. — Лучше молчи, уже помешала, из-за тебя диван перекувырнули!

— Из-за меня? — возмутилась я.

— А из-за кого? — раздраженно поинтересовался толстяк. — Народная примета: если Дарья в комнате, жди неприятностей!

Это было уж слишком, мне несвойственно дуться на домашних, но сейчас стало очень обидно. Не говоря ни слова, я развернулась и вышла в коридор, Маня кинулась за мной.

— Мусенька, не обращай внимания! Полковник болен, — зашептала она, — он простудился, вот и злится.

— Все нормально, — улыбнулась я, — у меня мигрень началась, хочу лечь.

Из гостиной послышался оглушительный грохот, треск, звон, вопли... Маруська кинулась назад, я поколебалась несколько мгновений, потом пошла к лестнице. Может, я и являюсь генератором неприятностей, но сейчас мое отсутствие не помогло толстяку: похоже, диван вновь уронили.

Глава 28

Упиваясь обидой, я легла в кровать, взяла детектив Татьяны Поляковой и начала читать, с легким злорадством отмечая, что на первом этаже происходят действия, приближенные к боевым.

До моей комнаты долетали приглушенные звуки скандала, иногда вдруг громко звенел голос Зайки, слов я не могла разобрать, но было ясно: Ольга неимоверно зла.

В районе полуночи дверь в спальню начала тихонько открываться, я живо погасила лампу и засопела.

— Дарь Иванна! — прошептала какая-то женщина. — Вы спите?

Я продолжала изображать даму в глубоком анабиозе.

— Муся, — тихо окликнула меня Машка, — ответь!

Но мне не хотелось откликаться, поэтому я стала легонько похрапывать.

— Слышь, Марин, — сказала Маруся, — считаю,

мы все правильно придумали. Ну не будить же мусечку!

— Ни в коем случае, — ответила медсестра, — а то потом до утра не заснет! Ладно, пошли, эй, эй, ты куда, фу!

— Оставь Хуча, он всегда с мусей спит, — объяснила Машка.

— Такой милый, — свистящим шепотом сказала Марина, — я дико собак люблю!

Послышался звук поцелуя, я приоткрыла один глаз, но ничего не увидела, в комнате царила полная темнота. Кровать вздрогнула, на меня навалилась тушка Хуча, мопс обожает кемарить, взгромоздившись мне на спину. Я попыталась спихнуть Хучика, потерпела неудачу и неожиданно заснула по-настоящему. Последней мыслью, промелькнувшей в голове, было недоумение: зачем Марина и Маша явились ко мне в спальню посреди ночи и почему они вели себя как две подруги?

Не зря русский народ придумал поговорку про мудрое утро[1]. Впрочем, немцы тоже считают, что с любой проблемой надо провести ночь, и решение непременно найдется.

Я проснулась в девять, умылась и сразу поняла, как нужно действовать.

В столовой никого не оказалось, впрочем, отсутствие домашних не удивляло, сегодня будний день, все разъехались на работу, а Ирка порулила на рынок.

Я налила в чашку кофе и схватилась за трубку.

— Алло! — нервно воскликнул Миша Медведев.

— Как у вас дела? — быстро спросила я.

---

[1] Утро вечера мудренее.

— По-прежнему, — мрачно ответил Михаил, — это кто?

— Не узнал? Даша Васильева. Скажи, Таня...

— Жива, — перебил меня Медведев, — в сознание пока не приходит.

— А что врачи говорят?

— Ничего конкретного, — вздохнул он, — состояние стабильно тяжелое, мол, скажите спасибо, что нет отрицательной динамики, надо ждать, мы делаем все необходимое, ну и так далее.

— Сообщи мне, когда Таня очнется!

— Непременно, — ответил Михаил и, забыв попрощаться, отсоединился.

Я покачала головой и набрала тот же номер. Встречаются люди, которые не думают о собеседнике, ты еще не успел задать все вопросы, а твой звонок уже «сбросили».

На этот раз Миша не спешил к телефону, я, терпеливо слушая гудки, взяла из вазочки овсяное печенье, засунула в рот, и тут Медведев заорал:

— Говорите!

Я попыталась проглотить печенье, но ничего, кроме «кха, кха, кха», произнести не сумела.

— Отстань! — завопил Миша. — Шантажистка, б...! Тебе сообщили неправду. Имей в виду, меня на понт не взять! Знает она все!

— Миша, извини, — я наконец проглотила комок, — я хотела спросить...

— Ты кто? — по-прежнему зло гаркнул Медведев.

— Даша Васильева.

— Что у тебя с голосом?

— Прости, я печеньем подавилась! Как Настя? Освоилась дома?

В трубке повисло молчание, потом Михаил ледяным тоном ответил:

— Сказал же, нормально все у нас!

— А кто тебя шантажирует? — выпалила я. — На кого ты сердишься? С кем меня перепутал?

— Так, рабочий момент, — обтекаемо ответил приятель, — в бизнесе вечная круговерть! Все! Я занят! Дел по горло! В больницу надо успеть, потом совещание, недосуг мне трепаться! Вечером покалякаем, но не сегодня, а через недельку! Чао!

Из трубки понеслись гудки. Я допила кофе и набрала номер Елены Сергеевны, в голове у меня начала смутно оформляться некая мысль, поэтому, прикрыв мембрану носовым платком, я сказала:

— Госпожа Кругликова?

— Да, — испуганно ответила Елена Сергеевна.

— Я все знаю!

Старуха издала стон.

— Опять вы!

Я испытала прилив радости, иду по верному пути. Все-таки женская интуиция великое дело, я сразу поняла, что Миша стал жертвой шантажа, и подумала: навряд ли это связано с его работой. Нервная реакция Медведева говорит о том, что вымогатель беседует с ним не первый раз. У Михаила, богатого бизнесмена, есть служба безопасности, почему он не приказал сотрудникам начать охоту на шантажиста? Да очень просто. Миша скрывает некую тайну, о которой он не намерен распространяться. И я знаю, о чем идет речь! Кто-то узнал, что Лариса Кругликова жива и находится в Фолпине много лет. Медведев обманщик, он незаконным путем раздобыл свидетельство о смерти жены и пошел в загс с Татьяной. Вот только регистрация брака фикция, на самом деле Михаил до сих пор муж Кругликовой, а Таня ему формально никто, ведь он не разведен с Ларисой. Михаил двоеженец, а Таня его любовница. Ну а теперь вспомним, что Миша, как большинство богатых людей, пресытился бизнесом и собрался стать депутатом. Представьте радость журналистов, которые, начнут строчить статьи под заголовками типа: «Кандидат лжет» или «Скандал в неблагородном семействе».

Но если некто знает про Ларису Кругликову, он, вероятно, захочет запугать и Елену Сергеевну. Конечно, никакого публичного разоблачения тут не затеять, но со старухи можно получить нехилую сумму, пенсионерку обеспечивает тот же Михаил.

— Что вы хотите? — лепетала тем временем Кругликова. — Зачем меня тираните?

— Сама знаешь, — обтекаемо ответила я.

— Я не виновата!

— Неправда.

— Я в тот день сидела дома!

— Неправда!

— Ну... перепутала дату... бывает! Но я его не убивала!

— Неправда! — упорно твердила я, ничего не понимая.

— Клянусь своей жизнью!

— Лжете.

— Когда я к нему подошла, он уже умер! Честное слово, поверьте, — заплакала Елена Сергеевна, — это случайность! Она там лежала! Руки в крови, рядом палка, железная! А он уже умер! Это не я! Не я! Ей-богу!

— Неправда!

— Послушайте, — зашептала старуха, — будьте милосердны и скажите, наконец, чего вы хотите? Звоните каждый день, пугаете, я на грани самоубийства, больше так не могу, я сейчас выпрыгну из окна! Вы превратили мою жизнь в ад! В ад! В ад!!!

— Давайте встретимся, — предложила я.

— Возьмете деньги и отстанете от меня? Говорите, сколько! — обрадовалась Елена Сергеевна.

— В восемь вечера, — ответила я, — в кафе в магазине ЦУМ. Надеюсь, знаете, где расположен торговый центр?

— Конечно, конечно, я не опоздаю!

— Приходите одна.

— Непременно. Сколько?

— Деньги не берите.

— Вы не хотите получить плату за молчание? — опять впала в истерику Елена Сергеевна.

— Поговорим и обсудим ситуацию, — обтекаемо сказала я и отсоединилась.

Михаила мне сломать не удастся, он опытный человек, ни за что не расколется, с какой стороны к нему ни подходи. А Елена Сергеевна напугана, похоже, до последней стадии. Представляю, как она обомлеет, увидев в кафе меня. Пусть помучается до вечера, легче сдастся.

Теперь на очереди был номер Богдана Ломейко. Мало надежды на то, что Елизавета Андреевна, мать погибшего шофера и сестра Зои Андреевны Килькиной, возьмет трубку. Ее квартира, несмотря на присутствие мебели, выглядела нежилой, но ведь кто-то оплачивает услуги телефонной станции! Кстати, я поняла, почему номер до сих пор числится за погибшим Богданом. Когда умирает хозяин жилплощади, то наследник, и в данном случае мать, переоформляет документы на себя. Дело это муторное, приходится часами сидеть в очередях, пытаясь добиться от сотрудников ЖЭКа всяких бумажек. Тот, кто хоть один раз проходил эту процедуру, сейчас понимающе вздохнет. А ведь, кроме самой квартиры, есть еще электричество и телефон. Вот про них люди частенько забывают, платят исправно по квитанциям, не задумываясь о том, на чье имя зарегистрирован аппарат. Елизавета Андреевна небось после смерти сына забыла пройти формальности, а телефонистам без разницы, кто владелец телефона, лишь бы плата регулярно капала.

— Алло, — вдруг сказал тихий голос.

От неожиданности я растерялась.

— Здравствуйте. Можно Елизавету Андреевну Ломейко?

— Кто ее спрашивает?

— Из собеса.

— Откуда? — не поняла собеседница.

— Скоро Новый год, — начала я вдохновенно врать, — мы раздаем подарки одиноким пенсионерам. Ломейко одна из нашего списка. Ничего особенного в пакете не будет, немного продуктов, конфеты. Дайте трубочку самой Елизавете Андреевне.

— Ее нет!

— Ой, она переехала! Подскажите новый адрес.

— А зачем вам?

— Подарок отдать надо!

— Вы его себе оставьте!

— Гуманитарная помощь дело серьезное, у меня ведомость есть, в ней расписаться надо. И потом, что значит «оставьте себе»! Это воровство получится. Подарок предназначен не вам, а Елизавете Андреевне, подскажите мне адрес Ломейко.

— Она живет на даче, далеко.

— Ладно, — я решила слегка напугать девушку, — спасибо, я сама узнаю, где находится Ломейко. Сделаю запрос в милицию.

— Не надо, — повысила голос собеседница.

— Ну вы же не хотите помочь государственной служащей, которая осуществляет благотворительную акцию, можно подумать, что боитесь моей встречи с Ломейко, — подлила я масла в огонь.

— Поселок расположен неудобно, — начала оправдываться девушка, — от электрички надо на автобусе ехать, а он зимой практически не ходит.

— Ну ничего себе! Теперь я точно обращусь в милицию! Бросили старуху одну невесть где! Вдруг ей плохо станет!

— А вот и неправда! Я с ней живу!

— Но вы-то в городе!

— Приехала по делам, вечером вернусь. Если хотите, можете мне отдать подарок.

— А вы ей кто?

— Внучка. Кстати, у меня есть доверенность на получение ее пенсии.

— Ну ладно, — протянула я, — когда и где пересечемся?

— Через полчаса у метро «Маяковская».

— Я не успею.

— Тогда вечером, в двадцать три тридцать, на Рижском вокзале.

— И как мы друг друга в толпе узнаем?

— Заходите в кафе «Астра», я блондинка с голубыми глазами, буду в ярко-красной куртке, с сумкой, на которой изображена кошка. А вы как выглядите?

— Точно так же, — усмехнулась я, — только с большим черным портфелем.

— Не опаздывайте, — предупредила девушка, — а то я не успею на последнюю электричку, — и отсоединилась.

Я потерла руки, осталось совсем легкое дело, сначала звякну в департамент здравоохранения Московской области, а потом поеду туда.

Глава 29

Если хотите, чтобы чиновники были с вами любезны, представьтесь журналистом из крупной газеты или, еще лучше, работником телевидения. Попасть на голубой экран мечтает большая часть человечества, вот почему столь популярны всяческие шоу, где присутствует публика. Посидит человек в зале, поаплодирует основным участникам и ощущает себя героем. Соседи и коллеги по работе непременно скажут:

— Видели, видели тебя в телике, шикарно выглядел.

И на улице могут узнать, станешь знаменитостью. Есть еще один нюанс — у представителей прессы никогда не спрашивают документы, отчего-то основная масса народа, услышав фразу: «Я из газеты», верит собеседнику на слово, хотя это неразумно, соврать можно все, что угодно.

Но сегодня людское простодушие играло мне на руку. Войдя в пафосное офисное здание, я побродила по этажам, нашла нужный кабинет, вежливо постучала, услышала приветливое «Входите» и толкнула дверь.

Полная дама в бежевом костюме, делавшем ее похожей на слониху, стояла у открытого сейфа.

— Вы ко мне? — не по-чиновничьи приветливо осведомилась она.

— Я ищу Веронику Львовну Рудниченко, — улыбнулась я.

— Входите, садитесь, — предложила хозяйка кабинета, захлопнула сейф, с видимым усилием втиснулась в кресло и спросила:

— Чем могу помочь?

Я представилась.

— Меня зовут Даша Васильева, работаю редактором на программе «Здоровье», наверное, вы видели наши передачи, их ведет Елена Малышева?

— Ну конечно, — закивала Вероника Львовна, — вообще-то, как человек с высшим медицинским образованием, я не люблю всякие там шоу, где про лечение керосином рассказывают. Но Елена Малышева врач, из профессорской семьи, очень уважаемый человек, ведет просветительскую работу, и она настоящий профессионал!

— Мы задумали сделать сюжет о маленькой больнице, — затараторила я, — знаете, на селе и в крохотных городках часто работают настоящие подвижники, замечательные специалисты.

— Верно, — кивнула Рудниченко, — полностью согласна с вами. Последнее время медицину только ругают, но, поверьте, есть еще врачи от бога.

— Наш выбор пал на клинику в населенном пункте Алехино, это Подмосковье.

— Алехино, Алехино, — забормотала Вероника Львовна и включила компьютер, — почему вы именно ее надумали отметить?

Моя улыбка стала ослепительной.

— Десять лет назад наш главный редактор случайно туда попала, ее сняли с поезда с приступом аппендицита. Если откровенно, то она очень испугалась: маленькая больничка, как тут соперируют, но до Москвы ей было не доехать, совсем плохо стало. Операция прошла на удивление хорошо, вот теперь хотим дать в репортаже еще и ее рассказ, понимаете? Так сказать, живой свидетель!

Я заморгала и уставилась на Веронику Львовну. Очень надеюсь, что она не спросит: «Зачем ваше руководство ждало десять лет? Почему сразу не прислало съемочную группу в Алехино?» Но Рудниченко кивнула.

— Понимаю, но посодействовать не могу, этой больницы уже нет!

— Куда она подевалась?

— И Алехино исчезло с карты, я имею в виду как населенный пункт, теперь на этом месте огромный производственный комплекс.

— Вот не повезло! — заохала я. — Документы больных сожжены!

— Что вы, — снисходительно ответила чиновница, — мы храним истории болезни длительный срок, не менее двадцати пяти лет, а сейчас, в связи с поголовной компьютеризацией, предполагаем вечно держать сведения в базе данных, мало ли что.

— И где архив Алехинской больницы?

— Он передан клинике в Ворске, кстати, там теперь главным врачом работает Игорь Никитович Сопельняк, десять лет назад он служил в Алехине и оперировал вашу начальницу, других хирургов в больнице не было.

— Как с ним связаться? — затряслась я от нетерпения.

— Легче легкого, — засмеялась Вероника Львовна. — Одну секундочку!

Рудниченко вынула из стола справочник, полистала замусоленные страницы, взяла трубку и сказала:

— Добрый день, это Вероника Львовна. Игорь, ты? Чудесно! У меня в кабинете сидит милейшая женщина, Даша, она редактор программы «Здоровье». Да, да, телевизионной. Хотят снять сюжет! В частности, и о тебе! Ладно, не скромничай, страна должна знать своих героев. Заодно, кстати, и аппаратом похвастаешься, зря, что ли, его выбивал? Теперь гордись. Когда? Сегодня до полуночи?

Рудниченко посмотрела на меня.

— Прямо сейчас отправлюсь, — заверила я ее, — если не будет больших пробок, быстро доеду.

Сначала Игорь Никитович устроил мне экскурсию по клинике, потом накормил в местной столовой, затем мы довольно долго беседовали в его кабинете, наконец я сочла момент подходящим и спросила:

— Много у вас людей умирает?

Главврач нахмурился.

— Пьют крепко, отсюда и высокий процент смертности, не хотят диспансеризацию проходить, приползают к нам в таком состоянии, что можно сразу в морг помещать. А потом крик поднимается: медицина никуда не годится. Вот вам недавний случай. Поступил к нам Возкин Семен, сорока девяти лет, с тяжелейшим инсультом, одни глаза двигались, да и то не очень. Стали беседовать с семьей, выясняются детали. Месяц назад у Семена начал заплетаться язык и онемели пальцы на руке. Никто — ни жена, ни мать, ни он сам — не обратил внимания на эти симптомы. Бабы посчитали мужика привычно пьяным, а Возкин решил: само пройдет. Тридцать дней его шатало из стороны в сторону. Я-то понимаю, что это был инсульт. Семену вначале повезло, удар пришелся в теменную область, в этом случае больные легко восстанавливаются, следовало немедленно начать лечение. Но Возкин продолжал водить трактор и пить водку. Результат? Его шандарахнуло по полной программе, полежал недельку и скончался. Чего в этой истории больше? Безграмотности? Глупости? Российского пофигизма? Наплевательского отношения к себе?

— Да уж! — вздохнула я. — А на столе у вас погибали?

— У каждого врача есть свое кладбище.

— Помните несчастных?

— Не поверите, — потер затылок Сопельняк, — всех помню. Зря считают хирургов бездушными. Пациенты часто жалуются: «Вот анестезиолог накануне операции приходил, мило беседовал, утешал, просил не волноваться, старшая медсестра подбегала, обещала непременное выздоровление, а хирург пальцем потыкал и ушел. Грубиян!» Это просто психологическая защита, я не могу сближаться с больным. Думаете, зря большинство из нас отказывается оперировать близких людей?

— Наверное, потом тяжело сообщать родственникам о смерти пациента!

Сопельняк признался:

— Я не хожу, отправляю Анфису, она умеет с людьми беседовать.

— И дети погибают?

Сопельняк кивнул:

— Да, на моем столе двое ушло. Мальчик под поезд попал, беспризорник. Анфиса по сотрудникам бегала, рубли собирала, все причитала: «Ну как же так, давайте его по-человечески похороним, ребенок ведь». А вторая девочка, вот уж кому не повезло! Мать дура! Сама дочь загубила!

— Каким образом?

Сопельняк вынул портсигар и начал перебирать темно-коричневые сигареты.

— Самым простым, — сказал он, — я тогда в Алехине работал, больница была недалеко от станции, поступил вызов, срочно к московскому поезду, ребенку плохо, острый живот.

Игорь Никитович выбрал сигарету и начал искать зажигалку, я с напряжением ждала продолжения истории.

Сопельняк велел готовить операционную, он сразу понял, что дело серьезное. Обычно скорые поезда в Алехине не останавливаются, проскакивают маленькую станцию с оглушительным гудком. До столицы от силы двадцать минут пути, если же ради ребенка состав остановили, то, значит, малышу совсем плохо.

Едва Игорь Никитович глянул на привезенную девочку, он сразу понял, что это перитонит. Пока ребенка готовили к операции, хирург быстро расспросил мать и испытал острое желание надавать дуре пощечин.

— Живот у нее неделю ноет, — тупо говорила тетка, — то схватит, то отпустит. А сегодня утром так скрутило! Я думала, доедем, а Настя сознание потеряла, вот и пришлось к вам отправляться.

— У девочки семь дней боли, а вы не отвели ее к врачу? — поразился Сопельняк.

— Так мы из Бруска, — начала объяснять баба, — там больницы нет, надо в Вийск ехать, два дня тратить. Денег на поездку не наскребла, я ведь в Фолпино нанялась, знаете такое место?

— Нет, — процедил Сопельняк.

— Так у вас, в Подмосковье.

— Область большая, две Франции по территории! Значит, вы сели с больным ребенком в поезд?

— Она здорова была! Ни насморка, ни температуры!

— Но живот болел! — напомнил хирург.

— Я думала, она съела чего, ее тошнило! — сказала дура. — Ночью грелочку ей принесла, проводница, хорошая женщина, кипяточку дала.

— Грелку? — взвыл Игорь Никитович. — На острый живот? На аппендицит?

— Так тепло всегда хорошо, — заявила идиотка, — от простуды лечит!

— Ты кто по профессии? — стукнул кулаком по столу Сопельняк.

Он ожидал услышать в ответ: «Торгую на рынке пивом, читать не умею». Но баба заявила:

— Врач!

Хирург чуть не рухнул со стула.

— Кто?

— Терапевт, — ответила мать, — в Москве училась, потом замуж за военного вышла, и понесло мотаться по гарнизонам, медсестрой работала, терапеутом не пришлось.

К счастью, в этот момент Игоря Никитовича позвали в операционную, и он ушел. Девочку спасти не удалось.

— Слава богу, больше я эту, с позволения сказать, «терапеутшу» не видел, — завершил Сопельняк рассказ. — С ней Анфиса возилась, дура у нее жила пару дней, пока несчастную малышку не похоронили. Анфиса мне что-то рассказать пыталась, но я решительно заявил: «Баста! Не желаю слушать! Таких матерей судить надо! И диплома врачебного лишить!»

Игорь Никитович вытер лоб бумажной салфеткой и бросил ее в корзину.

— А сейчас где Анфиса?

Сопельняк пожал плечами:

— В корпусе.

— Она работает?

— Конечно, молода еще для пенсии.

— Можно мне с ней побеседовать? Случай такой дикий, о нем надо рассказать, предупредить людей.

— Думаю, про то, что больной живот нельзя греть, знает каждый человек, — фыркнул Сопельняк, — только «терапеутша» оказалась не в курсе. Минуточку! Лена, позови сюда Фису!

— Сейчас, Игорь Никитович, — донеслось из приемной, — уже бежит.

Наверное, Анфиса и впрямь летела словно на крыльях, потому что не прошло и пяти минут, как в кабинет вошла стройная женщина в голубой хирургической пижаме и, чуть задыхаясь, спросила:

— Звали?

— Знакомьтесь, — сказал Игорь Никитович, — Фиса, моя правая, а иногда и левая рука, а еще шея, вертит начальством как хочет! Вот вчера выпросила премию для одной свиристелки!

— Скажете тоже, — засмущалась Анфиса, — руки, шея! Я обычная медсестра на подхвате.

— Это Дарья Васильева, — представил меня Сопельняк, — журналист с телевидения. Нас снимать будут.

— Супер, — по-детски обрадовалась Фиса, — ой, а я без прически, шапочкой волосы примяла!

— Я приехала для предварительного разговора, — успокоила я медсестру.

— Вот и поболтайте, — кивнул Сопельняк, — оставляю вас вдвоем.

У Фисы оказалась замечательная память.

— Кто же такое забудет, — возмущенно всплеснула она руками, когда разговор зашел о Килькиной, — натуральная жаба. Представляете, объявила я ей о смерти дочери, а эта... уж и не знаю, как ее назвать, спрашивает: «Чаю не дадите?»

Анфиса решила, что у Зои Андреевны шоковое состояние, и предложила:

— Пошли в сестринскую.

Килькина последовала за Фисой, получила кружку и начала пить чай, не забывая угощаться конфетами. Фисе не было жаль шоколада, отчего-то все больные и их родственники наивно полагают, что лучший подарок для врача — набор «Ассорти», в сестринской всегда было в изобилии сладкого.

Медсестру покоробила не невоспитанность Килькиной, не то, что та бесцеремонно, без спроса запустила лапу в коробку, а полнейшее спокойствие матери, лишившейся ребенка. Впрочем, и отсутствие слез можно списать на стресс, не у всех он проявляется бурно, иные не издают ни звука. Но тут Килькина сказала:

— А где мне ее хоронить? В Москву везти не могу! Денег нет!

— Наверное, можно на нашем кладбище, — растерялась от такой деловитости Анфиса: тело еще лежит в отделении, а мать гоняет чаи и интересуется похоронами.

— Одежду куда дели? — спросила Зоя Андреевна.

— Чью? — не поняла Анфиса.

— Настину.

— Вам же отдали!

— Нет, мне ничего не давали.

— Значит, оставили в приемном покое.

— Сделай одолжение, отыщи, — сказала Зоя и засунула в рот еще одну конфету, — а то хоронить не в чем.

— У девочки совсем нет одежды?

— Она выросла из всего, — пояснила мать.

И тут Анфиса не выдержала:

— Ты, похоже, совсем не горюешь!

Зоя со стуком поставила чашку на блюдце.

— Осуждаешь меня?

— Странно очень! Я бы на твоем месте...

— Ты на моем месте не была, — оборвала Анфису Зоя, — знаешь, сколько я на своих плечах несла?

И Килькина поведала ей свою историю. Медсестра притихла. Оказывается, несчастная Зоя была замужем за настоящим тираном, неуправляемым скандалистом, который дома распускал руки, а на службе постоянно строчил кляузы. У Зои Андреевны было два сына, но оба умерли. Килькина не хотела более иметь детей, да муж заставил ее родить третьего младенца. Иван Петрович очень огорчился появлению дочери и первый год беспрестанно орал на Зою, обзывая ее бракоделкой. Но потом смирился и начал сам воспитывать девочку.

В результате маленькая Настя ругалась матом, как прапорщик, и терпеть не могла мать. Иван Петрович поощрял хамство дочери и по вечерам любил слушать ее доклады. Настя садилась около него и по-военному четко рапортовала:

— Зойка купила на рынке мясо, дорого взяла, не торговалась! Еще твою рубашку утюгом спалила, в мусор сунула, думала, я не замечу!

— Молодец, доча, — хвалил Иван Петрович, а потом шел разбираться с женой.

Маленькая Настя наслаждалась криками матери и подзуживала отца. Несмотря на постоянные метания из города в город, Настя отлично училась, но педагоги постоянно вызывали мать в школу и жаловались на дочь.

— Груба, никого не слушается, жестока, изощренная хамка...

Один раз Зоя Андреевна расплакалась и сказала мужу:

— Больше не пойду к классной руководительнице!

Странное дело, но Иван Петрович не стал, как обычно, дубасить жену. Он неожиданно спокойно сказал: «Ладно», — и отправился в школу.

Вернувшись с собрания, отец впервые отвесил дочери оплеуху и сказал:

— Дура! Хитрее надо быть! Не дома, а в школе находишься! Там улыбайся! Поняла?

Настя вытерла слезы.

— Да, папочка.

— Молодец, — похвалил отец и велел: — Зойка, сюда!

Матери досталось по полной программе.

— Сука, — вопил муж, орудуя ремнем с пряжкой, — позволяешь учителям девку гнобить. Перестань орать, хуже вломлю. Запомни, чмо, если кто на Настю наезжает, пасть открывай и говори: «Девочка отличница, заткнитесь! А то жалобу напишу!»

Бросив рыдающую жену на полу, Иван Петрович ушел. Настя подошла к матери и со злорадством заявила:

— Чего, решила, меня накажут за поведение? Ха, не надейся. Вот скоро ты сдохнешь, мы с папочкой вдвоем жить станем!

Но получилось иначе, первым скончался Иван Петрович.

Настя на похоронах рыдала так, что у немногочисленных провожающих кровь стыла в жилах. Зоя Андреевна, как ни старалась, не сумела выдавить из себя ни слезинки.

Не успела земля на могиле осесть, как вдову вызвали к местному начальству.

— Тебе лучше уехать, — нервно сказал полковник.

— Куда? — испугалась Зоя.

— Не знаю, но побыстрее, — велел тот.

Зоя впервые стала сопротивляться.

— Я вдова военного, — напомнила она, — с маленьким ребенком не имеете права меня прогонять!

Полковник мрачно посмотрел на нее, потом взял с подоконника коробку, снял крышку и сказал:

— Смотри!

— О господи! — воскликнула женщина — внутри лежал кот, явно убитый злой рукой, на трупике была записка: «Это за папу, и это только начало».

— Девка твоя маленькая, — зло сказал полковник, — черт с рогами, убила Барсика и под дверь нам коробку поставила, жена с сердечным приступом лежит, кот ей вместо ребенка был! Проваливай куда хочешь, иначе я за себя не ручаюсь!

Зоя Андреевна не рассказала Анфисе, кто помог ей устроиться на работу в Фолпино. За десять дней до отъезда Настя ночью вылила на спящую мать чайник кипятка, по счастью, девочка промахнулась, не попала Зое на голову.

— Ниче, — протянуло исчадие ада, когда испуганная мать вскочила, — я тя еще достану!

Но потом Настю скрутил аппендицит, и она умерла!

Анфиса на секунду замолчала, затем вдруг сказала:

— Знаете, мне уж потом, когда Зоя уехала, нехорошая мысль в голову пришла: специально мать дочь к врачу не повела и грелочку ей положила. Никто не подкопается — в дороге дочку скрутило, никаких подозрений: перитонит — и нет Насти.

Глава 30

Я вздрогнула.

— Думаете, она убила дочь?

— Теперь я уверена в этом, — сказала она. — Мать, между прочим, с медицинским образованием, должна знать: прогревать воспаление нельзя.

— Может, она просто дура? — предположила я. — И потом, когда она закончила мединститут? Моталась всю жизнь вместе с мужем по захолустью, небось все знания растеряла.

— Хитрая она очень, — покачала головой Анфиса, — Игорь Никитович так же, как вы, подумал, да и остальные тоже, и я со всеми солидарна была.

— Преступница ни за что бы не стала рассказывать про грелку, — сказала я, — зачем ей на себя подозрения навлекать?

Анфиса бросила остатки бинта на стол.

— Нет, ты не права. Вскрытие же делают, патологоанатом заключение дает, он точно определил, когда воспаление началось, она все хитро рассчитала. Решила прикинуться дурой, потянуть время, авось перитонит случится. Кто в этом виноват? Судьба! И у нее получилось. Врала она много! Знаешь, когда я поняла, что дело нечисто?

— Ну?

— Уже после ее отъезда! Зоя в Алехине почти две недели провела. Стонала постоянно: никого из родных у меня нет, друзей тоже, муж всех от дома оттолкнул, денег ни копейки. Ну я ей и предложила: «Останавливайся у меня, изба большая, места полно!»

Зоя с радостью согласилась.

У нее была при себе небольшая сумка со шмотками. Устроившись у Анфисы, она распаковала нехитрый багаж, повесила пару платьев на вешалки. Так вот, никаких детских вещей при Килькиной не было. Получалось, что мать везла дочь даже без запасных трусишек. Неужели девочке не захотелось взять на новое местожительство куклу или мишку? Правда, Настя села в поезд уже больная, ей было не до развлечений. Но, скорее всего, Зоя отлично знала: дочери осталось жить считаные часы, зачем переть с собой лишний багаж? А еще потом выяснилось: Зоя потеряла свидетельство о рождении дочери, Анфисе пришлось помогать с получением разрешения на похороны бедной Насти.

Странно проходил и отъезд самой Зои из Алехина. Она решила сесть на электричку, которая отходит от станции в 13.10. Рано утром Зоя спросила у Фисы:

— Скажи, Тришкин лес — это где?

Анфиса удивилась:

— Зачем тебе?

— Да какие-то бабы на улице говорили, что в Тришкином лесу у вас медведи водятся!

Фиса сказала.

— Может, и так! Место глухое.

— И где оно?

— Если сойти в Крестове, — пояснила медсестра, — и двинуть напрямик через лес, то километров через пять будет Тришкино. Место с дурной славой, там раньше деревня была, хотя это громко сказано, четыре дома стояло, в одном колдунья жила, я ее еще застала, жуткая старуха! Чем только она не занималась: аборты делала, привороты, зелья варила. А потом умерла, в Тришкине сейчас никого нет, лес вокруг глухой, словно не Москва в двух шагах, а Сибирь. А еще там неподалеку свалка, отбросы на машинах привозят, если жгут дрянь, то запах в Тришкино ползет. Чего ты интересуешься?

— Просто так, — пожала плечами Зоя, — название смешное — Тришкин лес.

На этом беседа завершилась, в тринадцать десять Зоя укатила из Алехина. На следующий день к Фисе подошла местная санитарка, баба Лена, и спросила:

— Слышь, у энтой, у которой дочка померла, еще дети есть!

— Почему ты так решила? — удивилась Фиса.

— Я к сыну в Москву поехала в семнадцать ноль пять, — охотно пояснила баба Лена, — гляжу, энта входит в Крестове, села через лавку от меня, вагон пустой был. Да не одна, а с девчонкой лет девяти-десяти. Я еще подумала: «Во! Сама приличная, а девчонка в рвань закутана, грязное пальто размером на корову, на ногах сапожищи мужские.

— Ты ошиблась, — ответила Фиса, — я Зою отправила в тринадцать десять, и она была одна. Просто тебе пассажирка похожая встретилась.

— Не, это она, — настаивала баба Лена, — куртка ейная, синяя, пуховая, шапка мохнатая и сумка клетчатая. Интересно, что за девка с ней была? Не чужая! Тихо-тихо сидела, скрючилась и молчала! За дорогу ни звука не издала! В Москву приехали, она ее со скамейки сдернула и шипит: «Двигайся живей!» Я их обогнала и оглянулась. Точно, она! А девка хоть и маленькая, да, похоже, наркоманка, глаза чисто пуговицы! Без выражения!

Анфиса нахмурилась, баба Лена любит заложить за воротник, ей еще и не то почудиться могло. Зоя уехала одна, у нее никого нет: ни родственников, ни знакомых, ни детей!

Но примерно через две недели в почтовом ящике Фисы оказалась квитанция за междугородные переговоры.

Медсестра помчалась в райцентр и подняла скандал:

— Ни с кем в Москве я не говорила! Вы ошиблись.

Служащая порылась в бумажках.

— Все правильно, — ответила она, — в декабре вызовы проходили с вашего номера, у нас автоматика.

— Я была на работе, — упорствовала Фиса.

— Значит, муж звонил или дети. У вас восьмерка блокирована?

— Нет. И я живу одна!

— Спорьте сколько хотите, а платить придется, — отбрила телефонистка, но потом сжалилась над расстроенной медсестрой: — Может, вы подругу пожить пустили, вот она и воспользовалась телефоном.

Тут Анфису осенило: Зоя звонила, больше некому. Килькина врала, есть у нее в столице знакомые, с ними и трепалась.

— Вот тогда мне в голову и пришло, — сказала Анфиса, — брехала Зоя, зря я ее жалела, две недели кормила, да еще в кошелек рублишек сунула. Подумала, ей совсем плохо, а я еще заработаю.

— Не сохранилась ли у вас квитанция?

Анфиса прищурилась.

— А вы документы выбрасываете?

— Такие, как оплаченные счета, да. Больше года не держу.

— Вот и зря, — укорила Фиса, — неизвестно, когда понадобятся. У меня подруга с мужем разводилась, так этот долдон на суде заявил: «Я коммунальные расходы оплачивал из своих средств, а жена ни копейки в квартиру не вложила». А Наташка квитанции расчетные на стол, опля! Все, за пятнадцать годков, и везде ее рукой графы заполнены. Есть та квитанция, в папочке лежит!

— Если отдадите ее мне, — сказала я, — то, во-первых, я верну вам сумму, потраченную на оплату, а во-вторых, дам еще сто долларов!

Анфиса моргнула.

— Денег хочется, — по-детски призналась она, — но боязно, вдруг претензии по телефону возникнут?

Я вытащила из сумки визитку.

— Здесь все мои координаты, звякните, и я приеду и привезу ее, если что!

— Хорошо, — повеселела Фиса, — пошли ко мне, я рядом живу, через две улицы, в маминой квартире. Когда Алехино расселили, я к ней переехала, а потом мать умерла, теперь одна кукую.

На встречу с Еленой Сергеевной я не опоздала, прибежала даже на четверть часа раньше назначенного времени, но старуха уже сидела, забившись в самый укромный уголок кафе.

— Здрассти! — воскликнула я, подходя к столику. — Рада вас видеть.

Кругликова опустила меню, которым прикрывала лицо, и вопросила:

— Вы?!

— Я. Не ожидали?

— Тоже на распродажу пришли? — пыталась улыбнуться старуха. — Мне сапоги нужны. Услышала по телевизору, будто в ЦУМе их почти задаром отдают!

— И как? — полюбопытствовала я, усаживаясь за столик. — Приобрели обувь? Не вижу пакетов с покупками!

— Что желаете? — спросил официант.

— Чаю с вареньем и булочек, — потребовала я.

Парень убежал, Елена Сергеевна заерзала на стуле.

— Хорошая погода сегодня, — выдавила она из себя.

— Замечательная, — подхватила я, — но слишком тепло для конца года.

— Слякоть!

— И снега нет!

— Дарья, — решилась наконец Елена Сергеевна, — извините, конечно, но не могли бы вы уйти?

— Я еще чаю не попила, — прикинулась я идиоткой, — и почему вы предлагаете мне покинуть кафе?

— Я жду одного человека... э... ну... э... понимаете... э...

— Вам назначили здесь встречу?

— Да, — машинально подтвердила Кругликова, и тут же спохватилась: — Откуда вы знаете?

— Это я!

— Кто? — откинулась на спину диванчика Елена Сергеевна. — Что?

— Я вызвала вас на свидание, говорила с вами утром по телефону.

Руки старухи затряслись, меню упало на столешницу.

— Зачем? — зашептала она. — Вы? Невероятно! Хотите денег? Я отдам все, не надо меня мучить! Какой смысл вам в моей смерти! Пожалуйста, прекратите, я никого не убивала! Это случайность!

Старуха повысила голос, посетители начали оглядываться в нашу сторону.

— Тише, — шикнула я, — я звонила всего один раз, сегодня утром.

— Нет, нет, вы давно изводите меня, — забубнила Елена Сергеевна.

— Сколько времени?

— Ну... с осени!

— И о чем шла речь?

— Мне повторить?

— Да.

— Не помню точно.

— Просто передайте смысл.

— Вы звоните ночью, — покорно завела Елена Сергеевна, — будите меня и так страшно сообщаете: «Пришло время платить!» Ужасно!

— И вы не пошли в милицию?

— Нет.

— Почему? Телефонного хулигана легко поймать!

— Нет, нет, нет.

— Отчего вы решили, что обращаются именно к

вам? Есть подонки, которые набирают первый по-
павшийся номер и, поняв, что незнакомый человек
испугался, начинают его мучить!

— Вы обращались ко мне по имени — Елена Сергеевна!

— А что я хотела?

— Опять издеваетесь?

— Нет, ответьте, пожалуйста.

— Каждую ночь повторяли: «Пришло время платить, убийце нет места на земле». Я сначала плакала,
потом взмолилась: «Оставьте меня в покое, я ничего
плохого не сделала! Хотите денег?», а вы... вы...

— Что я?!

Елена Сергеевна вцепилась пальцами в столешницу.

— Так засмеялись! Ужасно! У меня прямо волосы
зашевелились! И ответили: «Откупиться хочешь!
Нет, со смертью не торгуются, я жду, когда ты прыг-
нешь из окна. Открывай раму и вниз, иначе не изба-
вишься от меня. Я твой ужас, знаю все! Не отстану,
пока ты не убьешь себя!»

— Ваш заказ, — громко сказал официант и водрузил на стол заварочный чайник.

— Нет!!! — заорала во весь голос старуха. — Нет!
Не хочу! Не заказывайте меня! Нет!

Если бы не накаленная ситуация, я бы непременно засмеялась.

Помните анекдот про нового русского? Сидит
мужик в доме, ест суп, вдруг появляется парень в си-
нем комбинезоне и заявляет:

— Счетчик включен!

У нового русского инфаркт, он-то подумал про
криминальные разборки, а юноша на самом деле
был электриком, который ставил в особняке новый
счетчик. Вот и Елена Сергеевна неадекватно отреагировала на слово «заказ», старуха большая люби-

тельница детективных сериалов, небось оттуда и знание криминальной терминологии.

— Я сделал что-то не так? — напрягся официант.

— Не обращайте внимания, мы актеры, пьесу читаем, — солгала я.

— Супер, — обрадовался парень и ушел.

Я взглянула на Елену Сергеевну, та стала похожа на старую мраморную статую: лицо белое с желтыми пятнами.

— Попытайтесь понять, вас пугаю не я!

— А кто? — прошептала Елена Сергеевна. — И как вы узнали? Зачем пришли?

— Давайте сделаем так. Я сейчас изложу вам... э... сценарий некоего кинофильма, а вы скажете, правдива ли история, хорошо?

Кругликова затрясла головой.

— Живет на свете женщина, — начала я, — Елена Сергеевна. Самая обычная, как все. Особого материального благополучия у нее нет, зарплаты хватает лишь на самое необходимое, алиментов на дочь она не получает, тянет девочку изо всех сил и надеется, что Лариса подрастет, сделает карьеру и обеспечит ей достойную старость. Но чем старше становится девочка, тем понятнее матери: она абсолютно бесполезное существо, никакими талантами не отмечена, учится плохо, ничем не интересуется. Елена Сергеевна пытается развить дочь, записывает ее в музыкальную школу, кружок танцев, спортивную секцию. Но все ее усилия разбиваются о патологическую лень Ларисы.

Когда девица закончила школу, мать решила, что ее надо удачно выдать замуж. Пусть дочка дура, но в семейной жизни отсутствие ума не помеха. Главное, чтобы супруг был обеспечен, а Лариса нарожает детей, будет вести хозяйство, Елена Сергеевна уйдет на пенсию, станет заниматься внуками. Идиллическую картину и радужные надежды портило одно обстоятельство: Лариса категорически не умела общаться с людьми, не желала ходить в гости, дичилась и предпочитала сидеть вечерами у телевизора. Но ведь муж домой не постучится!

Елена Сергеевна гоняла Ларису на тусовки, но толку было ноль. В тот момент, когда мать окончательно потеряла надежду пристроить никудышную дочь, господь оценил усилия старшей Кругликовой и решил вознаградить ее за мучения.

Неожиданно Лариса знакомится с Михаилом Медведевым, и оказывается, что тот мечтал именно о такой спутнице жизни! Ему нужна жена, способная месяцами сидеть дома, не желающая работать и делать карьеру, тихая, даже покорная, невинная душой и телом. Все, что Елена Сергеевна считает недостатками дочери и упорно желает исправить, воспринимается Медведевым как достоинства, даже неказистая внешность невесты приводит его в восторг. Очевидно, он страдает комплексом неполноценности и попросту боится красивых, уверенных в себе, материально независимых женщин.

Вне себя от счастья Елена Сергеевна советует Ларисе принять ухаживания Михаила. Девушка привычно подчиняется авторитарной матери, у нее нет никаких ухажеров, но и Медведев не нравится юной Кругликовой. Однако Елена Сергеевна горит желанием «составить счастье дочери». На самом деле мамочка заботится о себе. У Медведева хорошее финансовое положение и замечательные перспективы.

Глава 31

Михаил человек обстоятельный, к свадьбе он готовится заранее. Лариса не желает принимать участия в хлопотах, сидит, как обычно, у телика. Но потом Елена Сергеевна начинает замечать, что с девушкой происходят изменения. Лара веселеет, ведет тихие разговоры по телефону, унося аппарат в ванную, задерживается по вечерам, пару раз от нее даже пахло алкоголем. И тут авторитарная мать дает слабину.

Елена Сергеевна настолько уверена в никчемности дочери, что не допускает мысли, что та могла влюбиться в кого-то еще. Нет, мать решила, что Лара наконец-то заинтересовалась Мишей.

А потом наступил ужасный день, когда девушка заявила:

— Мама, я беременна от другого, замуж за Медведева не пойду!

Елена Сергеевна чуть не заработала инфаркт. Придя в себя, она устроила Ларисе допрос, а та и не собиралась ничего скрывать, как всегда, спокойно выложила правду.

Любовника зовут Анатолий Илюшин, он живет с матерью, необеспечен, зато красив, умен, великолепен, ну и так далее. Есть, правда, в бочке меда и добрая половина дегтя. Илюшин не собирается жениться на Ларисе, услыхав о беременности подруги, он велел ей сделать аборт и прекратил всяческие отношения с глупой девицей. Но Лариса все равно счастлива, у нее будет малыш от любимого, она станет его воспитывать, а Елене Сергеевне придется содержать двух спиногрызов.

Придя в себя, мать накидывается на дочь с кулаками, требуя сделать аборт.

Но послушная Лариса на этот раз упирается и категорически не желает подчиняться матери. И тогда старшая Кругликова меняет тактику, она делает вид, что понимает дочь, и говорит ей:

— Надо срочно сходить к врачу и узнать, как протекает беременность, за здоровьем будущего ребеночка нужно следить.

Наивная Лариса отправляется вместе с мамой к

доктору, а тот подтверждает срок беременности и сообщает крайне неприятный факт: если молодая женщина сейчас сделает аборт, то ей никогда не стать
матерью!

Елена Сергеевна чуть не лишается рассудка,
предстоящее материальное благополучие утекает из
рук...

Я на секунду остановилась и посмотрела на оце-
неневшую старуху.

— Одного не пойму: каким образом вы уговори-
ли Лару ничего не сообщать Михаилу? Она должна
была рассказать ему о своей любви к Анатолию. Неужели ваша дочь не понимала, что единственный способ избавиться от ненавистного брака — это честная
беседа с Медведевым?

— Михаил уехал в командировку, — сиплым голосом пробормотала Елена Сергеевна, — на Украи-
ну, не по телефону же с ним объясняться...

— Вам просто повезло, — констатировала я, —
было время для осуществления замысла. Наверное,
Лариса думала, что Анатолий рано или поздно увидит своего ребенка и позовет ее к себе!

— Дура! Дура! Дура! — заорала старуха.

Народ за соседними столиками начал оглядываться, я взяла Елену Сергеевну за руку.

— Спокойно, самое неприятное у вас впереди.
Что вы предприняли, когда узнали об Илюшине?

Старуха мрачно усмехнулась.

— Я же учительницей работала, а среди родителей всякие людишки попадались, в частности, был
один папаша, начальник отделения милиции, ну и
договорилась я с ним: ставлю его сыну на экзамене
пятерку, а он за это узнает все об Анатолии. И ведь
не подвел, за сутки нарыл. Ничего утешительного я
не услышала: хулиган, мелкий жулик, бабник. Некая
Нина Авдеева родила от поганца дочь, той на момент
знакомства Ларки с мерзавцем было... уже не помню

сколько, в пеленках лежала, такая противная, золотушная!

— Вы ходили к Авдеевой! — осенило меня.

— Да, — кивнула Елена Сергеевна, — я пыталась образумить Лару. Заявились мы к Нине! Матерь божья! Нищета! Трое в квартирке: бабка, мать и младенец. Нина хорошо выпивши, старуха еле ползает, похоже, больная, ребенок заливается, орет! Я этой Авдеевой денег пообещала, если она расскажет Ларисе правду про Илюшина, решила, что тогда моя дура прозреет, поймет, с кем связалась, увидит, что у Анатолия уже есть отпрыск, и, вполне вероятно, не один.

Нина отработала «гонорар», она честно изложила факты: жила с Илюшиным, тот, скотина и гад, сделал ей дочку, теперь денег платить не желает, о девочке даже слышать не хочет. Авдеева живет в полной нищете.

Елена Сергеевна привела притихшую Лару домой. Сначала матери показалось, что в дочери наконец-то проснулось благоразумие. Но спустя пару часов Лариса вдруг начала одеваться.

— Ты куда? — забеспокоилась Елена Сергеевна.

— Голова болит, хочу прогуляться, — явно соврала Лариса.

— Оставайся дома, — приказала мать.

Но Лариса неожиданно фыркнула:

— Хватит мне приказывать!

— Немедленно сними куртку, — не успокаивалась Елена Сергеевна, но Лара уже выскользнула за дверь.

Старшая Кругликова ринулась за дочкой, она решила проследить за ней, помешать очередному свиданию с Анатолием, а еще лучше — устроить парню скандал.

Лариса добежала до дома Анатолия, она не заметила слежки, позвонила в дверь, и Елена Сергеевна, притаившись, услышала диалог.

— Можно Толю? — спросила дочь.

— Его нет, — каменным голосом ответила незнакомая женщина.

— Разрешите войти?

— Зачем?

— Я беременна от Толи.

— И чего?

— Ну... можно с вами поговорить?

— Нет.

— Я жду ребенка от Анатолия.

— Я уже слышала это!

— Хочу жить с вами!

Тетка расхохоталась.

— Мы будем вместе воспитывать малыша, — лепетала Лариса, — это же радость! Мне много не надо, стакан кефира в день, и все! Одежда есть, как-нибудь просуществуем! Я же беременна от Толечки! Понимаете? Рожу вам внука!

— Пошла вон, — равнодушно ответила тетка, — у Тольки под каждым кустом по невесте сидит, если всех с вы...ми привечать, то им Красной площади не хватит для жилья. Ты че, законная жена?

— Нет, — потрясенно ответила Лариса.

— Он тебе обещал в загс сходить?

— Нет.

— И че тогда?

— Но ребеночек, — лепетала Лара, — это же серьезно! Он родится, спросит, где папа? Что ответить?

— Очень просто, — заржала мать Анатолия, — записывай за мной: твоя мать дура и б...! Легла под мужика без росписи, и еще неизвестно, кто твой папочка!

— Я... с Толей... больше ни с кем...

— Докажи!

— Ну... не могу...

— Надоела ты мне, — заявила несостоявшаяся свекровь, — катись, пока в морду не получила, да не шляйся тут без конца, а то в милицию сдам. Поняла?

Послышался резкий стук двери, затем сдавленные рыдания. Елена Сергеевна не хотела, чтобы дочь застала ее на лестнице, бесшумно сбежала на первый этаж, но не вышла на улицу, а затаилась в темном пространстве между стеной и мусоропроводом. Мать решила посмотреть, куда двинется дочь, для этого Лару следовало пропустить вперед и пойти за ней.

Лариса спустилась вниз. Елена Сергеевна осторожно выглянула из укрытия, дочь заливалась слезами, стоя лицом к окну.

Внезапно Лара схватилась руками за лицо и замолчала, Елена Сергеевна затаилась, похоже, дочь кого-то увидела.

Стукнула дверь, в парадное вошел низкорослый парень, чуть косолапя, он двинулся к лестнице.

— Милый! — кинулась к нему Лара.

— Ну ё-моё! — раздраженно воскликнул Анатолий. — Че ты тут делаешь?

— К твоей маме приходила.

— За фигом?

— Как же... у нас... ребеночек...

— У тебя, — уточнил Илюшин, — я детей не рожаю.

— Сыночек общий.

— Значит, уже сыночек? — издевательски поинтересовался Илюшин.

— Может, девочка, — быстро поправилась Лариса, — какая разница! Любому ребенку нужен отец!

— А я тут при чем?

— Но... Толенька... Толенька...

— Тебя переклинило?

— Это твой ребенок.

— Ну цирк! Че, он с печатью на лбу вылезет? Штамп стоять будет: «Илюшин»?

— Толечка!

— Сказано, отстань!

— Любимый!

— От...! Сука!

— Я убью тебя, — звенящим голосом заявила Лариса, — если на мне не женишься, то никому не достанешься.

Старуха замолчала.

— И что случилось дальше? — сухо поинтересовалась я.

Елена Сергеевна склонила голову набок.

— Там стояли в углу такие железные палки, уж и не знаю зачем! Лара схватила одну из них и опустила Илюшину на голову. Ужас!

— Дальше.

— Ударила она и замерла.

— Дальше.

— Я выскочила из укрытия, схватила дочь, и мы убежали. Нам повезло, вечер был холодный, ветреный, во дворе никого, нас никто не видел.

— Но милиция посчитала случай ограблением!

— Да, да, — лихорадочно закивала Елена Сергеевна, — это я придумала! Вытащила у него из кармана кошелек...

— Вы не растерялись!

— Надо было спасать дочь! Понимаете? Я не хотела, чтобы Ларочку посадили в тюрьму! Ужасно! Я мать зэчки! Позор!

— Куда вы дели орудие убийства?

— Вы о чем?

— Железную палку, которой стукнули Анатолия. Где она?

— Где? — ошарашенно переспросила Елена Сергеевна. — Не знаю.

— Вы ее унесли с собой?

— Нет, конечно! Это ужасно! Тащить окровавленный тяжелый прут, он пачкал руки ржавчиной.

Я уставилась на старуху, затем тихо сказала:

— Следственная бригада осмотрела место происшествия и забрала орудие убийства.

— Куда? Зачем? — начала дергаться старуха.

— На палке остались отпечатки пальцев, может быть, нити с одежды убийцы, ее волосы. Если преступника найдут, то следователь сравнит...

— Прошло двадцать лет, — перебила меня старуха, — прут давно выбросили!

Если честно, я не знаю, в течение какого времени хранят улики по делу, которое превратилось в висяк, но ведь и старуха понятия не имеет о заведенном порядке, а в покер выигрывает лишь тот, кто умеет блефовать.

— Ну что вы, — снисходительно улыбнулась я, — у сотрудников МВД даже пылинка не пропадет. Можете быть уверены, все аккуратно уложено в пакеты, пронумеровано и ждет своего часа.

Елена Сергеевна стала сереть.

— Да?

— Да! — твердо ответила я. — Поэтому не врите!

— Я?! — попыталась изобразить негодование старуха.

— Судебная медицина точная наука, — не обращая внимания на дешевый спектакль, продолжала я, — Илюшин был низенький, специалисты, работавшие с трупом, установили, что удар нанес человек, чей рост составлял примерно метр шестьдесят восемь сантиметров. А Лариса значительно выше, она вровень с Медведевым.

— Откуда вы знаете? — прошептала старуха.

— У Михаила в кабинете есть несколько фотографий первой жены, одна из них свадебная, видно, что невеста одного роста с женихом, так?

Елена Сергеевна сцепила руки в замок.

— Не пойму, о чем вы говорите!

— А вот вы, — продолжала я, — невысокая.

— И что?

Я вынула из вазочки салфетку и стала складывать из нее кораблик.

— Помните, мы раньше, когда я приезжала к вам домой, говорили об Илюшине?

— Да, — опасливо кивнула старуха.

— Я все не могла понять, отчего вы с такой легкостью дали мне его адрес? Ну нелогично отправлять меня к человеку, который способен прийти к Михаилу и сообщить тому правду о Ларисе! Только вы «забыли» во время той беседы упомянуть о смерти Анатолия. Вы ничем не рисковали, мертвые неболтливы.

— Просто к слову не пришлось, — попыталась оправдаться Елена Сергеевна, — я ни в чем не виновата, я обожала Лару, обожала Настю, обожаю Мишу и Таню.

— Откуда вы знаете, что прут, которым убили Илюшина, пачкал руки ржавчиной? — резко перебила я Елену Сергеевну. — Вы его держали! Тяжело убить человека, но коктейль «Жадность» придал вам силы, вы не хотели быть бедной, пролететь, как фанера над Москвой.

Елена Сергеевна стала валиться на бок, я вскочила, подхватила старуху и велела подбежавшему официанту:

— Не волнуйтесь, ей стало плохо от духоты, помогите донести ее до машины.

Придя в себя, Елена Сергеевна зашептала:

— Где я?

— В моем автомобиле.

— Как я здесь очутилась? Голова болит, — заныла бабка.

— Так откуда вы знаете, что прут пачкал руки ржавчиной? — безжалостно продолжила я прерванную беседу.

— Понятия не имею, — затряслась старуха, — он выглядел грязным, ну и...

— Ладно, — кивнула я, — сама расскажу, как обстояло дело. Думаю, Лариса кинулась на Анатолия, но парень легко скрутил ее и швырнул на пол. Она сильно ударилась и потеряла сознание. Илюшин наклонился над любовницей, и тут вы мигом сообразили, какой шанс сам собой идет вам в руки, схватили стоявший у стены прут и с размаху опустили его на голову Анатолия.

Елена Сергеевна вжалась в спинку сиденья.

— Нет, — обморочно прошептала она, — нет!

Но по выражению ее лица мне стало понятно: все мною сказанное — правда.

— Дальше события начали развиваться, как в кино. Лариса очнулась, увидела тело Илюшина, обнаружила в своей руке железку...

— Нет, нет!!!

— Вы испачкали ей пальцы и одежду кровью.

— Только руки, ой, нет! Это неправда!

Я усмехнулась.

— Елена Сергеевна, поймите, я знаю все! Вам удалось убедить дочь, что она совершила преступление. Вы сказали Ларе, что следили за ней, исключительно из благих намерений, боялись, что она наделает глупостей! После того как Анатолий толкнул вашу дочь, она упала, потом вскочила и ударила его. И дочь вам поверила, она испытала сильный шок, лишилась чувств, а вы внушили ей: деточка, ты убийца, орудовала прутом в состоянии аффекта. Дальше просто. Вам действительно повезло, милиция халатно отнеслась к делу, его списали в архив, объявили Анатолия жертвой грабителя. Лариса вышла замуж за Михаила. Небось вы уверили ее, что ребенок должен расти в полной семье и быть материально обеспеченным. Только беспокоились вы не о внучке, а о себе. Но Лариса и тут вас подвела. Ее начала мучить совесть, она страдала, плакала...

— Дура! — внезапно заорала Елена Сергеевна. —

Мерзкая идиотка! Всю жизнь я за нее старалась, выпихнула ее замуж! Пусть скажет мне спасибо, иначе могла бы случиться беда! Узнал бы этот Илюшин, что Ларка удачно пристроилась, и начал бы шантажировать кретинку. Так нет же! Она нюни распустила, ревела, повторяла: «Я убийца!»

— И вы сумели убедить зятя в душевной болезни Ларисы!

— Она и есть психопатка, — завизжала Елена Сергеевна, — нормальный человек прибьет кого-то и забудет! А эта!

Я молча слушала старуху, а она торопливо выкладывала правду.

Глава 32

Первый год Лариса только вздыхала, а потом начала рассказывать Мише про совершенное ею убийство. Слава богу, не прямо, а косвенно, все спрашивала его:

— Если муж узнает, что жена разбила голову человеку, он ее простит?

Михаил первое время думал, будто Лара глупо шутит, а потом, когда она стала по ночам рыдать, рассказал теще о странных беседах.

— И как вы отреагировали? — поинтересовалась я, предвидя ответ.

Елена Сергеевна заломила руки.

— Все, что я делала, было на благо дочери и внучке! Лара мямля, лапша переваренная, вот и пришлось мне действовать решительно. Представьте на секунду, что Илюшин жив, а Лариска все растрепала Мише? А? Каково? Медведев тут же бросил бы кретинку, женился на другой, а дура с младенцем села бы мне на шею, и я бы до смерти тащила этих спиногрызов!

— Как же вы поступили?

— Ясное дело, что она сошла с ума! Нормальная женщина так себя вести не станет! Сначала Миша ее таблетками поил, но лекарства не помогли.

— Он не отвел Ларису к врачу?

— Это же позор! Доктора не умеют язык за зубами держать, вмиг растреплют по городу: у Медведева жена шизофреничка! Как потом Настеньке жить? Миша медицинские книги почитал и сам ей пилюли назначил, успокаивающие.

— С ума сойти!

— И это помогло! — с вызовом заявила Елена Сергеевна. — Она стала тихая-тихая, опять у телика села молча. Мы так обрадовались! Вылечилась! Ну и затем беда! Только господь меня уберег! Миша уехал в командировку, он часто по России катается, бизнес такой.

Я осторожно нащупала в кармане диктофон, надеюсь, он не отключится в самый интересный момент.

Елену Сергеевну как прорвало, даже такой хитрой, изворотливой и злобной бабе трудно держать в себе правду, рано или поздно нарыв должен прорваться.

Всякий раз, когда Михаил улетал из Москвы, Елена Сергеевна переселялась к дочери. Мало того, что Лара была отвратительная хозяйка, так она еще и не ухаживала за маленькой Настей, могла оставить девочку одну дома и уйти на пару часов невесть куда. Правда, подобные прогулки Лариса совершала лишь в отсутствие Михаила. Еще она теряла драгоценности, а один раз явилась домой в жутко грязной куртке и сказала матери:

— Шубу отдала бедной женщине, она очень мерзла, а мне Миша новую купит.

Так вот, проводив зятя, Елена Сергеевна занялась приготовлением обеда, Лариса принимала ванну, Настя играла в своей комнате. Внезапно раздался звонок. Кругликова пошла в прихожую, распахнула дверь и увидела на пороге страшную, худую тетку в потрепанном пальто, за руку она держала девочку, по виду чуть старше Насти.

— Ларочка дома? — заискивающе спросила незнакомка.

— Вы кто? — изумилась Елена Сергеевна.

— Не помните меня?

— Мы незнакомы, — отрезала теща Медведева.

— Ну как же, — хрипела незнакомка, — вы приходили к нам, давно, Нина с вами разговаривала, моя доченька от Анатолия Илюшина девочку родила, Карину!

Елена Сергеевна отшатнулась.

— Я бабушка Кары, — задыхалась тетка, — Нинка умерла, мне тоже на тот свет скоро, видишь, еле говорю. Карочка одна останется! Возьмите ее к себе, девочки — сестры по отцу!

— Бабуля, — весело спросила Настя, выбегая в коридор, — а кто к нам пришел? Здрассти!

— Господи, как похожи, — удивленно воскликнула Авдеева, — одно лицо! Посмотри!

Настя разинула рот, а Елена Сергеевна, очнувшись, вытолкала попрошайку за дверь и начала трясти ее за плечи, спрашивая:

— Откуда ты узнала адрес?

— Так Ларочка дала, — простонала та, — она нам помогает, говорит, что виновата, Толю убила. То денег принесет, то колечко даст, недавно шубу подарила. Не бросайте Карину, пригрейте сироту.

Елена Сергеевна с силой оттолкнула тетку, та упала на грязный пол, девочка кинулась к бабушке, Кругликова зашипела:

— Убирайся вон! Если посмеешь еще раз сюда заявиться, зять тебя посадит!

— Девочки — сестры, — повторяла баба.

— Докажи!

— Ну... я знаю.

— Убирайся, — рявкнула Елена Сергеевна, — и заруби себе на носу: лучше молчи, иначе жива не будешь.

Больше Елена Сергеевна о матери Нины не слышала, но маленькая Настя нет-нет да и вспоминала про странную тетю с девочкой, но на слова ребенка отец внимания не обращал.

Спустя две недели после визита Авдеевой Лариса почувствовала себя хуже, теперь она просто лежала в кровати, отвернувшись к стене. Стало понятно — придется обратиться к врачу.

Старуха замолчала, я завела мотор.

— Куда вы меня везете? — испугалась она.

— К вам домой, — мрачно ответила я, — значит, Михаил объявил Лару умершей и отправил ее в Фолпино!

— Да, — прошептала Елена Сергеевна, — приставил следить за ней Елизавету Андреевну Ломейко.

— Откуда взялась сиделка?

Елена Сергеевна пожала плечами.

— Миша ее сына спас.

— Сына?

Елена Сергеевна закивала.

— Ну да! Этот Богдан в подростковом возрасте кражами промышлял, по машинам лазил и один раз полез в Мишин «Мерседес», а зять его за руку поймал, но в милицию не сдал, пожалел, сам ремнем выдрал и к матери оттащил. Елизавета ему за это по гроб жизни благодарна была, и я ее понимаю, мальчик на зону не попал, в армию отправился, он там на шофера выучился, человеком стал. Даже странно!

— Что странно?

— У Богдана были явно криминальные наклонности! — патетически воскликнула Елена Сергеевна. — Но армия его исправила! Вот уж не ожидала, что из порочного мальчика выйдет толк. Он водил мусоровоз, а в свободное время помогал нам по хозяйству, все умел: картину повесить, кран починить, гвоздь вбить, трубу прочистить, стекло вставить. Очень полезно такого человека под рукой иметь! Все лучше, чем мастеров из ЖЭКа вызывать. Его убили грабители, польстились на деньги, подробностей я не знаю.

— Значит, Богдан часто бывал у вас дома? — перебила я Елену Сергеевну.

— Конечно, — кивнула она, — то одно ломается, то другое, картошку с рынка приносил, овощи тяжелые.

— Богдан знал Настю?

— Естественно, они даже дружили, если можно так охарактеризовать отношения между ребенком и взрослым парнем. Богдан всегда Насте подарочки приносил, мелочи — конфеты, карандаши, — а Настенька ему картинки рисовала.

— Таня знала историю появления Богдана в доме Медведевых? Была в курсе, кем работает его мать?

Елена Сергеевна напряглась.

— Нет! Поймите меня правильно, мы боялись, что Настя узнает правду: ее мать сумасшедшая, в психлечебнице. Каково жить с таким грузом? Поэтому объявили Лару покойной. Как и где Миша доставал документы, всякие там свидетельства и паспорта, мне неведомо. Но с его деньгами нетрудно решить любую проблему. К сожалению, зять потом женился на Татьяне, на этой отвратительной бабе!

— С какой стати вы вдруг поехали в Фолпино навещать Ларису?

Елена Сергеевна судорожно сцепила руки.

— Миша бывал в интернате, правда, нечасто. Но его телефон имелся у директора и сиделки. Ну, на всякий случай, мы ждали... понимаете чего?

Я кивнула. Конечно, понимаю. И милая мамочка, и любящий муженек ждали смерти Ларисы, а у той, как назло, оказалось здоровое сердце. Ясно мне теперь и другое.

Михаил и есть тот самый таинственный благодетель Иван Иванович, о котором с придыханием рассказывала директриса Эвелина Лазаревна. Вернее, не так, Иван Иванович миф, а его «секретарь Сергей» на самом деле носит имя Михаил Медведев.

— Но Лариса находилась словно в законсервированном состоянии, — вещала дальше Елена Сергеевна, — много лет, а потом мне сообщили, что к ней вроде возвращается разум! Вот уж беда! Миша помчался в Фолпино, вернулся притихший. Лара его не узнала, но совершенно нормальным голосом спросила: «Где моя мама?»

— И вы ночью, никому не сказав ни слова, ринулись в интернат? Испугались, что дочь придет в себя? Начали ездить в Фолпино регулярно, боялись пропустить момент ее просветления? Опасались откровенности Ларисы?

Елена Сергеевна бурно зарыдала.

— Понятно, — поморщилась я, — мы приехали! Вылезайте! Я вас провожу.

Кругликова покорно вышла из машины, безропотно поднялась в свою квартиру и вдруг нервно спросила:

— Вы сейчас куда?

— По делам, — обтекаемо ответила я, — вас попрошу никуда не выходить. Считайте, что находитесь под домашним арестом.

— Можно я поеду с вами? — занервничала старуха.

— Зачем? — изумилась я. — Время позднее, ложитесь лучше спать!

Елена Сергеевна схватила меня за рукав:

— Она звонит по ночам! Я не выдержу, выпрыгну из окна!

— Кто? — поразилась я. — Шантажистка, которая узнала правду про Ларису и теперь требует денег?

— Нет, — зашептала старуха, — она не хочет денег, я предлагала. Ей другое надо!

— Что?

Кругликова опустилась на банкетку, стоявшую у вешалки.

— Она постоянно твердит: «Тебе лучше прыгнуть из окна! Это просто! Распахни створку — и вниз! Иначе будешь мучиться! Ты убийца! Убийца! Травила Ларису лекарствами, нарочно давала ей слишком большие дозы транквилизаторов, чтобы дочь и впрямь сошла с ума! По ночам тебе снится окровавленный Анатолий! Прыгай вниз, кошмар закончится, избавься от напасти или рехнешься».

Я молча смотрела на старуху, пытаясь отыскать в душе хоть каплю жалости к ней, а та шептала:

— Она меня почти убедила, я скоро выпрыгну!

— Звонит она по городскому телефону?

— Да.

— Где аппарат?

— На кухне, как раз у окна! Она говорит, а я вниз гляжу, голова кружится, кружится...

Я схватила Елену Сергеевну, отвела в кухню и рывком выдрала шнур из стены.

— Вот! Сегодня вас никто не побеспокоит!

Старуха зарыдала.

— Дайте ваш мобильный! — приказала я.

Елена Сергеевна трясущейся рукой протянула сотовый, я отключила и его.

— Все! Теперь ложитесь спать!

Старуха заплакала еще горше.

— Вы же не выдадите меня? Я старалась ради дочери... Миши... Настеньки...

— Укладывайтесь в кровать, — брезгливо сказала я, — утро вечера мудренее. Не включайте телефон, не выходите из квартиры, я приду завтра в районе полудня.

— Хорошо, душенька, — закивала Елена Сергеевна, на лице которой мгновенно высохли слезы, — вы меня правильно поняли, я ни в чем не виновата! Давайте будем друзьями! Знаете, я всегда вас обожала!

В кафе на Рижском вокзале я ворвалась за пять минут до назначенного срока. Стоит ли упоминать, что на мне была не красная, а малоприметная черная куртка, самые обычные джинсы и удобные сапожки «угги», этакие валеночки из дубленой кожи. Я не желала общаться с внучкой Елизаветы Андреевны, моя задача состояла в другом — проследить за девушкой, которая непременно приведет меня к своей бабке Елизавете.

Быстро сев за свободный столик, я оглянулась и тут же заметила... Настю, сидевшую в центре зала.

Очень удивившись, я спрятала голову в капюшон с меховой опушкой, а Настя, поглядывая на часы, елозила на стуле. В конце концов она встала и пошла к выходу, я ринулась за ней.

Не оглядываясь, Настя добежала до электрички и вскочила в вагон, я следовала за ней словно хвост. Несмотря на поздний час, в поезде оказалось полно народа, на меня никто не обратил внимания, многие женщины были одеты в темные куртки с капюшонами, в вагоне не работала печка и царил собачий холод. Насте удалось сесть, я стояла неподалеку, не выпуская девушку из виду.

— Следующая станция Нахабино, — объявили по радио, — граждане, не забывайте свои вещи, при обнаружении бесхозных сумок или пакетов обращайтесь к машинисту электропоезда, помните, трогать находку опасно!

Настя вскочила и пошла в левый тамбур, я, чтобы не привлекать к себе внимания, повернула в правый, но девушка не боялась слежки. Медведева спокойно дошла до остановки такси и, абсолютно не таясь, спросила у куривших водителей:

— В Писково поедем?

— Ага, — кивнул один из шоферов, — садись в «Волгу».

Пока Настя устраивалась в автомобиле, я обратилась к парням:

— И мне в Писково!

— Так с Вовкой ехай, — ответил юноша в дубленой куртке, — дешевле встанет.

— Не хочу с попутчицей!

— Ладно, — согласился таксист, — твое дело! В Писково так в Писково.

Я села на переднее сиденье и велела:

— Не упускай ту машину из вида!

Юноша хмыкнул:

— Понятно! Только драку не затевай! Решила мужика прищучить? За любовницей гонишься?

— Если узнаем, куда она едет, получишь хорошие деньги, — пообещала я.

— В Пискове упустить кого-то трудно, — засмеялся таксист, — одна улица, двадцать домов. Тебе радио включить?

— Без разницы, — ответила я.

Дальнейший путь мы провели в обществе Любы Успенской, распевавшей душещипательные романсы.

— Во, — ожил таксист, — гля, выходит!

— А ну притормози, — приказала я.

Парень послушно припарковался на обочине, в свете фар его машины была хорошо видна стройная фигурка Насти, которая вошла в калитку.

— Че дальше? — воскликнул водитель.

— Вези меня в Москву, на Рижский вокзал.

Парень присвистнул:

— Дорогая прогулочка! Ночной тариф включен, и придется дорогу туда-сюда оплачивать. Где я в такое время клиента на обратную возьму?

— Не вопрос, — устало ответила я, — крути рулем.

В Ложкине я очутилась далеко за полночь, подрулила к воротам и увидела, что в окнах нет огней, домашние спали в теплых кроватях. Ощущая себя собакой, которая сутки напролет тащила по ледяным торосам стопудовые нарты, я вползла в прихожую, зажгла люстру и удивилась. Ну и ну! Может, Ирка заболела?

Холл поражал чистотой, обувь не валялась, как всегда, на плитке, она стояла в калошнице ровными рядами, причем и ботинки, и сапоги были вычищены, куртки висели на вешалках, ключи помещены в специальный «домик», шапки, шарфы, перчатки покоились на полках. Просто обалдеть!

Еще более сильное потрясение ждало меня в кухне. Там, в центре стола, стояло блюдо с пирожками, а пол сверкал чистотой, ни пятнышка, ни пылинки. Добили меня собаки, которые, почуяв хозяйку, сползли с диванов, зевая во всю пасть. Хуч, Банди и Снап пахли шампунем, а Черри вдобавок ко всему оказалась еще и расчесана самым тщательным образом. Наверное, у Ирки временное помешательство, раз она так отполировала дом и вымыла собак.

Очень тихо я поднялась на второй этаж и принялась рыться в библиотеке. Наша семья никогда не выбрасывает книг, мы тщательно храним все прочитанные тома. И где же сборник «Русские сказки»? О, слава богу, на месте, и в оглавлении есть «Морозко».

Ночь я провела без сна, ровно в шесть вскочила с

кровати и начала одеваться. Необходимо ехать в Писково, чтобы поговорить с Елизаветой Андреевной Ломейко. Я заставлю ее рассказать правду. Вернее, до истины я уже докопалась сама, знаю, что случилось у Медведевых десять лет назад, а Ломейко всего лишь подтвердит мои догадки.

Глава 33

Около двух часов дня я позвонила Михаилу и услышала резкое:

— Слушаю, говорите быстро.

— Это Даша.

— Кто?

— Васильева, — спокойно пояснила я, — Дарья, твоя хорошая знакомая, можно сказать, близкий человек.

— А-а-а, — слегка потеплел голос Медведева.

— Как Таня?

— Пока без изменений.

— Что врачи говорят?

— Ничего! — с остервенением ответил Миша. — Не дают никаких прогнозов! Может встать и жить нормально, а может... Ну за что меня господь наказывает! Сначала с Ларой беда, потом Настюша пропала, не успела дочка вернуться, с Таней горе! Впору в церковь идти или к бабке какой, чтобы порчу сняла.

— Я знаю, в чем проблема, — тихо ответила я, — думаю, многое прояснится, если ты приедешь в деревню Писково, она недалеко от Нахабина.

— Похоже, ты сошла с ума, — фыркнул Михаил, — зачем мне ехать в село? Через час у меня встреча с важным клиентом, и...

— Это Елена Сергеевна внушила тебе мысль, что все женщины, включая Ларису, умалишенные?

— Послушай, — устало сказал Михаил, — мы дружим не первый год, я очень ценю тебя и всегда рад встречам, но сегодня я не настроен на болтовню, нет ни моральных, ни физических сил!

— Ты давно ездил в Фолпино?

— Куда? — воскликнул Миша.

— В психоневрологический интернат, в котором содержится Лариса.

В трубке повисла давящая тишина.

— Когда в вашем доме появилась воскресшая Настя, — продолжала я, — Таня была по непонятной для меня причине уверена: девушка самозванка. Твоя вторая жена, если можно назвать супругой женщину, брак с которой незаконен, попросила меня найти доказательства того, что «воскресшая дочка» врет.

— Что ты несешь? — прошептал Миша.

— По телефону объяснить происходящее трудно, приезжай в Писково, там живет Елизавета Андреевна, помнишь ее?

— Нет, — похоже, искренне ответил Михаил.

— Ну как же! Ломейко! Мать Богдана, парня, которого ты спас от милиции, а потом...

— Лиза?!

— Да.

— Она жива?

— С какой стати ей умирать? Правда, Елизавета Андреевна инвалид, передвигается с огромным трудом, живет в невероятной нищете, именно поэтому она и согласилась все рассказать, надеется, ты ей материально поможешь за то, что избежал смерти.

— Я?

— Ты.

— И кто меня хочет убить?

— Настя, вернее, не она, но и она тоже! Отложи встречу, приезжай в Писково да прихвати с собой Елену Сергеевну.

— Тещу?

— Да.

— А ее зачем?

— Скажи, Миша, ты ведь баллотируешься в депутаты?

— Я хочу служить своему народу! — заученно ответил Медведев.

— Красиво и пафосно звучит, — усмехнулась я, — но у тебя есть реальный шанс пролететь на выборах. Лучше поторопись в Писково.

— Хорошо, — нервно бросил Михаил.

Наверное, мой пассаж про неудачные выборы сильно задел Медведева, потому что он прикатил в Писково не на своей роскошной иномарке, а сидя за рулем неприметной «девятки», управлял автомобилем сам, ни шофера, ни охрану Миша не взял. А еще он выполнил мою просьбу, привез Елену Сергеевну, которая, войдя в избу, мгновенно начала возмущаться:

— Мишенька! Пришла же тебе в голову идея сюда приехать. Фу, ну и запах! Меня сейчас стошнит!

Я вышла в кухню, которая была еще и прихожей, и сказала:

— Лучше не снимайте обувь, просто вытрите ботинки о половик.

— Дашенька! — взвизгнула старуха. — Но...

— Идите сюда, — сурово велела я и впихнула Елену Сергеевну в небольшую комнатенку, где на кровати полулежала женщина.

— Знакомьтесь, Елизавета Андреевна Ломейко, бывшая сиделка Ларисы.

Михаил рухнул в продавленное кресло, Елена Сергеевна тоненько взвизгнула и решила устроить небольшой спектакль.

Старуха принялась хватать ртом воздух, прижимать руки к груди и стонать:

— Инфаркт! Умираю.

Мне очень не хотелось быть участницей очередного шоу, поэтому я весьма невежливо перебила ее:

— Хорошо, сейчас вызову «Скорую», но непременно сообщу врачам, по какой причине мы тут собрались и отчего госпоже Кругликовой столь резко поплохело.

— Жестокая!.. — начала было Елена Сергеевна, но тут вскочил зять, встряхнул тещу за плечи и рявкнул:

— Заткнись!..

— Молчу, Мишенька, — пискнула старуха, — больше ни звука.

Медведев повернулся ко мне:

— Немедленно объясни, что происходит?

Я села на кровать возле Елизаветы Андреевны.

— Хорошо, начинаю, извини, но тебе придется услышать много неприятных новостей. Очень прошу, веди себя спокойно, постарайся не орать. Писково небольшая деревушка, развлечений у людей мало, основное — наблюдение за соседями, помни о будущих выборах и...

— Хорош трендеть, — оборвал меня Миша, — ближе к делу!

— Ладно, — согласилась я, — сначала горькая правда о Ларисе, рождении Насти и убийстве ее отца Анатолия Илюшина.

Пока я излагала факты, Медведев сидел как окаменевший, он только один раз посмотрел на Елену Сергеевну и спросил:

— Значит, ты в мое отсутствие давала Ларе еще одну порцию таблеток. Понимала, что большая доза сделает дочь невменяемой? Специально лишила мою жену разума?

— Исключительно ради ребенка, — зачастила

старуха, — чтобы мать Настеньки не арестовали за убийство!

В глазах Медведева вспыхнул нехороший огонек.

— До конца дослушай, — быстро воскликнула я, — извини, но впереди более неприятные новости.

После того как Ларису «похоронили», Татьяна, с детства обожавшая Мишу, решила, что пришел ее час. Она понимала, что Медведев любит дочь, путь к его сердцу лежит через хорошее отношение к ребенку. И Танюша постаралась — спустя пару месяцев после «погребения» Ларисы маленькая Настя стала звать Таню мамой. Много ли ребенку надо? Это потом Татьяна закрутит гайки и начнет сурово воспитывать падчерицу — первое время мачеха была медовым пряником, на девочку потоком лились игрушки, Насте разрешали безобразничать, выполняли любые ее капризы.

В конце концов посаженное Таней дерево стало плодоносить — Михаил предложил ей руку, но вот сердце его было отдано Ларисе. Медведев хорошо понимал: ему нужна жена, Настеньке мать, дому хозяйка, и Танечка самая лучшая кандидатка на все роли. Это был брак по расчету, говорят, подобные союзы более удачны, чем те, которые заключены по горячей любви. Напомню, Тане неизвестна реальная судьба Лары, она не слышала о Фолпине и не предполагала, что перед лицом закона не является женой Медведева.

Потекла семейная жизнь, вполне счастливая для Миши и не особо радостная для Татьяны. Вроде исполнилась ее детская мечта, Михаил теперь живет с ней, но Тане было в доме неуютно. Умершая Лариса присутствует в семье. Михаил не убрал из кабинета фотографий первой супруги, у них постоянно толчется Елена Сергеевна, которая с иезуитским упорством говорит о дочери, не забывая ставить ее Тане в пример. Теща Медведева ведет себя как свекровь, Лариса канонизирована и возведена на пьедестал.

Один раз Таня, доведенная до бешенства очередными нападками старухи, устроила мужу скандал, потребовала унести из кабинета снимки первой жены, но Михаил неожиданно стал на сторону бывшей тещи.

— Она бабушка Насти, — гневно заявил он жене. — У моей дочки никаких близких родственников более нет. И фото я не уберу! Настя должна помнить о маме!

Если учесть, что избалованная девочка не слушается Таню, капризничает, устраивает истерики и на все замечания отвечает: «Я тебе не родная дочь, поэтому ты и придираешься», — то понятно, почему Таня не испытывает к падчерице добрых чувств.

Она очень хочет родить своего ребенка, но не может забеременеть. Как в кастрюле, плотно закрытой крышкой, нарастает давление пара, так и в семье Медведевых копилось недовольство: Елена Сергеевна ненавидит Таню, та терпеть не может старуху и еле-еле сдерживается, чтобы не надавать пощечин наглой Насте, которая ее изводит. Но внешне семья выглядит вполне счастливой, даже близкие друзья не замечают надвигающейся грозы. А вот Таня в отчаянии, она не знает, как справиться с ситуацией, и тут судьба подсовывает ей шанс.

У Насти случается приступ аппендицита, девочку отвозят в больницу, делают операцию, потребовалась кровь для переливания. Миша и Таня моментально протягивают свои руки, и тут отца срочно вызывают на работу: горит огромный склад фирмы. Михаил, забыв о больном ребенке, уезжает из клиники, из лаборатории выходит врач, и Таня, не сдержавшись, говорит:

— Мужчины странные существа! Муж обожает дочь, но бросил ее из-за бизнеса.

Доктор посмотрел на Таню и неожиданно спросил:

— Ребенок взят на воспитание из детдома?

— Что вы! — машет она руками. — Придет же такая глупость в голову!

— Но вы ей не мать! — не успокаивается врач.

— Я вторая жена Михаила, — кивает Татьяна, — слышала, что кровь можно перелить и не от близкого родственника.

— Если она подходит по группе, — ответил врач, — ваша не годится. И мужа тоже.

— Родной отец не годится в доноры? — удивилась Танюша.

— Бывает и такое, — пожал плечами врач, — но Медведев не отец Насти.

— С ума сошел! — подпрыгивает Таня, и тут доктор, прочитав ей лекцию о группах крови, объясняет: Настя никак не может быть дочкой Миши.

Взяв с врача клятвенное обещание молчать, Танечка пытается разобраться в ситуации и как-то докапывается до правды — Лариса забеременела до свадьбы, Миша обманут!

Я перевела дух и продолжала:

— Мне неизвестно, какая беседа состоялась у Тани с доктором, если она очнется, то, вполне вероятно, расскажет свою версию. Но то, что она узнала правду, — стопроцентно. И перед Таней встает дилемма: как поступить? Обрушить на голову мужа острый топор? Сообщить ему о ветвистых рогах, которые давно украшают его голову? Объявить: ты любишь чужого ребенка? И что сделает Миша? Выгонит Настю и Елену Сергеевну? Вышвырнет из дома все напоминания о Ларисе и станет жить с Таней? Добро бы так, а вдруг получится иначе? Михаил любит Настю, воспитывает ее с младенчества, а еще он, похоже, не способен забыть Ларису.

Танечка умна, она понимает: супруг способен выгнать из дома ее, ту, что раскопала никому не нужную истину. Знаете, что делали в древности с гонцами, принесшими плохие вести? Их убивали.

Таня боится открыть мужу правду, но и жить вместе с Настей не желает. И тут ей в голову приходит замечательная идея: если Настю украдут и убьют, то все сложится наилучшим образом. Михаил погорюет и утешится, а Елена Сергеевна исчезнет из семьи: внучки нет, зачем бабка?

И Таня обращается к Богдану Ломейко.

Здесь уместно отметить, что жена Миши не знает, где работает Елизавета Андреевна, Таня вообще не слышала про мать Богдана, она считает парня ловким мерзавцем, способным на все ради денег, а Богдан не в курсе того, кого пасет его мать. Ломейко, естественно, слышал, что она служит сиделкой в психоневрологическом интернате, но это вся информация. Да парня и не волнует работа матери, он собирается жениться на Маргарите Шпынь, владелице придорожного кафе, а та непрозрачно намекнула:

— За нищего я не пойду, мне нужен равный партнер.

Богдан старается, он таскает невесте добычу со свалки, но Шпынь хочет чего-то посущественнее, ну, допустим, чтобы у жениха имелась дача!

Я перевела дух и посмотрела на оцепеневших Елену Сергеевну и Мишу, потом спросила:

— Только я не понимаю, как она решилась обратиться к Богдану? Он же мог ее сдать мужу!

— Богдаша хотел украсть колье, — подала голос Елизавета Андреевна.

Мы повернулись в сторону кровати, а больная очень тихо продолжала:

— Он прибежал домой и говорит: «Мам, помоги!» Я прямо похолодела, Богдаша всегда так, сначала глупостей натворит, а потом: «Мам, выручай!»

Елизавета Андреевна испуганно поинтересовалась:

— Что на этот раз?

И сынок рассказал, что Маргарита поставила условие: покупаешь дачу — расписываемся, нет — мне голодранцы не нужны.

Ломейко запаниковал и решил украсть драгоценности покойной Ларисы. Как мастер, который часто бывает в доме, Богдан знал, где хранятся брюлики, еще он был в курсе, что Таня никогда не надевает драгоценности первой жены Михаила, их редко вынимают на свет божий. Когда Медведев обнаружит пропажу, он не сможет точно установить время кражи, Богдану ничего не грозит.

Парень подстерег момент, когда дома никого не было, спокойно вошел в квартиру, но вот замок в секретере, где лежал «золотой запас», оказался слишком хитрый. Ломейко провозился с ним долго, а тут, как на грех, домой вернулась Таня, забывшая кошелек.

Елизавета Андреевна замолчала, а я продолжила за нее.

— Вот, значит, как обстояло дело! Таня пообещала молчать, потребовав от Богдана убрать Настю.

Теперь отвлечемся временно от этой истории и вспомним о другой. У Елизаветы Андреевны есть младшая сестра Зоя, которая на первый взгляд удачливее старшей. У Лизы только среднее медицинское образование, она не имеет супруга, тащит на плечах непутевого сына, а Зоя получила высшее образование, живет с мужем-военным. Но это внешняя сторона дела, на самом деле ситуация обратная. Зоя мотается с супругом по гарнизонам, теряя профессиональные навыки, Иван Петрович редкостный хам и грубиян, бьет жену, не считает ее за человека. Зоя потеряла двух сыновей и не хочет больше иметь детей, но Иван заставляет ее родить дочь, появляется Настя, и отец воспитывает девочку на свой лад.

Зоя не может часто общаться с Лизой, на телефонные разговоры денег нет, зато она пишет письма.

— Они в тумбочке лежат, — прошептала Елизавета Андреевна, — я так плакала, когда их получала! Сестренка очень мучилась, и после смерти Ивана ей легче не стало.

— Зою выгнали из военного городка, — дополнила я, — Настя убила любимого кота жены комполка, отомстила так за папу. Ехать Килькиной было некуда, и она стала просить помощи у сестры.

Лиза обратилась к главврачу Эвелине Лазаревне, она предусмотрительно не сказала начальнице, что Зоя ее родная сестра. В клиниках не слишком приветствуют семейственность, фамилии у женщин разные, а отчество «Андреевна» не является редким. Эвелина, испытывающая недостаток кадров, соглашается взять на работу знакомую Елизаветы. Старшая сестра сообщает младшей:

— Выезжай! Тебе с дочерью дадут квартиру, зарплата, правда, копеечная, но с голоду не умрете.

И Зоя начинает собираться, за пару дней до отъезда из Бруска Настя выливает на спящую мать чайник с кипятком. Девочка обожала умершего отца, ненавидит Зою и говорит:

— Думала, папы нет — и хорошо? Погоди! Отомщу за него!

Тут до Зои Андреевны доходит простая мысль: Настя не даст ей жить спокойно, надо что-то делать!

Глава 34

Сам дьявол приходит на помощь вдове военного. За два дня до отъезда Настя начинает жаловаться на боль в животе, тошноту, у нее поднимается температура. Зоя врач, не хирург, простой терапевт, но она точно ставит диагноз: аппендицит. По всем показателям необходимо поместить дочь в больницу, но Килькина садится в поезд. Она рассудила просто: дорога займет пару суток, в Москве надо сделать пересадку и ехать в Фолпино, перитонит убьет Настю, ей не добраться до столицы.

— Кошмар! — закричала Елена Сергеевна. — Она решила убить собственного ребенка!

— Странно слышать негодование из ваших уст, — не утерпела я.

— Это был не ребенок, а Сатана, — кинулась защищать Зою Елизавета.

— Девочке даже не исполнилось десяти лет, — прошептал Михаил.

— Вот-вот, — обрадовалась Ломейко, — представляете, что бы она устроила в четырнадцать! Холера, а не девка! Мерзавка, негодяйка!

— Для усиления эффекта Зоя положила дочке грелку на живот, — продолжала я, — и Настя ушла в мир иной, не спасла ее даже операция, блестяще проведенная хирургом Игорем Никитовичем. Что же случилось дальше?

Елизавета Андреевна оперлась локтями о подушку.

— Богдан начал рассказывать про кражу драгоценностей, и тут звонит Зоя с сообщением: Настя умерла. Я хоть и понимала, что горевать не о ком, начала ахать, охать, а Богдаша спросил: «Случилась беда?» Ну я ему и рассказала о кончине двоюродной сестры, без подробностей! Сообщила, что пристроила Зою в Подмосковье.

Елизавета прикусила губу.

— И тут ему пришла в голову идея, — сказала я, — он не станет убивать Настю, а передаст ее Зое. В Фолпине у той, кроме сестры, нет знакомых. Девочка Медведева такого же возраста, как дочь Зои, один год роли не играет. Эвелина Лазаревна знает, что в интернат на работу явится Килькина с дочерью, никаких подозрений девочка не вызовет. И еще одно замечательное совпадение: девочек одинаково зовут. Богдан решил подождать некоторое время, а потом начать шантажировать Таню, так?

— Да, — еле слышно ответила Елизавета.

— Вот почему на имя медсестры, которая приютила «безутешную» Зою, пришел большой счет, — сказала я, — вы обсуждали детали. Кстати, вы совершили ошибку! Медсестра сохранила квитанцию, в ней стоит номер, с которого велся разговор, — он принадлежит московской квартире Ломейко. Увидев бумажку, я сразу поняла, у кого рыльце в пуху. И до чего вы договорились?

— Богдан подберет Настю у мусорных бачков, — тихо сказала Елизавета, — девочка его отлично знает, поэтому на предложение сесть в кабину и посмотреть на красивую куклу ответит согласием. Богдаша опустошил бачки, запер кабину и покатил на свалку. Удивленной Насте он сказал:

— Читала сказку «Морозко»?

— Да, — кивнула та.

— А теперь ты стала ее главной героиней, — засмеялся Ломейко, — скажи мне спасибо.

Настя испугалась, а Богдан рассказал, что Таня наняла его для ее убийства, но Ломейко не хочет причинять малышке вреда. Он придумал встречный план: сейчас доставит Настю в лес, привяжет к дереву, а сам сообщит в милицию, за девочкой придут, освободят ее, вернут домой, а Таню посадят в тюрьму.

Будь на месте Насти взрослый человек, он начал бы задавать вопросы, но девочке всего десять лет, она напугана и очень не любит Таню.

Богдан отвозит Настю в Тришкин лес, велит ей снять одежду, дает ей какие-то лохмотья из мусора, привязывает девочку к елке и говорит:

— Веди себя тихо, скоро приедет милиция.

На обратном пути Ломейко заезжает в кафе к Шпынь, врет той, что ему вернули крупный долг, сообщает о намерении купить дачу и, пока Маргарита бегает на кухню за едой, звонит по уже просроченному талону Зое.

— Иди, — приказывает он, — девка в условленном месте, поторопись!

— Ты говорил, что там никто не ходит, — напоминает Килькина.

— Оно так, да мороз крепчает, как бы девка не околела. Помнишь, как идти?

— Да, — подтверждает Зоя, — ориентир — брошенная водокачка.

— Смотри не проговорись, что мы знакомы, — лишний раз предостерегает ее Богдан, — пусть девчонка думает, что ее спасла прохожая, она должна бояться звонить домой. Мы начнем требовать деньги через пару месяцев, когда Танька успокоится, потом больше испугается!

Медсестра сажает Зою на поезд, Килькина выходит через пару остановок и идет в Тришкин лес. Она умудрилась похоронить дочь и оставить у себя свидетельство о рождении Насти Килькиной. Добросердечная Анфиса пошла навстречу «несчастной» матери, «потерявшей» в поезде документы. Несмотря на приметный ориентир, Зоя не сразу находит девочку, когда же наконец она обнаруживает Настю, та почти без сознания. От страха и холода она уже простилась с жизнью. Очутиться в роли главной героини сказки «Морозко» совсем невесело.

Зоя отвязывает малышку и почти несет ее до поезда. Насте так плохо, что она не сопротивляется, девочка выглядит как зомби, она вцепляется в спасительницу мертвой хваткой. Больше всего Настя боится, что Зоя исчезнет.

Зоя привозит девочку в Фолпино, та заболевает воспалением легких, а когда ее вылечили, стало понятно: у Насти беда с головой. Из бойкого, веселого ребенка она превратилась в испуганное существо: боится оставаться одна дома, при виде снега у нее начинается истерика, а Зоя моментально добивается от «дочери» послушания, сказав ей:

— Привяжу тебя к елке и оставлю в лесу!

Одну такую беседу случайно слышала директриса интерната и была шокирована поведением старшей Килькиной.

Ломейко возвращается в Москву и встречается с Таней, он показывает заказчице залитую кровью одежду Насти и сообщает:

— Сначала я ее привязал в лесу, а потом убил.

— В чаще, — вздрагивает Таня.

— Ага, — кивает Богдан, — как в сказке «Морозко», только там падчерица спаслась, а у нас без шансов.

— Сожги вещи, — нервно приказывает Таня, — зачем ты их приволок!

— Это доказательство выполненной работы, — ухмыляется Ломейко и засовывает шмотки в пакет, — гони бабки!

— Получишь в банке, — говорит Татьяна, — вот чек на предъявителя, завтра можешь снять всю сумму.

— Надеюсь, все будет без обмана, — ухмыляется Ломейко и едет домой.

Елизавете Андреевне сын, потирая руки, в лицах изображает, как испугалась заказчица, увидав вещи, которые хитрый Богдан измазал кровью, купив в магазине кусок печенки.

— Ваще чуть в обморок не грохнулась, — смеется он, — ниче, скоро про живую Настю услышит. Будет башлять всю жизнь.

На следующий день Ломейко бежит в кассу получать «гонорар», заходит в банк, где толпится много народа, и становится обладателем крупной суммы. Радости Богдана нет предела, Татьяна заплатила честно, не надула его.

В пылу восторга Ломейко не замечает чужих злых глаз. Скорей всего, за ним следил наркоман, у которого не было средств на дозу. Преступник специально вошел в банк, чтобы выбрать жертву для ограбления. Ломейко же получил толстую пачку денег. Дальше — удар по голове, и Богдана нет. Обычное ограбление, раскрыть подобное преступление очень и очень трудно. Убийцу Ломейко не нашли, а Таня рада — исполнитель погиб, концы спрятаны в воду.

Михаил обхватил плечи руками и начал качаться из стороны в сторону.

— Наверное, Богдан решил, что его убили по приказу Тани, — сказала я, — вот почему он прошептал Рите перед смертью: «Морозко», — на более детальные объяснения у него не хватило сил!

— Картина! — простонал Миша. — Нас я увидела в магазине полотно, изображающее сюжет сказки, и сразу попросила: «Папочка, купи его, хочу Танечке подарить».

— А еще она пару раз в разговоре упоминала сказку «Морозко», — перебила я Медведева. — Кстати, Миша, тебе звонила шантажистка. Небось впервые побеспокоила тебя осенью. Чего она хотела? Впрочем, не отвечай, я сама знаю! Говорила о Ларисе? Намекала, что ты двоеженец? Рассказывала о жизни Лары в Фолпине?

— Да, — еле выдавил из себя Миша, — она не

просила денег. Повторяла: лучше тебе из окна выкинуться, иначе я всем расскажу правду. Выбирай, смерть или скандал? Прощайся тогда с депутатством. И не вздумай убить Ларису или перевезти ее в другое место, я тут же сообщу в газеты!

— А кто знал, что ты собрался участвовать в выборах? — прищурилась я.

— Экий секрет, — скривился Медведев, — по всему городу листовки расклеены!

— Думаю, Таню тоже беспокоила девушка, я стала случайной свидетельницей, как она беседовала по телефону. Татьяна посинела и затряслась, но на мой вопрос о личности звонившего мигом соврала: «Из химчистки беспокоят». Но потом Таня убежала на лестницу, ей опять позвонили, позвали на встречу в кафе, и... все, она прыгнула из окна. Ей не оставили выбора.

— Кто эта баба? — заорал Миша. — Ты знаешь?

— Да, — кивнула я, — она же довела до петли Зою Андреевну. Таня пыталась назвать имя шантажистки, прошептала: «Морозко». Я тогда не поняла, о ком речь, решила, что она бредит, но теперь знаю все. Хотя подробнее о личности таинственной вымогательницы чуть позднее, давай вернемся назад.

Богдан убит, а Зоя с Лизой напуганы до смерти, обе решили, что смерть парня — дело рук Татьяны. Теперь они боятся шантажировать Медведеву, похоже, она страшный человек. Сначала она убирает Настю, потом Богдана, если сестры высунут голову, им ее не сносить. Вот почему и Ломейко, и Килькина сидят тихо, боясь привлечь к себе внимание.

Но Таня-то не знает правды, она считает Настю погибшей. Зое Андреевне приходится воспитывать девочку, у которой на всю жизнь осталась психическая травма: она боится всех, шарахается от ветра, ей и в голову не приходит позвонить отцу и сообщить: «Я жива».

Зоя капитально запугала ее рассказами о мачехе,

которая непременно убьет падчерицу. Будь Настя чуть посмелее, она бы непременно задала себе вопрос: откуда посторонняя женщина знает про Таню? Каким образом Зоя очутилась в Тришкином лесу, где никто зимой не ходит?

Но у Насти плохо с головой, эти вопросы впервые озвучит Карина Авдеева.

— Кто? — поднял голову Миша.

Я вынула сигареты и, не спрашивая разрешения, закурила.

— Иногда дьявол играет с людьми в чехарду, нарочно сталкивает их, а потом наблюдает за ними с интересом экспериментатора.

Карина Авдеева, дочь Нины и Анатолия Илюшина, примерно в шесть лет стала свидетельницей смерти бабушки, своей единственной родственницы. Малышка провела около тела двое суток и от шока лишилась способности ходить. Истерический паралич — хорошо описанное в медицинской литературе явление. Вот только лечить паралич не умеют, считается, что при сильном повторном стрессе он сам пройдет.

Карину посадили в коляску и привезли в Фолпино, в интернате не было девочек ее возраста. Ничего удивительного, что после появления там Насти дети сдружились. Причем настолько крепко, что Настенька открыла подруге правду: ее хотели убить, бросили в лесу, Зоя ей не родная мать.

Рассказ производит на Карину сильное впечатление, в ответ она рассказывает, как пьяная мать таскала ее к отцу, как Анатолий бил Нину на глазах у дочери. Было еще одно событие, врезавшееся в память Карины: за день до смерти бабушка хотела пристроить ее в приличную семью.

— Твой отец, бабник чертов, — говорила она, таща Кару по улицам, — связался с сикухой Ларкой. Она от него родила! Сестра у тебя есть! Вот и жить вам вместе надо!

Маленькую Кару потрясла чужая квартира, красивая прихожая, совсем непохожая на их ободранный коридор, тетка, обвешанная золотом, которая наорала на ее бабушку и стала выпихивать их на лестницу, но более сильное впечатление на малышку произвела девочка, вышедшая на шум. Очевидно, это и была та самая сестра. Незнакомая родственница была одета, как на Новый год, такого шикарного платья Кара не видела даже в мечтах, а в руках девочка держала плюшевую собачку, именно такую, о какой мечтала Кара: белую, пушистую, в розовой попонке, игрушка лаяла и выглядела как живая...

Подружки проводили вместе все свободное время и часто говорили о своем детстве, они были маленькими, но хорошо понимали — ничьи уши не должны слышать их разговоры. Бойкая, умная Карина стала в этой паре главной, а тихая Настя ведомой. Очень часто девочки прятались за сиреневым кустом, там у них было тайное убежище. Летними вечерами Настя, великолепно знавшая, где хранят ключи от корпуса, после отбоя тайком пробиралась к Карине, вывозила подругу в сад, и девочки самозабвенно болтали. Дежурная медсестра давила подушку в чулане, никто не мешал хитрюгам.

Но однажды случилось непредвиденное, не успели подруги спрятаться в сирени, как послышался голос Эвелины Лазаревны:

— Сюда, осторожно, не споткнитесь.

— Чего это она ночью пришла? — удивилась Кара.

— Ща посмотрю, — прошептала Настя и раздвинула ветки.

Побледневшее лицо подруги испугало Кару.

— Эй, тебе плохо? — забеспокоилась Авдеева.

— Там моя бабушка, — сдавленным голосом ответила Настя, — Елена Сергеевна. Я боюсь! Наверное, она приехала меня убить! К елке привязать!

— Спокойно, — велела трезвомыслящая Карина, — ну-ка, подкати меня поближе, давай вместе посмотрим!

— Она ушла во флигель, — прошептала Настя, — туда, где мама Зоя работает.

Здесь уместно сообщить о том, что Елизавета неудачно упала, сломала ногу и очутилась в больнице. Присматривать за Ларисой она не могла, но порекомендовала на свое место Зою, ведь Михаил платил сиделке очень хорошие деньги.

— Так она рано или поздно выйдет, — резонно ответила Кара.

И девочки стали ждать, в конце концов они были вознаграждены, увидели Елену Сергеевну.

— Это она, — прошептала Настя, вцепившись Каре в плечо.

— Она! — ахнула Авдеева и внезапно приподнялась на непослушных ногах.

— Откуда ты знаешь мою бабушку? — удивилась Настя. — Она совсем не изменилась! Такая же, как раньше.

— Ага, — закивала Кара, — в золоте!

Девочки замолчали.

— Меня к ней приводила моя бабушка, — вдруг сказала Карина, — перед своей смертью, просила ее взять меня к себе. Слушай, ты говорила, что у тебя была в детстве белая игрушечная собачка в розовой попонке.

— Да, — кивнула Настя, — она лаяла. Ой, Кара! Ты же стоишь!

Авдеева пошатнулась и села в кресло.

— Суперский денек, — протянула она, — оказывается, я могу сама стоять, но это ерунда по сравнению с другим открытием. Похоже, мы с тобой сестры по отцу! Не зря подружились, одна кровь.

Глава 35

Следующий год девочки, словно заправские шпионы, следили за Зоей и пытались выяснить правду.

Бедной Насте пришлось пережить еще один шок. Карина придумала подсыпать Зое в еду снотворное, украсть ключи от флигеля и ночью войти в тщательно охраняемое помещение, чтобы понять, кого там содержат. Представляете ужас Насти, когда она обнаружила живую маму, которая не узнала дочь? Если нормального человека кормить психотропными средствами — он станет сумасшедшим, а Лариса принимала таблетки не один год.

— Это придумал твой отец! — заявила Кара. — Убить Ларису побоялся, вот и привез ее в Фолпино. Мужики так делают, заводят любовницу, а жену вон! Твой папашка захотел на Таньке жениться!

И Настя возненавидела Татьяну с утроенной силой, одновременно она очень боялась убийцу-мачеху и отца, который сплавил в интернат ее родную мать.

После ночной встречи с Еленой Сергеевной Кара потихоньку начала ходить, но никому из сотрудников интерната она об этом не сообщила. По вечерам Настя возила подругу по дорожкам, Кара училась самостоятельно передвигаться в самом дальнем уголке сада, куда практически никогда никто не заглядывал. И наконец настало время действовать.

Девочки разработали план, вернее, его придумала Карина, Настя лишь выполняла отведенную ей роль.

После обеда она вывозила коляску с Кариной в сад, ставила ее за сиреневым кустом, а сама садилась рядом с вязаньем в руках. Карина перелезала через забор, бежала на станцию и ехала в Москву. Медперсонал интерната привык, что девочки проводят вместе время, ни врачи, ни сестры не интересовались школьницами.

Если бы кто-то поинтересовался Кариной, Настя должна была сказать, что та спит, когда проснется, она ее привезет.

Но никто ни разу не спохватился, и Карине удалось многое узнать, она раскопала почти все, побывала у Елизаветы Андреевны и вынудила ту рассказать правду. Так?

Старуха закивала:

— Да. Она меня запугала, а потом пообещала помочь, сказала, что Настя присмотрит за мной, я ведь совсем одна. Зоя очень редко приезжала... Я даже иногда голодная лежала.

— Узнав истину, девочки отправились к Зое? — задала я следующий вопрос.

— Да, — прошептала Елизавета, — они напугали мою сестру до невменяемого состояния. Кара сказала, что даже спустя много лет ее можно обвинить в убийстве дочери.

— Кто же сообщил им правду о несчастной Насте Килькиной? — оторопело спросил Михаил.

— Карина приставила мне к горлу нож, — заплакала Елизавета, — грозила убить... пришлось сказать правду... и потом, она обещала мне помочь, кормить, поить, если я расскажу все!

— Дальше события развивались следующим образом, — продолжала я, — девочки решили отомстить своим врагам, а заодно и разбогатеть. Зоя высказала желание взять опеку над Кариной, Авдеева переписала на Килькину свою квартиру, и таким образом предприимчивые девицы оказались в Москве. Вскоре настал час икс. Настя «ожила», она приехала к отцу.

— Боже, боже, боже, — зарыдала Елена Сергеевна.

Я, не обращая внимания на ее истерику, говорила дальше.

— Все были потрясены и не заметили мелких нестыковок в рассказе девушки. Настя сообщила, что Зоя Андреевна работает на рецепшен в санатории, она ни словом не обмолвилась об интернате в Фолпине. Конечно, спустя некоторое время она бы сказала правду, но Настя играет с родственниками, как кот с мышью. Ее цель — довести их до самоубийства. И она молчит про Карину, не говорит ни слова про Ларису, информацию девица собирается выдавать по частям, не сразу! Сначала ей нужно, чтобы Миша восстановил документы, признал дочь, вот тогда она станет наследницей. Когда паспорт окажется в ее руках, тут Настя и развернется! Кстати, девицы отличные психологи, они совершенно верно предположили: Миша не сообразит, что Зоя Андреевна Килькина и сиделка Зоя из Фолпина — одно лицо.

Настя блестяще справляется с ролью, она вспоминает подробности из своего детства, типа розовых туфелек и фаллоимитатора, найденного в шкафу у Тани, прокалывается, правда, на книге, но «узнает» меня. А еще девочкам удается довести до самоубийства Зою Андреевну. В тот день, когда начался спектакль «Возвращение Насти домой», Карина говорит Килькиной:

— Все. Сегодня вечером придет милиция. Выбирай: или ты сама вешаешься, или сидишь в тюрьме, а потом тебя все равно за убийство дочери и за пособничество Михаилу приговорят к пожизненному.

У Килькиной нервы натянуты до предела. Ей, судя по предсмертному письму, по ночам чудится родная дочь, и она не выдерживает, самоубийство кажется Зое лучшим выходом.

Конечно, я не говорила с Настей и Кариной на эту тему, но была абсолютно уверена, что события разворачивались именно так. И Таню они довели до суицида. Сначала Карина звонила ей, пугала, рассказывала про «Морозко», затем явилась домой, при

Михаиле стала делать намеки, в конце концов вызвала Татьяну на свидание в кафе и там сказала:

— Ты наняла Богдана Ломейко для убийства дочери мужа. Думала, концы в воду? Но есть свидетель, его мать! Я прямо сейчас сообщу Михаилу правду! Тебе лучше домой не возвращаться!

Что оставалось делать Тане? Она выпила бутылку коньяка и выпрыгнула из окна, но не разбилась.

— Ты ошибаешься, — дрожащим голосом произнес Миша, — Настя не встречалась с Татьяной, она в тот день не отходила от меня!

Я сказала:

— Это объяснимо, погоди, сейчас все узнаешь! Настя очень хитра, она моментально соглашается пойти на анализ, хотя хорошо знает, что не является твоей дочерью.

— Но почему она поехала в лабораторию? — напрягся Миша.

Я развела руками.

— Мы об этом ее еще спросим, но, скорее всего, у оборотистой девицы просто не было выбора. Отказаться от исследования — значит навлечь на себя подозрения, пришлось ехать. Думаю, она предполагала «случайно» разбить пробирки, сломать аппарат в лаборатории... Но я невольно помогла девчонке, договорилась с Федором Молибогом, а ты неправильно истолковал его слова, и Настя вернулась домой победительницей. Впрочем, скажи, если бы псевдодочь заявила: «Михаил, анализ не подтвердил нашего родства, но я дочь Лары, она жива, исследование точно укажет: Кругликова моя мать, а вы негодяй и двоеженец...» Ну и так далее. Ты бы поднял шум? Обратился в милицию? Сдал бы Татьяну в отделение? Устроил бы скандал накануне выборов? Или откупился от девчонки? Подарил ей квартиру? Устроил на престижную работу?

Михаил понуро молчал.

— Вот и ответ, — вздохнула я. — Настя ничего не

боялась, она очень хорошо просчитала ситуацию. Меня, если честно, удивляло другое. Татьяна была так уверена в смерти Насти! Она, правда, растерялась, когда девица появилась в доме, позвонила мне в панике, позвала и попросила:

— Дашута, к нам явилась самозванка. Докажи, что она врунья.

Думаю, еще бы несколько минут, и она призналась бы во всем.

Но Таня вовремя опомнилась, поняла глупость обращения ко мне и резко отыграла все назад. Она попыталась объяснить свою непоколебимую уверенность в смерти девочки походом к гадалке Гитане, а затем, когда я не приняла всерьез ее болтовню про ясновидицу, придумала другую версию. Якобы ей показали труп, но она решила не травмировать мужа рассказом про бордель. Таня была очень напугана и поэтому совершала глупости одну за другой! А вот Настя с Кариной практически не делали ошибок!

— А где Карина? — прошептал Миша. — Ее же не было в квартире Зои.

Я усмехнулась:

— Она у тебя дома.

— У меня? — отшатнулся Миша.

— Ты ничего не понял. Роль Насти исполняла Карина, дочери Ларисы не по плечу такое лицедейство. Карина — настоящая Женщина-кошка, ее не сломили тяжелые обстоятельства. Как бы жизнь ее ни кидала, она всегда приземлялась на все четыре лапы. А настоящая Настя слишком слабовольна. Она была на подхвате у Авдеевой.

— Но у девочки есть шрам от аппендицита, — крикнул Миша.

— Верно, у меня такой тоже есть.

— А родинки на ноге? — не успокаивался Михаил.

— Думаю, их вытатуировали, — объяснила я, — совсем нетрудно сходить вдвоем в салон и попросить мастера воспроизвести отметины!

— Ее узнал Барсик, — прошептал Медведев.

— Капни себе на руку валерьянки или средства для приманивания котов, они продаются в зоомагазинах для элитных животных, которые не хотят играть свадьбу, и Барсик твой навеки, — пояснила я. — Нет, Карина разработала план в деталях, долго расспрашивала Настю, требовала, чтобы та в подробностях описала свою детскую.

— Постой! — с надеждой воскликнул Миша. — Ты ошибаешься! Откуда Карина узнала про тебя, назвала Дашей?

Я кивнула.

— Хороший вопрос! Я сама себе его задавала! Только Кара меня не узнала. Она всего лишь ловко использовала ситуацию, Таня назвала меня Дашей, а девица тут же сымпровизировала. Розовые туфельки она упомянула наобум, Настя говорила, что ей их принесла одна из подруг родителей, вот Кара и рискнула. Если б я ответила: «Какие туфли? Ты ошибаешься», — Кара сумела бы выкрутиться, она гениально блефовала и выиграла главный приз — ты ей поверил. Кстати, ты дарил «доченьке» платок от «Гермес»?

— Да, откуда ты знаешь? — удивился Миша. — Я купил ей много вещей, платок в том числе.

— Она передала его настоящей Насте, — пояснила я, — та живет в городской квартире Ломейко и именно с того телефона звонила Тане, зазывая мачеху в кафе. Хитрая Карина, как ей казалось, предусмотрела все. Она приказала Тане купить еще один мобильный телефон с сим-картой, специально для издевательских звонков. А я все ломала голову: почему же Татьяне звонили с номера Ломейко? Отчего не испугались? Забыли про определители? Нет, Карина, как все преступники, поверила в свой ум, она думала, что Таня испугана до предела, ее воля парализована, Медведева никому не расскажет про второй сотовый, можно не бояться, и потом, она же скоро покончит с собой! Кстати, Карина ошиблась еще в одном, она и предположить не могла, что Настя, которая слепо выполняет ее указания, совершит глупость, назначит «сотруднице собеса» встречу, чтобы забрать подарок для Елизаветы Андреевны. Настя спокойно сняла трубку городского телефона Ломейко, она была уверена, что никто, кроме Кары, в квартиру не позвонит, но на том конце провода неожиданно оказалась я. Настя ничего не сообщила Каре про свою инициативу, посчитала звонок «чиновницы» самым обычным делом. В интернат, где Настя провела почти половину своей жизни, часто приезжали спонсоры с дарами. Эвелина Лазаревна очень активна и не упускает ни малейшей возможности получить для подопечных хоть что-нибудь!

Теперь о платке. Я нашла его в коридоре. Настя невнимательна, уронила аксессуар, ушла, забыв захлопнуть дверь. Девушка ведь у вас, не так ли, Елизавета Андреевна? Вы дали ей ключи и разрешили воспользоваться жилплощадью?

— Меня заставили, — заплакала старуха, — Зоя обо мне не заботилась, не приехала ни разу, я тут умирала, а Карина и Настя еду возили, халат мне купили, они добрые, внимательные.

— Сняли вам дачку, перевезли сюда, чтобы вас никто не нашел, — перебила я старуху, — и даже ухаживали. Настя вам продукты таскает. Только, думаю, не из любви, вы им нужны для того, чтобы подтвердить: «Да, Михаил нанял меня ухаживать за Ларисой, а Богдан должен был убить Настю». Вы их главный козырь, но, полагаю, после получения Настей паспорта на фамилию Медведевой вы бы недолго прожили на белом свете. И Миша был обречен, его, правда, тоже шантажировали, но не очень рьяно, за Медведева предполагали взяться потом. А может, его бы не стали подталкивать к самоубийству. Статус дочери депутата совсем неплох. Думаю, очень скоро бы в доме появилась лучшая подруга доченьки Миши, и зажило бы семейство счастливо: папа, Настя и Карина. Вот Елене Сергеевне в этой компании места нет, ее место на кладбище.

Старуха взвизгнула.

— И неясно, что собирались сделать с Ларисой, — закончила я.

Повисла тишина, прерываемая только хриплым дыханием Елизаветы Андреевны. Внезапно раздался стук двери и звонкий голос:

— Баба Лиза, я тебе вкусненького принесла.

Заскрипели половицы, в спальню вошла худенькая блондинка, очень похожая на воскресшую Настю. Красивые волосы глянцево блестели в свете лампы, голубые глаза окружены черными ресницами, нежная розовая кожа, пухлые губы и брови дугой. Но все же это была не та девушка, что живет сейчас у Медведевых.

Миша начал медленно приподниматься.

— Настенька, — растерянно сказал он.

Девушка уронила пакет, послышался треск, очевидно, разбились яйца, купленные для Лизы.

— Настенька, — повторил Миша, — это правда?

Елена Сергеевна икнула и, похоже, по-настоящему лишилась чувств.

Настя беспомощно оглянулась, я шагнула к двери, загородила выход и сказала:

— Отлично. Теперь получим ответы на все вопросы. Вот мне, например, интересно, в тот день, когда Эвелина Лазаревна обнаружила ночью в палате Ларисы Зою и девочку, кто там был? Ты или Карина?

— Кара, — оторопело ответила Настя, — она хотела разговорить мою маму, но ничего не вышло.

— Отлично, так я и думала, — кивнула я, — вам постоянно везло. А еще, Миша, никакого Ивана Ивановича нет, ты изображал его помошника Сергея, сам раз в году ездил в Фолпино. Говорю же, девчонкам везло, ты ни разу не столкнулся с Настей. Хотя визиты-то были очень редкими, а девочка росла и менялась.

Карина настоящая актриса! Как она быстро купировала тогда ситуацию, изобразила страх, кинулась к Зое. Эвелина ничего не заподозрила, она же не знала, что Кара умеет ходить! И где сейчас основное действующее лицо, режиссер, сценарист и исполнитель главной роли в пьесе?

— Она поехала в салон красоты, — глухо ответил Миша, — вечером я хотел ее взять на тусовку, решил представить дочь огромному количеству людей.

— Супер, — сказала я, — двигаем скорей в Москву, думаю, Карина обрадуется, увидав нас всех вместе.

Эпилог

Если вы ждете торжества справедливости и ареста людей, из-за которых начались все беды, то ничем обрадовать вас не могу. Елена Сергеевна, лишившись чувств в домике Елизаветы Андреевны, пришла в себя и даже поехала к Медведеву домой, где состоялся тягостный разговор с Кариной. Я после окончания беседы потребовала немедленно вызвать сотрудников милиции, но Миша взмолился:

— Умоляю, дай мне неделю, авось сумею разрулить ситуацию!

— Каким образом? — удивилась я.

— Пожалуйста, не гони волну, — зашептал Медведев, — это чисто семейное дело.

— Ага, — закивала я, — скандал в невеселой семейке! Только Карина и Настя убийцы.

— Девочек можно понять, — повысил голос Михаил, — они мстили, одна за мать и страшную сказку

«Морозко», вторая за убитого отца. Да и не накидывали они петлю на Зою, не толкали из окна Татьяну.

— Просто довели их до самоубийства, — подчеркнула я.

Миша насупился.

— А Елена Сергеевна? — не успокаивалась я. — На ее совести смерть Илюшина, и именно твоя теща довела до помешательства Ларису, кормила несчастную двойной дозой лекарств, постоянно напоминала ей о смерти Анатолия, а все для того, чтобы Лара не призналась тебе в измене.

— Я разберусь сам! — не дрогнул Миша.

— Так ты хочешь стать депутатом? — не выдержала я. — И готов ради этого покрывать преступников? А Таня?

Не успела я задать вопрос, как у Миши ожил мобильный.

— Да, — резко сказал Медведев, — ясно! Хорошо! Еду.

— Что случилось? — насторожилась я.

— Татьяна скончалась, — сухо ответил он, — не скрою, горя я не испытываю, но похороню ее по-человечески. Видишь, как поворачивается судьба, мне нужна неделя.

Я молча встала и ушла. Через день «Желтуха» напечатала материалы под бойким названиями «Двойная трагедия в семье кандидата», «Жена Михаила Медведева, — сообщал корреспондент, — выпала из окна торгового центра. Она решила покурить, оперлась о подоконник, у нее закружилась голова. Сначала медики надеялись спасти женщину, но травмы оказались несовместимыми с жизнью. Не успел Михаил узнать печальную новость, как ему сообщили другую. Его мать, Елена Сергеевна, найдена на станции Фолпино, у нее случился сердечный приступ, и она в одночасье скончалась. Мы приносим свои соболезнования господину Медведеву».

Писаки ошиблись, назвав старуху матерью Михаила, но это несущественно. Едва прочитав заметку, я позвонила Эвелине Лазаревне и спросила:

— Скажите, жена Ивана Ивановича умерла?

— Откуда вы знаете? — поразилась собеседница.

— Она скончалась сразу после отъезда Елены Сергеевны?

— Нет, нет, — заверила Эвелина Лазаревна, — та была у нее утром, Анна же умерла во время ночного сна. А почему вы интересуетесь?

Я, не ответив, положила трубку. Человечество давно придумало яды отсроченного действия, жертва принимает отраву утром, а погибает через сутки, когда убийца уже далеко. Вот только Елена Сергеевна не успела уехать, у старухи не выдержало сердце. То ли Миша сам решил обрубить концы, то ли бывшая теща захотела помочь зятю, чтобы не лишиться «пенсии», то ли она спасала собственную шкуру, не знаю, но Ларисы больше нет, и доказать, что в Фолпине под именем Анны жила другая женщина, невозможно.

С Медведевым мы более не встречаемся, он весьма удачно прошел выборы, порой я вижу в журналах его фото с двумя очень похожими девушками-блондинками. Как-то раз мне на глаза попалось интервью, в котором корреспондент задал ему вопрос:

— Что за Лолиты ходят за вами хвостом?

— В моей жизни была трагедия, — ответил Михаил, — у меня похитили дочь Настю. Ребенка так и не нашли, и моя первая жена скончалась от горя. В память о Настеньке и Ларочке я удочерил двух сироток — Настю и Карину, дал им свою фамилию. Девочки воспитывались в Англии, теперь, закончив колледж, они вернулись, поступили в МГУ и радуют меня успехами. Надеюсь скоро стать дедом. Я всегда повторял и буду повторять — крепкая семья и твердые моральные устои — вот что спасет наше государство.

Я скомкала газету. Михаил ни слова не сказал о Татьяне, словно у него никогда не было второй жены. Ловко, однако, устроились подружки, теперь они дочки государственного деятеля, удачливого бизнесмена. Какова судьба Елизаветы Андреевны? Неужели старшая сестра Зои Килькиной жива и здорова? Впрочем, так ли уж невинны жертвы? Лариса согласилась обмануть Михаила, Зоя убила родную дочь, Елизавета отлично знала, что задумал Богдан, и покрывала сына. Похоже, все они хороши.

— Дарья Ивановна, — заглянула в мою спальню Марина, — там какая-то дама звонит по городскому. Я ей пять раз сказала, отдыхает Даша, но она настаивает!

— Иду, — вздохнула я и начала искать тапочки.

Вас удивляет присутствие в Ложкине Марины? Просто у меня не было времени сказать, что она теперь живет с нами.

Помните день, когда я, обидевшись на домашних, ушла в свою спальню? Малую гостиную я покинула в тот момент, когда Аркадий и Дегтярев второй раз попытались поднять диван. Ясное дело, они его уронили! Я услышала из коридора грохот, но возвращаться не стала, а зря, потому что события приняли совсем уж фантастический характер!

Марина, лежа на паркете, увидела, что диван падает, только на этот раз он грозит придавить ничего не подозревавшего Хуча. Забыв про сильно болевшую и вроде бы сломанную ногу, медсестра ринулась вперед и успела выхватить мопса, но травмированная конечность подвернулась, и Марина упала, ударившись лицом о сервировочный столик.

Короче говоря, в больницу поехали все. К счастью, врачиху вовремя выдернули из-под дивана. После того как Марине сделали рентген, вправили вывих ноги и замазали ссадины на лице, Кеша сказал:

— Говорите адрес, отвезу вас домой.

И тут выяснилось, что Марине негде жить, ее выгнали из съемной квартиры, новую она не нашла, ночует в клинике.

— Поэтому я и липла к вашему полковнику, — рыдала девушка, — хотела пару недель в приличных условиях пожить. Извините меня, простите!

Зайка с Кешей растерялись, Дегтярев погладил Марину по плечу, а Маша заорала:

— Она спасла Хуча! Выдернула его из-под дивана! Он бы точно раздавил мопса! Лицо поранила! Про ногу забыла!

— Я очень люблю собак, — шмыгнула носом медсестра, — всегда хотела завести парочку, но мне самой жить негде!

Ну и теперь угадайте с трех раз, как поступили домашние?

— Дом большой, — заявил полковник, рассказывая мне о событиях той ночи, — Марина нам не помешает, поживет недолго и уедет!

Но Марина прижилась, очень скоро она стала необходима всем. Медсестра очень аккуратна, поэтому Ирка переложила на ее плечи уборку, еще Марина замечательно готовит, что моментально примирило ее с Зайкой, которая, несмотря на постоянное желание похудеть, обожает поесть. Наши собаки теперь расчесаны, а в моей комнате всегда пополняется вазочка с орехами.

Кстати, Ольга так и не может успокоиться. Она рассказывает всем ситуацию с Любой и громко вопрошает: «Ну как Нинка обо всем догадалась? Я сама тут же вошла в кабинет и ничего не поняла. Генеральный был весь красный, с сигарой, как обычно. Дым по кабинету. Что такого увидела Нинка?»

Марина продолжает работать в клинике и привела Аркашке несколько клиентов, бывших больных, желавших нанять адвоката, а еще она обожает цветы и в свободное время копается в саду. Что же касается Дегтярева... Впрочем, об остальных наших семейных новостях я расскажу в другой раз, у нас случилось много примечательных событий.

Отчаянно зевая, я доползла до трубки и услышала голос Веры Рыбалко:

— Привет.

Сообразив, что мне, вместо того чтобы спокойно дремать в теплой кроватке, придется пару часов выслушивать стоны подруги, я, собравшись с силами, попыталась изобразить радость.

— О! Веруша! Как там Джуля и Ромео? Здоровы?

— Улитки в порядке, — мрачно ответила Рыбалко, — а вот я...

И из ее уст полились жалобы, я плюхнулась на диван, задрала ноги на спинку и, изредка вставляя в поток нытья восклицания типа «да, да», «о-о-о», «а-а-а», стала ждать, когда у Веры кончится завод. Но не тут-то было. Бешеные зайчики из рекламного ролика — дети по сравнению с Веркой.

— Мерзкий Лондон... погода... англичане... чаю не попить... ребенка испортили... тоска зеленая... — бубнила Рыбалко.

Мои глаза начали закрываться.

— Эй! — вдруг заорала Вера. — Чего молчишь? Немедленно отвечай, почему бассейн мне не помог, а?

Я вынырнула из объятий Морфея.

— Ты о чем?

— Сама посоветовала мне вырыть бассейн!

— Я?

— Да!

— Неужели? Когда?

Вера фыркнула:

— Ну мы с тобой болтали, я пожаловалась, что жизнь не удалась, вечно подножки ставит, мужа дома никогда нет, а ты велела: «Вырой бассейн и плавай, должно помочь!»

На пару секунд я лишилась дара речи. Я очень хорошо помнила тот разговор, после которого помчалась домой к Медведевым и стала участницей невероятных событий. Рыбалко мучила меня тогда несколько часов, вот я и не сдержалась, ляпнула:

— Если жизнь выкопала тебе яму, налей туда воды и плавай, как в бассейне.

Смысл высказывания прост — никогда не следует унывать, но Верка, похоже, поняла совет буквально.

— Вырыла еще один бассейн, — тарахтела она, — во дворе, пристройку к дому сделала, плаваю, и знаешь что?

— Что? — очумело спросила я.

— Не помог твой совет! Все равно настроение плохое! Скажи, может, туда надо было морской воды набухать?

— Думаю, нет, — промямлила я.

— За каким фигом ты мне велела тогда второй бассейн рыть? — разозлилась Вера.

Я попыталась ответить, но не сумела издать членораздельного звука. Несколько лет назад во Франции вышел фильм, который обучает хозяина определять коэффициент сообразительности своей собаки. Когда вы всовываете диск в видак, на экране возникает надпись: «Если вы купили эту ленту за шестьдесят франков, то ваш пес намного умнее хозяина».

— Или ты пошутила? — гундосила Вера. — Очень некрасиво смеяться над тем, кто несчастлив на чужбине, страдает в Лондоне...

Я выдернула телефонный шнур из розетки. Конечно, я поступила плохо, завтра, когда Верка позвонит, навру ей про неполадки на линии, но сейчас я не способна более слушать ее всхлипы. Она страдает в Лондоне! Может, оно и так, но только дурак ищет счастья на чужбине, умный человек находит его на Родине.

Загадка от Дарьи Донцовой!

Дорогие мои читатели! Ольга стала свидетелем малоприятной ситуации. Люба Ткачева попыталась обвинить начальника в изнасиловании, она выскочила из его кабинета в разорванной одежде и потребовала вызвать милицию. Но секретарша Нина, окинув взглядом кабинет, сказала: «Все в порядке, сейчас сниму вас на фотоаппарат, не кладите сигару. Любу задержат за клевету». Что же увидела Нина? На этот вопрос вам предстоит ответить самим.

Жду ваших звонков по телефону (495) 975-01-37 до 27 августа 2007 года.

Ответ на загадку из книги «Зимнее лето весны»

Отгадка очень проста. Даже странно, что умная Виола Тараканова не разобралась в сути вопроса. Во времена Петра Первого Россия не слышала ни о картошке, ни о помидорах. Эти овощи появились у нас позже.

Нежный супруг олигарха

главы из нового романа

Глава 1

Автоматизация — это попытки мужчин упростить любую работу настолько, чтобы ее могли делать женщины. Вот почему были придуманы посудомоечная и стиральная машины вкупе с пылесосом.

Я вошла на кухню и огляделась по сторонам. В мойке стоят тарелка с остатками геркулесовой каши и симпатичная красная кружка с недопитым кофе — Катюша торопилась на самолет и не убрала за собой. Но моя подруга, даже опаздывая на рейс, не оставила посуду на столе и нацарапала записку на специальной доске ярко-красным фломастером: «Лампуша, извини, кругом беспорядок, будильник не прозвенел, я проспала, не сердись. К.». Но мне бы в голову не пришло злиться на Катю и без ее извинений.

Опять она умчалась в командировку. Увы, даже такому хорошему и самоотверженному доктору, как Екатерина Романова, в больнице платят копейки, поэтому моя подруга и мотается по всей стране. Из-за крошечной зарплаты многие врачи вынуждены брать у пациентов конвертики с хрустящими бумажками. Встречала я медиков, которые еще до приема, абсолютно не стесняясь, заявляют: «Мои услуги стоят дорого, вначале оплатите консультацию, а там посмотрим».

Но это еще не самый худший вариант. Чего греха таить, попадаются и горе-Гиппократы, участники так называемой карусели. При чем здесь любимый детский аттракцион? Объясню. Допустим, приходите вы к терапевту с жалобой на небольшую температуру и вялость, а он (кстати, совершенно справедливо) говорит: «Подобные симптомы присущи разным заболеваниям, сначала надо сделать некоторые анализы».

Далее следуют назначения: вам предписывают пойти в лабораторию и узнать все про свою кровь. То есть провести исследования на СПИД, гепатит и сифилис, поиск онкомаркеров, определение количества сахара, холестерина и так далее. Стоит ли упоминать, что вы оставите кругленькую сумму за анализы, большая часть из которых вам просто не нужна в данный момент? Получив результат, врач сдвинет брови и посоветует вам сходить к гастроэнтерологу. И снова вас ожидают дорогостоящие методы диагностики. Затем вы оказываетесь в кабинете у кардиолога, и далее по кругу — отоларинголог, хирург, невропатолог, фтизиатр, уролог, миколог, психолог... Назначат еще пройти томограф и узи, сделать энцефалограмму...

В процессе беготни по кабинетам температура у вас пропадет, зато появится жуткий страх: если так долго пытаются выяснить причину вашего недуга, значит, положение серьезно. Настроение портится, мозг перестает работать, вы уже не способны спокойно оценить обстановку и задать справедливые вопросы:

— Доктор, о каких шлаках в организме вы ведете речь? Разве я доменная печь? Зачем пугаете меня наличием бактерий, ведь в человеческом теле их много, и большинство из них необходимы. Почему назначаете антибиотики последнего поколения при насморке? Вы и правда полагаете, что настойка из высушенных когтей дикого хорька вылечит меня от заикания? Неужели надо платить бешеные деньги за сеансы психотерапевта, который объяснит мне, что зимой холодно и не сто́ит в декабре ходить в босоножках?

«Карусель» остановится лишь в одном случае — когда алчные эскулапы сообразят: клиент выпотрошен, его счет пуст.

Катюша никогда не участвует в подобных делах, она предпочитает мотаться по командировкам, специалиста из столицы охотно приглашают разные провинциальные, в том числе и частные, клиники. Сегодня Катя отправилась за Урал, в Москву она вернется через две недели. Не будет дома и Вовки: он укатил в том же направлении, что и Катюша, только цель его визита не больница, а зона, где сидит урка, решивший спокойно отмотать срок за небольшое преступление, чтобы скрыть свое участие в убийстве. А Сережка с Юлей уже четвертые сутки бегают по Киеву — их позвали провести там рекламную кампанию какой-то фирмы. В Москве остались лишь я да Лиза с Кирюшкой. Ну и, естественно, собаки.

Сейчас мне предстоит на скорую руку навести в доме порядок, а затем ехать на работу, в детективное агентство «Лисица». Хотя, если я приду не к началу рабочего дня, а чуть позднее, никто не заметит нарушения режима. Мой начальник, Юрий Лисица, считает, что руководитель должен лишь раздавать указания и ругать подчиненных за плохо выполненную работу, причем делает он это наскоком — раз в три дня нагрянет в агентство, устроит «разбор полетов» и вновь удалится, бросив пару загадочных фраз:

— Работать надо лучше. Ну, я пошел по делам.

В отличие от вас я не сплю, сидя в конторе, а кручусь-верчусь как сумасшедший.

Боюсь, что после моих слов у вас создастся неправильное впечатление о детективном агентстве. Еще подумаете, что я провожу служебное время в роскошном здании, в котором на рецепшен красуются девушки-модели. Увы, фирма «Лисица» располагается в крохотной комнатенке. Правда, несмотря на малую кубатуру, за офис требуют немалую арендную плату и...

Размышления о тяготах жизни прервал телефонный звонок. Я схватила трубку.

— Ты должна мне помочь! — незамедлительно заорали из нее в ухо.

Я вздрогнула. Есть только одна женщина, способная вместо спокойного «привет» начать разговор с нечеловеческого вопля, — Милена Бахнова. Когда-то Катюша оперировала ее мужа Юру (у бедолаги оказался рак щитовидной железы в запущенной стадии). Благодаря высокому профессионализму Кати и ее самоотверженности в уходе за больным он прожил еще два года, моя подруга буквально подарила ему двадцать четыре месяца жизни. Это понимали все, но вот Милена почему-то решила: раз супруг отправился на тот свет, а Катя лечила его, значит, теперь она должна искупить свою вину перед вдовой трогательной заботой о ней.

Один раз я попыталась вразумить Милену, объяснить ей: если б не Катюша, Юра сошел бы в могилу гораздо раньше, но Бахнова не способна реально оценить ситуацию. И вот парадокс: и я, и Катюша в самом деле почему-то испытываем неловкость перед Миленой и наперебой стараемся выполнять ее просьбы. А они с каждым разом все круче и круче. Так, что у нее на сей раз?

— Скоро приедем к тебе, — тараторила тем временем Милена, — приготовь гостевую комнату.

— Кто? — не поняла я.

— Мы с Вадюшей.

— С кем?

— О боже! — завизжала Милена. — Прекрати задавать идиотские вопросы! Слова сказать не даешь! Я могу выйти замуж? Да или нет? Немедленно отвечай! Почему молчишь?

— Ты же просила не перебивать тебя, — напомнила я.

— Да, — еще сильней обозлилась Милена, — молчи и отвечай. Имею я право завести мужика?

— Конечно, — осторожно подала я голос.

— Но в моем возрасте глупо шляться по дискотекам. Или ты считаешь возможным толкаться в клубе?

— Отчего бы нет? — опрометчиво заявила я. — Ничего плохого в увеселительных заведениях я не вижу.

— Вы только на нее посмотрите! — пришла в ярость Бахнова. — Ты предлагаешь приличной даме надеть юбку до пупа, нацепить светящиеся браслеты и скакать в ужасном шуме с отвязными особами!

Я горько вздохнула и решила промолчать. Пусть Миленка спрашивает что угодно, ответа от меня она не дождется!

— В кафе не пойти, — вещала Бахнова, — от театра меня тошнит, в кино темно, на концертах одни дураки, причем везде — и на сцене, и в зале... Где провести время с мужиком, если он вот-вот сделает тебе предложение, а?

— Дома, — вырвалось у меня, несмотря на решение не разевать рта.

— Верно, — неожиданно развеселилась моя собеседница, — хорошая идея! Ты забыла, что там у меня Нахрената?

Дама со столь странным и неблагозвучным именем является свекровью Милены. Я не очень сведуща в семейной истории Нахренаты, но знаю, что вообще-то именовать ее свекровью не совсем правильно. Она вышла замуж за отца Юры, когда мальчик еще не ходил в школу. Куда подевалась его родная мать, я понятия не имею, — Бахнов никогда при мне не вспоминал о ней. Мамой он звал Нахренату, причем абсолютно искренне, со стороны сразу было видно, что Юрий очень любит свою мачеху.

Милена не москвичка, она приехала в столицу из какого-то маленького городка, чтобы поступить в театральное училище. На первом же экзамене абитуриентка встретила будущего мужа — Бахнов, преподаватель вуза, сразу влюбился в Милю. Надо сказать, что внешность у Милены и сейчас ангельская, совершенно не соответствующая ее характеру, а десять лет назад она и вовсе походила на Снегурочку: белая-белая кожа, голубые глаза, наивный взор, коса до пояса. Еще юную абитуриентку отличало от сверстниц умение жарко краснеть. То, что к трепетной красоте прилагается стервозно-истеричный характер, приятели Юры поняли сразу. Последним, кто разобрался в сущности красавицы, был Бахнов. Думаю, если бы не болезнь, Юра в конце концов оформил бы развод: за год до его смерти между ним и Миленой пробежала целая стая черных кошек. Но Юра угодил в клинику, и ему стало не до выяснения отношений с женой.

После кончины Бахнова Милена осталась жить со свекровью. Молодой вдове просто некуда было деться, собственной жилплощади у нее не имелось, денег на съемную квартиру тоже, а Нахрената ни за что не согласилась бы разменять апартаменты. Не надо думать, что мачеха Юры гречанка или какая-нибудь испанка — «Нахрената» не имя, а прозвище, на самом деле ее зовут Ольга Ивановна. Почему ее стали звать столь экзотическим образом? Об этом чуть позднее.

— Короче, в восемь вечера мы приедем! — раздался очередной вопль Милены.

— Кто? Куда? — потрясла я головой.

— Опять сорок пять! — вскипела Милена. — Я сто раз повторила! Мне негде встречаться с Вадиком: в общественных местах противно, а дома Нахрената. Кстати, я сказала ей, что еду на съемки, ну да Нахренате на все плевать... Понимаешь, Вадик не должен знать про свекровь — это раз. Про то, что я была замужем, — это два. Про отсутствие у меня собственного жилья — это три. Я голову сломала, как мне поступить, и тут сообразила: ваши все разъехались, вот он, шанс! Перебираюсь к тебе! Значит, так... Оборудуй гостевую, перетащи из Катькиной комнаты гардероб, на кровать брось покрывало, которым Юлька застилает свою софу. Между нами говоря, у Сережкиной жены барские замашки! Приобрела плед из натуральной норки... Вот транжира!

— Покрывало искусственное, это шкурка Чебурашки, — возмутилась было я, и тут только до меня дошла суть сказанного Миленой. — Погоди! Ты собралась жить в нашей квартире?

— Да, недельки две-три, — застрекотала Бахнова. — Мне вполне хватит, чтобы довести Вадика до кондиции!

Мне не свойственно хамить людям, но сейчас у меня невольно вырвалось:

— Ты офигела? Это абсолютно невозможно!

— Почему? — фыркнула Милена. — Вадик почти

созрел, осталась малость — оттащить его в загс. Понимаешь, он... Тут непростая история, сейчас рассказывать ее некогда, приеду пораньше и все объясню.

— Ты меня не поняла, — перебила я Милену, — к нам нельзя.

— Почему?

Действительно! Вот гениальный вопрос! Ответить на него честно: я не собираюсь даже три недели жить с абсолютно незнакомым парнем под одной крышей? Но хорошее воспитание, данное мне родителями, не способствовало искренности.

— У меня дети, — попыталась я отбиться от Бахновой.

— Лиза с Кирюшей?

— Да.

— Они не дети, а лошади! — отрезала Милена. — Школу скоро закончат, не младенцы.

— А еще собаки! — в последней надежде воскликнула я. — У твоего Вадима нет часом аллергии? Знаешь, это очень опасно. Случается такая вещь, отек Квинке называется, до больницы довезти не успеют!

— Никакими Квинками Вадюша не страдает, — отрезала Милена. — Он очень богат, но хочет взять в жены обычную женщину. Не гламурную светскую львицу, за которой носится хвост прислуги. А такую, что сможет ловко управиться с хозяйством. Про коня слышала?

— Нет, — ошарашенно ответила я.

— А говорят, что у тебя высшее образование, — с легким презрением отметила Бахнова. — Небось врут люди, всякий человек с десятью классами слышал про лошадь на пожаре.

— У меня за плечами консерватория по классу арфы, а не ветеринарная академия, — буркнула я, ощущая себя паучком, на которого надвигается асфальтоукладчик.

— Еще Пушкин писал, что русская женщина коня на скаку остановит, в горящую хату войдет, — отбрила Милена. — Такую особу и ищет Вадим: самоотверженную, умную, бесстрашную, хозяйку, отличную мать, любящую верную супругу. И он ее нашел — это я! Осталось лишь продемонстрировать свои таланты на деле!

— По-моему, крылатая фраза принадлежит поэту Некрасову, — попыталась я остудить пыл Бахновой. — И ты не умеешь даже картошку чистить!

— От кожуры темнеют пальцы! — возмутилась Милена. — Все, хватит спорить, ровно в двадцать ноль-ноль я дома! То есть у тебя. Предупреди Лизку с Кирюшкой — они мои племянники, и я их обожаю. Вадим хочет, чтобы его вторая половина любила детей. И не забудь сделать ужин! Я его подам, как будто сама приготовила, ясненько?

— Не совсем, и...

— Вадим — олигарх, — со слезой в голосе заговорила вдруг Милена, — дом на Рублевке, бизнес, миллионы, а у меня по вашей с Катей вине умер Юра. Годы летят, судьба подкинула мне шанс... Неужели я могу его упустить? Вадим должен поверить: я лучшая! Лампуша, миленькая, помоги, умоляю! Последний вариант в моей жизни! Время бежит, мне уже тридцатник стукнул, ну кому я буду нужна через пару лет? Лампочка, солнышко, вся надежда на тебя и детей! Ну подыграйте мне, иначе я проведу старость с Нахренатой!

Если бы Милена продолжала наглеть, я бы сумела дать ей отпор, нашла бы нужные аргументы, вроде: «Можешь потребовать от Нахренаты раздела квартиры, как вдова, ты имеешь право на часть имущества». Но Милена перешла к просьбам о помощи, и я моментально попалась на крючок.

— Только не плачь! Конечно, я сделаю все, что смогу.

— Супер! — возликовала нахалка. — Значит, я приеду!

Из трубки понеслись гудки, я растерянно уставилась на телефон. Ну и ну! Почему я согласилась? Не иначе как Милена обладает умением гипнотизировать людей на расстоянии. И что, мне теперь предстоит переставлять мебель? Таскать из комнаты в комнату гарбероб? Ну уж нет!

Не успела я со всей остротой оценить размер неприятностей, как телефон вновь зазвонил. Наверняка это снова Милена, теперь она начнет раздавать указания по обустройству спальни.

Ну все, наберусь решимости и твердо заявлю: «Извини, обстоятельства изменились! Только-только я узнала, что к нам направляются дальние родственники из провинции в количестве восемнадцати штук, с ними четыре младенца и три кошки». Или нет, лучше сообщу: «В школе у детей эпидемия лихорадки мча-мча, объявлен карантин, у дверей нашей квартиры стоит патруль из санэпидемстанции, хватает всех, кто пытается войти в дом».

— Алло! — раздался в трубке незнакомый и очень сердитый женский голос. — Романову немедленно позовите!

— Слушаю вас, — удивленно ответила я.

— Если не хотите крупных неприятностей, немедленно идите в школу!

— Куда? — растерялась я. — К кому?

— Кирилл Романов ваш? — завопила баба. — Отвратительный ребенок, позор учебного заведения!

У меня подкосились ноги.

— Что случилось?

— Узнаете на месте! В кабинете директора!

— Мальчик здоров? — я попыталась выяснить хоть что-то.

— Лучше б он переломал руки-ноги и голову вдобавок, — сообщила милая дама, — всем спокойнее, когда Романов в гипсе. Короче, коли через полчаса не явитесь, мы вызываем милицию!

— Стойте! — закричала я. — Уже бегу!

Бросив телефон на банкетку у двери, я схватила сумку, натянула на себя ветровку, закрыла дверь и дрожащими руками начала запирать замок. Ключ никак не хотел попадать в скважину. К сожалению, теперь просто захлопнуть створку нельзя. Раньше я пару раз выскакивала выбрасывать мусор, забыв связку ключей, и потом приходилось вызывать слесаря. За день до отъезда в командировку Вовка поставил новомодный замок, и вот сейчас я никак не могла справиться с ним.

Глава 2

Тот, кто имеет ребенка школьного возраста, да еще мальчика, очень хорошо поймет меня. Нет, девочки тоже способны на безобразия, но они у них не имеют таких последствий, а Кирюша с упорством совершал все мальчишеские глупости: подкладывал кнопки на стулья одноклассницам, связывал их косы, бросал в лужу карбид, поджигал пластмассовую расческу, устанавливал сверху на дверь плошку с водой. Всех его шалостей я сейчас и не вспомню. Сильно подозреваю, что остальные мальчики проделывали то же самое, но Кирюшке в отличие от других негодников патологически не везло — озорник хотел разыграть одноклассников, а попадались на крючок учителя.

Взять хотя бы историю с водой. Желая облить ненавистного Леню Нарусова, Кирюша все великолепно рассчитал. Одноклассники уже сидели на местах, не хватало лишь Лени.

— Идет! — завопила Наташа Русакова, помогавшая Кирюшке.

Тот живо водрузил миску на дверь и сел за парту. Класс затаил дыхание, ручка опустилась, дверь распахнулась, вода полилась прямо на голову... завуча, преподавателя биологии Олега Ивановича, а из-за его спины выглядывал абсолютно сухой Ленька.

— Кто это придумал? — завизжал Олег Иванович.

— Кирилл Романов, — мигом «слила» приятеля Русакова.

Кирюшка попытался объяснить, что западня была расставлена на Нарусова, но никто его слушать не стал. Чтобы школьника Романова не выставили из учебного заведения, мне пришлось покупать для кабинета биологии скелет человека, пособие, о котором мечтал Олег Иванович. После благополучного завершения скандала я взяла с Кирюшки честное слово, что отныне он разбирается с приятелями вне класса.

И он сдержал обещание. В октябре Кирик повздорил с Мишкой Сергеевым и решил его проучить. На сей раз Кирюша учел абсолютно все. На большой перемене он услышал разговор ненавистного Сергеева с Игорем Перовым:

— Следующий урок матиш, будет контрольная, но я ее писать не стану.

— Сбежишь? — покачал головой Перов. — Не советую, Верка заметит и родителям позвонит.

— Не, — захихикал Сергеев, — я лучше придумал. Начнется матиш, я руку подниму и в туалет попрошусь. Скажу, в столовке пирог с мясом купил, теперь живот болит. Ну и просижу в тубзике до звонка!

— Глупо, — пожал плечами Игорь.

— Сам дурак, — ответил Миша.

Кирюша моментально сообразил, как надо действовать. Он помчался в аптеку и купил мазь, которую используют для лечения радикулита. Она вязкая и очень жгучая, в упаковке даже лежит небольшая круглая лопаточка, чтобы человек, которому предстоит натирать поясницу, сам в ней не испачкался. И совсем беда, если мазь попадет на слизистую.

Кирюша выждал, когда школьники после звонка разбегутся по классам, щедро помазал мазью... ручку на двери мужского туалета и полетел на математику.

Сначала действие разыгрывалось в нужном ключе. Не успела учительница алгебры написать на доске варианты контрольной, как Мишка попросился в сортир. И был отпущен с миром.

Кирюша затаился, он ожидал услышать вопль. Вообще говоря, предполагал, что события будут разворачиваться так: Сергеев распахнет дверь в тубзик, слегка запачкает пальцы, потом вытащит сигарету, и часть мази переместится на фильтр. Дальнейшее понятно.

И тут на самом деле раздался крик. Он прокатился по коридору, стих, затем возник вновь, но теперь уже орал целый хор. Дверь класса распахнулась, появилась директриса Нелли Лазаревна и скомандовала, словно старший офицер ОМОНа в момент взятия террористов:

— Всем встать лицом к стене, ноги на ширину плеч, руки упереть в стену! Вера Владимировна, живо открывайте их рюкзаки, ищем мазь от радикулита! Запах специфический, я отлично с ним знакома, сколько раз мужу спину лечила...

Миша Сергеев не пострадал. Не успел. За минуту до него в сортир зашел физик Семен Михайлович, решивший справить малую нужду. На беду, Семен Михайлович был подвержен приступам радикулита, а еще он муж директрисы. Когда супруг, воя, словно обезумевшая электричка, влетел, забыв застегнуть брюки, в кабинет к жене и начальнице, Нелли Лазаревна моментально поняла по характерному аромату, что случилось.

Початый тюбик нашли среди учебников Кирюшки. На сей раз нам пришлось оплачивать поход Семена Михайловича в частную клинику к урологу и покупать занавески для всего школьного здания — директриса оценила нанесенный мужу ущерб в драпировках.

Подергав дверь квартиры за ручку и убедившись, что она тщательно заперта, я подскочила к лифту, нажала на кнопку и застонала. Вот так всегда! Не работает! Или соседи перевозят мебель. Ну почему, когда торопишься, по дороге постоянно случаются заминки? Пришлось бежать вниз по лестнице. Выскочив из подъезда, я решила: раз школа совсем недалеко, до нее быстрее добраться пешком, чем рулить на машине.

Думая лишь о том, как бы поскорее оказаться на месте, я помчалась через двор и... налетела на худого невысокого парня в темно-синей куртке и черной дурацкой бейсболке, на которой белыми нитками был вышит череп.

— Ой! — воскликнул юноша и упал.

Я остановилась и начала извиняться:

— Простите, я не нарочно толкнула вас.

— Ерунда, — беззлобно ответил молодой человек, вставая.

Правда, сразу подняться на ноги ему не удалось, и он уцепился за мое плечо, чтобы принять вертикальное положение.

— Понимаете, я очень спешу, из школы позвонили, вызвали к директору, — пустилась я в объяснения, — ребенок набезобразничал, педагоги собрались милицию вызвать! Дома, кроме меня, никого... Да еще пришлось с десятого этажа пешком бежать, лифт не работает...

— Идите спокойно, — беззлобно прервал меня юноша, с которого во время падения загадочным образом не свалилась идиотская кепка с черепом, — вы тут ни при чем, у меня ботинки скользкие.

Я невольно бросила взгляд на обувь пострадавшего. Пару лет назад Лизавета тоже обожала такие «копыта» — высокие, почти до колена, на толстой подошве. Просто радость родителей, а не штиблеты, их практически невозможно сносить.

— Вы в порядке? — еще раз уточнила я.

— Да, — кивнул парень, — гоните в школу.

Я, обрадованная неконфликтностью юноши, понеслась дальше. Наконец влетела в здание школы и тут же наткнулась на Нелли Лазаревну, нервно прохаживающуюся по холлу.

— Романова! — гаркнула она. — Явились! А ну сюда!

Крепкие пальцы вцепились в мое плечо. Нелли Лазаревна крупная особа, ее вес, вероятно, зашкаливает за стокилограммовую отметку, я в два раза легче. А еще у меня есть неприятная особенность: едва переступив порог школы, я превращаюсь в покорное существо, да и взгляд Нелли Лазаревны обладает гипнотическим на меня действием. Наверное, у нее в роду были кобры.

Директриса допинала меня до двери и втолкнула в помещение, где стояла отвратительная вонь.

— Это мужской туалет, — заявила она.

Я зажала нос рукой и совершенно искренне воскликнула:

— Какой ужас! А где унитаз?

— Издеваетесь? — сдвинула брови Нелли. — Она еще и спрашивает!

— Простите, — пролепетала я, — но я всегда полагала, что унитаз — основная деталь сортира. Но тут его нет, потому я и спрашиваю.

— Он был! — неожиданно жалобно ответила директриса.

— Так куда же он подевался? — удивилась я.

Брови Нелли Лазаревны превратились в сплошную черную линию, директриса вновь вцепилась в мое плечо, вытолкнула в коридор, довела до своего кабинета и грозно объявила:

— Теперь пусть ученик Романов объяснит вам суть произошедшего!

Кирюшка, тихо стоявший между книжным шкафом и окном, заныл:

— Это случайно вышло...

— Молчать! — гаркнула Нелли Лазаревна. — Говорить по порядку: ать, два!

Очевидно, Кирюша привык к весьма странным выражениям педагогов, потому что мигом перестал стонать и стал довольно бойко живописать события. В сжатой форме его рассказ звучал так.

У автомобиля в моторе есть клапан, а в нем находится вещество под названием натрий. Если выковырнуть его и бросить в воду, то получится прикол. Об этом Кирюше сообщил Федя Баскаков, отец которого владеет сервисом, и он же — то есть мальчик, а не папа — притащил сегодня в школу этот самый злополучный клапан.

Решив, что урок географии обойдется без них, ребята отправились в туалет, где потратили довольно много времени, расковыривая деталь мотора. В конце концов цель была достигнута, и школьники начали швырять в унитаз натрий, который очень весело шипел.

В самый разгар забавы в сортир вошел физрук Иван Николаевич, как всегда, несколько навеселе.

— Ну и чем вы тут занимаетесь, лодыри? — загремел он. — Небось курите? А ну, отошли в сторону, дымить вредно!

С этими словами физрук швырнул в унитаз непогашенный окурок.

И тут у Кирюшки закончились связные фразы, из его рта посыпались почти одни междометия:

— Тут... вау... ба-бах!!! Лузик в осколки... дерьмо вверх... фу... во... супер... ваще... Федька в стену... я в раковину... Тудух! Трах! Блямс! О-о-о! Йес!!! А Иван Николаевич... хи-хи-хи... того самого... Прикол!

— Что с учителем? — дрожащим голосом поинтересовалась я.

— Разве алкоголика сразу убьешь? — непедагогично заявила Нелли Лазаревна. — Сейчас он отмыться пытается.

— Весь был в какашках! — захихикал Кирюша.

Я живо наступила ему на ногу. В общем-то, я его понимаю. Конечно, приятно увидеть противного преподавателя в непрезентабельном виде, но не следует демонстрировать свой восторг Нелли Лазаревне.

— О, эти дети! Хулиганы! — завопила директриса.

— Они не виноваты, — живо отреагировала я.

— Бросали в воду натрий!

— Он всего лишь шипел, — напомнила я. — А потом пришел Иван Николаевич и швырнул окурок.

— Безобразие! — пошла пятнами Нелли.

— Согласна, — кивнула я, — учитель не имеет права курить в школьном сортире.

Директриса заморгала и предприняла еще одну попытку наезда:

— Я немедленно сообщу об этом в детскую комнату милиции!

— Отлично! — недрогнувшим голосом заявила я, в свою очередь. — Тогда я сейчас вызову соответствующую службу, пусть определят количество алкоголя в крови физрука. Интересно, кто из школьной администрации допустил пьяницу к детям?

Почувствовав шаткость своей позиции, Нелли Лазаревна сменила тон, и мы начали торговаться. В конце концов консенсус был достигнут: я покупаю новый унитаз, родители Федора оплачивают его установку, а Иван Николаевич отмывает сортир. Хочет — пусть сам орудует тряпкой, хочет — нанимает уборщицу или приводит жену, важен результат, а не то, кто выполнит работу.

Всю дорогу до дома я пыталась внушить Кирюше, что нужно думать головой, прежде чем что-либо делать, а он бубнил в ответ:

— Случайно вышло... я не хотел... давай никому из наших не будем рассказывать...

Дойдя до двери квартиры, я начала искать ключи, но они никак не попадались под руку.

— Лампудель, ты забыла запереть замок! — вдруг с укоризной воскликнул мальчик.

— Не может быть! Я отлично помню, как совала

ключ в скважину! — ответила я. — Еще злилась, что не получается, очень торопилась в школу. Точно знаю, что тщательно закрыла квартиру.

— Смотри! — засмеялся Кирюша и толкнул железную дверь, та легко отворилась.

Я заморгала. Конечно, я могу порой забыть о чем-то и даже пару раз убегала из дома без сумки, но сегодня не тот случай. Я не только два раза повернула ключ в скважине, но и подергала за ручку. Было заперто!

— Ну точно! — веселился Кирюша, входя в прихожую. — Вон твоя связка, валяется на тумбе.

Я поразилась до глубины души. Может, я заболела? Почему я столь уверена, что воспользовалась ключами, а потом положила их в сумку? Ведь сейчас они преспокойно лежат на комоде. Наверное, пора пить таблетки от маразма!

— Слышь, Лампудель, — обрадовался Кирюшка, — предлагаю бартерную сделку: ты никому не рассказываешь про школу, я молчу о незапертой двери. Идет?

Я машинально кивнула и пошла в Катюшину спальню. После визита в школу у меня заболела голова, и я подумала: на работу можно поехать позднее, ничего не случится, если я опоздаю, клиенты в очереди не стоят. К тому же вечером приедет Милена с кавалером, и раз уж я согласилась их принять, надо подготовить гостевую комнату. А постельное белье хранится в большом стенном шкафу.

Я перешагнула порог спальни и ощутила озноб. Вроде все как всегда, кроме маленькой детали: небольшой шкафчик у кровати раскрыт, верхний ящик выдвинут, и внутри него пусто.

Я рухнула на постель и замерла. Перед глазами маячил опустошенный ящик. Внезапно мне стало ясно, что произошло. Я вовсе не растяпа, я заперла дверь и понеслась к Кирюшке в школу, а по дороге воришка запустил лапу в мою сумку, вытащил оттуда ключи и решил поживиться. Вот почему связка лежит на тумбе, а дверь открыта. Мерзкий вор проявил благородство — бросил ненужные ему ключи на месте преступления. Думаю, бесполезно искать на них отпечатки пальцев, негодяй наверняка орудовал в перчатках. И он унес шкатулку! А это невероятная беда.

Обращение к читателям

Дорогие мои, я очень люблю вас, но, увы, не имею возможности сказать о своих чувствах лично каждому читателю. В издательство «Эксмо» на имя Дарьи Донцовой ежедневно приходят письма. Я не способна ответить на все послания, их слишком много, но обязательно внимательно изучаю почту и заметила, что мои читатели, как правило, либо просят у Дарьи Донцовой новый кулинарный рецепт, либо хотят получить совет. Но как поговорить с каждым из вас?

Поломав голову, сотрудники «Эксмо» нашли выход из трудной ситуации. Теперь в каждой моей книге будет мини-журнал, где я буду отвечать на вопросы и подтверждать получение ваших писем. Не скрою, мне очень приятно читать такие теплые строки.

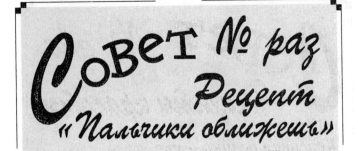

Совет № раз
Рецепт
«Пальчики оближешь»

Кейзеровский омлет

Что нужно:

2 яйца,
1 ст. л. сахара,
1 стакан муки,
1/8 л молока,
1 ст. л. сливочного масла,
1 ч. л. изюма,
1/2 ч. л. корицы.

Что делать:

Молоко, яйца, сахар и муку хорошо перемешать. На сковороде растопить масло и осторожно вылить на нее подготовленную массу. Когда низ омлета поджарится, прибавить изюм и корицу, затем перевернуть на другую сторону и с помощью двух вилок порвать омлет на кусочки, после чего зажарить так, чтобы он хрустел. Посыпать сахарной пудрой и сейчас же подавать. (Рассчитано на одну порцию.)

Приятного аппетита!

Совет № два
Рецепты красоты

Красивая осанка – это легко

Все мы знаем, как важно иметь правильную осанку. Есть несколько упражнений, которые помогут всем нам, не тратя много времени, ходить прямо и красиво.

- При ходьбе нужно вообразить себе, что ты как пиджак на вешалке.

Тогда плечи сразу развернутся, спина выпрямится.

- Дома нужно делать следующее простое упражнение: положить на голову книгу и ходить с ней, тогда спина будет ровной и красивой.

- Идя на высоких каблуках, колени нужно выпрямлять, чтобы они были на одной линии со спиной. Если это очень трудно, тогда нужно носить каблук пониже.

Письма читателей

Дорогие мои, писательнице Дарье Донцовой приходит много писем, в них читатели сообщают о своих проблемах, просят совета. Я по мере сил и возможностей стараюсь ответить всем. Но есть в почте особые послания, прочитав которые понимаю, что живу не зря, надо работать еще больше, такие письма вдохновляют, окрыляют и очень, очень, очень радуют. Пишите мне, пожалуйста, чаще.

Здравствуйте, многоуважаемая Дарья Донцова!

Вам, наверное, многие пишут письма и признаются в любви к Вашему творчеству, что совершенно заслуженно. Я тоже являюсь Вашей поклонницей, просто обожаю закрученные Вами эпизоды и стараюсь предугадать окончание событий, кстати, иногда мне это удается.

Я никогда не писала писем писательницам, да еще таким популярным, поэтому немного волнуюсь. Хотя на Ваш сайт я заходила, читала о Вас и Ваших чудных животных. Я просто влюбилась во всех Ваших мопсов, кошек, хомяков, жабу. Кстати, этими своими ощущениями «заразила» мужа и сына. Теперь мы всей нашей небольшой семьей бредим щенком мопса. Муж говорит: «Позвони Даше и спроси, где взять такого щенка». Извините за нескромность, может, у Вас есть такое чудо или у ваших знакомых.

Еще раз прошу прощения. Надеюсь, Вы меня поймете. Сама я ветеринарный врач по образованию, но именно с собаками дел не имела. Но Ваши книги многому меня научили. Ваша любовь к животным очевидна, иначе не писали бы Вы так ярко о них. А Хучик – наш любимчик, я по несколько раз перечитываю отрывки, где Вы его описываете. Супер!

Еще раз прошу извинить, если я нескромно написала.

С уважением, Ваши читатели Ирина, Игорь, Роман.

Если можно, ответьте на мое письмо. Будем ждать. Спасибо.

Уважаемая Дарья Донцова!

Пишет Вам поклонница Вашего творчества. Зовут меня Лиля. Мне 11 лет, учусь в 6-м «А» гимназии № 4 г. Могилева. Учусь хорошо, стараюсь. Полгода назад, когда я еще не начала читать Ваши книги, я увлеклась вязанием крючком и на спицах. И вот однажды я сломала одну спицу. Нужно было покупать новую, и я пошла в магазин. По дороге я зашла в книжный магазин, увидела Вашу книгу («Бенефис мартовской кошки») и, прочитав краткое содержание, купила ее, решив, что спицу куплю потом. Но «потом» так и не произошло, так как я настолько увлеклась Вашей книгой, что на следующий день, уже прочитав детектив, купила новую книжку «Экстрим на сером волке»…

Сейчас у меня восемь книг. Особенно мне понравилась серия «Джентльмен частного сыска Иван Подушкин». Я прочитала все книги: от «Букета прекрасных дам» до «Пикника на острове сокровищ». Жду не дождусь, когда выйдет новая книга об Иване Подушкине. Кстати, когда Вы, наконец, его жените? А то я уже замучилась. Встретил бы он поскорее женщину своей мечты.

Спасибо Вам за то, что есть такая прекрасная и талантливая писательница, как Вы.

P.S. НИКОЛЕТТА СУПЕР!!! С кого Вы ее списали или это плод Вашего воображения?

СОДЕРЖАНИЕ

Донцова Д. А.

Д 67   Личное дело Женщины-кошки: Роман. Нежный супруг олигарха: Главы из нового романа. Советы от безумной оптимистки Дарьи Донцовой: Советы / Дарья Донцова. — М.: Эксмо, 2007. — 384 с. — (Иронический детектив).

Страшный монстр завелся в доме Даши Васильевой. Кто это? Что это? У всех членов семьи разные версии. Даше привиделся ползущий огромный кусок мяса. Дегтярев утверждает, что у себя в комнате видел живую подушку. Короче, пора вызывать врачей. Они и вызвали. А вместо помощи получили еще одну головную боль — медсестра Марина решила окрутить полковника и поселиться в шикарном особняке... Нужно срочно выручать друга! Но и о новом расследовании забывать нельзя. Приятельница Таня Медведева попросила Дашу вывести на чистую воду мошенницу. К ним домой заявилась девица, которая выдает себя за пропавшую десять лет назад ее падчерицу Настю. Девочка вышла во двор вынести мусорное ведро и исчезла. Таня твердо уверена — ее уже нет в живых. Но отец и бабушка признали Настю. Любительница частного сыска берется за разоблачение самозванки!..

УДК 82-3
ББК 84(2Рос-Рус)6-4

Оформление серии *В. Щербакова*

Литературно-художественное издание

Дарья Донцова

ЛИЧНОЕ ДЕЛО ЖЕНЩИНЫ-КОШКИ

Ответственный редактор *О. Рубис*
Редактор *Т. Семенова*
Художественный редактор *В. Щербаков*
Художник *В. Остапенко*
Технический редактор *Н. Носова*
Компьютерная верстка *Г. Клочкова*
Корректор *Н. Овсяникова*

ООО «Издательство «Эксмо»
127299, Москва, ул. Клары Цеткин, д. 18/5. Тел. 411-68-86, 956-39-21.
Home page: **www.eksmo.ru**   E-mail: **info@eksmo.ru**

Подписано в печать 02.07.2007.
Формат 84x108 ^{1}/$_{32}$. Гарнитура «Таймс».
Печать офсетная. Бумага Classic. Усл. печ. л. 20,16.
Тираж 250 000 экз. (1-й завод 185 000 экз.) Заказ № 0715190.

Отпечатано в полном соответствии с качеством
предоставленного электронного оригинал-макета
в ОАО «Ярославский полиграфкомбинат»
150049, Ярославль, ул. Свободы, 97

Оптовая торговля книгами «Эксмо»:
ООО «ТД «Эксмо». 142702, Московская обл., Ленинский р-н, г. Видное,
Белокаменное ш., д. 1, многоканальный тел. 411-50-74.
E-mail: **reception@eksmo-sale.ru**

По вопросам приобретения книг «Эксмо»
зарубежными оптовыми покупателями
обращаться в отдел зарубежных продаж ООО «ТД «Эксмо»
E-mail: **foreignseller@eksmo-sale.ru**

International Sales:
For Foreign wholesale orders, please contact International Sales Department at
foreignseller@eksmo-sale.ru

По вопросам заказа книг «Эксмо» в специальном оформлении
обращаться в отдел корпоративных продаж ООО «ТД «Эксмо»
E-mail: **project@eksmo-sale.ru**

Оптовая торговля бумажно-беловыми
и канцелярскими товарами для школы и офиса «Канц-Эксмо»:
Компания «Канц-Эксмо»: 142700, Московская обл., Ленинский р-н,
г. Видное-2, Белокаменное ш., д. 1, а/я 5.
Тел./факс +7 (495) 745-28-87 (многоканальный).
e-mail: **kanc@eksmo-sale.ru**, сайт: **www.kanc-eksmo.ru**

Полный ассортимент книг издательства «Эксмо» для оптовых покупателей:
В Санкт-Петербурге: ООО СЗКО, пр-т Обуховской Обороны, д. 84Е.
Тел. (812) 365-46-03/04.
В Нижнем Новгороде: ООО ТД «Эксмо НН», ул. Маршала Воронова, д. 3.
Тел. (8312) 72-36-70.
В Казани: ООО «НКП Казань», ул. Фрезерная, д. 5. Тел. (843) 570-40-45/46.
В Самаре: ООО «РДЦ-Самара», пр-т Кирова, д. 75/1, литера «Е».
Тел. (846) 269-66-70.
В Ростове-на-Дону: ООО «РДЦ-Ростов», пр. Стачки, 243А.
Тел. (863) 268-83-59/60.
В Екатеринбурге: ООО «РДЦ-Екатеринбург», ул. Прибалтийская, д. 24а.
Тел. (343) 378-49-45.
В Киеве: ООО ДЦ «Эксмо-Украина», ул. Луговая, д. 9.
Тел./факс: (044) 537-35-52.
Во Львове: ТП ООО ДЦ «Эксмо-Украина», ул. Бузкова, д. 2.
Тел./факс: (032) 245-00-19.
В Симферополе: ООО «Эксмо-Крым», ул. Киевская, д. 153.
Тел./факс (0652) 22-90-03, 54-32-99.

Мелкооптовая торговля книгами «Эксмо» и канцтоварами «Канц-Эксмо»:
117192, Москва, Мичуринский пр-т, д. 12/1. Тел./факс (495) 411-50-76.
127254, Москва, ул. Добролюбова, д. 2. Тел.: (495) 780-58-34.

Полный ассортимент продукции издательства «Эксмо»:
В Москве в сети магазинов «Новый книжный»:
Центральный магазин — Москва, Сухаревская пл., 12.
Тел.: 937-85-81, 780-58-81.
Волгоградский пр-т, д. 78, тел. 177-22-11; ул. Братиславская, д. 12.
Тел. 346-99-95.

В Санкт-Петербурге в сети магазинов «Буквоед»:
«Магазин на Невском», д. 13. Тел. (812) 310-22-44.

Дарья
ДОНЦОВА

С момента выхода моей автобиографии прошло три года.
И я решила поделиться с читателем тем, что случилось со мной за это время...

В год, когда мне исполнится сто лет, я выпущу еще одну книгу, где расскажу абсолютно все, а пока... Жизнь продолжается, в ней случается всякое, хорошее и плохое, неизменным остается лишь мой девиз: "Что бы ни произошло, никогда не сдавайся!"